KB122379

논어와 노자의 숲을 걷다

사색과 명상의 밑알

논어와 노자의 숲을 걷다

이수오

시와함께 넓은마루

추천의 글

노자-논어의 숲이라

정신없이 산다는 말을 서슴없이 자랑하는 세상이 지금이다. 내 마음 나도 몰라 스스럼없이 내뱉는 세상이 지금이다. 남들이 못 보는 마음이야 썩든 말든 무슨 상관이냐 제 마음 제가 팽개치는 세상이 지금이다. 세심(洗心)하라 하면 무슨 말이냐고 외면하고 세면(洗面)했냐고 물으면 온갖 치장 다 했다며 으쓱대는 세상이 지금이다. 겉보기로는 무척 청청해 보이지만 마음속은 풀 한 포기 살기 어려운 메마른 사막 같아 살벌하기 짝이 없는 세상이 지금이다. 이런 세상임에도 아랑곳하지 않고 노자(老子)의 숲이 있고 논어(論語)의 숲이 있으니 와서 걸어보라고 속삭이는 이수오(李壽晤)란 시인이 있다. 이수오, 그는 평생 이과(理科)의 길을 걸으면서도 시(詩)를 짓고 노자-논어의 숲을 가꾸어왔다.

『장자(莊子)』에 〈필유인여인상식자(必有人與人相食者)〉이란 끔찍이 살벌한 말이 나온다. 사람(人)과(與) 사람이(人) 서로(相) 잡아먹는(食) 세상이(者) 반드시(必) 있을 것이다(有). 바야흐로 지금이 인여인상식(人與人相食)의 세상을 방불케 한다고 말한다면 무슨 말을 그렇게 험하세 하느냐고 삿대질 당할 수도 있다. 옛날에 식인종(食人種)이 있었다지만 첨단과학이 자리를 잡아 전자 문명이 번창해가는 지금 세상에 야만인의 세상을 들먹이느냐고 치고 드니 당할 수도 있다. 그러나 후덕(厚德)한 사람이 되라고 하면 누굴 망하라 하느냐며 삿대질하려는 세상이 아닌가? 눈 뜨고 코 베어 갈 세상이요 이리저리 닥치는 온갖 경쟁에서 승자가 되어야지 패자가 될 수 없다고 안간힘을 다하는 세상이 지금이 아니냐? 아무리 선의의 경쟁이라 하지만 상대를 이기고 나아가야 하는 지금 이 경쟁의 시대가 바로 인여인상식(人與人相食)의 세상이 아닌가? 가만히 앉아서 눈을 감고 귀와 입을 막고 필승해야 하는 자신을 돌이켜 본다면 바로 내가 부딪치고 있는 이 세상이 바로 인여인상식의 세상임을 마주하고 오금이 저릴 터이다. 이런 현실 앞에 마주 선 우리한테 훌훌 다 털어버리고 한순간만이라도 노자와 논어의 숲을 거닐어 보라고 속삭이는 시인 이수오(李壽晤)가 있다.

노자의 숲을 거닐어 보라. 그러면 삼거(三去)의 삶을 살라는 길잡이를 만날 수 있다. 그 길잡이를 성인(聖人)이라 한다. 노자의 숲에서는 온 사람들이 모두 삼거의 길잡이를 따라 삶을 그냥 그대로 누린다. 노자의 숲에 들면 거심(去甚) 즉 지나치지(甚) 말라고(去) 마음속을 달래주고, 거사(去奢) 즉 사치하지(奢) 말라고(去) 마음속을 달래주며, 거태(去泰) 즉 태만하지(泰) 말라고(去) 마음속을 달래준다. 이런 삼거(三去)의 길잡이를 따라 서로 경쟁하기를 마다하지 않는 세상을 마주해가면 틀림없이 부전승(不戰勝) 즉 싸우지 않고서도(不戰) 이기고(勝) 사는 세상을 누릴 수 있음을 의심치 말라고 고달픈 현대인들께 시인(詩人) 이수오가 속삭여주어 삼거(三去)의 삶을 모르고 살아온 우리를 소곤소곤 일깨워준다.

논어의 숲을 거닐어 보라. 그러면 삼외(三畏)의 삶을 살라는 길잡이를 만날 수 있다. 그 길잡이를 군자(君子)라 한다. 논어의 숲에서는 온 사람들이 모두 삼외의 길잡이를 따라 삶을 누리고자 화목한 삶의 길을 벗어나지 않는다. 논어의 숲에 들면 외천명(畏天命) 즉 자연의(天) 법칙을(命) 두려워하라(畏) 마음속을 달래고, 외대인(畏大人) 즉 온 사람을 사랑하는(大) 사람을(人) 두려워하라(畏) 마음속을 달래며, 외성인지언(畏聖人之言) 즉 성인(聖人)의(之) 말씀을(言) 두려워하라(畏) 마음속을 달래준다. 이런 삼외(三畏)의 길잡이를 따라 서로 경쟁하기를 마다않는 세상을 마주해가면 틀림없이 싸우지 않고서도 이기고 사는 세상을 누릴 수 있음을 의심치 말라고 고달픈 현대인들께 시인 이수오가 속삭여주어 삼외(三畏)의 삶을 모르고 살아온 우리를 소곤소곤 일깨워준다.

시인 이수오께서 『논어와 노자의 숲을 걷다』란 저서를 통해 무엇보다 경쟁의 성난 파도가 거친 세상을 마주해 헤쳐가게 하는 삼거(三去)-삼외(三畏)의 길잡이를 만날 수 있게 해주어 반갑고 고마울 뿐이다.

2024 · 새봄에 有山 尹在根

차례

제1부 논어의 숲

논어의 숲

차례

논어의 숲

제2부 노자의 숲

차례

노자의 숲

서문

세상의 풍진 속을 걷다 보면 부끄럽거나 괴로울 때가 있다. 심지어 어디로 걸어야 할지, 어떻게 살아야 할지 망설여질 때도 있다. 이때 또 다른 체험을 하게 되면, 묘한 심정으로 홀가분해질 수도 있다. 그래서 여기 두 개의 체험의 숲을 조성하여 함께 걸어 보고자 한다. 하나는 '논어의 숲'이고, 또 하나는 '노자의 숲'이다. 왜 '논어의 숲'과 '노자의 숲'을 아울러 걸어야 하는가.

숲속 걷기를 거듭하면 할수록 많은 것을 느끼고 또 얻게 된다. 그중에서 가장 절실하게 온몸에 와닿는 것으로 세 가지가 있다. 즉 자연은 무엇이며 어떻게 볼 것인가, 인간은 무엇이며 어떻게 볼 것인가, 그리고 인간과 자연의 관계를 어떻게 볼 것인가. 이러한 물음들은 여기 '논어의 숲'과 '노자의 숲' 을 함께 지주 걷는다면, 거칭한 사유가 아니더라도 걷기의 체험만으로도 자연스럽게 그 답을 어느 정도 짐작할 수 있으리라고 생각된다.

'논어의 숲'에서는 인간에 관해서, 그리고 '노자의 숲'에서는 자연에 관해서 근원적인 이야기를 들을 수 있다. 즉 『논어』에는 유가(儒家)의 중심 사상인 인간의 도(道)에 관해서, 『노자』에는 도가(道家)의 중심 사상인 자연의 도(道)에 관해서 각각 기술되어 있다. 인간과 자연, 자연과 인간. 양자의 관계는 오랫동안 논의되어왔던 명제다. 그렇지만 양자는 아직도 화해하지 못하고 있는 것은 무엇 때문인가. 흔히 '인간은 자연의 일부'라고 한다. 과연 그런가. '인간은 자연을 보호해야 한다'라고 한다. 사실은 자연이 인간을 보호하고 있다는 것을 모르면서 하는 말이 아닌가. 과연 그런가. 이런 의문들은 '논어의 숲'과 '노자의 숲'을 걷고 또 걸으면 저절로 풀릴 것이라고 생각된다.

숲속에서 문득 창공을 자유롭게 날아오르는 새를 본다. 새는 두 날개가 있으므로 균형을 잘 잡는다. 숲속을 걷는 나 자신을 본다. 나는 두 다리가 있어서 넘어지지 않고 균형을 잡고 잘 걷는다. 그래서 생명을 유지하고 삶을 영위하는 데는 균형을 이룰 때가 가장 온전하다고 생각된다. 나에게 유가(儒家)와 도가(道家)는 두 다리와 같다. 인간과 자연의 균형을 잘 잡아 주기 때문이다. 그래서 이미 유가와 도가에 관해서 저술한 바가 있다. 『과학자가 읽어주는 논어』, 『에세이로 읽는 맹자』, 『내 청춘의 독서 노자』, 『장자의 무하유』 등이 그것들이다. 여기 저술되는 『논어와 노자의 숲을 걷다』는 선행된 저술들을 바탕으로 이루어진 것이다. 유가와 도가가 호응하고 공유한다면 더 나은 삶이 가능할 것이라는 생각에는 변함이 없다. 인간과 자연, 그 어느 한쪽의 범주에만 머문다면, 이것은 세상의 반쪽만 이해하고 사는 것이 될 것 같기 때문이다.

여기 체험의 숲을 걸으면 세상을 근원에서부터 새로운 눈으로 볼 수 있을 것이다. 눈에 보이는 현실적인 것들은 대부분 껍데기에 불과하다. 세상을 다르게 본다는 것은 마음의 눈으로 내면에 닿고 그 울림을 듣는 것이다. 숲은 보이지 않는 도(道)의 힘으로 우리를 내면에 존재하는 고요함과 평온함을 다시 얻게 해 줄 것이다. 이것이 퇴색된 인간의 본성을 회복하는 길이 아닌가.

2024년 원단

자은산방에서 이수오

제 1 부

논어의 숲

논어 이야기 *01*

그것을 아는 자는 그것을 좋아하는 자만 못하다. 그것을 좋아하는 자는 그것을 즐기는 자만 못하다.

(知之者不如好之者, 好之者不如樂之者)「옹야편」.

아는 것은 안다고 하고, 모르는 것은 모른다고 하는 것, 이것이 아는 것이다.

(知之爲知之, 不知爲不知, 是知也)「위정편」.

알아라. 그러면 좋아하게 될 것이다. 좋아하라. 그러면 즐거워하게 될 것이다. 즐거워하라. 그러면 진리, 즉 도(道)의 경지에서 노닐 것이다.

'안다는 것'은 무엇인가. '모르는 것'의 경계를 허물고 넘어가는 지식의 확충, 즉 학문의 과정에서 일어나는 정신작용이다. 사람은 태어나서 죽을 때까지 지식의 풀(pool)에서 헤엄친다. 지식의 전선을 넓히는 출발점은 배움이다. 스승으로부터 배우든지 아니면 스스로 배워야 한다. 태어나면서 아는 생이지지자(生而知之者)는 없기 때문이다(「술이편」).

학문의 경지는 세 단계로 나눌 수 있다. 진리, 즉 도(道)가 있다는 것을 그냥 아는 것이 그 처음이다. 아는 것이 지극해지면 도(道)를 좋아하게 되는 것이 그다음이다. 도(道)를 좋아하는 것이 지극해지면 도(道)를 체득하여 즐기게 된다. 처음에는 머리로써 아는 정도가 되지만, 지극해지면 머리와 가슴[마음]이 함께 움직여서 좋아하는 정도에 이른다. 더욱 지극해지면 머리와 가슴과 영혼이 함께 움직여서 신명이 나게 되면 덩실덩실 춤을 추듯이 도(道)를 즐기는 정도에 이른다. 요컨대 배우기를 좋아하는 호학자(好學者)로서 자강불식(自强不息)하는 자는 종국에는 도(道)를 체득하고 즐기는 행운을 누리게 된다.

이와 같은 원리는 우리의 삶의 모든 분야에서 똑같이 작동된다. 산행(山行)의 경우를 보자. 먼저 산과 산행법에 대해서 알아야 한다. 가르침을 받든가 전문 서적을 보든가 해서 지식을 쌓아야 한다. 이렇게 해서 산과 산행에 대해 아는 것이 지극해지면 자연히 산행을 좋아하게 된다. 산행의 좋아함이 지극해지면 즐거워하는 경지에 이른다. 산행을 즐거워한다는 것은 자신이 산과 하나가 되는 도(道)의 경지에 들었다는 것이다. 여기에서는 물아일체로 만물을 분별하지도 차별하지도 않으며, 모든 근심과 걱정이 사라진다. 자신으로부터 자유로워지는 지극한 즐거움[至樂]에 영혼의 안식을 얻는다.

앎[知]은 모르는 것을 깨닫고 변별하고 기억하는 작용을 통하여 얻게 된 지식이다. 知는 자해(字解)하면, 矢[화살]과 口[기도하는 말]로 구성되었다. 이것은 화살을 곁들여 기도하여, 신의 뜻[진리]를 아는 모양이다. 따라서 앎[知]이란 진리를 따르며 자신을 무한히 교정하여[就道而正] 자기를 완성시키는 것이다. 지식의 전선을 넓혀가는 데 있어서 가장 중요한 점은 스스로를 속이지 않는 것이다. 자신이 아는 것과 모르는 것의 경계를 알아서 구분하고, 부족한 점은 솔직하게 인정해야 한다. 제대로 알지 못하면서 아는 척하는 것은 진리를 외면하는 것이며 부끄러워해야 할 일이다. 자기기만에서 벗어날 때 참다운 앎[知]은 시작된다.

논어 이야기 *02*

배우고 그것을 때맞게 익히면, 또한 기쁘지 않은가.

(學而時習之, 不亦說乎)「학이편」.

군자는 배움으로써 그의 도(道)를 이룬다.

(君子學以致其道)「자장편」.

사람이 도(道)를 넓게 할 수 있는 것이지, 도(道)가 사람을 넓게 하는 것은 아니다.

(人能弘道, 非道弘人)「위령공편」.

사람은 누구나 군자(君子)가 되고자 한다. 군자는 도덕과 학식이 높은 자로서 이상적인 품성과 뛰어난 재능을 갖춘 지도자급 인물이다. 군자가 되기 위해서는 먼저 호학자(好學者)로서 배우는 기쁨, 즉 학문하는 즐거움을 누릴 줄 알아야 한다. 학문이 현실적인 삶의 수단[爲人之學]이라면, 그것은 때로는 고통스러울 수도 있다. 그러나 학문이 자아실현을 위한 길[爲己之學]이라면, 깨달음을 얻고 그것이 주는 즐거움을 만끽할 수 있다.

도(道)는 사람이 걸어야 하는 하늘에서 내려온 길이다. 사람밖에 도(道)가 없고, 도(道)밖에 사람이 없다는 말처럼, 사람은 이 길을 걸음으로써 비로소 사람다워질 수 있고, 또한 자기다워질 수 있다. 그래서 군자는 이 도(道)에 전념해야 한다. 그러기 위해서는 배워야 한다. 그렇지 않으면 외부의 유혹에 휩쓸리고 외물에 마음을 빼앗기고 만다. 군자는 학문에 자기의 뜻을 독실하게 해야만 자신의 도(道)를 달성할 수 있다.

사람은 자신의 노력으로 부단하게 도(道)를 닦으면 도(道)의 지평을 넓힐 수 있다. 즉 자기가 가야 할 길을 펼칠 수 있다. 도(道)는 객관적인 존재로서의 도(道)일 뿐이지, 도(道)가 사람을 넓히는 것은 아니다. 도(道)가 넓어지면 그만큼 세상은 더욱 의롭고 풍요로워진다. 또한 자신의 인격과 재능을 발휘할 기회가 확대된다. 때문에 사람은 남이 알아주든 말든, 부귀에도 흔들림이 없이 오직 자신이 가야 할 도(道)를 닦아 세상에 펼치고 넓혀 나가야 한다. 요컨대 사회의 각 분야에서 모든 사람들이 각자의 위치에서 최선을 다할 때, 자신의 뜻을 이루고 자신의 길을 넓혀 나갈 수 있다. 이렇게 되면 세상은 더욱 살 만한 곳으로 바뀔 것이다.

논어 이야기 03

> 아침에 도(道)를 들어서 알게 되면, 저녁에 죽어도 가(可)하다.
> (朝聞道, 夕死可矣)「이인편」.

참된 인생의 목표는 도(道)라는 진리를 깨닫는 것이다. 만약 도(道)를 깨닫지 못한다면, 오래 살아도 헛된 삶을 사는 것이다. 올바른 삶이 못되기 때문이다. 도(道)는 영원히 지속된다. 그러니 도(道) 안에서는 삶과 죽음의 경계가 없다. 아침에 도(道)를 듣는다면 저녁에 죽어도 무슨 여한이 있겠는가. 도(道)는 자기 존재의 전부인 생명과도 같다. 그래서 도(道)를 얻어서 죽더라도 죽은 것이 아니다. 도(道)와 함께 영원해지기 때문이다.

사람의 행위가 구도(求道)의 정신이 뒷받침되는 경우에도 도(道)라는 표현을 쓴다. 서도(書道)와 궁도(弓道) 등이 그 예들이다. 장자에 나오는 말이다. 포정이 소를 잡을 때의 칼놀림은 신기(神技)에 가깝다. 한 마리의 소가 순식간에 해체된다. 작업 중의 소리는 모두 음률에 맞고, 동작은 무희가 춤을 추는 듯하다. 그의 칼은 19년 동안 수천 마리 소를 잡아

도 방금 숫돌에 간 것 같이 잘 보존된다. 어찌하면 기술이 이런 경지에 이를 수가 있을까. 그는 도(道)를 좋아 한다. 자연의 이치[天理]를 터득하고 이에 따른다. 수많은 수련을 통하여 드디어 소를 눈으로 보지 않고 정신으로 대하게 되었다. 요컨대 그의 기술은 점차 기술을 떠나 예술의 경지, 나아가 도(道)의 경지에 이르게 된 것이다.

예부터 산(山)은 수도(修道)의 장이 되어왔다. 그래서 등산에도 등산도(登山道)와 같은 것이 있다는 생각이다. 등산은 산에 오르는 행위로서 심신의 건강을 도모하는 것으로 여기는 경우가 보통이다. 그러나 구도(求道)의 길을 걷는 것으로 여긴다면, 등산을 통하여 얼마든지 자연과 생명, 우주의 진리를 깨달을 수 있다. 자전(字典)에서 산(山)을 검색하면 절[寺刹]이 나온다. 산문(山門)은 절[寺刹]을 뜻한다. 절을 창건하는 것을 개산(開山)이라 한다. 이렇듯 산과 절은 밀접하다. 산은 불도(佛道)의 수행에 더없이 좋은 곳이다. 산이 과연 무엇인지, 보다 심도 있게 고찰돼야 한다. 그래야만 산을 함부로 대하지 않을 것이기 때문이다.

논어 이야기 04

세 사람이 가면 반드시 나의 스승이 있다. 그 가운데 선자(善者)를 택하여 그것(善者의 좋은 점)을 따르고, 그 가운데 불선자(不善者)를 택하여 그것(不善者의 좋지 않은 점과 같은 나의 좋지 않은 점)을 고친다.

(三人行, 必有我師焉. 擇其善者而從之, 其不善者而改之) 「술이편」.

어진 사람을 보면 그와 같아질 것을 생각하고, 어질지 못한 사람을 보면 안으로 자신을 살펴야 한다.

(見賢思齊焉, 見不賢而內自省也) 「이인편」.

중니(仲尼, 공자)는 어디서 배웠습니까. 선생님께서 어디에서든 배우지 않으셨겠습니까. 어찌 일정한 스승을 가졌겠습니까.

(仲尼焉學. 夫子焉不學. 何常師之有) 「자장편」.

스승은 남의 모범이 될 훌륭한 사람이다. 사람은 스승을 본받음으로써 성장한다. 가정에서는 부모님이 스승이고, 학교에서는 선생님이 스승이다. 그렇다면 사회에서는 누가 스승이 되는가. 내가 진실로 배우고자 하면 온 세상이 나의 스승이다. 나보다 나은 자는 그의 장점이 나의 귀감이 된다. 나보다 못한 자는 그의 단점이 타산지석으로 자성(自省)의 계기가 된다. 스승은 그냥 스승으로 있는 것이 아니다. 내가 배우고자 하는 자세가 갖추어질 때 비로소 스승은 있게 된다. 사람이 크게 성장하려면 큰 스승을 만나야 한다. 여기에는 도덕과 학예가 출중한 종장(宗匠)과 존숭할 만한 종사(宗師), 크게 중심으로 삼을 대종사(大宗師)가 있다. 또한 세상 사람을 가르쳐 인도하는 목탁(木鐸)도 있다. 대종사와 목탁은 하늘이 내리는 천작(天爵)이다. 공자께서는 목탁에 해당된다(天將以夫子爲木鐸 : 「팔일편」.)

장자에 나오는 말이다. 무엇을 판단하려면 준거가 되는 척도나 표준이 있어야 한다. 사람의 경우는 본받고 따라야 할 스승이 그 역할을 한다. 첫째의 스승은 만물의 근원인 도(道)이고, 둘째는 도를 구현하고 있는 하늘[자연]이며, 셋째는 도를 깨닫고 자연과 하나가 되어 살아가는 사람[眞人, 至人]이다. 나의 삶은 어느 정도인가. 지금 내가 하는 일이 과연 올바른가. 큰 판단은 하늘에 비춰보고, 그다음은 자연의 순리에, 또 그다음은 순리를 터득한 사람에 따른다.

논어 이야기 05

유익한 세 종류의 벗이 있고, 불리한 세 종류의 벗이 있다. 정직한 자를 벗하고, 신의가 있는 자를 벗하고, 많이 보고 들어서 지식이 있는 자를 벗하면 유익하다. 남의 비위를 잘 맞추어 아첨하는 자를 벗하고, 유순하여 줏대가 약한 자를 벗하고, 말뿐이고 실상이 없는 자를 벗하면 불리하다.

(益者三友, 損者三友. 友直, 友諒, 友多聞, 益矣 : 友便辟, 友善柔, 友便佞, 損矣)「계씨편」.

벗[友]은 같은 사회적 처지나 비슷한 나이에 있든가, 같은 목적이나 취지를 가져서 서로 친하게 사귀는 사람을 말한다. 우(友)라는 글자는 오른손에 오른손을 잡고 있는 형상인데, 이것은 서로 손을 잡아야 벗의 관계, 즉 교우(交友)가 이루어짐을 뜻한다. 그렇다면 어떤 벗과 손을 잡고, 또 놓아야 하겠는가. 그 기준은 인(仁)에 있다. 인(仁)의 회복과 실천에 도움이 되는 벗은 유익한 벗이고, 도움이 되지 않는 벗은 불리하고 해로운 벗이다. 요컨대 자신의 인격 수양에 도움이 되는 벗과 사귀어야 한다는 것이다. 벗은 인생길에서 만나는 또 다른 자기 자신이다. 그래서 벗을 사귀는 것은 자기의 자화상을 그리는 것이 된다. 유익한 벗을 많이 사귀어 함께 간다면 자신의 삶은 보다 현명하고 풍요로워질 것이다. 이것 또한 세상을 더욱 살 만한 곳으로 만드는 길이기도 하다.

누가 나의 벗인가. 나는 누구의 벗인가. 흔히 나부터 남에게 좋은 벗이 돼야 한다고 말하지만, 벗다운 벗은 무르익어서 저절로 생긴다. 도리불언하자성혜(桃李不言下自成蹊), 즉 복숭아나무와 자두나무는 자연히 그 아래에 길이 생긴다. 마찬가지로 자신의 덕(德)이 높아지면 함께할 벗과 자연스럽게 어울리게 된다. 벗은 꼭 현존하는 사람만이 그 대상이 되는 것은 아니다. 역사적으로 자신이 흠모하고 존숭하는 사람이 있다면, 그 사람 또한 벗으로 사귈 수 있다. 벗의 범위는 사람으로 한정되지 않는다. 동식물은 물론이고 심지어 바위도 벗이 된다. 고산 윤선도는 물과 돌, 솔, 대, 달[水石松竹月]을 벗으로 삼은 오우가(五友歌)를 남겼다. 우주 삼라만상은 모두 벗이 될 수 있다. 만물은 서로 연관 속에서 역동적으로 벗의 관계를 유지하며 조화로운 화음을 내고 있다. 여기에 나 자신이 참여하면 우주적 언어로 교신할 수 있다. 톰킨스와 버드가 저술한 〈식물의 정신세계〉를 보면, 식물도 인간처럼 생각하고 감성을 표현한다. 또한 우주와 교신할 수 있는 어떤 수단을 가지며, 방향이나 미래에 대한 지각 능력도 있다. 사람은 식물과 함께 있을 때 가장 행복하고 편안한 기분이 된다. 이것은 자신도 모르게 식물과 벗이 되어 교신하고 교감하고 있다는 증좌가 된다. 예부터 자연을 벗 삼은 자들이 얼마나 많았던가. 진정한 벗, 그들은 저 산과 들에서 지금 우리들을 기다리고 있다는 생각이다.

논어 이야기 06

벗이 있어 먼 곳에서 이제 찾아오니, 또한 즐겁지 않은가.
(有朋自遠方來, 不亦樂乎)「학이편」.
군자는 문(文)으로써 벗을 모으고, 벗으로써 인(仁)을 돕는다.
(君子以文會友, 以友輔仁)「안연편」.
붕우와 교제하면서 신의(信義)가 없었는가.
(與朋友交而不信乎)「학이편」.

사람은 벗과 더불어 성장한다. 진정한 벗은 인격 고양에 서로 협력하는 자다. 서로 격려하며 덕(德)을 닦아 나가야 한다. 이러한 벗은 시공(時空)을 넘어 언제 어디서 만나도 즐거움을 준다. 이 즐거움은 너와 나를 하나로 만들고 나를 보다 큰 나로 확장하는 힘이 된다. 특히 배움의 과정에서 맺어진 학우(學友)는 평생을 함께 할 수 있다. 지금 가까이에서 벗들과 누리는 즐거움은 크다. 이참에 멀리서 찾아오는 벗이 또 있으니, 함께 하는 즐거움 또한 어찌 크지 않겠는가.

벗은 어떤 목적이나 동기로 맺어졌는가에 따라 그 종류가 다양하다.

나는 무엇으로 벗을 모으는가. 군자는 학문하는 사람이다. 그래서 문(文)으로 벗을 불러 모아서 함께 공부한다. 문(文)은 시(詩)와 서(書), 예(禮), 악(樂) 등 국가 사회를 빛나게 하는 학문이다. 이들 벗들과 함께 학문을 진작시키며 또한 인(仁)의 수준을 향상시킨다.

벗을 사귐에서 무엇이 가장 중요한가. 그것은 신의(信義)이다. 신의는 믿음과 의리로서 변하지 않는 진실한 마음이다. 특히 벗 간에 말을 할 때 신뢰를 근간으로 해야 한다. 말에 믿음이 있으면 비록 배우지 못한 벗이라도 하등의 문제가 되지 않는다. 말의 진실성은 사람으로서의 기본적인 도리를 다하기 때문이다 (與朋友交, 言而有信, 雖曰未學, 吾必謂之學矣 : 「학이편」). 아무리 좋은 충고도 잦으면 벗 간의 신뢰에 금이 생긴다. 충심으로 일깨우고 잘 인도하되, 안 되겠으면 그만두어야지, 이 일로 인하여 자신을 욕되게 하지 말아야 한다(忠告而善道之, 不可則止, 無自辱焉 : 「안연편」).

공자께서는 자기만 못한 자를 벗하지 말라고 하셨다(無友不如己者 : 「학이편」, 「자한편」). 자기보다 낫든가 대등한 사람을 사귀어야 한다. 자기보다 못한 사람은 자기의 성장을 멈추게 한다. 또한 자기보다 못한 사람을 주위에 두면, 자기도 모르게 잘 난 척하고 거드름을 피우며 교만해진다. 아무튼 현명한 벗을 많이 사귀는 것을 좋아하면 매우 유익하다.

논어 이야기 07

지자(知者)는 물을 좋아하고, 인자(仁者)는 산을 좋아한다. 지자는 동적(動的)이고, 인자는 정적(靜的)이다. 지자는 즐기고, 인자는 수(壽)한다.

(知者樂水, 仁者樂山 ; 知者動, 仁者靜 ; 知者樂, 仁者壽) 「옹야편」.

인자(仁者)는 인(仁)을 편안하게 여기고, 지자(知者)는 인(仁)을 이롭게 여긴다.

(仁者安仁, 知者利仁) 「이인편」.

지자(知者)는 슬기가 있는 사람, 즉 식견이 있어 사리를 잘 분간할 줄 아는 사람으로 智者와 같다. 인자(仁者)는 인(仁)한 사람, 즉 사람으로서의 도(道)를 완전히 갖춘 사람으로 仁人과 같다. 인(仁)이 본체[體]라면, 지(知)는 그 작용[用]이다. 산이 본체라면 물은 거기서 흘러나오는 작용이다. 따라서 인(仁)이 정적인 산이라면 지(知)는 동적인 물이다. 인자(仁者)는 안인(安仁)한다. 즉 인(仁)을 편하게 여긴다. 어떠한 환경에서도 마음을 안존(安存)케 한다. 하늘의 이치를 따르며, 부동의 산처럼 고요하니 천수를 다한다. 지자(知者)는 이인(利仁)한다. 즉 인(仁)을 이롭게 여긴다. 인(仁)의 의미를 잘 활용하니 마음에 걸리는 것이 없다. 흐르는 물처럼 막힘없이 움직이니 마음이 늘 새롭고 재미가 있다.

인(仁)은 공자 사상의 가장 핵심적인 개념이다. 공자 자신도 인(仁)을 명확하게 개념화하지 않았다. 보통 '어질다'라고 번역되어 인자하고 덕행이 높은 것을 뜻한다. 그러나 공자의 인(仁)의 개념은 훨씬 높고 깊기 때문에 '어질다'라는 번역은 꼭 들어맞지는 않다. 자칫 현(賢)과도 혼돈될 수 있다. 그냥 '인(仁)', '인(仁)하다'라고 쓸 수밖에 없다. 인(仁)은 논어에 109번 등장한다. 제자 번지가 인(仁)을 물었을 때 공자는 '사람을 사랑하는 것[愛人]'이라고 가르쳤다. 물론 번지의 수준에 맞게 표현한 것이다. 따라서 인(仁)은 사람을 사람으로 대하면서, 너와 나를 하나로 만드는 사랑의 힘이라고 짐작할 수 있다. 그러나 인(仁)은 층위가 다르게 널리 사용된다. 사람과 사람의 관계에 관한 것으로부터 나와 타자 일반의 관계로까지 확장된다고 생각된다. 어찌 사람만을 사랑하겠는가. 나를 미루어 천지 만물을 아껴서 하나가 될 때 인(仁)은 완성될 것이다. 맹자는 인(仁)을 인(人)이라고 했다. 인(仁)과 인(人)을 합하여 말한다면 바로 도(道)이다. 인(仁)은 하늘이 사람에게 내려준 천명(天命)이다. 이것 때문에 금수와 다르다. 그렇다면 도(道)는 무엇인가. 사람이 나아가야 할 인(仁)의 길이다. 따라서 인(仁)은 사람의 행동 준칙이고 존재가치를 결정해준다.

등산을 시작하면 요산요수(樂山樂水)라는 말을 자주 듣게 된다. 또한 등산을 제대로 거듭하게 되면 자신도 모르게 지자(知者)와 인자(仁者)로서의 덕(德)을 쌓아가게 되는 것도 엄연한 사실이다. 등산의 초급 시기에는 산은 산이고, 물은 물로서 구별하여 대한다. 중급 시기로 접어들면 산과 물의 구분이 없어진다. 하나로 뭉뚱그려 보고 느낀다. 그러다가 상급 시기가 되면 또다시 산과 물을 구분하게 된다. 산과 물이 갖는 사상이 다르기 때문이다. 이때부터 지자(知者)와 인자(仁者)로서의 품위가 형성된다. 왜 산이고 물인가.

논어 이야기 *08*

가난하면서도 아첨하지 않고, 부유하면서도 교만하지 않다.

가난하면서 즐거워하고, 부유하면서 예(禮)를 좋아하다. 『시경』에 이르길 '끊은 것 같고, 쓴 것 같다. 쫀 것 같고, 간 것 같다.'고 했다.

(貧而無諂, 富而無驕. 貧而樂, 富而好禮. 『詩』云, '如切如磋, 如琢如磨.')「학이편」.

부귀(富貴), 이것은 사람들이 원하는 것이지만 정당한 방법으로 얻은 것이 아니면 거기에 연연해서 머물지 않는다. 빈천(貧賤), 이것은 사람들이 싫어하는 것이지만 정당한 사유로 만난 것이 아니면 굳이 박차고 떠나려고 애쓰지 않는다.

(富與貴, 是人之所欲也, 不以其道得之, 不處也. 貧與賤, 是人之所惡也, 不以其道得之,不居也)「이인편」.

제자 자공이 여쭈었다. '가난하면서도 아첨하지 않고, 부유하면서도 교만하지 않으면 어떻습니까.' 공자께서 말씀하셨다. '좋다. 가난하면서 즐거워하고, 부유하면서 예(禮)를 좋아하는 것만 못하다.' 수신(修身)에서 가장 어려운 것이 가난과 부유에 대한 가치관의 정립이다. 가난하면 활력을 잃고 누추해지며 병마에 시달리기 쉽다. 가난의 고생은 겪어 보지 않은 사람은 짐작조차 하기 어렵다. 가난을 모면하는 데 조금이라도 도움이 될까 하여 아첨의 유혹에 쉽게 넘어간다. 이것은 자신을 떨어뜨려 스스로 천해지는 길이다. 부유하면 마음이 구름처럼 들뜬다. 말을 타면 경마 잡히고 싶듯이 욕심을 부린다. 신분이나 지위가 높아지는 고귀(高貴)함을 찾아 이리저리로 헤매고, 공명(功名)을 구하는 마음에 갈증을 느낀다. 그러면서 욕망의 굴레에 더욱 옥죄이게 된다.

가난해도 아첨하지 않을 수 있을까 [貧而無諂]. 아첨하지 않음에 만족하지 않고, 가난 속에서도 도(道)를 즐길 수 있을까 [貧而樂]. 또한 부유해도 교만하지 않을 수 있을까[富而無驕]. 교만하지 않음에 만족하지 않고, 부유 속에서도 예(禮)를 좋아할 수 있을까 [富而好禮]. 빈이락(貧而樂)과 부이호례(富而好禮)는 군자의 경지이다. 이런 경지에 들기 위해서는 도(道)에 뜻을 두고 자신을 끊임없이 절차탁마(切磋琢磨)해야 한다. 절차탁마는 여절여차(如切如磋)와 여탁여마(如琢如磨)로 골상(骨象)과 옥석(玉石)을 자르고 쓸고 쪼고 간다는 뜻으로, 도덕과 학문과 기술을 힘써 닦음을 이르는 말이다. 『시경』에 나온 말인데[骨謂之切, 象謂之磋, 玉謂之琢, 石謂之磨], 『대학』에도 등장한다[如切如磋 道學也, 如琢如磨 自修也].

사람은 누구나 부귀(富貴)를 원하고, 빈천(貧賤)을 싫어한다. 부귀가 정당하고 합당한 방법으로 얻어진 것이 아니라면, 거기에 연연해서 머물러서는 안 된다. 교만해지고 무례(無禮)해져서 사람으로서의 도리를 다할 수 없기 때문이다. 또한 빈천이 자신의 무능의 사유로 만난 것이라면 정당한 방법으로 탈출해야 한다. 그렇지 않으면 모면하려고 부낭한 방법을 강구하지 말고, 빨리 벗어나려고 애쓰지 않고, 그 사유가 사라지기를 기다려야 한다. 부귀해도 당당할 수 있고, 빈천해도 구차하지 않으면 군자가 된다.

등산을 하게 되면 험한 암릉길을 오르내리기도 한다. 이때 비지땀을 손에 쥐고 혼신의 힘을 다해 한 걸음씩 내딛는다. 이것은 자신을 갈고 닦는 절차탁마의 순간들이 아닐 수 없다. 자신도 모르게 묵은 생각과 헛된 몸짓은 땀방울에 녹아 사라지고, 심신은 산과 하나가 되어 맑게 빛난다. 이래서 등산이 빈부(貧富)의 굴레를 벗어던지게 하는 영약(靈藥)인가.

논어 이야기 *09*

과오(過誤)를 범했으면 즉시 고치는 것을 꺼리지 말아야 한다.

(過則勿憚改)「학이편」, 「자한편」.

과오를 범하고도 고치지 않는 것, 이것이 과오다.

(過而不改, 是謂過矣)「위령공편」.

자신의 과오를 적게 하고자 하나 아직 능히 하지 못한다.

(欲寡其過而未能也)「헌문편」.

사람의 과오는 각각 그 무리에 따른다. 과오를 보면 인(仁)을 알 수 있다.

(人之過也, 各於其黨, 觀過, 斯知仁矣)「이인편」.

사람은 누구나 고의가 아니더라도 부주의로 과오를 범한다. 이 과오를 어떻게 대하는가에 따라 사람의 품격이 달라진다. 과오는 되도록이면 적게 하려고 노력해야 한다. 끊임없는 자기성찰[自省]과 자기반성[自反]을 통하여 자신을 닦는 것이다. 그래도 늘 미흡하기 때문에 과오가 생기면 꺼리지 말고 즉시 고쳐야 한다. 과오가 있어도 고친다면, 과오가 없었던 것으로 회복된다. 그러나 고치지 않고 방치하면 과오는 또 과오를 불러오면서 되풀이된다. 이렇게 되면 과오가 고질화되어 악습(惡習)으로 변한다. 악습을 만드는 것만큼 더 큰 과오는 없다.

군자도 과오를 피할 수 없다. 이 과오는 일식과 월식이 나타나듯이 모든 사람들 눈에 저절로 드러난다. 숨길 수가 없다. 때문에 군자는 되도록 과오를 범하지 않도록 근신한다. 또한 군자는 자신의 과오를 재빨리 고친다. 일식이나 월식이 사라지듯이 원상태로 되돌아간다. 때문에 모든 사람들이 그를 진심으로 공경하는 마음을 가진다. 군자가 과오를 대하는 태도가 이렇기 때문에 많은 사람들에게 모범이 된다(君子之過也, 如日月之食焉. 過也, 人皆見之 ; 更也, 人皆仰之 : 「자장편」). 그러나 소인은 과오를 범하면 꾸며댈 궁리부터 한다. 아예 덮어버리거나, 책임의 소재를 흐리게 한다. 아니면 축소시키거나 변명의 구실을 찾는다. 이렇게 꾸밈으로써 그 과오를 더욱 무겁게 한다. 모름지기 과오를 인정하고, 책임질 것은 책임지면서 고쳐 나가야 한다(小人之過也必文 : 「자장편」).

인(仁)을 어떻게 알 수 있을까. 사람이 저지른 과오를 관찰하면 알게 된다. 사람에게 과오는 따라다닌다. 마치 그림자가 따라다니는 것과 같다. 이러한 과오는 다양하다. 그가 소속된 집단이 달라지면 더욱 그렇다. 같은 집단이라도 행동이 달라지면 과오 또한 달라진다. 따라서 집단은 과오의 온상이 된다. 서로 도와 나쁜 짓을 잘 숨기기 때문이다. 더욱 고약한 것은 집단화된 과오이다. 집단이 무리의 힘을 이용해서 고의적으로 과오를 범하기도 한다. 여기에서 어찌 인(仁)을 기대할 수 있겠는가.

논어 이야기 10

시(詩) 300편, 이것을 한마디로 포괄하면 사무사(思無邪)이다.

(詩三百, 一言以蔽之, 曰思無邪)「위정편」.

시로서 흥기(興起)하고, 예로써 확립(確立)하며, 음악으로 완성(完成)한다.

(興於詩, 立於禮, 成於樂)「태백편」.

시를 배우지 못하면 말을 할 수 없다. 예를 배우지 못하면 설 수가 없다.

(不學詩, 無以言. 不學禮, 無以立)「계씨편」.

시는 그것으로써 감흥을 일으킬 수 있고, 그것으로써 관찰할 수 있고, 그것으로써 무리를 지을 수 있으며, 그것으로써 원망할 수도 있다. 가깝게는 부모를 섬기고, 멀게는 임금을 섬길 수 있으며, 조수와 초목의 이름을 많이 알게 된다.

(詩可以興, 可以觀, 可以群, 可以怨. 邇之事父, 遠之事君, 多識於鳥獸草木之名)「양화편」.

사무사(思無邪), 즉 생각에 사악함이 없다. 사악함이 없기를 바란다.

생각에 사악함이 없으면 행동 역시 사악함이 없기 마련이다. 실로 올바른 인격이라고 말하지 않을 수 없다. 그렇다면 어떻게 하면 이런 경지에 이를 수가 있을까. 공자는 시경(詩經)을 배우면 된다는 것이다. 즉 시경을 완전히 이해하게 되면 무엇을 생각하더라도 사악한 구석이 저절로 없게 된다는 것이다. 시경은 오경(五經)의 하나로 공자께서 직접 찬술하였고, 제자를 가르치는 데 있어서 첫머리로 삼았다. 춘추 시대의 민요와 조정의 음악, 종묘 제사 때의 음악 등 3천여 편의 시 중에서 305편을 간추려서 수록한 사언행의 시집이다. 여기에는 정치의 타락과 융성, 민속과 인심의 올바름과 그릇됨이 그려져 있다.

군자의 인격은 세 단계로 이루어진다. 즉 시에서 시작하여 예를 거쳐서 음악에서 완성된다. 시는 성정(性情)에 기본을 두고 악함을 미워하고 선함을 좋아하는 마음을 흥기시켜 순수한 마음이 드러나게 한다. 이러한 시는 예에 사용된다. 예는 시의 마음으로 자신의 풍모와 행위는 물론이고 남과의 관계에서 아름다운 질서를 확립해준다. 이러한 예는 음악과도 분리될 수 없다. 음악은 예로써 이루어진 질서를 큰 조화의 틀 속으로 이끈다. 따라서 음악은 사람의 마음을 움직여서 인(仁)을 회복하고 완성하는 힘이 된다.

공자는 아들[伯魚]을 직접 가르치지는 않았다. 자기가 뜰에 서 있을 때 지나가는 아들에게 두 가지 질문을 던졌다. 하나는 '시를 배웠느냐? 시를 배우지 못하면 말을 할 수가 없다.' 또 하나는 '예를 배웠느냐? 예를 배우지 못하면 설 수가 없다.' 시와 예의 중요성은 아무리 강조해도 지나치지 않다. 시는 사물의 본질을 보고 순수해지게 한다. 또한 사리에 통달하여 마음을 화평하게 한다. 때문에 시를 배우면 본질과 진실에 입각해서 말을 할 수가 있다. 예는 사람이 지켜야 할 기본적인 질서와 품위이다. 때문에 예를 배우면 품절(品節)이 명확해지고 덕성이 확고하게 되므로 제대로 자립할 수가 있다. 또한 공자께서는 아들에게 시경 특히 주남(周南)과 소남(召南)을 학습하지 않으면 담을 마주하고 서 있는 것과 같다고 하셨다. 담을 대하고 있으면 아무것도 보이지 않으니 무식한 자가 될 수밖에 없다는 것이다(「양화편」).

시의 효용은 대단하다. 그만큼 시를 배워야 할 이유가 크고 많다. 순수한 감정과 뜻을 일으킨다. 인정과 풍속을 살핀다. 사람들과 공감하여 무리를 짓고 조화를 이룬다. 정치 사회의 모순과 병폐를 원망하고 풍자로 비판한다. 부모와 임금을 섬김으로 사람의 도리를 다한다. 조수와 초목 등 사물의 이름을 알아서 다양한 지식을 얻는다. 요컨대 시경은 인간의 깊은 마음과 사물의 이치, 풍속 등을 풍자하고 비유한 기록이다. 이것을 외우는 목적은 현실에 응용하기 위함이다. 이를테면 정치를 제대로 하고, 외교 무대에서 능숙하게 대처하는 것 등이다. 만약에 이와 같은 시의 효용을 제대로 살릴 수 없다면 시는 외워서 어디에 쓰겠는가(「자로편」).

논어 이야기 11

군자(君子)는 미쁘고 아첨하지 않는다. 소인(小人)은 아첨하고 미쁘지 않다.

(君子周而不比, 小人比而不周) 「위정편」.

군자는 화목(和穆)하나 합동(合同)하지 않고, 소인은 합동하나 화목하지 않다.

(君子和而不同, 小人同而不和) 「자로편」.

군자(君子)는 덕행과 학식이 높은 자로서 남의 사표(師表)가 될 만한 사람이다. 이상적인 품성을 갖춘 자이며, 성인(聖人)과 인자(仁者)보다는 낮은 수준이다. 소인(小人)은 군자와 대칭되는 자로서 도량(度量)이 넓지 못하고 덕(德)이 출중하지 않은 평범한 사람이다.

주이불비(周而不比), 즉 미쁘고 아첨하지 않는 것이다. 군자가 취하는 바다. 주(周)는 미쁨, 즉 신의가 있음을 말하며, 그 결과는 자연히 두루 미치어 보편적인 것이 된다. 비이부주(比而不周), 즉 아첨하고 미쁘지 않는 것이다. 소인이 취하는 바다. 비(比)는 아첨하는 것이다. 신의가 없으니 사리사욕에 따라 쉽게 결탁하고 무리를 짓는다. 원만하지 못하고 편협된다.

화이부동(和而不同), 즉 화목하나 합동하지 않는 것이다. 의(義)을 중시하는 군자의 태도다. 화(和)는 의로운 뜻이 맞아 서로 어울리고 정답게 지내는 화목(和穆)을 말한다. 사이가 벌어졌다가 다시 가까워져 화동(和同)하는 화합(和合)과는 다르다.

동이 불화(同而不和), 즉 합동하나 화목하지 않는 것이다. 이(利)를 중시하는 소인의 태도이다. 동(同)은 둘 이상이 사리사욕으로 마음이 맞아 하나로 되어 함께하는 합동(合同)을 말한다. 아무 주견 없이 덮어놓고 남의 의견을 붙좇아 함께 어울리는 뇌동과는 다르다.

사람을 크게 군자와 소인의 두 부류로 나눌 수 있다. 군자는 미쁨[周]과 화목[和]을 추구하고, 소인은 아첨[比]과 합동[同]에 젖는다. 군자는 신의를 바탕으로 남과 어울림에 있어서 의리(義理)를 마음에 둔다. 따라서 보편적인 시각에서 남과 화목해질 수는 있어도 도리에 맞지 않으면 좇지 않는다. 서로가 다름을 중시하며, 군자의 관계는 오래 지속된다. 그러나 소인은 사리사욕으로 쉽게 결탁하여 합동(合同)하고 붕당을 짓는다. 좁은 울타리 안에 갇히니 편파적일 수밖에 없다. 서로 믿지 못하게 되고 아첨을 일삼는다. 서로가 같아짐을 중시하지만 이해(利害)의 문제가 끝나면 곧 등을 돌린다. 요컨대 군자는 의(義)를 추구하고, 소인은 이(利)를 따른다. 따라서 군자가 지도자로 나서야 마땅하다.

등산을 하면 먼저 노자와 장자의 무위(無爲)와 자연(自然) 사상을 떠올리게 된다. 그런가 하면 공자와 맹자도 큰 깨우침을 준다. 공자는 인(仁)을, 맹자는 인의(仁義)를 각각 설파했다. 다시 말해서 공자는 인자(仁者)는 산을 좋아하며[仁者樂山], 맹자는 인의(仁義)가 사람의 본성과도 같다고 했다. 따라서 진심으로 산을 좋아하여 산과 같아진다면 인(仁)을 닦는 것이 되고, 이에 따라 손상된 의(義)를 회복할 수 있다. 산행(山行)이 본성으로 되돌아가는 수행(修行)이고 구도(求道)가 될 수 있는 것은 참으로 다행스러운 일이 아닐 수 없다.

논어 이야기 12

군자는 그릇이 아니다.

(君子不器) 「위정편」.

군자는 덕을 생각하고, 소인은 땅을 생각한다. 군자는 형벌을 생각하고, 소인은 은혜를 생각한다.

(君子懷德, 小人懷土 ; 君子懷刑, 小人懷惠) 「이인편」.

군자는 위로 통달하고, 소인은 아래로 통달한다.

(君子上達, 小人下達) 「헌문편」.

군자불기(君子不器), 즉 군자는 그릇이 아니다. 그릇[器]은 무엇을 담는 용기이다. 따라서 그릇은 그 모양과 크기가 결정되면 그것에 담기는 내용물과 도량(度量)이 한정된다. 때문에 그릇은 용도와 기능이 제한적이다. 흔히 사람을 그릇으로 비유한다. 사람 안에 재능과 재간이 담겨 있기 때문이다. 그래서 사람을 그릇으로 여긴다면 그를 훌륭한 인재로 중히 여기는 것이며, 그릇으로 쓴다고 하면 그를 적소(適所)에 쓰는 것을 말한다. 어떠한 일에는 그것에 알맞은 재능이 필요하다. 그래서 알맞은 인재를 알맞은 일자리에 쓰는 적재적소(適材適所)라는 말이 있다.

그러나 군자에게는 적소(適所)라는 말은 해당이 되지 않는다. 그는 일기일예(一技一藝)에 머무는 일반적인 사람과는 다르기 때문이다. 군자는 높은 학덕으로 생각하고 행동하는 바가 다르다. 그는 천하를 보는 눈과 세상을 듣는 귀를 가지고 시대를 통섭하는 비전의 인물이다. 군자는 도(道)를 추구한다. 이 도(道)에 상반되는 것이 그릇이다[形而上者, 謂之道 ; 形而下者, 謂之器 : 易經]

군자는 백성을 다스리는 지도자가 된다. 다스림에는 해서는 되는 것과 해서는 안 되는 것의 구분이 있어야 한다. 이런 구분의 기준은 의(義)이다. 해서는 되는 것을 펼치는 데는 덕(德)이, 해서는 안 되는 것을 억제하는 데는 형(刑)이 각각 필요하다. 그래서 덕치(德治)에는 법치(法治)가 뒤따른다. 소인은 소시민이기 때문에 거주함에 있어서 매우 현실적인 기준으로 실리(實利)와 시혜(施惠)를 염두에 둔다. 그래서 자기가 딛고섰는 땅만 생각하면서 자기중심적인 안목을 갖는다.

상달(上達), 이것은 위로 통달하는 것이다. 형이상(形而上)의 정신세계를 지향한다는 뜻이며, 궁극적으로 도(道)에 통달함을 말한다. 하달(下達), 이것은 아래로 통달하는 것이다. 형이하(形而下)의 물질세계를 지향한다는 뜻이며, 궁극적으로 욕(欲)에 통달함을 말한다. 사람은 그 출발점은 같지만 무엇을 추구하는가에 따라 군자와 소인으로 하늘과 땅만큼이나 서로 다른 길을 걷게 된다. 군자는 하늘을 쳐다본다. 그리하여 상달(上達)하여 정신세계에서 노닌다. 궁극적으로 도(道)의 세계에 도달한다. 그러나 소인은 땅을 쳐다본다. 그리하여 하달(下達)하여 물질

세계에서 노닌다. 궁극적으로 인욕(人欲)의 세계에서 헤어나지 못한다. 요컨대 군자는 위로 통달하여 인의(仁義)에 밝고, 소인은 아래로 통달하여 이익(利益)에 밝다.

논어 이야기 13

> 군자는 근본에 힘쓴다. 근본이 확립되면 도(道)가 생긴다. 효제(孝弟)는 아마 인(仁)을 행하는 근본일 것이다.
>
> (君子務本, 本立而道生. 孝弟也者, 其爲仁之本與)「학이편」.

군자는 모든 일에서 오로지 근본에 힘쓴다. 근본이 바로 서야만 모든 일이 순조롭게 진행되는 길[道]이 열리기 때문이다. 도(道)는 사람이라면 마땅히 지켜야 할 도리(道理)이며 준수해야 할 덕(德)이다. 즉 어떤 입장에서 마땅히 인(仁)을 행하고 실천하는 바른길이다. 또한 도(道)는 어떤 일의 시행 방법이고 경로나 방향을 뜻한다. 근본이 수립되면 천리(天理)를 좇고 순리(順理)를 따르는 일이 자연스럽다. 기초와 기본이 튼튼하게 제대로 되고 나면 모든 일은 순풍에 배 띄우는 격이 된다.

인(仁)은 사랑의 원리이며 마음의 덕으로서 나와 너, 그리고 타자 일반과의 관계를 튼튼하게 맺어 주는 동아줄이다. 그래서 인(仁)을 행하는 것은 자기와 타자가 공존(共存)하고 공생(共生)하는 최선의, 최상의 행위이다. '나'라는 존재를 근원적으로 있게 해 주는 것은 바로 부모와 형제, 즉 가족이다. 따라서 효제(孝弟), 즉 부모에 대한 효도(孝道)와 형제에 대한 우애(友愛)는 인(仁)을 행하는 일의 근본이 되고도 남는다. 이렇게 가정에서 출발한 인(仁)의 실천은 점차 만물에 두루 미치게 된다. 이것이 효제의 확장이다.

맹자의 말이다. 천하의 근본은 어디에 있는가. 나라에 있다. 나라의 근본은 어디에 있는가. 가정에 있다. 가정의 근본은 어디에 있는가. 나 개인의 몸에 있다. 이것은 내가 가정을 이루고, 가정이 나라를 이루며, 나라가 천하를 이룬다는 말이다. 그래서 수신(修身)하면 제가(齊家)할 수 있고, 제가하면 치국(治國)할 수 있으며, 치국하면 평천하(平天下)할 수 있게 된다. 그런데도 대부분의 사람들은 근본을 소홀히 대한다. 왜 그런가. 근본을 제대로 볼 줄 모르고, 또한 근본에는 순서와 단계가 있음을 알지 못하기 때문이다.

사회가 왜 어지럽고 국가 경영이 어려운가. 가정에서 효제가 무너져 내렸기 때문이다. 가정이 흔들리면 사회도 국가도 온전하게 바로 유지될 수 없다. 따라서 모두가 근본에 힘써야 한다. 근본이 바로 설 때 도(道)가 있게 되고, 또한 인(仁)의 실천이 가능해진다. 그렇다면 무엇이 근본인가. 그것은 효제이다. 효제에 힘쓰지 않는다면, 어찌 그를 군자라고 하겠는가.

논어 이야기 14

질(質)이 문(文)을 이기면 조야(粗野)하고, 문(文)이 질(質)을 이기면 화사(華奢)하다. 문(文)과 질(質)이 빈빈(彬彬)한 뒤라야 군자답다.

(質勝文則野, 文勝質則史. 文質彬彬, 然後君子)「옹야편」.

군자는 질(質)일 따름입니다. 무엇 때문에 문(文)을 합니까. 문(文)이 질(質)과 같고, 질(質)이 문(文)과 같습니다.

(君子質而已矣, 何以文爲. 文猶質也, 質猶文也)「안연편」.

질(質)은 바탕이며, 있는 그대로 꾸밈이 없다. 문(文)은 겉으로 드러난 꾸밈이며, 문채(文彩)나 문식(文飾)으로 아름답게 꾸민 외관이다. 야(野)는 조야(粗野)함이며, 거칠고 촌스럽다. 사(史)는 화사(華奢)함이며, 화려하고 사치스럽다. 장식(裝飾)이 있어 아름답다. 빈빈(彬彬)은 문채와 바탕이 함께 갖추어져 찬란하다.

군자(君子)의 품격은 어떠해야 하는가. 한마디로 말해서 문(文)과 질(質)이 빈빈(彬彬)해야 한다. 군자에게서 질(質)은 그의 인격의 바탕을 이루는 인(仁)과 의(義)이다. 내면에는 인의(仁義)로 순수하고 질박하게 그 바탕을 튼튼하게 이루어야 한다. 문(文)은 인의(仁義)를 겉으로 아름답게 펼쳐주는 예(禮)와 악(樂)이다. 언행이 예악(禮樂)으로 조절되면 그의 풍모는 단연 돋보이게 된다. 따라서 안팎으로 인의와 예악이 조화를 이룬다면 그런 군자의 모습은 아름답다고 할 수 있다. 부득이하여 질(質)과 문(文) 중에서 하나만 택한다면 무엇이 되겠는가. 그것은 질(質)이다. 질(質)이 없이 문(文)만 있다면 겉만 번지르르하게 꾸밈이 결국 무슨 소용이 있겠는가. 그렇다고 질(質)만 있어도 곤란하다. 사람들의 마음을 움직이게 하는 것은 문(文)이기 때문이다. 감동을 주지 못하는 질(質), 또한 문화와 문명과는 거리가 멀다. 이것은 마치 범과 표범의 털 없는 가죽은 개와 양의 털 없는 가죽과 같은 꼴이 된다. 요컨대 문(文)의 중요성은 질(質)과 같고, 질(質)의 중요성은 문(文)과 같다. 문(文)과 질(質)은 서로 이겨서는 안 된다. 문질빈빈(文質彬彬)이 최상이다.

문(文)과 질(質)의 문제는 우리의 삶의 모든 곳에서 드러난다. 질(質)이 내용이고 본질이라면, 문(文)은 질(質)을 돋보이게 해주는 양식이고 꾸밈이다. 문(文)과 질(質)은 시대의 변천을 이룬다. 어느 시대에는 문(文)이 숭상되고, 어느 시대는 질(質)이 숭상되어 형식과 실질이 번갈아 융체한다. 그러면서도 문(文)과 질(質)은 조화를 이루는 문질빈빈(文質彬彬)의 균형점을 찾아간다. 특히 문(文)은 문화와 문명의 이름으로 질(質)의 향상을 선도하고 있다. 문(文)으로 인하여 새로운 스타일이 생겨서 유행(流行)과 풍류(風流)가 그 힘을 두루 미칠 때 우리의 삶의 격은 봄철에 피는 꽃처럼 아름답고 찬란한 멋을 가진다.

논어 이야기 15

세한(歲寒)이 된 연후에 송백(松栢)의 후조(後彫)를 알게 된다.
(歲寒, 然後知松栢之後彫也)「자한편」.

세한(歲寒)은 연중 가장 추운 설 전후의 시기다. 역경 또는 난세를 이르는 말이며, 간난에 조우하여도 기(氣)가 죽지 않는 경우에도 쓰이고, 노년을 달리 이르는 말이기도 하다. 송백(松栢)은 소나무와 잣나무로, 사시에 푸른 것이 뜻이 굳어 변하지 않는 절개를 상징한다. 栢은 柏의 俗字로 잣나무를 말하지만 중국에서는 측백나무를 가리킨다. 후조(後彫)는 뒤늦게 시듦이며, 변하지 않는 의리와 간난에 견뎌 굳게 절조를 지키는 것을 말한다.

겨울이 되면 추위에 못 견뎌 대부분의 나무들은 잎이 시들고 떨어진다. 송백(松栢)은 흰 눈이 내리는 강추위에서도 그 잎들이 푸르고 꿋꿋하다. 사람도 마찬가지다. 역경에 처해보면 그 진면모가 잘 드러난다. 간난을 견디지 못해서 쓰러지는가 하면, 잘 견뎌내는 사람도 있다. 이것은 기백(氣魄)과 기개(氣槪)의 차이 때문이다. 씩씩한 기상과 굽히지 않는 절개는 역경을 헤쳐 나가는 동력이다. 세한후조(歲寒後彫)는 기개가 높은 군자의 표상이다.

'세한(歲寒)' 하면 제일 먼저 떠오르는 것은 추사 김정희가 유배지 제주도에서 그린 '세한도(歲寒圖)'이다. 이 그림은 북경에서 귀한 책들을 구해다 준 그의 제자 이상적에게 고마움의 표시로 그려준 것이다. 집 한 채에 좌우로 소나무와 잣나무 고목을 두 그루씩 배치한 그림은 스산하고 적막한 분위기 속에서, 자신의 내면의 정취와 심경을 서화(書畵) 일치의 경지에서 표현한 작품이다(국보 제180호). 이상적의 변하지 않는 마음이 추사를 지켜주는 등불이었던가. '세한삼우(歲寒三友)'는 겨울의 추위를 잘 견디는 '송죽매(松竹梅)'를 말하며, 동양화의 대표적인 화제(畵題)의 하나이다. '세한송백(歲寒松栢)'은 역경에서도 지조(志操)를 굳게 지키는 사람을 비유한다. 특히 소나무의 기상은 선비와 군자의 그것이 된다. 지조가 견고하여 아무리 갈아도 닳지 않으며, 의지가 결백하여 아무리 검은 물을 들여도 검어지지 않는다(「양화편」).

군자는 속세에 머문다. 명예와 부귀를 탐해서 그런 것이 아니다. 선(善)을 행하여 현실의 문제를 타개하는 데 참여하기 위해서다. 그러나 속세를 멀리하는 군자도 있다. 그는 한겨울의 송백(松栢)처럼 고상한 덕(德)을 가진 은군자(隱君子)이다. 누구 못지않게 자기의 뜻을 추구하고, 의(義)를 행하여 도(道)의 경지에 이른다. 진정한 은자(隱者)라고 말하지 않을 수 없다. 겨울 산행을 하면 은군자(隱君子)를 만난다. 백설이 천지를 뒤덮은 데도 홀로 푸르게 서 있는 낙락장송(落落長松)이다. 모든 것이 변해도 결코 제 모습을 지키는 굳은 절개, 성삼문의 독야청청(獨也青青)을 대하는 마음이다.

논어 이야기 16

덕(德)이 있는 자는 외롭지 않고, 반드시 이웃이 있다.

(德不孤, 必有隣)「이인편」

덕(德)을 아는 자가 드물구나.

(知德者鮮矣)「위령공편」.

나는 덕(德)을 좋아함을 색(色)을 좋아함과 같이 하는 자를 보지 못했다.

(吾未見好德如好色者也)「자한편」,「위령공편」.

덕(德)은 도(道)를 행하여 체득한 공정하고 포용성이 있는 품성이다. 여기서는 덕이 있는 사람, 즉 유덕자(有德者)를 말한다. 유덕자는 똑바른 마음으로 인생길을 걷는다. 그리하여 덕행(德行)으로 많은 사람들을 감화시키며, 덕을 통하여 남과 하나가 되고 세상을 하나가 되게 한다. 덕행에서 남과의 관계로 가장 두드러지는 것은 관대함이다. 관용을 베풀어 너그럽게 덮어 주고 용서한다. 또한 마음이 넓어 남의 말을 잘 들어준다. 그러하니 많은 사람들을 얻게 된다(寬則得衆 :「양화편」,「요왈편」). 따라서 유덕자는 그의 덕에 감화되어 따르거나 돕는 이웃이 자연히 많아지므로 고립되지 않고 외롭지 않게 된다.

공자는 제자 자로[由]에게 덕(德)을 제대로 아는 지덕자(知德者)가 적다면서 탄식하였다. 특히 난세(亂世)에는 덕의 의미의 실체를 알고 덕을 터득하는 자가 적다. 덕은 스스로가 덕행(德行), 즉 의리(義理)의 행함을 통하여 자기 몸에 얻는 것이다. 자기가 그것을 가지고 있지 않으면 그 의미의 실상을 알 수가 없다. 사리사욕에 눈이 멀고 남과 경쟁하고 충돌하기를 일삼으면 덕의 완성은 불가능하다. 덕의 내용과 이치를 아는 지덕자가 적어지면 어지러운 세상은 더욱 어지러워질 수밖에 없다. 이러한 현실을 어떻게 타개해나갈 것인가. 지덕자가 많아지고 유덕자가 많아지길 바라는 마음이다.

색(色)을 좋아하는 것만큼이나 덕(德)을 좋아하면 얼마나 좋겠는가. 색(色)은 여색(女色)이나 외양(外樣)을 말하는데, 여기서는 여색을 가리킨다. 왜 여색을 좋아하는가. 일반적으로 색(色)은 외양(外樣)이 빛을 통하여 눈으로 식별된 것이다. 문제는 외양이 실속[본질]을 그대로 표출하지 못하는 데 있다. 어떤 사람은 표피적인 아름다운 외양 그 자체만을 좋아한다. 또 어떤 사람은 아름다운 마음이 표출된 외양을 좋아한다. 군자는 마음에 있는 덕(德)이 표출되는 것을 좋아한다. 겉으로 보이는 외양보다 내면의 본질을 더 좋아하기 때문이다. 내면에 덕(德)이 있으면 반드시 밖으로 드러나기 마련이다[德潤身]. 소인은 본질보다는 외양에만 더 많은 시선을 쏟는다. 소인이 아름다운 여색에 쉽게 혼이 빠지는 것은 내면에 덕이 부족하기 때문이다. 색(色)은 있는 덕(德)마저 녹이고 만다는 것을 알아야 한다[好色失德]. 덕을 좋아하기를 여색을 좋아하듯이 한다면, 이것은 진실로 덕을 좋아하는 것이다. 그러나 이에 능한 자들은 드물다.

전국에는 넉넉한 덕(德)으로 산객(山客)을 맞이하는 산들이 많다. 덕유산(德裕山)을 비롯하여 덕태산(德泰山), 덕대산(德大山), 덕항산(德項山), 덕가산(德加山), 대덕산(大德山), 백덕산(白德山) 등등. 이들의 품에 자주 안기면 자신도 모르게 덕량(德量)이 늘어나는 것인가. 오늘도 산에 올라 덕(德)의 향기에 취해 볼 일이다.

논어 이야기 17

옛것을 익히고 새것을 안다면, 스승이 될 수 있다.

(溫故而知新, 可以爲師矣) 「위정편」.

나는 나면서부터 그것을 아는 자가 아니다. 옛것을 좋아하여 민첩하게 그것을 구(求)하는 자이다.

(我非生而知之者, 好古, 敏以求之者也) 「술이편」.

전술(傳述)하지만 짓지 않으며, 옛것을 신뢰하고 좋아한다.

(述而不作, 信而好古) 「술이편」.

공자께서는 만고의 스승이고 성인이다. 제자 자공은 스승 공자에 대해서 이렇게 말했다. '선생님의 학덕의 담은 몇 길이나 되어서 그 문을 찾아 들어가지 않으면 내부로 통할 수 없다. 또한 선생님은 하늘의 해와 달이라서 넘을 수가 없다. 어찌 하늘에다 사다리를 놓고 오를 수가 있겠는가.' 그렇다면 공자께서는 어떻게 해서 이런 경지와 반열에 오를 수가 있었을까. 도대체 어디서 배웠으며, 스승은 누구였을까(「자장편」). 공자께서는 수많은 제자들을 두어 공자 학단을 이루었지만, 드러내 놓고 말할 만한 스승은 없었다. 호학(好學)정신이 강하여 어디서든 배웠고, 일정한 스승을 가질 수도 가질 필요도 없었다. 배움의 바탕은 옛것들이었고, 훌륭한 전적(典籍)들이 스승이 되었다. 공자께서 이렇게 말씀하셨다. '나는 나면서부터 아는 생지(生知 : 生以知之者)가 아니다. 옛것을 좋아하여 민첩하게 그것들을 구하는 자이다.' 또한 '전술(傳述)은 하지만 새로운 것을 짓지 않으며, 옛것을 믿고 좋아한다.'

공자께서는 주역(계사전, 설계전)과 춘추, 시경 등 많은 저술을 남겨셨다. 그러면서 술이부작(述而不作)이라고 하셨다. 즉 옛날의 학술과 사상을 설명하여 전했을 뿐이고, 새로운 이론을 창작하지는 않았다는 것이다. 특히 하(夏)와 은(殷)과 주(周)의 세 왕조에 걸친 문물을 집대성하여 후대에 전함으로써 새로운 시대를 튼튼하게 여셨다. 또한 누구보다도 영민하고 배우기를 좋아하여[敏而好學] 독학으로 만인의 스승이 되셨다. 학문을 전개하는 요체는 옛것을 익히는 온고(溫故)와 새로운 이치를 깨닫는 지신(知新)의 강하고 튼튼한 결합, 즉 온고지신(溫故知新)에 있었다.

학문하는 올바른 방법은 지식을 과거에서 시작하여 미래로 전개시켜 나가는 것이다. 지식의 체계화 때문이다. 체계화되지 않은 지식은 산만할 뿐만 아니라, 향후 어떻게 열어가야 할 지 그 방향성을 잡지 못한다. 따라서 이미 배운 것을 익히고 과거의 일을 연구하는 온고(溫故)가 선행돼야 한다. 그런데 온고(溫故)에만 머문다면 어떻게 되겠는가. 그저 듣고 암기하는 수준[記聞之學]이 되어 고리타분할 수밖에 없다. 미지(未知)의 세계로 다가서는 적극적인 자세가 필요하다. 온고(溫故)를 바탕으로 새로운 지식을 위한 창의적인 깨달음의 지신(知新)이 잇따라야 한다. 이렇게 된다면 학문의 올바른 선행자(先行者)로서 남의 사표(師表)가 될 수 있다. 전대미문의 새로운 학설(學說)을 제창하는 일은 쉽지 않다. 이것은 성인(聖人)의 영역이다. 대부분의 저술은 앞서간 사람의 학설을 새롭게 해석하고 설명한 것이다. 이것은 현인(賢人)의 영역이다. 옛것을 계승하여 발전시키는 데 있어서 집대성(集大成)과 전술(傳述)은 중요하다. 옛것이 토대가 되고 뿌리가 되어야만 큰 흐름이 형성될 수 있기 때문이다. 이러한 일은 남다르게 옛것을 신뢰하고 좋아하는 사람만이 할 수 있다. 이런 사람을 어찌 존숭하지 않겠는가.

논어 이야기 18

지나치는 것은 미치지 못하는 것과 같다.

(過猶不及)「선진편」.

중용(中庸)의 덕 됨은 아마도 지극하다. 백성은 드물게 오래 머물고 있다.

(中庸之爲德也, 其至矣乎. 民鮮久矣)「옹야편」.

빠르기를 바라지 말고 작은 이익을 보지 마라. 빠르기를 바라면 달성하지 못한다. 작은 이익을 보면 큰 일이 이루어지지 않는다.

(無欲速, 無見小利. 欲速則不達 ; 見小利則大事不成)「자로편」.

과유불급(過猶不及), 즉 지나침[過]은 미치지 못함[不及]과 같다. 사물과 일에는 적합한 정도와 범위 또는 시기가 있다. 이것을 초과하는 것[過]도 좋지 않고, 또한 미달하는 것[不及]도 좋지 않다. 과불급(過不及)이 없다면, 즉 마땅하여 지나치거나 모자람이 없으며, 또 어느 한쪽으로 치우치지 않고 떳떳하며 알맞은 상태나 정도를 중용(中庸)이라고 한다. 중용을 강조하는 것은 과유불급을 경계하는 뜻이 강하다.

일을 할 때는 이 일에 적합한 능력이 발휘돼야 순조롭다. 그런데 사람의 능력에는 차이가 있다. 어떤 사람이 포부가 크고 모험적이어서 어려운 일을 하기 좋아하며, 벼슬에도 관심이 많고 유명해지기를 바란다고 하자. 또 어떤 사람이 매사에 꼼꼼하고 원칙에 충실하여 빈틈이 없으며, 세세한 나머지 규모가 협소하다고 하자. 이 두 사람에게 일을 맡길 때 누가 더 낫다고 할 수 있을까. 전자는 지나치고[過], 후자는 미치지 못하기[不及] 때문에 중용을 잃은 것이다.

중용(中庸)에서 중(中)은 과불급(過不及)이 없는 도(道)와 치우치지 않는 순정(純正)의 덕(德)이다. 공자의 손자 자사(子思)는 그의 저서 『中庸』에서 중(中)은 천하의 근본[中也者天下之大本也]이라고까지 말했다. 용(庸)은 떳떳한 일상의 쓰임이다. 요컨대 중용은 일상에서 때와 상황에 알맞은 상태, 즉 지나치지도 않고 모자라지도 않으며 어느 한쪽으로 치우치지도 않는 이상적인 상태를 말한다. 공자께서는 중용의 덕이 이렇게도 지극한데도 불구하고 중용을 실천하는 사람들이 드물어진 지가 오래되었다며 걱정하셨다. 그렇다면 중용의 삶이 왜 어려운가. 그것은 세상을 너무 안이하고 고정된 시각으로 보고 그런 관념에 갇혀 있기 때문이 아닌가. 세상은 부산하게 흐르고 변한다. 세상이 변하면 사람도 그 하는 일이 달라져야 한다. 그러기 위해서는 생각부터가 먼저 세상의 변화를 읽고 달라져야 한다. 항상 새롭게 전개되는 상황에 적절히 대응하는 시중(時中)이 필요하다는 말이다. 사정(事情), 즉 일의 형편이나 정상(情狀)은 늘 시세(時勢)에 따라 결정된다. 따라서 모든 것은 그때의 사정(事情)에 맞아야 중용을 취할 수 있다.

정치를 할 때는 일의 대소(大小)와 선후(先後), 완급(緩急)을 헤아려서 중용을 실천해야 한다. 일을 신속하게 이루고자 조급해지면, 오히려 질서가 무너져 목적에 도달하기 어렵다. 또한 작은 이익에 집착하면 앞으로 나아가지 못하여 큰일을 놓치게 된다. 정치의 병통은 멀리 보지 못하고 눈앞의 작은 것에 얽매이는, 즉 천근하고 사소한 것에 집착하는 데 있다. 등산을 할 때도 천천히 그리고 꾸준히 나아가야 한다. 처음부터 서둘러 속도를 내면 빨리 지쳐버린다. 몸에 무리가 쌓이면 끝내 등산을 포기하는 경우도 생긴다. 오늘 눈앞의 정상에 매료되어 과속하면, 후일 또 다른 정상에 오르는 것은 힘든다. 등산을 나이가 들어서도 오래 즐기려고 한다면, 젊을 때부터 과유불급을 명심하여 중용의 산행을 하는 습관을 붙여야 하리라.

논어 이야기 19

나는 나면서부터 그것을 아는 자가 아니다. 옛것을 좋아하여 민첩하게 그것을 구(求)하는 자이다.

(我非生而知之者, 好古, 敏以求之者也)「술이편」.

나면서부터 그것을 아는 자는 상등급이다. 배워서 그것을 아는 자는 그다음이다. 곤란해서 그것을 배우는 자는 또 그다음이다. 곤란해도 배우지 않는다면 사람은 곧 하등급이 된다.

(生而知之者上也, 學而知之者次也, 困而學之又次也, 困而不學民斯爲下矣)「계씨편」.

성(性)은 서로 가깝지만, 습관은 서로 멀다.

(性相近也, 習相遠也)「양화편」

사람은 지력(知力)의 차이에 따라 도리나 이치를 깨닫는 정도가 다르다. 태어나면서 아는 자가 있다[生知 : 生而知之者]. 배워서 아는 자도 있다[學知 : 學而知之者]. 불통으로 곤란을 겪은 뒤에 배워서 아는 자도 있다[困知 : 困而學之者]. 곤경에 처하고도 배우지 않는 자가 있다[下愚 : 困而不學之者]. 생지(生知)에는 성인(聖人)이, 학지(學知)에는 군자(君子)가,

곤지(困知)에는 임금이, 하우(下愚)에는 소인(小人)이 각각 해당될 수 있다. 학지(學知)와 곤지(困知)는 생지(生知)와는 그 자질이 같지 않으나, 배우는 과정에서 노력 여하에 따라 생지(生知)와 같아질 수 있다. 하우(下愚)는 고집이 세고 자포자기한 어리석은 사람으로 교육으로 변하지 않는다. 많은 사람들이 공자를 생지(生知)라고 생각하였다. 그러나 본인은 생지(生知)가 아니며, 열심히 옛것을 배워서 도달한 것임을 천명하셨다. 그러면서 제자들도 결코 학문을 포기하지 말고 열심히 배울 것을 당부하셨다.

흔히 '안다'라고 하는 지(知)는 무엇인가. 지(知)의 자해(字解)는 화살을 곁들여 기도하여, 신의 뜻을 아는 모양이다. 신의 뜻이 바로 진리가 아닌가. 진리는 이미 존재해 있는 것이다. 이것을 어떻게 찾고 깨달을 것인가. 학문을 해야 한다. 배우고 익히면서 지식을 습득하고 축적해나갈 수밖에 없다. 열심히 배워나가면 뜻밖에 진리를 발견하는 행운을 맞을 수도 있다. 나는 지금 무엇을 알고 있는가. 앞으로 무엇을 알아야 하는가. 계속해서 배우면 아는 것이 불어나는 것보다 모르는 것이 늘어나는 속도가 훨씬 더 빠르다. 사람은 요람에서 무덤까지 평생토록 학습해야 하는 운명체인가.

'아는 것이 힘이다'라는 말처럼 인류 문명의 발전은 지력(知力)의 소산이다. 더욱이 개인의 발전은 오직 자신의 지력(知力)에 의해서 좌우된다. 무지하고 무식하면 어떨까. 곧 무너질 담장 아래 있는 것이며, 앞이 막힌 담장을 마주하고 서 있는 꼴이 된다. 삶이란 노력하여 배워서 알아가는 과정이다. 자기를 알고 남을 알고, 일을 알고 길[道]을 알고, 천명(天命)을 알고 분수와 만족을 알고 등등 알아야 할 것들이 얼마나 많은가. 예(禮)를 알아서 인(仁)에 도달하면 얼마나 좋을까.

사람은 출발점은 똑같은데 세월이 지나면서 현격하게 달라진다. 왜 그럴까. 습관[습성]의 차이 때문이다. 삶이 학습의 과정이라면 습관은 배우는데 가장 큰 변수로 작용한다. 하늘로부터 부여된 성(性 : 本性, 天性)은 사람마다 비슷하다. 정자(程子)는 성(性)을 본연의 성[本然之性]과 기질의 성[氣質之性]으로 나누고, 전자는 불변이지만 후자는 가변이라고 했다. 습관은 후천적으로 기질의 성이 달라져서 구성된 것이다. 때문에 어떻게 교육하고 노력하느냐에 따라서 얼마든지 좋은 습관, 학문하는 데 적합한 습관을 구성할 수 있다. 습관을 제2의 천성이라고 할 만큼 그 힘은 대단하다. 악인을 선인으로, 우자(愚者)를 현자(賢者)로 변모시킬 수 있는 것도 습관의 힘이다.

논어 이야기 *20*

나의 도(道)는 하나로써 꿰뚫고 있다. 선생님의 도(道)는 충서(忠恕)일 뿐이다.

(吾道一以貫之) (夫子之道, 忠恕而已矣)「이인편」.

너는 내가 많이 배워서 그것을 기억하고 있는 자로 생각하느냐. 아니다. 나는 하나로써 그것을 꿰뚫고 있다.

(女以予爲多學而識之者與) (非也. 予一以貫之)「위령공편」.

공자께서 증자를 불러 '나의 도(道)는 하나로써 꿰뚫고 있다.'라고 말씀하시고 자리를 비우셨다. 제자들은 그 '하나'가 무엇인지 궁금하여 증자께 물었다. 이에 그는 선생님의 도(道)는 충서(忠恕)일 뿐이라고 말했다. 공자의 도(道) 전체를 꿰뚫어 관통하고 있는 것을 하나로 나타내면 충서(忠恕)라는 것이다. 공자는 일생 동안 무도(無道)한 세상을 개혁하여 유도(有道)한 세상으로 나아가고자 하셨다. 그러기 위해서는 누구나 도(道)를 깨닫고 실천해야 한다는 것이다. 심지어는 아침에 도(道)를 들어서 깨달으면 저녁에 죽어도 괜찮다고까지 말씀하셨다[朝聞道, 夕死可矣 :「이인편」]. 그렇다면 공자의 도(道)는 무엇인가. 그것은 인(仁) 하나로 관통하고 있다. 그런데도 증자는 왜 충서(忠恕)라고 했을까. 공자께서는 제자들에게 늘 맞춤형의 수준별 교육을 했다. 충서(忠恕)는 인(仁)을 행동으로 옮기는 실천의 측면에서 알기 쉽게 구체화시킨 것이다. 충(忠)은 충성(忠誠)으로 남을 위하여 자기의 진심을 다하는 것[盡己], 즉 성심과 성의를 다하는 덕이다. 서(恕)는 용서이며, 자기의 마음을 남의 마음까지 확장하는 것[推己], 즉 자신의 마음으로 남의 마음을 헤아려보는 덕이다. 사람의 도리는 참으로 다양하고 복잡하다. 그러나 그것들을 근저에서 보면 충서(忠恕) 하나로 꿰어져 있다. 마음의 깊은 곳에 충(忠)이 있고, 마음끼리 만나는 곳에 서(恕)가 있다. 마음을 성실하고 정직하며, 동정심을 많게 하는 것이 중요하다. 요컨대 충서(忠恕)는 남과 하나되는 마음, 즉 인(仁)의 마음을 길러준다. 충(忠)과 서(恕) 중에서 서(恕)가 인(仁)을 실천하는 핵심이 되고, 충(忠)은 행동하는 자세라고 볼 수 있다.

공자께서 제자 자공에게 말씀하셨다. '너는 내가 많이 배워서 그것을 기억하고 있는 사람이라고 생각하느냐?' 자공이 '그렇습니다. 그런 것이 아닙니까?'라고 대답했다. '아니다. 나는 하나로써 모든 것을 꿰뚫고 있다.' 공자께서는 누구보다도 많이 배우고 열심히 연구하셨기 때문에 그의 지식의 양은 엄청나고 방대하였다. 아무리 성인이라 해도 그 많은 것을 어찌 하나씩 하나씩 기억할 수 있겠는가. 그럴 필요도 없다. 단순히 많은 것을 배우고 외우는 데 그치면 학문을 더 이상 진척시킬 수 없다. 자신의 지식은 하나의 기본 관념, 즉 기본적인 원리와 이치로써 관통하여 일관성 있게 체계화해야 한다.

일이관지(一以貫之), 즉 하나로써 그것(사물 전체, 만사)을 관통하고 꿰뚫는 힘은 대단하다. 큰 흐름에는 주류(主流)가 있고, 사물에는 핵심 부위가 있다. 많은 말과 글에는 요체가 있다. 통찰력으로 주류(主流)를 찾아내고 핵심과 요체를 놓치지 않아야 한다. 엽전이 아무리 많아도 흩어져 있으면 유용하게 쓸 수 없다. 하나의 돈줄로 꿰어야 한다. 자신의 개별적인 지식은 지식의 돈줄로 꿰어서 일관성 있게 체계화시켜야 한다. 무엇이 지식의 돈줄인가. 그것은 기본적인 원리와 이치이다. 전체를 꿰뚫어 보는 통찰력이 필요하다. 그러려면 평소에 요약하는 습관을 길러야 한다. 아무리 복잡한 것도 요약하면 단순화시킬 수 있다. 핵심이 손에 잡히면 정도(正道)를 벗어나지 않는다. 그러면 더 멀리 볼 수 있고, 더 멀리까지 갈 수 있다. 더 큰 일도 할 수 있다. 일이관지(一以貫之)의 힘이다.

논어 이야기 21

교언(巧言)은 덕(德)을 어지럽힌다.

(巧言亂德)「위령공편」.

교언(巧言)과 영색(令色)에는 인(仁)이 적다.

(交言令色, 鮮矣仁)「학이편」,「양화편」.

침윤지참(浸潤之譖)과 부수지소(膚受之愬)가 행해지지 않는다면, 명철(明哲)하다고 할 수 있다.

(浸潤之譖, 膚受之愬, 不行焉, 可謂明也已矣)「안연편」.

교언영색(巧言令色)은 남의 환심을 사기 위하여 아첨하는 교묘한 말과 보기 좋게 꾸민 얼굴이다. 교언(巧言)은 말솜씨를 부려서 겉만 번지르르하게 꾸몄기 때문에 실상이 없다. 영색(令色)은 본래의 모습을 감추고 남의 비위를 맞추려고 용모와 안색을 좋게 꾸민 것이다. 모두가 자신의 사리사욕을 채우기 위하여 상대방을 흔드는 수작질이고 알랑거림이다. 여기에서 핵심적인 것은 아첨(阿諂)이다. 아첨은 남의 마음에 들려고 간교하고 속이는 재주를 부려서 비위를 맞추어 알랑거리는 짓이다. 아첨의 속성에는 교묘함과 속임, 웃음 짓기, 칭찬하기가 있다. '사람은 아첨하는 동물이다'라는 말도 있다. 누가 과연 아첨에 넘어가지 않겠는가. 아첨의 대상자는 우둔한 자이다. 우둔한 자는 심지가 얕고 사리 분별이 명확하지 않아서 아첨에 약하다. '사냥꾼은 개로 토끼를 잡지만, 아첨자는 칭찬으로 우둔한 자를 사냥한다'라고도 한다.

교언영색이 왜 나쁜가. 악덕(惡德)의 시녀이기 때문이다. 사람을 비굴하게 만들고, 거짓인 줄 알면서도 서로 속이고 속히게 한다. 교언은 시비(是非)를 변경하고 혼란시켜서, 이것을 듣는 자로 하여금 자기의 지킬 바를 상실하게 한다. 세상을 어지럽히는 가짜가 판치는 것도 이와 무관하지 않다. 또한 정도(正道)에서 벗어나는 사곡한 학문, 즉 곡학(曲學)으로 세상에 아첨하는 곡학아세(曲學阿世)의 무리들도 있어서 세상은 불신과 증오로 더욱 혼란해지고 있다.

말을 끌과 조각칼로 공교하게 만든 것이 교언(巧言)이다. 교언이 아첨의 탈을 쓰고 극단으로 달려간 것이 참소(讒訴)이다. 참소는 간악한 말로 남을 헐뜯어 없는 죄도 있는 것처럼 윗사람에게 고해바치는 것이다. 때문에 참소는 어떤 인물의 정당한 평가를 혼란시킨다. 과연 어느 위정자가 참소의 늪에 빠지지 않을 수 있겠는가. 어리석고 사리에 어두운 우매(愚昧)한 위정자 때문에 정치의 혼란과 역사의 왜곡은 수없이 있어 왔지 않았던가. 명철(明哲)한 위정자는 침윤지참(浸潤之譖)과 부수지소(膚受之愬)가 통하지 않는 자이다. 침윤지참은 물이 차츰차츰 배어들어 가듯이 남을 여러 번 차츰차츰 헐뜯어서 곧이듣게 하는 참소이다. 부수지소는 살을 에는 듯한 통절한 호소나 하소연이다. 참소는 사회 기강을 흔드는 것이기 때문에 심각하게 경계해야 한다. 따라서 올바른 판단력을 길러주는 명철(明哲)은 위정자가 갖추어야 할 매우 중요한 덕목 중의 하나가 된다.

논어 이야기 22

자장이 어디서나 자신의 뜻이 수용되어 통할 수 있는 행동규범에 대해서 물었다. 공자께서 말씀하셨다. "말이 진실하고 믿음직하며, 행실이 독실하고 경건하다면, 비록 오랑캐의 나라라 할지라도 자신의 뜻이 통해서 행해지게 될 것이다."

(子張問行, 子曰 : 言忠信, 行篤敬, 雖蠻貊之邦, 行矣)「위령공편」.

군자가 명분(名分)을 세우면 반드시 그것에 걸맞게 말을 할 수 있어야 하고, 말을 하면 반드시 실행할 수 있어야 한다. 군자는 말에 있어서 일시를 미봉하는 구차한 것은 없어야 한다.

(君子名之必可言也, 言之必可行也. 君子於其言, 無所苟而已矣)「자로편」.

군자는 말로써 사람을 기용하지 않고, 사람으로써 말을 폐하지 않는다.

(君子不以言擧人, 不以人廢言)「위령공편」.

사람은 어느 장소에서 누구와도 소통이 가능해야 한다. 그곳이 비록 후진국이고 또한 오랜만에 찾아간 고향이라 할지라도 말이 통하고 행실이 통해야 한다. 그러면 그곳에서 얼마든지 자신의 주장이나 뜻이 수용되고 그것을 펼칠 수 있다. 지장이 어떻게 하면 가능한지 물었을 때, 공자께서는 말이 충신(忠信)하고 행동이 독경(篤敬)하면 된다고 하셨다. 충신(忠信)은 진실하고 믿음직함이고, 독경(篤敬)은 독실하고 경건함이다. 충신과 독경은 어떠한 사람과도 공감을 일으키고 소통을 가능케 해준다는 것이다. 때문에 충신과 독경이라는 말을 항상 가까이 해야 한다. 섰을 때는 이 글자들이 눈앞에 나란히 나타나듯이 하고, 수레에 탔을 때는 이 글자들이 횡목에 새겨진 듯이 한다. 자장은 충신독경(忠信篤敬) 네 글자를 자신의 허리띠에 쓰고 그것을 잊지 않고자 했다.

공자께서 정치를 맡게 되면 반드시 명분(名分)부터 먼저 바로 세우겠다고 하셨다(必也正名乎). 각자가 자기의 명분에 걸맞게 처신할 때 정치와 사회가 안정된다는 것이다. 명분은 명의(名義)가 정해진 데 따라 반드시 지켜야 할 직분(職分)이다. 명의는 명칭과 그 명칭에 따르는 도리이다. 따라서 명분에 상응하여 실질을 바르게 하는 것이 정명(正名)이다. 임금은 임금답고, 신하는 신하답고, 아버지는 아버지답고, 아들은 아들다워야 한다(君君, 臣臣, 父父, 子子 : 「안연편」). 각자 제자리에서 그 직분을 다한다. 즉 자기의 역할과 직위에 걸맞게 처신한다. 모든 사람과 사물이 명분대로 움직이고, 명분에 맞게 존재한다면, 모든 일은 제대로 된다. 그래서 공자의 정명 사상은 정치의 근본이 되고 인도의 큰 법칙이 된다(政事之根本, 人道之大經). 군자[지도자, 위정자]는 명분을 세우는 일부터 한다. 명분을 세우면 반드시 그에 대해서 순리에 맞게 말할 수 있어야 하고, 그것을 말하면 반드시 행할 수 있어야 한다. 특히 말에 있어서 어물어물 넘어가는 구차함이 없어야 한다. 누구에게나 떳떳하며 논리정연하고 명쾌하게 설명할 수 있고, 또한 올바르게 실행할 수 있는 말이어야 한다.

군자는 사람과 말을 모두 중시한다. 그러나 사람과 말은 일치하지 않는 경우가 있기 때문에 사람과 말을 가려서 별개로 평가하는 귀와 눈, 즉 총명(聰明)이 있어야 한다. 이것이 인재를 등용하거나 기용할 때 하나의 기준이 된다. 사람의 됨됨이와 말이 완전히 일치하지 않음을 감안해야 한다는 것이다. 그의 말만 가지고 사람을 발탁하면 진정 좋은 사람을 놓칠 수 있다. 말이 서툴더라도 됨됨이는 얼마든지 훌륭할 수 있기 때문이다. 또한 사람 됨됨이만 가지고 그의 말을 내쳐서도 안 된다. 됨됨이가 신통찮아도 그의 말이 훌륭한 경우가 있을 수 있기 때문이다. 요컨대 말과 사람을 구분해서 판단하는 혜안이 필요하다. 이것은 편견과 사사로움이 없을 때만 가능한 일이다.

논어 이야기 23

군자는 의(義)를 바탕[근본]으로 삼고, 예(禮)로써 그것을 행하고, 겸손[孫]으로써 그것을 표출하고, 신의[信]로써 그것을 완성한다.

(君子義以爲質, 禮以行之, 孫以出之,信以成之)「위령공편」.

군자는 의(義)를 깨닫고, 소인은 이(利)를 깨닫는다.

(君子喩於義, 小人喩於利)「이인편」.

군자는 의(義)를 최상으로 여긴다. 군자가 용기를 가졌어도 의(義)가 없으면 난(亂)을 일으키고, 소인이 용기를 가졌어도 의(義)가 없으면 도적질을 한다.

(君子義以爲上, 君子有勇而無義爲亂, 小人有勇而無義爲盜)「양화편」.

불의(不義)한 부귀(富貴)는 나에게 부운(浮雲)과 같다.

(不義而富且貴, 於我如浮雲)「술이편」.

의(義)는 사람으로서 지켜야 할 떳떳하고 정당한 도리(道理), 즉 의리(義理)를 말한다. 사람의 본마음인 인(仁)을 인(仁)답게 받쳐주고 지탱해주는 것이 의(義)이다. 의(義)의 힘이 강할 때 사람 간의 도덕률은 건강하게 빛을 발하고, 국가와 사회는 기강이 바로 선다. 의(義)가 인간관계를 이기적 입장을 떠나 보다 이타적 입장에서 구축하게 해주고, 일의 처리에서 사욕보다는 공공을 위하는 마음씨를 발휘하게 해주기 때문이다. 요컨대 의(義)는 사람의 말과 행동을 공정과 상식의 수준에서 벗어나지 않게 제어해주는 유일한 수단이 된다. 이래서 정의(正義)는 우리의 삶을 맑게 해주는 샘물이고, 어둠을 밝혀주는 등불과 같은 것이다.

군자[지도자, 위정자]는 일을 함에 있어서 의(義)를 바탕과 근본으로 삼아 일에 부수되는 모든 것을 제어한다. 일의 실행과정에서는 의(義)를 구체화시킨 질서로서의 예(禮)가 기준이 된다. 예에 맞지 않는 일 처리는 불의(不義)이고 부정(不正)한 것이 된다. 일을 표현할 때는 겸손하게 하고, 일의 진행과 결과에 대해 신뢰를 얻을 수 있도록 해야 한다. 요컨대 일은 의(義)를 근간으로 하고, 예(禮)와 겸손[孫]과 신의[信]로 실행하고 완성하는 것이 군자다운 일 처리이다.

사람은 무엇을 추구하는가에 따라 군자와 소인으로 나누어진다. 군자는 위로 통달하고, 소인은 아래로 통달한다(君子上達, 小人下達 : 「헌문편」). 즉 군자는 형이상학적인 인의(仁義)에 밝고, 소인은 형이하학적인 이익(利益)에 밝다. 군자가 전체를 보고 하나가 된다면, 소인은 자기만 보고 자기중심적이 된다. 의(義)가 천리(天理)의 마땅함이라면, 이(利)는 인정(人情)의 하고자 하는 평범함이다. 천리(天理)를 따를 것인가, 인정(人情)에 머무를 것인가, 이것은 가치관과 인생관이 말해줄 것이다.

의(義)를 실천하려면 용기가 있어야 한다. 의지가 강하고 과단성이 있는 사람, 즉 용자(勇者)는 의(義)를 실천하고 불의(不義)를 물리친다. 심지어 생명을 기꺼이 버리고 의(義)를 취하기도 한다. 의(義)를 보고도 행하지 않는 것은 용기가 없는 것이다 (見義不爲無勇也 : 「위정편」). 그러나 용기는 반드시 의(義)에 의해서 제어되어야만 용기다운 용기가 된다. 만약에 의(義)가 없이 용기만 있으면, 그 용기는 날래고 사나운 용맹(勇猛)이 되고, 사리를 분간하지 못하고 함부로 날뛰는 만용(蠻勇)으로 바뀐다. 그래서 군자라도 용기만 있고 의(義)가 없으면 난(亂)을 일으킨다. 소인이 용기만 있고 의(義)가 없으면 도적질을 일삼는다.

공자께서는 "불의(不義)한 부귀(富貴)는 나에게 부운(浮雲)과 같다"라고 하셨다. 의롭지 않은 방법으로 취득한 부귀는 뜬구름이 금방 사라지듯이 언제 사라질지 모른다. 얼마나 덧없는 일인가. 그래서 이익이 눈앞에 다가오면, 그것이 의로운 것인지 먼저 생각하게 된다(見利思義 : 「헌문편」). 또한 얻는 것이 있다면, 그것을 의(義)에 비추어 먼저 생각해 본다(見得思義 : 「계씨편」, 「자장편」).

논어 이야기 24

인자(仁者)는 근심하지 않고, 지자(知者)는 미혹되지 않으며, 용자(勇者)는 두려워하지 않는다.

(仁者不憂, 知者不惑, 勇者不懼) 「헌문편」, 「자한편」.

인자(仁者)는 어려운 일을 먼저 하고 얻는 것은 뒤에 한다.

(仁者先難而後獲) 「옹야편」.

무릇 인자(仁者)는 자기가 서고자 하면 다른 사람을 세우고, 자기가 통달하고자 하면 다른 사람을 통달하게 한다.

(夫仁者, 己欲立而立人, 己欲達而達人) 「옹야편」.

공자께서 군자의 도(道)로 인(仁)과 지(知)와 용(勇) 세 가지를 말씀하셨다. 그래서 인자(仁者)와 지자(知者)와 용자(勇者)는 제대로 된 군자의 모습이 된다. 인자(仁者)는 인(仁)한 사람, 즉 덕(德)을 완성한 인인(仁人)이다. 그는 천리(天理)를 따르며 일체의 구별과 분별을 넘어 자기가 남과 만물 전체와 하나임을 알고 사욕(私欲)을 이겨내므로 근심해야 할 것이 없다. 지자(知者)는 슬기가 있는 사람, 즉 지식이 많고 사물의 이치에 밝은 사람[智者]이다. 그는 명철하여 천리(天理)를 밝힐 수 있기 때문에 그 무엇에 홀리는 미혹(迷惑)함이 없다. 용자(勇者)는 용감한 사람, 즉 어려움이나 두려움을 모르고 씩씩하고 기운찬 사람[勇士]이다. 그는 기운이 충분히 도의(道義)와 짝을 할 수 있기 때문에 두려워할 것이 없다. 학문을 나아가는 데는 천리(天理)를 밝히는 지(知)를 우선으로 삼고, 덕(德)을 이루는 데는 인(仁)을 우선으로 한다. 『중용』에서는 지(知)와 인(仁)과 용(勇)의 삼덕(三德)을 천하의 달덕(達德)으로 보았다. 이 삼덕을 갖추고 수시처중(隨時處中) 하면 올바른 군자의 길을 걷는 것이 된다.

사람은 누구나 남보다 쉬운 일을 먼저 하고, 얻는 것이 있으면 또한 남보다 먼저 취하려고 한다. 그러나 인자(仁者)는 그 반대로 행한다. 어려운 일을 먼저 하고 얻는 것은 나중에 한다. 이것은 인(仁)의 마음에서 비롯된 것이다. 특히 어려운 것을 먼지 하는 선난(先難)은 극기(克己)의 또 다른 모습이다. 선난후획(先難後獲)은 일을 우선시하고 이득을 뒤로 돌리는 선사후득(先事後得 : 「안연편」)과 다르지 않다. 모두가 덕(德)을 숭상하는 것이 된다.

인(仁)의 마음이란 무엇인가. 나의 마음으로 남의 마음을 먼저 헤아리는 것[以己及人]이다. 그렇게 되면 자가가 서고 싶으면 남을 먼저 세우고, 자기가 도달하고 싶으면 남을 먼저 도달하게 할 수 있다. 혼자만 성장하고 성공하는 것이 아니고, 더불어 함께 성장하고 성공하는 것이 진정한 성장이고 성공이 된다. 지나친 경쟁보다는 화합과 조화를 이루어 나가는 것이 인(仁)의 실천이다. 널리 베풀어서 많은 사람을 구제하는 박시제중(博施濟衆)은 인(仁)의 수준을 넘는 성(聖)의 경지이다. 남을 먼저 편안하게 해주는 것이 지고지선(至高至善)이다. 따라서 인자(仁者)의 마음을 실로 크다고 아니할 수 없다.

인(仁)으로 덕(德)을 이루고, 지(知)로 학문을 하고, 용(勇)으로 의(義)를 행한다. 인자(仁者)는 자기에게 주어진 분수를 편안하게 받아들인다. 세속적인 즐거움에 구애받지 않는다. 때문에 인(仁)을 행하는 것이 자연스럽다. 지자(知者)는 인(仁)을 이롭다고 생각한다. 따라서 인(仁)을 실천하기 위해 부단히 노력한다(仁者安仁, 知者利仁 : 「이인편」). 용자(勇者)는 의(義)를 행함으로써 인(仁)을 바로 세운다. 그래서 인자(仁者)에게는 반드시 용자(勇者)의 뒷받침이 있어야 한다 (仁者必有勇 : 「헌문편」). 지자(知者)는 물을 좋아하고, 인자(仁者)는 산을 좋아한다 (知者樂水, 仁者樂山 : 「옹야편」). 땀 흘리며 산에 오르면, 계곡에 흐르는 물에서 지(知)를 깨닫고, 하늘이 닿는 산정(山頂)에서 인(仁)을 두텁게 하고, 우뚝 선 바위에서 용(勇)을 얻는다. 이것보다 더 큰 즐거움이 또 있겠는가.

논어 이야기 25

자기가 원하지 않는 것을 남에게 베풀지 마라.

(己所不欲, 勿施於人) 「안연편」, 「위령공편」.

많은 사람들이 그를 싫어해도 반드시 살펴봐야 하고, 많은 사람들이 그를 좋아해도 반드시 살펴봐야 한다.

(衆惡之, 必察焉 ; 衆好之, 必察焉) 「위령공편」.

향원(鄕原)은 덕(德)을 해치는 자이다.

(鄕原德之賊也) 「양화편」.

모든 사람들을 자신처럼 귀하게 여겨야 한다고 말한다. 남을 정중하고 존경하는 태도로 대하면 원만한 사람으로 일컬어진다. 그렇다면 어떻게 하면 되겠는가. 내가 하고자 하지 않는 것, 남이 나에게 하지 않기를 바라는 것, 이런 것들을 남에게 베풀지 않아야 한다. 또한 내가 서고 싶으면 남을 먼저 세우고, 내가 도달하고 싶으면 남을 먼저 도달하게 한다(己欲立而立人, 己欲達而達人 : 「옹야편」). 이를 위해서는 남의 마음을 헤아릴 줄 알아야 한다. 먼저 내 마음을 성찰하고 한 점 부끄럽지 않게 한다. 이런 내 마음이 남의 마음에까지 닿도록 하고[推己及人], 내 마음을 기준으로 남의 마음을 헤아리는 것이다. 이렇게 되면 남으로부터 원망을 살 일도 없고, 또한 남을 용서하지 못할 일도 없게 된다. 서로 간에 좋은 마음이 흘러 인(仁)의 향기가 진하게 풍긴다.

사람은 누구에게나 원하며 좋아하는 바와 원하지 않으며 싫어하는 바가 있다. 왜 그런가. 마음에는 본심(本心)과 욕심(欲心)이 함께 있다. 본심은 천심(天心)으로 누구에게나 공통적이지만, 욕심은 사심(私心)으로 이기적 깃발을 흔들며 사람마다 천차만별이다. 같은 사람이라도 이곳과 저곳이 다르고, 어제와 오늘이 달라질 수 있다. 이 욕심 때문에 좋고 싫은 일들이 생긴다. 욕심은 수양 정도에 따라 그 얼굴을 달리한다. 어떤 사람을 두고 많은 사람들이 그를 미워하더라도, 아니면 좋아하더라도 그 진정성을 반드시 살펴봐야 한다. 잘못된 사욕, 즉 악의에서 다중이 입을 맞추면 멀쩡한 사람을 잡을 수도 있고, 형편없는 사람을 내세울 수도 있기 때문이다. 그래서 공자께서는 오직 인자(仁者)만이 선악을 제대로 판단하여 사람을 능히 좋아하고 미워할 수 있다고 하셨다(惟仁者能好人, 能惡人 : 「이인편」). 또한 어떤 일을 두고서도 마찬가지다. 많은 사람들이 모여서 지지한다고 해서 그 일이 반드시 타당하지 않은 경우도 있다. 집단적 이기주의에 빠질 수도 있기 때문이다.

자공이 물었다. "마을 사람들이 모두 그를 좋아한다면 어떻습니까?" 공자께서 말씀하셨다. "그것으로는 옳다고 할 수 없다." "마을 사람들이 모두 그를 미워하면 어떻습니까." 공자께서 말씀하셨다. "그것으로도 옳다고 할 수 없다. 마을 사람들 가운데 선한 자들이 좋아하고 불선한 자들이 미워하는 것만 못하다."「자로편」. 사람의 평가에서 다중의 시선보다는 올바른 사람, 즉 선자(善者)의 시선이 더 중요하다는 말이다. 한 마을에 오래 살은 사람은 그 마을에 따른 편견에 젖어 있다. 이래서 남의 비위를 잘 맞추는 데 뛰어난 사람은 호평을 받는가 하면, 일마다 시시비비를 가리기 좋아하든가, 이기적인 사람은 미움을 사기 마련이다. 어떤 일의 선택에서도 지지하는 사람의 숫자가 옳음의 기준이 되면 안 된다. 분별력이 있는 자의 눈이 필요하다. 여론이 반드시 진실일 수는 없다. 편견 없는, 영합하지 않는 판단이 중요하다.

공자께서 가장 싫어하는 자가 향원(鄕原)이다. 향원은 옛날에 고을 수령을 속이고 양민에게 폐해를 입히던 촌락의 토호(土豪)였다. 그는 옳고 그름을 분명히 따지지 않고, 인정을 살펴 이에 영합하고, 시속에 맞추어 두루뭉술하게 살면서 군자 소리를 듣는 위선자다. 그가 학문과 담을 쌓고 지내면서도 덕과 지식이 있는 것처럼 포장하여 군자와 같이 행세해도, 지역 사람들은 이것을 모르고 그를 지도자로 내세우기도 한다. 요컨대 그는 어느 때고 작당하여 여론몰이를 일삼아 세상의 눈과 귀를 어지럽히며, 자기 잇속을 위하여 세상을 혼란스럽게 만든다. 이러하니 그를 어찌 덕(德)을 해치고 훔치는 도적이라고 아니 하겠는가. 오늘도 허명(虛名)을 날리며 세상을 속이는 향원들이 얼마나 많은가, 모두가 정신을 가다듬고 살펴봐야 한다.

논어 이야기 *26*

아는 것은 안다고 하고, 모르는 것은 모른다고 하는 것, 이것이 아는 것이다.

(知之爲知之, 不知爲不知, 是知也)「위정편」.

회(回)는 하나를 들으면 열을 알고, 사(賜)는 하나를 들으면 둘을 안다.

(回也聞一以知十, 賜也聞一以知二)「공야장편」.

군자는 작은 것을 알 수 없으나, 큰 것을 수용(受容)할 수 있다. 소인은 큰 것을 수용할 수 없으나, 작은 것은 알 수 있다.

(君子不可小知, 而可大受也 ; 小人不可大受, 而可小知也)「위령공편」.

공자께서 제자 자로[仲由]에게 앎[知]이란 무엇인지 깨우쳐주셨다. '아는 것은 안다고 하고, 모르는 것은 모른다'라고 솔직하게 말하라는 것이다. 그것이 앎을 제대로 터득해나가는 길이 되기 때문이다. 자로는 협객 출신으로, 우직·단순하고 용맹심이 강하며, 남에게 지기 싫어하는 성격이다. 괜한 자존심으로 모르는 것은 모른다고 인정하지 않으며, 심지어 모르는 것도 아는 척하고 거들먹거렸다. 지(知)는 그 자해(字解)가 화살을 곁들여, 기도하여 신의 뜻[神意]을 아는 모양이다. 그만큼 진리를 알아가는 길은 엄정하고 진지해야 한다. 그래서 지식을 넓히고 쌓아갈 때는 먼저 자신이 아는 것과 모른 것을 분명하게 구분해야 한다. 그렇게 되면 비록 다 알지 못하더라도 스스로를 속여서 엄폐하는 일이 없게 되어, 장차 구하면 알 수 있는 길이 열린다. 요컨대 자신에게 솔직하여 스스로를 속이지 않는 것이 앎[知]의 기본이다.

공자께서 자공에게 "너와 회 가운데 누가 더 훌륭하냐?" 물어보셨다. 자공의 대답이다. "회[안회]는 하나를 들으면 열을 알고, 저[사]는 하나를 들으면 둘을 압니다." 그만큼 안회가 자기보다 월등하게 우수해서 감히 바라볼 수도 없다는 것이다. 공자께서는 많은 제자들 중에서 안회를 가장 아꼈다. 그가 청빈 속에서도 학문의 높은 성취도를 보였기 때문이다. 제자가 가르침을 받고 날로 총명을 더해가면 스승으로서는 그만한 즐거움을 어디에서 또 찾을 수 있겠는가. 하나를 들으면 ; 하나를 아는 사람이 있고, 둘을 아는 사람이 있고, 열을 아는 사람이 있다. 깨닫는 능력의 차이 때문에 생기는 일이다. 귀가 밝아서 잘 듣고, 눈이 밝아서 잘 보면 총명(聰明)하다고 한다. 이것은 단순한 기억력의 차이가 아니고, 흔히 말하는 '머리가 좋다'는 것과도 다르다. 누구보다도 지식욕이 강한 자는 늘 새로운 것에 깨어있다. 그래서 준비된 자의 귀에는 잘 들리고 눈에는 잘 보여지기 마련이다. 총명호학(聰明好學)이 지식의 새로운 지평을 연다.

'아는 것'과 '일의 담당'은 밀접한 관계가 있다. 큰일을 담당하는 데는 큰 지식[大知]이 필요하고, 작은 일을 담당하는 데는 작은 지식[小知]이 필요하다. 소지(小知)는 작은 것을 아는 것, 즉 세세하고 자질구레한 것을 아는 것으로 좁은 전문지식이다. 소인의 분야이다. 대지(大知)는 전체를 보고 통합하며 조화를 이끌어낼 줄 아는 것, 즉 도(道)를 추구하는 큰 지혜이다. 군자의 분야이다. 사람은 어떻게 평가할 수 있겠는가. 일을 한번 시켜보면 안다. 큰일을 할 수 있으면 그는 큰 인물이다. 작은 일밖에 모르면 그는 작은 인물이다. 큰일은 나라를 다스리거나 미래를 설계하는 일이다. 작은 일은 눈앞에 닥치는 일이다. 때문에 사람은 능력의 크기, 즉 지식의 정도에 따라 역할이 다를 수밖에 없다. 군자에게는 대지(大知)에 맞는 군자의 일이 있고, 소인에게는 소지(小知)에 맞는 소인의 일이 있다. 이것이 인재 등용의 기본 원리가 된다.

논어 이야기 27

남이 알아주지 않아도 성나지 않으면, 또한 군자답지 않은가.

(人不知而不慍, 不亦君子乎)「학이편」.

남이 자기를 알지 못하는 것을 근심하지 말고, 남을 알지 못하는 것을 근심한다.

(不患人之不己知, 患不知人也)「학이편」.

아무도 자기를 알아주지 않음을 걱정하지 말고, 알아줄 만하게 되기를 구하라.

(不患莫己知, 求爲可知也)「이인편」.

군자는 무능을 걱정하고, 남이 자기를 알지 못함을 걱정하지 않는다.

(君子病無能焉, 不病人之不己知也)「위령공편」.

사람은 남이 자기를 알아주고, 자기에게 합당한 대접을 해주길 바란다. 또한 칭찬과 존경을 받고 싶어 하며, 스스로를 자랑하는 자긍심(自矜心)에서 젠체하려고도 한다. 그러다가 사정이 여의찮으면 섭섭해 하고, 심지어는 자기를 무시한다며 화를 내기도 한다. 모두가 인지상정(人

之常情)으로 남으로부터 인정받고자 하는 욕구에서 비롯된 것들이다. 여기서 자기 자신을 되돌아볼 필요가 있다. 나는 누구인가. 나는 남을 인정하고 있는가. 내가 바라보는 '나'와 남이 바라보는 '나'는 반드시 일치하지 않는다. 양자 간에 괴리가 생긴다. 이 괴리가 크면 클수록 남과의 불화(不和) 또한 더욱 커지게 마련이다. 이 괴리를 좁혀야 한다. 그러기 위해서 더욱 노력하여 남이 나를 알아줄 만하게 인품을 갖추고 능력을 키워야 한다. 그리고 내가 남을 인정하면 남도 나를 인정한다는 것을 알아야 한다. 늘 자신을 낮추고, 따뜻한 눈길로 남을 대해주어야 한다.

군자는 이와는 다르다. 그는 근본에 힘써서 도(道)를 터득한 사람이다. 그래서 천명(天命)을 알고 이를 실천한다. 즉 천리(天理)를 좇고 순리(順理)를 따른다. 일희일비(一喜一悲)하는 감정의 영역에서 벗어나 있다. 남의 시선에 따라 흔들리지 않는다. 오로지 자기를 위해 지식의 확충과 인격의 수양에 정진한다. 사람의 이름이 제대로 알려지려면 그만한 내용이 있어야 한다. 능력이 없으면서 이름이 알려진다면 그런 이름은 허명(虛名)에 불과하다. 따라서 사람은 정진에 정진을 거듭하여 자신의 능력을 신장시켜야 한다. 만약에 죽을 때까지 아무런 능력을 인정받지 못한다면 인생을 알차게 살았다고 볼 수 없다. 그러니 자기의 무능을 어찌 걱정하지 않을 수 있겠는가.

낭중지추(囊中之錐)란 말이 있다. 송곳은 주머니 속에 들어 있어도 반드시 그 날카로운 끝을 드러내고 만다. 이렇듯이 재능이 뛰어난 사람은 세상을 피해 있어도 자연히 사람들에게 알려지게 된다. 자신이 고매한 인품과 탁월한 능력을 갖추었다면 어느 누가 몰라볼 것인가. 설령 일시적으로 간과되고 저평가되며 또 무시당해도 언젠가는 인정받게 된다. 구름이 언제까지 밝은 태양을 가리고, 푸른 하늘을 덮을 것인가.

논어 이야기 *28*

군자는 자기에게서 구하고, 소인은 남에게서 구한다.

(君子求諸己, 小人求諸人)「위령공편」.

하늘을 원망하지 않고, 남을 탓하지 않는다.

(不怨天, 不尤人)「헌문편」.

사람은 누구나 실수와 잘못을 범할 수 있다. 이때 잘못의 원인을 밝히고 책임의 소재를 따지는 인과관계의 규명은 매우 중요하다. 똑같은 잘못이 되풀이되어서는 안 되기 때문이다. 아무리 복잡한 문제라도 그 실마리를 잘 잡으면 의외로 잘 풀린다. 그래서 문제 속에 답이 있다고도 한다. 군자는 자신에게서 그 인과관계를 찾고, 자기반성[自反]을 통하여 자신을 바르게 한다. 그러나 소인은 자기의 잘못을 남의 탓으로 돌린다. 심지어는 책임 소재를 모호하게 꾸미고, 변명을 늘어놓으면서 끝까지 책임 회피로 일관하기도 한다. 이렇게 되면 잘못에 대한 근본적인 개선은 불가능하다.

맹자도 '자기 자신에게서 원인을 찾아라.' 하고 설파했다(「이루장구

상」). 어떤 사람을 아껴주는데도 그 사람과 친해지지 않는 경우가 있다. 그러면 자신의 인(仁)이 부족한 것은 아닌지 되돌아봐야 한다. 어떤 사람을 다스리는데도 그 사람이 잘 다스려지지 않는 경우도 있다. 그러면 자신의 지혜[智]에 무슨 문제가 있는 것인지 되돌아봐야 한다. 어떤 사람에게 예(禮)를 다해 대우했는데도 아무런 응답이 없는 경우도 있다. 그러면 자신의 공경심[敬]에 어떤 문제가 있는 것인지 되돌아봐야 한다.

공자는 그 자신이 어떻게 학문에 정진하여 그 완성점에 이를 수 있었는지, 제자 자공에게 들려주어 자공으로 하여금 한층 분발하게 하였다. 공자께서 자탄(自歎)하셨다. "나를 알아주는 자가 없구나." 자공이 말했다. "어째서 선생님을 알아주는 자가 없습니까." 이에 공자께서 말씀하셨다. "하늘을 원망하지 않고, 남을 탓하지 않으며, 아래로부터 배워서 위로 통달했으니, 나를 아는 자는 아마도 하늘일 것이다." 공자는 어릴 때 매우 어려운 환경에서 자랐다. 그럼에도 하늘을 원망하지 않았다. 주위 사람들로부터 멸시도 많이 받았다. 그럼에도 그들을 탓하지 않았다. 천명(天命)을 깨닫고 오직 학문에만 치열하게 매진하여, 하학상달(下學上達) 즉 아래로 인사(人事)를 배운 후에 위로 천리(天理)에 달하는 경지에 이르렀다. 그리하여 무도(無道)한 세상을 바로 잡고 모두가 사람답게 사는 대동 사회를 꿈꾸며 천하를 주유하였지만, 그를 제대로 알아주는 사람은 없었다. 그러나 이미 상달(上達)하여 보통 사람으로서는 실현하기 어려운 하늘의 지혜에 도달하였으니, 공자께서는 그래도 자신을 알고 인정하는 자는 하늘일 것이라고 자부하셨다. 하학상달(下學上達), 이것은 낮고 쉬운 것부터 배워서 높고 어려운 것을 깨달아 나아가는, 사람이 제대로 떳떳하게 성장하는 과정이다. 무엇 때문에 하늘을 원망하고 남을 탓하는 데 인생을 낭비할 것인가.

논어 이야기 *29*

> 나는 열다섯이 되어 학문에 뜻을 두었고, 서른이 되어 자립하였다. 마흔이 되어 미혹되지 않았고, 쉰이 되어 천명을 알았다. 예순이 되어 귀가 순해졌고, 일흔이 되어 마음이 바라는 바를 따라도 법도를 넘지 않았다.
>
> (吾十有五而志于學, 三十而立, 四十而不惑, 五十而知天命, 六十而耳順, 七十而從心所欲不踰矩)「위정편」.

사람은 누구나 그 나이에 걸맞게 성장하고 성숙돼야 한다. 이것은 인생관의 문제이다. 어떤 목표를 세우고 어떻게 노력하는가에 따라 인생은 하늘과 땅만큼이나 다르게 펼쳐질 수도 있다. 공자는 말년에 자신의 일생을 회고하면서 자신의 성장 과정을 크게 6단계[志學, 而立, 不惑, 知命, 耳順, 從心]로 요약하였다. 공자를 학문의 세계로 이끌어 주었던 스승은 요순시대에서 하와 은, 주나라에 이르는 시기의 성인들이었다. 이 성인들은 공자 인생의 모델이 되었고, 그 자신도 성인이 되는 것을 인생의 목표로 삼았다.

그의 나이 열다섯이 되었을 때, 비로소 성인이 되는 학문에 뜻을 두고 배움의 길로 들어섰다[志學]. 배움을 통하지 않고는 성인이 될 수 없음을 절감하였고, 누구보다도 배우기를 좋아하는 호학자(好學者)가 되어 갔다. 나이 서른이 되었을 때, 그간 배웠던 예(禮)에 입각하여 스스로가 인격적으로 바로 섰다[而立]. 예를 배우고, 앎으로써 누구 앞에서나 바로 설 수 있는 바탕이 마련되었기 때문이다(不學禮, 無以立 : 「계씨편」, 不知禮, 無以立也 : 「요왈편」). 왜냐하면 인(仁)이 나타난 것이 의(義)이고, 의(義)가 구체적인 방식으로 표현된 것이 예(禮)이기 때문에, 예(禮)를 실천하는 것은 인(仁)으로 모든 것을 꿰는 것이기 때문이다. 나이 마흔이 되었을 때, 어떠한 유혹에도 흔들리지 않았고 미혹에 빠지지 않았다[不惑]. 주변의 상황이나 남이 내미는 유혹의 손길은 언제나 학문에 방해가 된다. 이때 자신에게 확고한 목표 의식과 뜨거운 호학 정신과 의지가 없다면 미혹에 빠지고 만다. 나이 쉰이 되었을 때, 자기의 사욕(私欲)을 제어함으로써 하늘의 마음[天心]에 접근하였고, 천명(天命)의 존재를 알게 되었다[知命]. 천명은 하늘이 내리는 지시이고 명령이다. 이때부터 자신이 가야 할 길은 자신의 뜻이 아닌 하늘의 뜻에 따르는 하늘의 길이 되었다. 나이 예순이 되었을 때, 남의 어떠한 말이라도 거슬림이 없이 받아들일 정도로 귀가 순해졌다[耳順]. 하늘의 마음에서 하늘의 지혜로 말을 듣게 되어, 생각하지 않아도 저절로 말을 알게 되었기 때문이다. 나이 일흔이 되었을 때, 마음이 하고자 하는 대로 따르더라도 법도[天理]에 어긋나지 않았다[從心]. 자기의 마음[本心]이 곧 하늘의 마음[天心]이 되는, 즉 자기와 하늘이 완전히 일체가 되는 경지에 이르렀기 때문이다. 이때부터 편안하게 행하려고 애쓰지 않아도 모든 언행은 중용(中庸)이 되었다. 학문이 완성되었고, 완전한 자유를 누리는 진정한 자유인이 되었다.

여기에서 가장 중요한 단계는 인생의 허리 부분에 해당되는 나이 마흔의 불혹(不惑)과 나이 쉰의 지명(知命)이다. 불혹은 미혹(迷惑)되지 않음이다. 미혹은 마음이 흐려서 무엇에 홀리거나, 정신이 헷갈려서 바른 길에 들어서지 못하고 방황하는 것이다. 이것은 인생의 목표가 아직도 제대로 확립되지 못한 결과다. 나이 마흔이 되어도 갈팡질팡하며, 남으로부터 미움까지 받는다면 그는 더 이상 진보하지 못하고 그 상태로 인생이 끝나고 말 것이다(年四十而見惡焉, 其終也已 : 「양화편」). 지명(知命)은 하늘의 뜻을 알고 경외하는 마음으로 하늘의 지시를 따르는 것이다. 하늘의 이치[天理]가 땅 위에서 그대로 펼쳐지는 것은 당연하다. 천명의 실천은 순리를 따르지 않는 욕심을 버리고, 본심(本心 : 天心)을 지킴으로써 가능하다. 천명의 실천이 제대로만 이루어져 나가면, 나이 예순의 이순(耳順)과 나이 일흔의 종심(從心)은 그냥 순서대로 이루어진다. 그래서 천명을 모르면 군자가 될 수 없는 것이다(不知命, 無以爲君子也 : 「요왈편」). 또한 나이 마흔 쉰이 되어도 명성의 알려짐이 없다면, 이 역시 두려워할 인물이 못 된다(四十五十而無聞焉, 斯亦不足畏也已 : 「자한편」).

논어 이야기 *30*

자기를 극복하여 예(禮)로 복귀하는 것이 인(仁)이다.

(克己復禮爲仁)「안연편」.

예가 아니면 보지 말고, 예가 아니면 듣지 말고, 예가 아니면 말하지 말고, 예가 아니면 움직이지 마라.

(非禮勿視, 非禮勿聽, 非禮勿言, 非禮勿動)「안연편」.

세상이 인(仁)의 물결로 넘칠 때가 사람 살기에 가장 이상적일 것이다. 모두가 인(仁)을 실천하여 화목한 분위기가 되면 너와 내가 하나가 된다. 그러면 지나친 갈등이나 경쟁은 사라진다. 인(仁)은 하늘이 사람에게만 내려준 고귀한 작위(爵位)이며, 사람이 사람답게 살 수 있는 편안한 집이다. 그런데 세상에는 인(仁)과 불인(不仁)이 함께 존재한다. 불인(不仁)의 세력이 커지면 세상은 무도(無道)해진다. 왜 그런가. 지혜[智]와 이성(理性)의 힘이 미약해진 부지(不智) 때문이다. 이 부지(不智)는 무례(無禮)를 낳고, 또 무례(無禮)는 무의(無義)를 낳는다. 세상이 무의(無義)해지면 인(仁)은 설 자리를 잃고 불인(不仁)에 빠진다. 인(仁)이 밖으로 나타난 것이 의(義)이고, 의(義)가 구체적인 방식으로 표현된 것이 예

(禮)이다. 따라서 예(禮)를 실천하는 것은 인(仁)으로 모든 것을 꿰는 것과 다르지 않다. 따라서 인(仁)과 의(義)와 예(禮) 중에서 현실적으로 피부에 와닿으면서 중요한 역할을 하는 것은 예(禮)이다.

예(禮)는 본래 신(神)에 희생을 바쳐 행복의 도래를 비는 의식이였다. 그만큼 예(禮)에는 경의와 공경의 마음으로 가득해야 한다. 예(禮)가 예(禮)답게 실천되려면, 사람의 마음이 순수한 상태에 놓여야 한다. 그러나 마음은 그렇게 되기가 쉽지 않다. 왜냐하면 마음에는 순수한 본심(本心 : 天心)에 욕심(慾心)이 붙어있기 때문이다. 이 욕심을 제거하는 노력, 즉 극기(克己)가 이루어지면 마음은 무욕(無慾)에서 본심(本心)만의 순수한 원상태로 돌아갈 수 있다. 이때 비로소 예(禮)는 정상적으로 힘을 발휘하게 된다. 이렇게 해서 예(禮)를 실천하는 것이 바로 인(仁)을 실천하는 것이 된다. 극기복례(克己復禮 : 克復)는 사욕(私慾)을 누르고 예절을 좇게 함이다. 인(仁)과 예(禮)의 실천에서 가장 중요한 것은 극기(克己)이다. 여기서 기(己)는 사욕을 말하고, 극(克)은 무거운 투구를 쓴 사람이 그 투구의 무게를 견뎌내는 것이다. 따라서 극기(克己)는 사욕의 무게를 견뎌내는 것이다. 다르게 표현하면 자기의 사욕을 이성(理性)으로 눌러 이겨내는 것이다. 이때 지혜[智]의 힘은 그 광휘를 드러낸다.

제자 안연이 예(禮)의 실천 조목을 물었을 때, 공자께서 이렇게 말씀하셨다. "예가 아니면 보지 말고, 예가 아니면 듣지 말며, 예가 아니면 말하지 말고, 예가 아니면 움직이지 마라." 이렇게 네 가지로 금하는 공자의 가르침을 사물잠(四勿箴)이라 한다. 예는 형식[예식]과 내용[실질]

에서 균형이 잡혀야 한다. 형식에 치우치면 허례(虛禮)에 빠지고, 내용만 따지면 무미건조해진다. 예는 시대와 상황에 따라야 한다. 그래야만 생명력이 있는 예가 될 것이다. 예를 염두에 둔 사물의 비교에는 동일한 기준과 조건이 적용돼야 한다. 그리고 경중을 구분하는 것 못지않게 경중을 분별하는 지혜가 중요하다. 그래야만 미묘한 상황에 맞게 예를 달리하는 권변(權變)이 가능해진다.

논어 이야기 31

지사(志士)와 인인(仁人)은 삶을 구하느라고 인(仁)을 해치는 일이 없고, 몸을 죽여서라도 인(仁)을 이루는 일은 있다.

(志士仁人, 無求生以害仁, 有殺身以成仁)「위령공편」.

백성이 인(仁)에 의지함은 물과 불보다 더 심하다. 나는 물과 불은 밟다가 죽는 자를 보았지만, 인(仁)을 밟다가 죽는 자는 보지 못했다.

(民之於仁也, 甚於水火. 水火, 吾見蹈而死者矣, 未見蹈仁而死者也)「위령공편」.

인(仁)에 머물러 사는 것이 좋다. 인(仁)에 처(處)하지 않음을 선택한다면, 어찌 지혜로울 수가 있겠는가.

(里仁爲美, 擇不處仁, 焉得知)「이인편」.

진실로 인(仁)에 뜻을 둔다면, 악(惡)이 없다.

(苟志於仁矣, 無惡也)「이인편」.

우리의 삶과 인(仁), 그중에서 어느 것이 더 소중한가. 인(仁)이다. 우리의 몸과 인(仁), 그중에서 어느 것이 더 소중한가. 인(仁)이다. 왜 인

(仁)이 삶과 몸보다도 더 소중한가. 삶에는 목숨을 따르는 유한한 삶과 인(仁)을 따르는 영원한 삶이 있다. 유한한 삶은 땅 위에서만 영위되는, 수명에 의해 제한되는 생존(生存)의 세계이며, 구차한 내 개체의 삶이다. 그러나 영원한 삶은 하늘에서 영위되는, 수명과 무관한 인(仁)의 세계이며, 떳떳한 우리 전체의 삶이다. 이와 같은 영원한 삶을 지향하는 자들이 지사(志士)이고 인인(仁人)이다. 지사(志士)는 도(道)에 뜻을 두어 학문하는 선비이고, 인인(仁人)은 도(道)를 닦아 덕(德)을 이루어 남과 내가 하나가 된 사람이다. 이들은 개체의 삶을 구하느라고 인(仁)을 해치는 구생해인(求生害仁)을 행하지 않고, 몸을 죽여서라도 전체의 인(仁)을 이루는 살신성인(殺身成仁)을 행한다.

사람은 공기가 없으면 한순간이라도 살 수 없듯이, 물과 불이 없으면 하루라도 정상적으로 생활할 수 없다. 또한 사람의 내면에 인(仁)이 살아 움직이지 않으면 하루라도 사람답게 살 수 없다. 그런데 인(仁)이 물과 불보다 더욱 필요하고 소중하다. 왜 그런가. 물과 불은 외물(外物)이며 신체와 관련된다. 그러나 인(仁)은 마음의 근간을 이룬다. 물과 불이 없으면 그의 신체를 해치는 데 불과하지만, 인(仁)이 없으면 그의 마음을 잃고 만다. 사람이 마음을 잃으면 금수처럼 살게 된다. 그래서 사람은 인(仁)에 의지하는 바가 물과 불보다 더 크다. 물과 불은 잘못하면 그것 때문에 죽게 되는 자가 있지만, 인(仁)을 실천하다가 죽는 자는 없다. 모름지기 인(仁)에 몸을 던져야 한다.

인(仁)은 사람이 추구해야 할 최고의 덕목이다. 어떻게 추구할 것인가. 자기 수양의 길로 끊임없이 정진할 수밖에 없다. 이때 인(仁)한 사람을 이웃에 두는 것이 좋다. 인(仁)의 실천에서 남과 더불어 도움을 주고 받을 수 있기 때문이다. 따라서 인(仁)한 사람들이 거처하는 인(仁)한 마을을 가려서 거주하는 것이 아름답고 훌륭하다. 이러한 일은 지혜가 뛰어난 사람만이 할 수 있는 것이다.

진실로 인(仁)에 뜻을 두는 사람은 나쁜 짓을 하지 않는다. 인(仁)한 마음을 먹으면, 뜻밖에 실수를 범할 수는 있어도, 남에게 해악을 범하는 일은 없다. 인(仁)한 마음은 너와 나를 하나로 아우르기 때문이다. 자기의 언행이 인(仁)의 기준에 맞지 않으면 악(惡)이 된다. 그의 언행이 사심(私心)에 따라 행해진 것이기 때문에 그렇다. 악(惡)은 왜곡된 마음에서 의도적으로 저지르는 잘못이다. 인(仁)을 지향할 때 악(惡)에서 멀어질 수 있다. 완전한 인(仁)의 경지에 놓이게 되면, 악(惡)은 더 이상 존재하지 않게 된다. 인(仁)에 뜻을 두어야 한다. 그래야 악(惡)을 몰아낼 수 있다.

논어 이야기 *32*

길에서 듣고 길에서 말하는 것은 덕(德)을 버리는 것이다.

(道聽而塗說, 德之棄也) 「양화편」.

아마도 (이치를) 알지도 못하면서 함부로 (창작과 저술을) 행하는 사람이 있겠지만, 나는 이런 일이 없다. 많이 듣고서 그 가운데 좋은 것을 골라서 따르며, 많이 보고서 그것을 기억하는 것은 지식 탐구의 차선책이다.

(蓋有不知而作之者, 我無是也. 多聞, 擇其善者而從之, 多見而識之, 知之次也) 「술이편」.

많이 듣되 의심스러운 것은 빼버리고, 그 나머지를 신중하게 말하면 허물이 적을 것이다. 많이 보되 위태로운 것은 빼버리고, 그 나머지를 신중하게 행하면 후회가 적을 것이다.

(多聞闕疑, 愼言其餘, 則寡尤. 多見闕殆, 愼行其餘, 則寡悔) 「위정편」.

듣고 보고 말하고 행하는 것은 우리의 일상이다. 이 중에서 가장 신중해야 할 것은 말하는 것이다. 그의 말 한마디로 그가 얼마나 지혜로운지 알 수 있다. 많이 듣고, 많이 보고, 민첩하게 실천해야 하지만, 말만큼은 적게 해야 한다. 말에는 과오와 실수가 따르기 쉽기 때문이다. 특히 길거리나 항간에서 들은 것을 바로 발설해버리는 도청도설(道聽塗說)이나 가담항설(街談巷說)은 매우 바람직하지 않다. 들은 것은 자신의 사색으로 검토과정을 충분히 거쳐야 한다. 여과해서 좋은 것은 자신의 덕(德)을 쌓는 자료로 활용하면 자기 발전에 도움이 될 수 있다. 그런데 타당성이 없는 것을 그대로 다른 사람에게 말하는 것은 자신의 덕(德)을 포기하는 행위이며, 민심을 어지럽혀 사회악을 저지른 것이 된다. 소인은 귀로 듣고 바로 입으로 내뱉는다. 그래서 이들의 학문을 구이지학(口耳之學)이라 한다. 두뇌 작용인 사색이 없는 학문이기 때문에 제대로 될 일도 없고 위험하기 짝이 없다.

공자께서 자신은 태어나면서 아는 생이지지자(生而知之者)가 아니며, 또한 새로운 이론을 창작하지 않고 전술하는 술이부작(述而不作)일 뿐이라고 말씀하셨다. 그러면서 지식을 확충해나가는 길은 견문(見聞)에 있다고 하셨다. 많이 듣고서 그 가운데 좋은 것을 가려서 그것을 따르며, 많이 보고서 그것을 마음에 새겨 기억하는 것이 지식의 단계를 높여준다는 것이다. 태어나면서 아는 성인(聖人)이 아니라면 견문을 통하여 열심히 배우는 것이 차선책이 된다.

견문(見聞)은 배움이고 지식이다. 보는 것[見]은 생각함을 뜻하고, 듣는 것[聞]에는 앎이 들어 있다. 견문은 지식을 키우고 사고력을 신장시켜 준다. 따라서 견문으로 얻을 수 있는 가장 좋은 점은 올바른 품성을 기를 수 있는 것이다. 견문은 여행이나 사절, 시찰, 견학, 탐험 등 다양한 형태로 동서양을 가리지 않는다. 세상의 넓음을 보여준 『마르코폴로 동방견문록』이나 우리나라를 유럽에 알려준 『하멜 표류기』 같은 기록물은 인류 문화의 발전에도 기여하였다. 다견다문(多見多聞)은 언제나 누구에게나 권장할 일이다. 이때 자신의 견문록(見聞錄)을 쓰겠다는 자세가 돼야 한다. 그렇지 않으면 봐도 보이지 않고[視而不見], 들어도 들리지 않는다[聽而不聞]. 견문을 거듭하면 견문을 분석하는 식견이 생긴다. 들었을 때 아직 확신이 없고 미심쩍은 것이 있다. 보았을 때 아직 안정되지 못하고 위태로운 것이 있다. 이러한 것들은 견문에서 가려내야 한다. 그렇지 않으면 견문의 말에 허물이 남고 견문의 행동에 후회가 뒤따른다. 견문을 통해 올바른 품성을 기르기 위해서 반드시 명심해야 할 사항이다.

'듣는다'라는 말에는 청(聽)과 문(聞)이 쓰인다. 이를테면 청이불문(聽而不聞)이 그것이다. 이 말은 들어도 들리지 않음이며, 한 일에 마음이 열중하면 딴 일은 도무지 알지 못함을 뜻한다. 또한 듣고도 못 들은 체할 때도 쓰인다. 청(聽)은 본래 귀를 내밀고 똑바른 마음으로 잘 듣는 경우이다. 일반적으로 널리 쓰이는 글자다. 문(聞)은 묻고서 듣는다는 뜻이 강하다. 따라서 지식을 구체적으로 확충하는 데 쓰이는 글자라고 볼 수 있다. '듣는 것'과 '들리는 것'이 다르듯이 청(聽)과 문(聞)이 다르다고 보여진다.

논어 이야기 33

유익한 것으로 세 가지 좋아함이 있고, 해로운 것으로 세 가지 좋아함이 있다. 예악으로 절제하기를 좋아하고, 남의 좋은 점을 말하기를 좋아하고, 현명한 벗을 많이 사귀는 것을 좋아하면 유익하다. 교락(驕樂)을 좋아하고, 일유(佚遊)를 좋아하고, 연락(宴樂)을 좋아하면 해롭다.

(益者三樂, 損者三樂. 樂節禮樂, 樂道人之善, 樂多賢友, 益矣. 樂驕樂, 樂佚遊, 樂宴樂, 損矣)「계씨편」.

삼요(三樂)는 세 가지 좋아함이다. 이때의 樂(요)은 좋아하다. 절예악(節禮樂)은 예악으로 절제하다. 즉 예의 제도와 음악의 절도(節度)를 분변하다. 이때의 樂(악)은 음악이다. 그리고 도(道)는 말하다, 이야기하다. 다(多)는 타동사로 많게 하다. 교락(驕樂)은 교만의 즐거움, 즉 뽐내어 방자하게 굶으로써 얻는 즐거움이다. 이때의 樂(락)은 즐거워하다. 일유(佚遊)는 편안하게 실컷 노는 것, 즉 안일하고 게으르다. 逸遊와 같다. 연락(宴樂)은 잔치를 벌이고 즐기는 것, 즉 향락을 즐기는 것이다.

사람은 누구나 좋아하는 것이 있다. 좋아함이란 즐기어서 하고 싶은 것이다. 그러나 좋아한다고 해서 모두 유익한 것은 아니다. 해로운 것도 있다. 자기의 언행을 예악으로 절제하는 것, 남의 장점을 말하는 것, 현명한 친구를 많이 사귀는 것 등 이런 것들을 좋아함은 유익하다. 그러나 교만을 떨거나, 빈둥거리며 놀거나, 먹고 마시는 것을 좋아함은 해로운 것이다.

공자께서 말씀하셨다. "아는 자는 좋아하는 자만 못하고, 좋아하는 자는 즐거워하는 자만 못하다 [知之者不如好之者, 好之者不如樂之者 : 「옹야편」]." 이것을 두고 다산은 이렇게 말했다. "안다는 것은 들어서 그것이 좋다는 것을 인식한 것이고, 좋아한다는 것은 실천해서 그 맛을 기뻐하는 것이며, 즐거워한다는 것은 그 충만함을 누리는 것이다." '안다는 것'과 '좋아한다는 것'과 '즐거워한다는 것'의 차이점을 설명한 것이다. 사람은 보고 듣고 행하는 학습의 과정을 거치면서 마음의 바다를 헤엄쳐 나간다. 이러한 인지 과정을 거치다가 마음 한 곳에 그 무엇에 대한 좋은 느낌이 쌓인다. 이 좋아함이 반복되어 더욱 강화되면 마음에 거슬리는 것이 없이 흐뭇하고 사뭇 기뻐하는 즐거움을 누린다. 즐거워하는 단계에 이르면 심리적 특성을 형성하고 자신의 사고 체계로 굳어진다. 이렇게 해서 세상을 바라보는 관점이 있게 되는 것이다.

'안다는 것'은 무엇을 어떻게 학습하는가에 따라 그 내용이 달라진다. 즉 교육의 내용에 따라 인지 과정에서 '차이'를 보인다. 이 '차이'는 개인의 심상(心像)과 생각의 지도를 바꾼다. 즉 '좋아한다는 것'의 '차이'

를 만들어 낸다. 좋아한다고 해서 모두 유익한 것은 아니다. 그렇다면 유익(有益)과 유해(有害)의 기준은 무엇이며 어떻게 판단을 내리는가. 대개 호불호(好不好)는 개인적 취향이라고 볼 수도 있겠지만, 이것이 사고방식의 '차이'를 불러온다. 개인의 사회적 존재양식은 이 사고방식과 밀접하게 관련이 있다. 세상을 바라보는 시선이 달라지기 때문이다. 유익(有益) 여부는 삶[세상]을 바라보는 관점의 '차이'에 있다. 더불어 함께 사는, 전체를 보는 집합주의적인가. 아니면 홀로 사는, 부분을 보는 개인주의적인가. 이러한 판단에는 이성의 힘만으로는 안 된다. 직관에서 비롯된 통찰의 힘이 더 크게 필요하다. 요컨대 유익한 것을 좋아하면 자기 발전과 성장에 큰 동력이 된다. 그러나 해로운 것을 좋아하면 탐닉하여 타락하게 된다. 지금의 나에게 있어서 익자삼요(益者三樂)는 과연 무엇인가. 또한 손자삼요(損者三樂)는 과연 무엇인가.

논어 이야기 34

정치는 바로잡는 것이다. 그대가 바름으로써 거느린다면 누가 감히 바르지 않겠습니까.

(政者正也. 子帥以正, 孰敢不正)「안연편」.

그 자신이 올바르면 명령하지 않아도 행해지고, 그 자신이 올바르지 않으면 비록 명령한다 하더라도 따르지 않는다.

(其身正, 不令而行. 其身不正, 雖令不從)「자로편」.

임금은 임금답고, 신하는 신하답고, 아버지는 아버지답고, 아들은 아들답다.

(君君, 臣臣, 父父, 子子)「안연편」.

사람은 언제나 태평한 세상, 즉 잘 다스려진 세상[治世]에서 살고자 한다. 그러나 예나 지금이나 세상은 기우뚱거린다. 이기적 욕망이 다양하게 분출되어 충돌하기 때문이다. 이를 다스리는 것이 정치(政治)이다. 정치는 강제로 바로잡는 것이다. 정(政)은 '강제하다'와 '바르게 하다'의 조합이다. 무엇을 바로 잡을 것인가. 첫째는 위정자 자신이고, 그다음은 명분(名分)이다.

노나라 중엽은 정치적 혼란기였다. 가신들이 대부의 정사를 농단하였기 때문이다. 이때 대부 계강자가 어떻게 수습해야 할 지 공자께 물었다. 공자께서 올바른 통치의 방법을 제시하셨다. "정치라는 것은 바로잡는 것입니다. 그대가 올바름으로써 모범이 된다면, 누가 감히 따르지 않겠습니까." 자기가 바르지 않고서 남을 바르게 하는 자는 아직은 없다. 따라서 위정자는 그 자신을 먼저 올바르게 세워야 한다. 말과 행동이 자신의 신분에 부합돼야 한다. 이렇게 그 자신이 올바름으로써 솔선수범한다면, 백성은 명령하지 않아도 잘 따른다. 윗물이 맑아야 아랫물이 맑다[上濁下不淨]. 따라서 솔선수범할 수 없다면 그는 위정자로서 자질이 미달된 자다.

제나라 경공이 공자에게 정치를 물었다. 공자께서 대답하셨다. "임금은 임금답고, 신하는 신하답고, 아버지는 아버지답고, 아들은 아들다운 것입니다." 여기서 두 가지를 생각할 수 있다. 첫째는 임금과 신하, 아버지와 아들은 각자 자신의 명분(名分)에 맞게 소임, 즉 마땅히 지켜야 할 도리를 다해야 한다는 것이다. 둘째는 정치의 영역에는 임금과 신하로 이루어지는 국정(國政)과 아버지와 자식으로 이루어지는 가정(家政)이 있다는 것이다. 정치는 명분(名分)을 바로 세우는 정명(正名)에서 시작된다. 제자 자로가 공자께 물었다. "선생님께서 정치를 하신다면 무엇부터 하시겠습니까." 이에 공자께서는 반드시 명분을 바로 잡겠다고 하셨다(必也正名乎 : 「자로편」).

왕은 왜 있는가. 신하는 왜 있는가. 모두 백성을 위해서 있다. 따라서 국정(國政)이 올바르게 되려면, 왕과 신하는 백성을 위하는 공정한 마음만 있고, 한 점의 사심(私心)이 있어서는 안 된다. 그러기 위해서는 왕은 그 자신이 늘 정도(正道)를 지향하고 인(仁)에 뜻을 두어야 한다. 또한 원만한 국정 수행을 위해 유능한 인재의 등용에 심혈을 기울여야 한다. 낮에 등불을 들고서라도 대덕(大德)을 가진 인자(仁者)와 현자(賢者)를 찾아야 한다.

국정을 가정의 외연이라고 볼 때, 가정은 나라의 근본이 된다. 따라서 가정이 제대로 서지 못하면 국정은 사상누각에 불과하다. 아버지는 누구이며, 또한 아들은 누구인가. 우리 모두는 여기에 당당하게 답할 수 있어야 한다. 사람으로 태어나서 사람답게 성장하는 것은 일차적으로 가정의 몫이다. 그래서 '나는 사람이다'라는 명제는 아버지와 아들이 손잡아 함께 풀어야 한다.

논어 이야기 35

군자에게는 세 가지 경계(警戒)할 것이 있다. 젊을 때는 혈기(血氣)가 아직 안정되지 않았으니 경계할 것이 여색(女色)에 있다. 그가 장성함에 이르면 혈기가 한창 강(剛)하게 되었으니 경계할 것이 투쟁(鬪爭)에 있다. 그가 늙음에 이르면 혈기가 이미 쇠(衰)하게 되었으니 경계할 것이 탐욕(貪慾)에 있다.

(君子有三戒 : 少之時, 血氣未定, 戒之在色, 及其壯也, 血氣方剛, 戒之在鬪. 及其老也, 血氣旣衰, 戒之在得)「계씨편」.

공자께서 군자가 일생 동안 특별히 경계(警戒)해야 할 것으로 다음의 세 가지를 강조하셨다. 소년기의 여색(女色)과 장년기의 투쟁(鬪爭), 그리고 노년기의 탐욕(貪慾) 등이 그것들이다. 군자로 무난하게 성장하고 군자로서 그 품위를 잃지 않으려면, 한시도 방심하지 말고 자기 단속을 잘 하여 불미스러운 일이 생기지 않도록 해야 한다는 것이다.

사람이 살아서 움직이는, 즉 생활하고 활동하는 데는 힘이 필요하다. 그 힘이 바로 기(氣)이다. 사람은 두 종류의 기(氣)를 가진다. 하나는 혈기(血氣)이고, 또 하나는 지기(志氣)이다. 혈기(血氣)는 혈액 순환을 통하여 얻게 되는 생기(生氣)로서 생명을 유지하는 힘, 즉 생명력(生命力)의 또 다른 표현이다. 혈액에 이상이 있든가, 그 순환에 문제가 생기면 생명력은 바로 쇠잔해지고 만다. 따라서 혈기(血氣)는 나이에 따라 달라지며, 생로병사(生老病死)와 근본에서 그 궤를 같이한다. 지기(志氣)는 의기(意氣)이다. 즉 득의(得意)한 마음이나 기개를 말한다. 이것은 얼마나 장한 마음인가, 의지와 용기가 얼마나 큰가에 따라 달라지지만, 나이에 따라서 달라지는 것은 아니다. 때문에 지기(志氣)는 수신과 수양을 통해서 자기 자신을 다잡고, 혈기(血氣)에 동요되지 않게 하는 힘이 된다. 요컨대 혈기(血氣)의 쓰임은 지기(志氣)에 의해서 조절돼야 한다.

사람은 누구나 일차적으로 혈기(血氣)의 지배하에 놓인다. 이때 지기(志氣)가 얼마만큼 힘을 발휘하는가에 따라 그 양상은 크게 달라진다. 청소년기에는 혈기(血氣)가 성장기에 걸맞게 요동치면서 커진다. 그래서 발랄한 생기(生氣)로 충만된다. 여기에는 사춘기가 복병이다. 그래서 여색(女色)에 빠지기 쉽다. 잘못하면 일생의 성장이 여기에서 멈출 수도 있다. 더욱 성장하여 장년기가 되면 혈기(血氣)가 하늘을 찌르고도 남는다. 대장부로서의 늠름한 기상을 드높인다. 누구에게도 지지 않겠다는 승부욕이 솟구친다. 이때 지기(志氣)에 의해 절제되지 않으면 세상을 압도하겠다며 투쟁(鬪爭)의 소굴로 들어간다. 그러다가 순식간에 노년기에 접어든다. 노화(老化)의 결과로 혈기(血氣)는 쇠잔해지고, 지기(志氣)마저 빛을 잃고 해서 남는 것은 날로 강해지는 탐욕(貪慾), 즉 노탐(老貪) 뿐이다. 손에 넣으려고 무엇이든지, 특히 재물을 향해 손을 내뻗지만, 끝내 빈손이 되고 만다는 것을 모른다. 노추(老醜)의 서글픔이 아닐 수 없다.

경계(警戒)는 잘못이나 죄악을 저지르지 않게 타일러 주의시키는 것이다. 警(경)은 말로 하는 경계이지만, 戒(계)는 창을 양손에 들고 경계하는 것이다. 그만큼 계(戒)는 엄중한 행동규범이 된다. 계(戒)의 범주에 넣어야 할 것들에는, 공자께서 언급하신 계색(戒色)과 계투(戒鬪), 계탐(戒貪) 외에도 너무나 많다. 몸으로, 입으로, 마음으로 빚어지는 잘못들이 많을 수밖에 없기 때문이다. 그래서 계신(戒身)도 있고 계심(戒心)도 있다. 특히 술과 담배는 건강을 해치기 때문에 계주(戒酒)와 계연(戒煙)은 결코 소홀히 해서는 안 된다. 100세 시대에 그 무엇보다도 중요한 것은 늙음을 경계하는 계로(戒老)이다. 어떻게 하면 노화(老化) 과정을 큰 무리 없이 거치면서 천수(天壽)를 다할 것인가. 소노 아야코는 '나는 이렇게 나이들고 싶다'라는 계로록(戒老錄)을 남겼다. 늙음도 아는 것만큼 아름다워질 수 있다는 말이다. 〈나의 계로록〉은 어떤 것인가.

논어 이야기 36

열 집 정도의 작은 마을에서도 충성과 신의가 나와 필적할 자가 반드시 있겠지만, 나의 호학(好學)에는 필적하지 못한다.

(十室之邑, 必有忠信如丘者焉, 不如丘之好學也) 「공야장편」.

날마다 자기가 가지고 있지 않은 것을 알아나가고, 달마다 자기가 할 수 있는 것을 잊지 않는다면, 배우기를 좋아한다[好學]고 할 수 있다.

(日知其所亡, 月無忘其所能, 可謂好學也已矣) 「자장편」.

군자는 식사에서 포만을 구하지 않고, 거처에서 안락을 구하지 않으며, 일에 민첩하고 말을 신중하게 하며, 도(道)가 있는 사람에게 나아가 자신을 바로잡는다면, 배우기를 좋아한다[好學]고 할 수 있다.

(君子食無求飽, 居無求安, 敏於事而愼於言, 就有道而正焉, 可謂好學也已) 「학이편」.

인(仁)을 좋아하되 배우기를 좋아하지 않으면 그 폐단은 우둔해지는 것이고[愚], 지혜[知]를 좋아하되 배우기를 좋아하지 않으면 그 폐단은 방탕하게 되는 것이고[蕩], 신의[信]를 좋아하되 배우기를 좋아하지 않으면 그 폐단은 사람을 해치는 것이 되고[賊], 정직[直]을 좋아하되 배우기를 좋아하지 않으면 그 폐단은 박절해지는 것이고[絞], 용기[勇]를 좋아하되 배우기를 좋아하지 않으면 난폭해지고[亂], 강직[剛]을 좋아하되 배우기를 좋아하지 않으면 미치게 되는 것이다[狂].

(好仁不好學 其蔽也愚, 好知不好學 其蔽也蕩, 好信不好學 其蔽也賊, 好直不好學 其蔽也絞, 好勇不好學 其蔽也亂, 好剛不好學 其蔽也狂) 「양화편」

공자께서는 태어나면서 아는 자[生知]인데도 늘 진리에 목말라 한시도 배움의 길에서 벗어나지 않으셨다. 즉 배움만이 진리에 도달하는 유일한 길임을 깨달으셨다. 그리하여 호학(好學)의 정신은 어느 누구보다도 철두철미하고 강하셨으며, 호학(好學)만큼은 그의 큰 자부심과 즐거움이 되었다.

날마다 자기가 가지고 있지 않은 지식과 능력을 배우고 익혀나가면 새로운 경지에 들어간다. 달마다 자기가 잘하는 것을 잊지 않으려고 노력하면 자기의 능력에 축적이 일어난다. 이것은 온고지신(溫故知新)의 전형으로, 배움을 좋아하는 호학(好學)이라 할 만하다.

군자가 배우는 목표는 자신을 바르게 하는 것이다. 그래서 정도(正道)를 아는 사람에게 나아가서 배움으로써 자신이 모르는 것을 깨우치고 잘못된 것을 바로잡는 질정(質正)에 힘쓴다. 이것은 배움을 좋아하는 사람이 아니면 어려운 일이다. 배움은 좋은 음식으로 포만하고 좋은 거처로 안락을 구하는 사람의 것이 될 수 없기 때문이다. 호학(好學)이 돈독한 사람에게는 삼망(三忘)이 있다. 먹는 것[食]과 근심[憂]과 나이[年]를 잊는다. 큰 뜻을 세워 발분하는데 어찌 먹는 것에 마음이 가겠는가. 학문하는 즐거움에 빠져있는데 무슨 근심거리가 생기겠는가. 생사(生死)에 초연하고 자연의 순리에 따르는데 나이는 헤아려 무엇에 쓰겠는가(發憤忘食, 樂以忘憂, 不知老之將至云爾 :「술이편」).

배우기를 좋아하지 않으면 어떻게 되겠는가. 좋아하는 것, 그것만으로 부족하다. 좋아하는 것이 빛이라면 폐단이라는 그림자도 생기기 때문이다. 이 그림자에 빠지지 않기 위해서는 그 이치를 배워야 한다. 공자께서는 인(仁), 지(知), 신(信), 직(直), 용(勇), 강(剛)의 육언(六言)을 육덕(六德)으로 중시하셨다. 그러나 배우기를 좋아하지 않으면[不好學], 이 육덕에는 각각 우(愚), 탕(蕩), 적(賊), 교(絞), 란(亂), 광(狂)의 육폐(六蔽)가 따른다. 이러한 육언육폐(六言六蔽)의 굴레에서 벗어나려면 배우기를 좋아해야만 한다.

논어 이야기 37

> 어질구나, 회(回)여! 한 대그릇의 밥과 한 표주박의 물로 누추한 골목에서 살게 되면, 사람들은 그 근심을 견디지 못하는데, 회(回)는 그 즐거움을 바꾸지 않으니, 어질구나 회(回)여!
>
> (賢哉回也. 一簞食, 一瓢飮, 在陋巷, 人不堪其憂, 回也不改其樂. 賢哉回也)「옹야편」.

회(回)는 공자의 수제자 안회(顔回)로 안연(顔淵)이라고도 한다. 그는 오로지 학문에만 전념하는 안빈낙도(安貧樂道)의 전형이다. 단사(簞食)는 대그릇에 담은 밥이다. 단(簞)은 대로 결여 만든 둥근 그릇으로 밥을 담는 데 사용된다. 사(食)는 밥을 말하며, 식(食)이라고 할 때는 먹는 것을 뜻한다. 표음(瓢飮)은 표주박에 담은 음료, 즉 물이나 국을 말한다. 일단사 일표음(一簞食 一瓢飮)은 줄여서 단사표음(簞食瓢飮) 또는 단표(簞瓢)라고도 한다. 대나무로 만든 밥그릇 하나에 담은 밥과 표주박 하나에 담은 음료로 생활함을 말한다. 누항(陋巷)은 누추한 골목이다. 따라서 단표누항(簞瓢陋巷) 또는 누항단표(陋巷簞瓢)라고 말하면 청빈한 생활을 가리킨다.

현인(賢人)에게는 남과 특별히 다른 점이 둘 있다. 그 하나는 안빈(安貧)이고, 또 다른 하나는 낙도(樂道)이다. 안빈(安貧)은 가난하고 궁한 가운데서도 절개를 버리지 않고 편안한 마음으로 지내면서 자기의 분수를 지키는 것이다. 자기의 신념을 굽히지 않고 변하지 않는 충실한 태도로 일관하기 때문에 먹고 입는 것과 잠자리 등에는 그렇게 구애됨이 없다. 오히려 물질적 풍요를 거부하기도 한다. 물질이 정신을 쇠락시키는 마약 같다고 생각하기 때문이다. 되도록이면 물질적 영향을 크게 배제함으로써 정신의 영역을 확충시켜 도(道)의 문에 다가선다. 낙도(樂道)는 도(道)를 흠모하여 터득하고, 이를 실천하면서 즐거움을 누리는 것이다. 도(道)의 즐거움은 형이상(形而上)의 지락(至樂)이다. 요컨대 안빈낙도(安貧樂道)는 현인(賢人)의 표상이다.

안회가 단표누항(簞瓢陋巷)으로 낙도(樂道)하는, 즉 안빈낙도(安貧樂道)는 스승인 공자의 것을 그대로 잘 본받아 실천하는 것이다. 공자께서 이렇게 말씀하셨다. "반찬도 없는 거친 잡곡밥을 먹고 물을 반찬 삼아 마시며, 팔뚝을 굽혀 베게 삼아 그것을 베고 자도 도(道)의 즐거움은 역시 그 가운데서도 있다." (飯疏食飮水, 曲肱而枕之, 樂亦在其中 : 「술이편」).

공자는 많은 제자들과 함께 천명(天命)을 세상에 널리 펼치셨다. 그 많은 제자들 중에서 안연을 애지중지하셨다. 그런 그가 일찍 죽자 크게 통곡하셨다. "아! 하늘이 나를 버리는구나! 하늘이 나를 버리는구나!" (噫, 天喪予 天喪予 : 「선진편」). 또한 이렇게도 말씀하셨다. "그 사람을 위해 통곡하지 않고 누구를 위해 하겠는가." (非夫人之爲慟, 而誰爲 : 「선진편」). 참으로 눈물거운 광경이며, 아름다운 사제지간이 아닐 수 없다. 오늘날 어느 스승이 어느 제자의 죽음 앞에서 이렇게 오열하겠는가.

논어 이야기 *38*

> 군자에게는 세 가지의 두려워하는 것이 있다. 천명(天命)을 두려워하고, 대인(大人)을 두려워하고, 성인(聖人)의 말씀을 두려워한다. 소인은 천명을 알지 못하여 두려워하지 않고, 대인을 업신여기며, 성인의 말씀을 능멸한다.
>
> (君子有三畏 : 畏天命, 畏大人, 畏聖人之言. 小人不知天命而不畏也, 狎大人, 侮聖人之言) 「계씨편」.

사람에게는 두려워하는[畏], 즉 공경하고 어려워하는[敬畏] 대상이 필요하다. 그것은 본받아야 할 사표(師表)가 되고, 또한 인생의 항로에서 방향타(方向舵) 역할을 해주기 때문이다. 군자가 경외(敬畏)하는 것은 천명(天命)과 대인(大人), 성인(聖人)의 말씀이다. 천명을 알면 순리대로 따를 수 있다. 대인을 공경하면 학덕(學德)을 기를 수 있다. 성인의 말씀을 귀중하게 여기면 값진 교훈을 얻을 수 있다.

천명(天命)은 하늘의 뜻, 즉 하늘이 부여해준 바른 이치이고 순리이다. 인간의 길은 이 천명에 의해 열린다. 따라서 올바른 인간의 길은 바로 천명을 따르는 길이다. 대인(大人)은 덕(德)이 높은 현존하는 사람, 즉 천지와 덕을 합했기 때문에 자기를 바르게 할 뿐만 아니라 모든 사물을 바르게 하는 사람으로서 존경하고 본받아야 한다. 성인(聖人)은 도덕의 기준이 되는 완전한 사람으로서 현존하지 않고 그의 말씀만 전해진다. 따라서 그의 말씀을 귀중하게 여기고 실천해야 한다.

지도자가 훌륭한 소양을 갖추고, 높은 덕을 쌓기 위해서는, 자기를 잘 다잡는 극기(克己)의 노력이 필요하다. 이러한 노력의 바탕에는 항상 못 지킬까, 소홀히 할까, 어긋나지는 않을까, 하며 두려워하는 마음, 즉 어떤 대상을 공경하고 어려워하는 경외(敬畏)의 마음이 있어야 한다. 그렇지 않으면 한순간에 마음이 들뜬 나머지 경솔하고 망령되게 행동하는 경거망동(輕擧妄動)에 빠지거나, 한 치 앞을 내다보지 못하고 그저 눈앞의 이로움과 현실의 안일에 머물 수도 있다. 자신을 닦아 자신에게 성실하는 데 힘쓰지 않는 자는 무지(無知)를 면하기 어렵다. 무지(無知)한 자에게는 두려운 것이 없다. 눈에 보이는 것이 적고 마음에 담겨 있는 생각이 좁기 때문이다. 그래서 함부로 경멸하거나 조롱하는 버릇이 몸에 배어 있다. 요컨대 사람은 누구나 경외(敬畏)의 마음을 가져야 한다. 자만에 빠질 때, 그 순간부터 앞으로 나아가지 못하고 정지되기 때문이다.

논어 이야기 *39*

내가 아는 것이 있는가. 아는 것이 없다. 어떤 비천한 사람이 나에게 물어왔는데, 머릿속이 텅 빈 것 같았다. 나는 그 양단을 캐물어서 (그것을 가르쳐주는 데 힘을) 다한다.

(吾有知乎哉. 無知也. 有鄙夫問於我, 空空如也, 我叩其兩端而竭焉) 「자한편」.

한쪽의 말만 듣고서도 송사(訟事)를 판결할 수 있는 자는 아마도 유(由 : 子路)일 것이다.

(片言可以折獄者, 其由也與) 「안연편」.

고기양단이갈(叩其兩端而竭), 이것은 두 방면을 반문(反問)하고 심구(尋求)하여 남김이 없도록 하는 것이다. 즉 시작과 끝[始終], 근본과 말미[本末], 위와 아래[上下], 상세와 소략[精粗]의 양단을 두드리고 캐물어서 남김없이 구명(究明)함을 말한다. 공자에게 어떤 비천한 자[鄙夫]가 찾아와서 질문하였다. 공자 자신은 무식한 비부(鄙夫)의 생뚱맞은 질문인지라 어떻게 가르치는 것이 좋은 방법인지 쉽게 떠오르지 않아서 잠시 막연하고 아득하였다. 그것도 그럴 것이 비부 자신도 무지하여 자신이 던진 질문의 내용조차 모르고 있어서 더욱 그랬다. 이때 공자께서는 스스로를 낮추어 비부의 눈높이에 맞추고, 고기양단(叩其兩端)의 방법으로 질문을 완전하게 구명하여 가르쳐주는 데 온 힘을 다하셨다. 이것이 바로 성인(聖人)이 사람을 가르치는 도(道)이다.

어떤 문제가 크게 대두되면, 이에 따른 입장과 의견이 이해관계로 첨예하게 대립된다. 어느 쪽이 참이고 진리인가. 어느 쪽을 취할 것인가. 판단을 통한 문제의 해결은 결코 쉽지 않다. 합리적인 결론을 어떻게 도출할 것인가. 고기양단(叩其兩端)이다. 양극단 사이에는 무수한 접점과 절충점이 있을 수 있다. 양단에서 깨물어 들어가면서 좁히면 얼마든지 중용(中庸)을 취할 수 있다. 이때 서로가 자신을 겸손하게 낮추어 눈높이를 같게 하는 것이 매우 중요하다. 그래야만 관점이 같아질 수 있기 때문이다.

편언절옥(片言折獄), 이것은 한 마디의 간단한 말로 송사(訟事)를 결정하는 것이다. 송사에는 양 당사자가 있다. 양쪽의 진술을 모두 듣고서 판결을 내려야만 합리적이며 오판을 줄일 수 있다. 그런데 한쪽의 말만 듣고서도 판결을 내릴 수 있는 자가 있다. 바로 유(由), 즉 자로(子路)이다. 그는 강직한 성품에 명쾌한 판단력과 신속한 실천력을 갖춘 인물이었다. 그래서 남으로부터 두터운 신뢰를 받았다. 공자께서는 이러한 자로(子路)를 송사를 심리(審理), 판결(判決)하는 데 적격자라며 칭찬하셨다. 편언(片言)은 한 마디의 짧은 말이라고 하지만, 송사에서는 한쪽의 뜻이나 주장이다. 그것도 올바른 쪽의 주장이다. 편(片)은 나무를 두 조각으로 나눈 오른쪽 조각이다. 오른쪽은 옳고 정당하며 공정함을 뜻한다. 그래서 편언(片言)은 옳아서 이치에 어그러지지 않은 우언(右言)이라고 볼 수 있다. 옥사(獄事)를 처결하는 절옥(折獄)에서 편언(片言)을 쉽게 취하지 못하고 머뭇거리기만 하면 되겠는가. 편언(片言)으로 옥사를 판단할 수 있으려면 많은 수양이 선행돼야 한다. 그렇게 해서 그의 말이 진정성을 가질 때, 많은 사람들로부터 신뢰를 온전히 할 수 있다. 시비의 판단은 아무나 쉽게 하는 것이 아니다.

논어 이야기 40

안평중(晏平仲)은 남과 교제를 잘하였다. 오래되어도 사람들을 공경하였다.

(晏平仲善與人交, 久而敬之)「공야장편」.

경(敬)으로써 자기를 닦는다. 자기를 닦아서 남을 편안하게 한다. 자기를 닦아서 백성을 편안하게 한다.

(修己以敬. 修己以安人. 修己以安百姓)「헌문편」

다잡으면 그것을 잃는 자는 드물다.

(以約失之者鮮矣)「이인편」.

안평중(안영)은 졸렬한 세 군주(영공, 장공, 경공)을 잘 보좌하여 제나라를 초와 진 등 강대국 속에서도 견고한 반석에 올려놓았던 명재상이다. 그는 6척 단구에 볼품이 없었지만, 남을 대할 때는 항상 공경하는 마음을 유지하여 뛰어난 교제 능력을 발휘하였다. 교유(交遊)로 우호적이며, 교섭(交涉)으로 일을 처결하고, 외교(外交)로 국익을 도모하였다. 군주에게 사리에 맞지 않으면 서슴없이 간언하고, 검소하고 성실한 생활을 하여 백성들의 신망이 두터웠다. 『사기』를 저술한 사마천은 '안영을 모실 수만 있다면 그의 마부가 되는 것도 사양하지 않겠다'라며 안영을 극찬하였다. 또한 공자께서 제나라에 갔을 때, 경공은 공자를 기용하여 함께 정치를 도모하고자 했지만 안영의 반대로 무산되었다. 그래도 공자께서는 남과 오래 사귀어도 공경하는 마음을 잃지 않는 안영의 덕[久而敬之]을 높이 샀다.

구이경지(久而敬之), 얼마나 아름다운 마음의 꽃인가. 보통 사람들은 조금 오래 사귀면 상대방을 만만하게 보아 함부로 대하거나 언행이 불손해지기 쉽다. 이렇게 되는 것은 상대방에 대해 공경(恭敬)하는 마음이 결여되었기 때문이다. 남을 공경하는 마음은 하루아침에 갖추어지지 않는다. 그래서 공경은 자기 수양의 핵심 과제가 된다[修己以敬]. 어지러운 나라를 세우는 일도 수기이경(修己以敬)에서 시작된다. 자기를 닦는 수기(修己)는 수신(修身)이고 수행(修行)이다. 이것은 스스로가 자기의 얼굴과 손, 눈과 귀, 그리고 마음을 씻고 닦아서 깨끗하게 하는 것이다. 이렇게 해서 깨끗해진 마음을 경(敬)으로 채운다면 개심(改心)이 이루어지게 된다. 공경(恭敬)은 신에게 몸을 굽혀 물건을 바치며 비는, 즉 삼가는 심정과 태도를 뜻한다. 공(恭)은 몸을 삼가는 일이고, 경(敬)은 마음을 삼가는 일이다. 요컨대 공경은 남을 대할 때 공손하게 섬기는 것이며, 그 바탕에는 존경심이 깔려 있어야 한다. 그러면 공경은 남을 편안하게 하고, 나아가 천하를 편안하게 하는 지름길이 된다. 자기를 닦는 일에서 경(敬)과 의(義)가 짝을 이루는 경내의외(敬內義外)가 되면. 즉 근신으로써 내심(內心)을 바르게 하고 의(義)로써 외물(外物)을 바르게 하면 자기의 안팎이 보다 완전해질 수 있다.

사람은 누구나 방종하기 쉽다. 잘난 체하고 싶은 심리는 어느 때고 발동한다. 그렇게 되면 언행이 분수를 넘어 경망스러워진다. 이때 스스로를 다잡고 단속해야 한다. 단단한 동아줄로 자신을 묶지 않으면 크게 실수하거나 잃어버리는 것이 많게 된다. 일도 잃고, 사람도 잃고, 자기 자신도 잃는다. 어떤 동아줄로 자신을 묶을 것인가. 경(敬)이라는 동아줄로 묶어야 한다. 그렇게 되면 몸가짐이나 언행을 신중하게 가지며, 남과의 관계도 원만해질 수 있다. 특히 지도자는 거경행간(居敬行簡 : 「옹야편」)이면 좋다. 이것은 일상생활에서는 자기가 마음의 주재가 되어 경건한 자세를 잃지 않고, 일의 수행은 너무 까다롭지 않고 대범한 것을 말한다. 이때 경(敬)은 행(行)을 다잡아 주는 기준이 된다.

논어 이야기 41

내가 일찍이 종일토록 먹지 않고, 밤새도록 자지 않으며 사색해 보았으나, 무익하였고, 배우는 것만 못하였다.

(吾嘗終日不食, 終夜不寢以思, 無益, 不如學)「위령공편」.

배우기만 하고 사색하지 않으면 멍(청)해지고, 사색하면서 배우지 않으면 위태하다.

(學而不思則罔, 思而不學則殆)「위정편」.

사색은 어떤 것에 대해서 깊이 생각하고 이치를 더듬는 일이다. 이 사색에는 크게 두 가지의 기능이 있다. 하나는 새로운 것을 궁리하고 모색해나가는 창조적 과정이다. 또 하나는 이미 배운 것을 익혀서 자기의 것으로 만드는, 즉 지식의 체계화 과정이다. 배우기만 하고 사색하지 않으면, 배운 것들의 체계화가 이루어지지 못하고, 진정 무엇이 자기의 것인지도 모르게 된다. 그래서 배웠지만 판단하고 처리하는 능력이 신장되지 못해 답답하고 멍청해진다. 침식(寢食)을 잊고 골똘히 사색만 해도 지식의 확충에는 한계가 있다. 생각에 생각이 꼬리를 물면 제한된 범주에 머물게 되며, 심지어 사물을 제대로 분별하여 판단하지 못하고 의심스럽게 여기어 의혹에 빠진다. 경우에 따라서는 생각이 깊지 못하여 오류나 독단에 빠질 위험도 있게 된다. 이때 신선하게 돌파구를 뚫고 지식의 새로운 지평을 열어 주는 것이 배움이다.

배움은 자기보다 앞선 자, 즉 선지자(先知者)로부터 직접 배우든지 아니면 그의 저서를 통해서 이루어지는 학습 과정이다. 이러한 배움은 생각을 일으키는 〈생각의 힘〉을 길러주는 원천이 된다. 〈생각의 힘〉이 크고 강할 때 〈새로운 생각〉이 용솟음친다. 여태까지의 배움의 대부분은 독서를 통해서 이루어져 왔다. 책에는 저자의 생각이 담겨 있다. 책을 펼치게 되면 저자의 생각을 접하게 되고, 그러면서 자신의 생각이 솟아오른다. 그래서 책을 〈생각의 집〉이라고 말할 수 있다.

우리의 삶은 생각에서 시작하고 생각에서 끝난다. 생각은 자기의 말과 행동을 지배한다. 올바른 생각에서 올바른 말과 행동이 비롯된다. 데카르트는 "나는 생각한다. 고로 나는 존재한다"라고 말했다. 파스칼은 그의 저서 팡세에서 인간을 "생각하는 갈대"라고 표현했다. 로댕의 작품인 '생각하는 사람'에서 우리는 인간의 고독한 내면을 읽을 수 있다. 이렇듯 사람은 저마다의 〈생각의 틀〉과 〈생각의 지도〉를 가지고, 자기의 관점에서 세상을 바라보며 삶을 펼쳐나간다.

세계는 지금 끊임없이 새롭게 재창조되고 있다. 여기에 능동적으로 대처하기 위해서는 자신의 〈생각의 틀〉과 〈생각의 지도〉를 끊임없이 업그레이드시켜야 한다. 즉 〈새로운 삶〉을 위해 〈새로운 생각〉으로 자신을 거듭 변모시켜야 한다. 여기에는 〈새로운 배움〉이 필수적으로 선행돼야 한다. 〈새로운 배움〉이란 다양해진 배움의 매체를 통하여 자신의 생각을 〈새로운 생각〉으로 바꾸는 작업이다. 〈새로운 생각〉을 위해서는 생각의 본질과 생각의 변형에 대해 깊이 이해해야 한다. '무엇을 생각하는가'에서 '어떻게 생각하는가'로 전환되면 생각의 변형이 가능해진다. 한꺼번에 여러 가지를 동시에 생각하는 능력, 즉 여러 겹의 의식이 발동하는 능력으로 통합적으로 생각의 융합과 결합이 일어날 수 있다. 이것은 상상(想像)과 유추(類推)와 연상(聯想)의 결합을 통하여 얼마든지 가능하다. 생각은 머리로만 이루어지는 것이 아니다. 눈과 귀, 몸의 움직임이 바로 생각이 될 수 있다. 앎에 동원될 수 있는 다양한 방법들을 어떻게 연결할 것인가. 인공지능(AI)의 시대에 적응해나가는 〈새로운 배움〉이 절실하지 않을 수 없다. 요컨대 배움은 이제 요람에서 무덤까지 가는 삶의 수단이 아니고, 삶 그 자체가 되었음이 분명하다. 나는 배운다. 고로 나는 존재한다.

논어 이야기 42

아버지는 아들을 위해 숨겨주며, 아들은 아버지를 위해 숨겨준다. 정직은 그 가운데 있다.

(父爲子隱, 子爲父隱, 直在其中) 「자로편」

초나라 섭공(葉公)이 공자에게 말했다. "우리 고을에 정직을 몸으로 실천하는 자가 있습니다. 그의 아버지가 양을 훔쳤는데, 아들이 그것을 증언했습니다." 공자께서 말씀하셨다. "우리 고을의 정직한 자는 이와 다릅니다. 아버지는 자식을 위해 숨겨주며, 자식은 아버지를 위해 숨겨 줍니다. 정직은 그 가운데 있는 것입니다."

정직(正直)이란 무엇인가. 마음에 거짓이 없고, 바르고 곧음이다. 이것은 본심(本心 : 天心)의 발로이며, 순리를 따른다. 그렇다면 아버지가 양을 훔쳤다고 고발하는 아들은 과연 정직한가. 섭공(심제량)은 초나라 섭지방의 수장으로서 자신의 법치(法治)를 자랑으로 여겼다. 그는 통치의 편의를 위해서 정직(正直)을 법(法)으로 포장하였던 것이다. 그러나 공자께서는 부모와 자식 간의 천륜(天倫)이 정직을 내세우는 법치보다

논어 이야기 43

그림을 그리는 일은 흰 바탕이 마련된 뒤에 한다. 예(禮)가 뒤입니까.

(繪事後素. 禮後乎)「팔일편」.

사람이 인(仁)하지 않다면 예(禮)를 행해서 무엇 하겠는가. 사람이 인(仁)하지 않다면 악(樂)을 행해서 무엇 하겠는가.

(人而不仁, 如禮何. 人而不仁, 如樂何)「팔일편」.

"귀여운 미소를 띤 입이 예쁘구나! 아름다운 눈에 눈동자가 선명하구나! 흰 바탕에 문채를 만들었구나!" 이것은 시경(詩經)에 나오는 글로서 여자의 아름다움을 묘사한 것이다. 이 글의 뜻을 제자 자하[복상]가 공자께 물었다. 공자께서는 "회사후소(繪事後素)"라고 말씀하셨다. 즉 그림을 그리는 일은 흰 바탕이 있은 뒤에 한다는 것이다. 이 말씀에 자하는 "예후호(禮後乎)"라며 말했다. 즉 예(禮)가 나중이라는 것입니까, 물었다.

일이나 사물에는 선후(先後)와 본말(本末)이 있다. 바탕이 되는 질(質)

이 먼저이고, 그 위에 표현이 되는 문(文)이 뒤따라야 한다. 여자의 완전한 아름다움은 입과 눈 등 얼굴의 표현에 앞서 깨끗한 마음이 바탕으로 구비될 때 가능하다. 그림을 그리는 일도 마찬가지다. 먼저 바탕을 흰색으로 칠한 다음에 그 위에다 문채를 그려서 그림을 완성하는 것이다. 요컨대 제대로 된 바탕이 없이 겉만 꾸미는 것은 모래 위에 누각을 짓는 사상누각(沙上樓閣)과 다를 바 아니다.

사람의 경우는 어떤가. 바탕이 되는 마음이 먼저이고 표현이 되는 외모와 언행은 그다음이다. 마음의 본질은 인(仁)이다. 인(仁)의 뿌리에서 덕(德)이 자란다. 말과 행동의 지침이 되는 예(禮)는 인(仁)의 표현에 불과하다. 따라서 사람의 마음은 먼저 인(仁)으로 그 바탕을 이루어야 한다. 예(禮)는 그다음이다.

훌륭함과 아름다움은 어떻게 다른가. 사람이 훌륭하다고 할 때는 그의 마음을 두고 하는 말이다. 마음이 인(仁)으로 충만되어 선량하고 깨끗하면 훌륭한 것이다. 아름답다고 할 때는 마음의 표현인 그의 외모를 두고 하는 말이다. 선량한 마음이 표출된 선량한 외모가 진정으로 아름다운 것이다. 요컨대 마음이 먼저이고 더 중요하다는 말이다.

사람이 만약 인(仁)하지 않다면, 예(禮)를 따르고 예(禮)에 의거하여 행하는 것이 무슨 의미가 있겠는가. 불인(不仁)에서 행해지는 예(禮)는 그저 형식만 예일 뿐이며, 참다운 예가 될 수 없다. 참다운 예(禮)는 인(仁)한 마음에서 우러나온다. 그렇게 되면 예(禮)를 행하는 마음이 행동과 일치하고, 모든 것이 자연스러워진다. 사람이 만약 인(仁)하지 않다면, 악(樂 : 音樂)을 해서 무엇 하겠는가. 악(樂)은 마음을 즐겁게 흥겹게 해주어 순화시켜주는 것이다. 그런데 이 악(樂)이 인(仁)한 마음에서 행해지지 않으면, 형식에 그쳐서 공감(共感)을 일으키고 즐겁게 할 수 없다. 참다운 악(樂)은 인(仁)한 마음에서 자연스럽게 우러나오는 것이다. 요컨대 예악(禮樂)은 인(仁)을 바탕으로 한다. 인(仁)이 없는 예악(禮樂)은 공연히 형식과 무늬만 갖추는 것으로서 무의미할 뿐이다.

논어 이야기 44

인(仁)이 멀리 있는가. 내가 인(仁)을 바라면, 곧 인(仁)은 다가온다.

(仁遠乎哉, 我欲仁, 斯仁至矣)「술이편」.

회(回, 顔回)는 그 마음이 석 달 동안 인(仁)에서 떠나지 않았으나, 그 나머지 사람들은 하루나 한 달 거기에 이를 뿐이다.

(回也, 其心三月不違仁, 其餘則日月至焉而已矣)「옹야편」.

나는 아직 인(仁)을 좋아하는 자와 불인(不仁)을 미워하는 자를 보지 못했다. 하루라도 자신의 힘을 인(仁)에 쓰는 자가 있는가.

(我未見好仁者 · 惡不仁者. 有能一日用其力於仁矣乎)「이인편」.

인(仁)은 하늘이 사람에게만 내려준 천명(天命)이고, 그 무엇과도 바꿀 수 없는 고귀한 작위(爵位)이다. 그래서 사람의 본성(本性)과도 같은 것이다. 인(仁)은 사람이 더불어 사람답게 살 수 있는, 세상에서 가장 편안한 집이다. 따라서 인(仁)에 사는 것이 아름답고 고귀한 것이 된다. 이와 같은 인(仁)은 어디에 있는가. 멀리 있는가. 대낮에도 등불을 들고 찾는다. 그래도 찾지 못한다. 인(仁)은 두 눈에는 보이지 않는다. 마음의 눈으로만 볼 수 있다. 마음이 순수하고 온전하지 못하면 마음의 눈도 감긴다. 인(仁)을 볼 수 없다. 인(仁)이란 마음의 덕(德)이다. 따라서 인(仁)을 구하려면 마음부터 찾아야 한다. 마음이 떠나면 인(仁)도 멀리 가기 때문이다. 짐승이 집을 나가면 찾으려고 동분서주한다. 그런데 마음이 나가면 찾지 않는다. 열심히 씻고 닦고 하여 온전한 마음을 찾으면, 인(仁)은 그 속에서 보석처럼 빛난다. 내가 진정으로 인(仁)을 바란다면, 인(仁)은 바로 가까이 다가온다. 즉 인(仁)을 행하는 것은 자신에게 연유하므로 그것을 하고자 하면 이를 수 있다. 어찌 먼 곳에 있는가. 인(仁)은 밖에 있는 것이 아니다. 바로 여기, 내 마음에 있다. 내가 원하기만 하면 된다.

자신에게 다가온 인(仁)을 몸에 배고 여물어지게 해야 한다. 왜 인(仁)에 오래 머물지 못하는가. 인(仁)은 사람과 사람, 사람과 사물이 하나가 되는 경지이다. 공평무사할 때 모두가 하나가 될 수 있다. 그러나 사욕(私欲)이 개입하면 마음과 인(仁)은 분리되고 서로 멀어진다. 석 달 동안만이라도 가는 털만큼의 사욕이 없다면, 인(仁)이 몸에 배어 자연스럽게 인(仁)을 행하는 경지에 들어간다. 안회(顔回)는 석 달 동안 인(仁)을 지속했다. 석 달은 천도(天道)가 조금 변하는 절기로서 그 오래됨을 말한다. 따라서 석 달 동안 인(仁)을 떠나지 않으면 인(仁)을 행하는 것은 자연스러워진다. 이 경지를 넘으면 성인이다. 인(仁)을 잘하기는 어려우나, 거기에 이르기는 쉽다. 안회(顔回)의 경지가 예사롭지 않다.

사람이 인(仁)해 지려면 두 가지가 고려되어야 한다. 첫째는 마음이다. 인(仁)을 좋아하는 마음과 불인(不仁)을 미워하는 마음을 가져야 한다. 특히 불인(不仁)을 미워하는 자는 불인자(不仁者)가 자신을 오염시키지 않도록 각별히 마음을 써야 한다. 둘째는 힘이다. 인(仁)을 추구함에 있어서 실천력이 그 무엇보다도 중요하다. 그런데 이 힘은 누구에게나 충분히 있다. 하루만이라도 자신의 힘을 인(仁)에 사용해본 적이 있는 자는 그것을 알 수 있다. 그럼에도 어찌 능력이 부족하다면서 인(仁)의 실천을 포기하고 마는가. 용모만 보고 인(仁)을 잘 실천할 것인지는 알 수 없다. 의용(儀容)을 갖춘 훌륭한 모양은 외면에만 힘쓴 것이다. 내면이 중요하다. 강하고 굳세면서도 질박하고 어눌함이 인(仁)에 가깝기 때문이다. 외면이 부족하더라도 내면이 여유로우면 오히려 함께 인(仁)을 행하기 쉽다. 세상이 혼란하고 어지러운 것은 인(仁)을 좋아하고 불인(不仁)을 미워하는 자들이 적기 때문이다. 인(仁)의 실천이 세상을 세상답게 지켜낼 뿐이다.

논어 이야기 45

누가 미생고(微生高)를 정직하다고 하는가. 어떤 사람이 그에게 식초를 빌리려 하자, 그의 이웃에서 그것을 빌려다 주었다.

(孰謂微生高直, 或乞醯焉, 乞諸其隣而與之)「공야장편」.

사람이 살아가는 이치는 정직(正直)이다. 그것(정직)이 없이 사는 것은 요행히 (화와 죽음을) 면하고 있는 것이다.

(人之生也直, 罔之生也幸而免)「옹야편」.

미생고(微生高)는 노나라 사람으로 정직하고 신의를 잘 지킨다고 알려졌다. 그런 그에게 어떤 사람이 식초를 빌리려 왔다. 그때 그의 집에는 식초가 없었다. 그래서 그는 이웃집에 가서 식초를 빌려다가 그 사람에게 주었다. 미생고의 이러한 작은 행위를 두고 볼 때 그가 정직하다고 평할 수 있겠는가. 공자께서는 두 가지 점에서 부정적으로 보셨다. 첫째는 자기 집에 식초가 없으면 없다고 솔직하게 말하지 않은 점이다. 둘째는 아무 말도 없이 이웃집에 가서 식초를 빌려다가 준 점이다. 이것은 자신이 생색을 내고 호감을 얻기 위한 인위적인 연출에 해당된다. 인(仁)의 관점에서 볼 때, 자신의 뜻을 굽혀서 물질에 사로잡히고,

미속(美俗)을 앞세워 은혜를 베푸는 것은 정직하다고 평가될 수 없다. 정직(正直)이란 무엇인가. 마음에 거짓이 없고 바르고 곧음이다. 따라서 옳은 것은 옳다고 하고, 틀린 것은 틀렸다고 하며, 있으면 있다고 하고, 없으면 없다고 해야 한다. 미생고가 굽힌 것은 비록 작지만 정직을 해친 것은 크다(所枉雖小, 害直爲大). 이것은 성인이 작은 일에서 그 사람의 됨됨이를 판단하는 예가 된다.

일설에 의하면 微生高(미생고)는 『장자』의 「도척편」에 나오는 尾生高(미생고)와 동일인이라고 한다. 그는 어느 여자와 다리 밑에서 만나기로 약속했는데, 그 여자는 오지 않고 물이 계속 불어났다. 그래도 그 자리를 떠나지 않다가 다리 기둥을 껴안은 채 익사하고 말았다. 이렇게 목숨과 바꾼 그의 신의를 두고 미생지신(尾生之信)이라는 말도 생겼다. 몸을 바르게 행한다며 아버지의 도둑질을 증언한 직궁(直躬 : 「자로편」)이나, 약속을 지키겠다고 물에 빠져 죽은 미생(尾生)은 정직(正直)과 신의(信義)에만 사로잡혔기 때문에 우환을 얻게 된 자들이다. 어떤 명목이나 명분에 얽매여서 목숨을 가벼이 여겨서는 안 된다. 자기 말을 옳다고 고집하고 그 행동이 반드시 이래야 저래야 한다며 집착하면 뜻밖의 재앙을 겪게 된다.

사람의 삶은 어떤 바탕 위에서 이루어지는가. 즉 삶을 지탱해주는 힘은 무엇인가. 그것은 정직(正直)이다. 삶의 이치는 정직을 그 기본을 삼기 때문이다. 만약 정직하지 않으면 어떻게 되겠는가. 자기만을 위하는 이기심으로 마음이 왜곡되어 남을 속이는 거짓으로 물든다. 그리하여 신뢰가 상실되고 질서가 바로 서지 못한다. 세상에는 정직한 자와 부정직한 자가 혼재한다. 그런데 정직한 자보다 부정직한 자가 득세하고 성공하는 경우도 보여진다. 이때 정직(正直)을 다시 생각하게 된다. 정직에서 부정직으로 바뀌는 것은 본심(本心)을 떠나가는 욕심(慾心) 때문이다. 욕심은 또 다른 욕심을 부르고 그 덩치를 계속 키워가는 속성이 있다. 여기에 매몰되면 끝내 화를, 심지어는 죽음을 맞게 된다. 요행스럽게 하늘의 벌을 면하고 산다 해도 어찌 편한 삶이 되겠는가. 인생이란 사욕에 얽매이지 않고 공정하게 판단하여 떳떳하고 당당하게 살아가야 한다. 설혹 뜻대로 되지 않더라도 원망하지 말고 더욱 삼가며 성실하게 노력해야 한다. 우리의 삶은 굽히는 것이 적고 펴는 것이 많아야 한다. 정직(正直)이 최선의 방책(方策)이다.

논어 이야기 46

식량을 풍족하게 하고, 병력을 풍족하게 하며, 백성들로 하여금 신뢰하게 하는 것이다. 백성들의 신뢰가 없으면 국가가 존립할 수 없다.

(足食, 足兵, 民信之矣. 民無信不立) 「안연편」.

어떻게 하면 백성들이 따르겠습니까. 곧은 것을 들어서 그것을 굽은 것 위에 두면 백성들이 따르고, 굽은 것을 들어서 그것을 곧은 것 위에 두면 백성들이 따르지 않습니다.

(何爲則民服. 擧直錯諸枉民則服, 擧枉錯諸直則民不服) 「위정편」.

제자 자공이 정치를 묻자 공자께서 이렇게 말씀하셨다. "식량을 풍족하게 하고, 병력을 풍족하게 하며, 백성들로 하여금 신뢰하게 하는 것이다." 이에 자공이 또 물었다. 반드시 부득이해서 버려야 한다면, 이 셋 중에서 무엇을 먼저 버려야 합니까. 공자께서는 병력을 버린다고 하셨다. 이에 자공이 또다시 물었다. 반드시 부득이해서 버려야 한다면, 남은 둘 중에서 무엇을 버려야 합니까. 공자께서는 식량을 버린다고 말씀하셨다. 그러시면서 백성들의 신뢰가 없으면 나라가 존립할 수 없다고 하셨다.

경제와 국방과 백성은 나라의 근간을 이루며, 정치의 세 가지 기본요소가 된다. 이 셋 중에서도 백성은 나라의 뿌리 중의 뿌리이다. 나라의 운명은 백성이 결정한다. 따라서 위정자가 백성의 신뢰, 즉 민심을 얻으면 천하를 얻게 되고, 정치는 튼튼한 기반 위에서 순항할 수 있다. 백성의 호응을 얻지 못하는 정치란 성립될 수 없다. 오늘날의 민주주의가 여론의 향배에 의해 결정되는 것은 주권재민(主權在民) 때문이다. 그렇다면 백성의 신뢰는 어떻게 얻을 수 있겠는가.

노나라 애공(哀公)이 공자께 물었다. "어떻게 하면 백성들이 따르겠습니까." 공자께서 말씀하셨다. "곧은 것을 들어서 그것을 굽은 것 위에 두면 백성들이 따릅니다. 굽은 것을 들어서 그것을 곧은 것 위에 두면 백성들이 따르지 않습니다." 통치의 기본은 인재 등용이다. 바르고 곧은 인재를 높은 자리에 등용해야 한다. 그러면 그 아래의 굽은 사람도 점차 곧아진다. 굽은 쑥을 곧은 삼밭에 옮기면 곧아지는 것과 같은 이치이다. 대부분의 실패한 통치자들은 곧은 것과 굽은 것을 잘 구분할 줄 모른다. 자기 입에만 맞는 사람을 곧잘 기용한다. 이것은 마치 모자와 신발이 뒤바뀐 형국이다. 백성들의 눈에 차지 않는 인사니 어찌 신뢰하고 따르겠는가. 그래서 정치는 바로잡는 것이다[政者正也 : 「안연편」]. 무엇을 바로잡는가. 위정자 자신이다. 자기가 바르지 않고서 어떻게 남을 바르게 할 수 있겠는가. 자신을 굽혀서 남을 바르게 하는 일은 없다. 위정자는 늘 올곧게 솔선수범해야 한다. 그래야만 백성들이 따르고 지지할 것이다.

나라를 지키는 데는 백성들의 화합[人和]만큼 소중한 것이 없다. 백성들의 마음[民心]이 나라를 구한다. 맹자에 나오는 말이다. 천시(天時)는 지리(地利)만 못하고, 지리(地利)는 인화(人和)만 못하다[天時不如地利, 地利不如人和 : 「공손추장구 하」]. 어떤 성을 공격하는데 좋은 천문 기상과 계절, 시간 즉 천시를 얻어도 패하는 경우가 있다. 성이 높고 견고하며 무기가 훌륭하고 군량미가 충분한 지리라도 패하는 경우가 있다. 사람들이 성을 버리고 흩어지거나 도망가기 때문이다. 급변하는 국제 정세와 경제 생태계에서 나라를 흔들리지 않게 지켜내는 힘은 백성들의 화합이다. 나라를 반석 위에 올려놓으려면 위정자는 백성들이 안심하고 화합할 수 있도록 선정(善政)을 펼쳐야 한다.

논어 이야기 *47*

배우기를 넓게 하고 뜻하기를 두텁게 하며, 간절하게 묻고 가까이 생각하면, 인(仁)이 그 가운데 있다.

(博學而篤志, 切問而近思, 仁在其中矣)「자장편」

배우기를 넓게 하였지만 명성(名聲)을 이룬 것이 없다.

(博學而無所成名)「자한편」.

군자는 죽어서 이름이 일컬어지지 않는 것을 걱정한다.

(君子疾沒世而名不稱焉)「위령공편」.

인(仁)은 어디에 있는가. 가까이에 있다. 일상의 어디에서든 찾을 수 있다. 인(仁)에 어떻게 접근하는가. 광범위하게 배워서 보편적인 이치를 터득한다. 돈독하게 뜻하여 사랑하는 마음을 집중한다. 모르는 것은 알려고 간절하게 질문하여 절실하게 추구한다. 자기 몸에 견주어 가까운 것부터 생각한다. 이러한 과정이 인(仁)하고자 하는 마음을 갖게 하여 인(仁)을 실천하게 해준다.

학문을 하고 수양을 쌓는 데는 박학(博學), 독지(篤志), 절문(切問), 근사(近思)의 4단계 과정이 있다. 이 방법은 자하가 말한 것으로 기록되었지만, 내용상으로는 제자 자하가 옆길로 빠지지 않고 학문에 정진하도록 독려한 공자의 가르침으로 보인다. 박학은 널리 배워서 여러 분야를 두루 통달하는 것이다. 끝내 천지의 도리까지 꿰뚫게 되면 군자불기(君子不器 : 「위정편」)의 경지에 든다. 바다가 넓음을 알고 나면 우물 안의 좁음에서 벗어나듯이, 자신을 크게 군자답게 단속하고 지켜낼 수 있다. 독지는 뜻 [목적의식]을 돈독하게 하는 것이다. 이로써 박학의 것을 힘써 행할 수 있게 된다. 절문은 자신에게 무엇이 있고 없는지를 간절하고 절실하게 묻는 것이다. 이 물음을 통하여 모르는 것의 해답을 구한다. 근사는 높은 이상만을 좇지 않고, 자신이 주체가 되어 자신에서 가깝고 쉬운 것에서부터 생각을 펼쳐나가는 것이다. 이 근사(近思)라는 말에서 『근사록(近思錄)』이라는 책의 이름이 유래되었다.

사람은 누구나 자기의 이름을 불러주기를 바란다. 그런데 이름은 주로 일상적인 칭호로 쓰이지만, 세상에 널리 알려지는 경우도 있다. 이를 두고 '이름이 나다', '유명하여지다'라고 말한다. 어떤 경우가 그런가. 어떤 일이나 하는 짓에 남다르게 특별한 데가 있을 때 이름이 난다. 이렇게 하여 세상에 널리 떨친 이름을 명성(名聲)이라고 한다. 주로 학예(學藝), 즉 학문(學問)과 기예(技藝)에 뛰어날 때 명성을 얻게 된다. 학예는 배움을 통해서 이루어진다. 배움에는 그 깊이와 넓이를 이루 짐작조차 할 수 없을 정도로 크다. 그래서 배우기를 여러 분야로 넓게 하는 박학(博學)이 있는가 하면, 한 분야에서 자세히 깊게 하는 정통(精通)이 있다. 박학다식(博學多識)이라고, 널리 배우면 아는 것이 많아지는 것은 사실이다. 그런데 아는 것은 많아 보여도 그 깊이가 없으면 수박 겉핥기식이고 상식 수준의 학문이 되어서 큰 명성을 얻지 못한다. 요컨대 박학(博學)이면서 정통(精通)이면 이상적이다. 그러나 학문의 세계는 바다와 같아서[學海], 보통 사람의 경우로는 양자를 겸하기가 쉽지 않다. 그래서 학자(學者)는 다음의 세 가지 요건을 갖추는 데 힘써야 명성을 얻을 수 있다. 첫째는 독서를 많이 하여야 하고, 둘째는 지론(持論)이 많아야 하고, 셋째는 저술(著述)이 많아야 한다. 이를 학자삼다(學者三多)라고 하는데, 여기에 해당되는 사람이 공자이다. 공자께서 그 학문이 높아 일월(日月)같이 세상을 널리 비추는데도 범인의 눈에는 명성(名聲)이 없는 것으로 보였음인가.

공자께서 "나는 무엇으로 후세에 이름이 드러나겠는가" 탄식하시고, 『춘추(春秋)』를 집필하는 데 전념하셨다. 그리고 후세에 나를 알아주는 사람이 있다면 이 『춘추』 때문일 것이라고 하셨다. 이것으로 미루어 볼 때 공자께서는 후세에 이름이 알려지는 것을 대단히 중시하셨다는 것을 알 수 있다. 사후에 이름을 알리겠다고 다짐하면, 한평생 천명(天命)을 따르며 인(仁)을 실천하는 데 최선의 노력을 다할 것이다. 요컨대 군자의 학문은 자기를 아는 데 있는 것이지, 남이 알아주기를 구하는 것은 아니다. 그러나 자신의 덕망과 학식이 다른 사람에게 알려지지 못할까 걱정하는 것은 자기반성을 조금도 소홀히 하지 않는 군자의 자세라고 볼 수 있다.

논어 이야기 48

공자께서 냇가에서 말씀하셨다. "가는 것은 이와 같구나. 밤낮으로 멈추지 않는다."

(子在川上, 曰 : 逝者如斯夫. 不舍晝夜) 「자한편」.

해와 달이 쉬지 않고 지나가고, 세월은 나[우리]와 함께 가지 않는다.

(日月逝矣, 歲不我與) 「양화편」.

공자의 천상지탄(川上之嘆)은 논어 중에서 가장 함축적이고 비유적인 글이다. 냇가에서 흐르는 물을 볼 때, 사람마다 다양한 생각이 일어날 수 있다. 공자께서는 시간[세월]이 물과 같이 주야로 잠시도 쉬지 않고 흐르니, 제자들이 촌음을 아껴서 학문에 정진하기를 바라는 마음이 간절하였을 것이다. 그런데도 한가하게 세월을 허송하는 제자들을 생각하니 실로 안타까운 마음으로 탄식하지 않을 수 없었던 것이다. 이것이 천상지탄(川上之嘆)이다.

물의 흐름은 수위(水位)의 차이로 중력에 의해 생기는 물의 이동이다.

이동은 앞의 물에 뒤의 물이 이어지면서 수평(水平)이 완성될 때까지만 계속된다. 여기에는 시간과 공간의 변화가 중요한 요소가 된다. 이러한 물의 흐름을 두고 천지의 변화를 생각할 수 있다. 즉 끊임없이 조화를 지향하는 도(道)의 운행과 무위(無爲)의 자연 질서를 읽을 수 있다. 모든 것은 도(道)와 일체가 되어 밤낮으로 운행해서 일찍이 그침이 없다. 천지의 변화에는 사람도 예외가 아니다. 태어나서 죽어가는 변화도 천지의 운행이다. 여기에서 어찌 인생의 무상(無常)을 깨닫지 않겠는가. 그러니 물이 멈추지 않고 흐르듯이, 사람은 성실함을 멈추지 않아야 한다. 오직 자강불식(自强不息)일 뿐이다. 가는 것[逝者], 흐르는 것[流水]이 바로 인생이다.

정약용도 서(逝)를 인생으로 보았다[逝者人生也]. 태어나서 죽을 때까지 한순간도 삶의 흐름이 멈추지 않는다. 마치 작은 마차를 타고 언덕길을 내려가는 것 같다. 그러니 멈추지 않고 흘러가는 인생에서 인격 수양과 학업에 때와 기회를 놓치지 말라는 것이다. '일월서의(日月逝矣), 세불아여(歲不我與)'는 주자(朱子)의 권학문(勸學文)에도 인용되었다. "해와 달은 멈추지 않고 지나가고, 세월은 나를 위해 가다려 주지 않는다. 오호라 하는 것 없이 노인이 되었구나. 이것이 누구의 허물인가. 소년은 늙기 쉬우나 학문은 이루기 어려우니 짧은 시간이라도 가벼이 보내지 마라(日月逝矣, 歲不我與. 嗚乎老矣, 是誰之愆. 少年易老學難成, 一寸光陰不可輕).“

또한 "서자여사(逝者如斯)"는 송나라 시인 소동파가 쓴 『적벽부』에도 인용되었다. 『적벽부』는 그가 황주에서 귀양살이할 때 찾아온 친구[양세창]와 함께 적벽에 가까운 장강에서 밤 뱃놀이를 하면서 읊은 작품이다. "가는 것은 이 물과 같으나 일찍이 가버린 것도 아니고, 차고 비는 것은 저 달과 같으나 끝내 줄지도 늘지도 않으니, 그래서 스스로 변해가는 것에서 보면 천지도 한순간일 수밖에 없고, 변하지 않는 것에서 보면 사물과 내가 모두 다함이 없는 것이니, 그 또한 무엇을 부러워하리요." "일엽편주 가는 대로 내버려 두니 아득히 만경창파를 가는구나. 망망함이여, 공중에 올라 바람을 타는 듯, 어디서 멈출 것인가. 표표함이여, 세상을 버리고 홀로 우뚝 서 있는 듯, 날개 돋아 선계(仙界)에 오른 듯하구나." 소동파의 천상탄(川上嘆)은 자연의 아름다움과 장구함에 비해 인생의 허무함과 덧없음을 한탄한 것이다. "인간의 존재는 이 광활한 우주 속의 날벌레보다도 작고, 거대한 바닷속의 좁쌀 한 톨만큼도 안 되고. 그 삶은 짧고 속절없으니, 영원한 시간에 참여하는 것은 한순간일 뿐이다. 이 거대한 강물처럼 끝없이 흐르는 영원을 사모해 마지않을 뿐이다."

논어 이야기 *49*

분발(憤發)하지 않으면 계도(啓導)하지 않고, 비비(悱悱)하지 않으면 발표하게 일깨워주지 않는다. 일우(一隅)를 들어 주었는데 삼우(三隅)로써 깨달아 반응하지 않으면, 가르치는 것을 반복하지 않는다.

(不憤不啓, 不悱不發. 擧一隅不以三隅反, 則不復也) 「술이편」.

힘이 부족한 자는 (할 수 있는 데까지 해보다가) 중도에서 그만두는데, 지금 너는 (아예 하지 못한다고) 선을 긋는다.

(力不足者 中道而廢, 今女畫) 「옹야편」

가르침에 있어서 유별(類別)은 없다.

(有教無類) 「위령공편」

배움[學]은 모방하여 익히는 것이다. 그래서 본받는 것[效]과 깨닫는 것[覺]의 과정을 거치며, 지행합일(知行合一)에서 완성된다. 배움의 요체는 배우는 자의 마음과 자세에 있다. 먼저 분발(憤發)하여야 한다. 마음으로 통달하고자 하나 잘되지 않아서 애를 태우며, 그럴수록 알려고 더욱 바둥거려야 한다. 가르침은 이때에 필요하다. 이해의 문을 살짝 열어 주는 계도(啓導)가 효율적으로 이루어진다. 또한 배우는 자는 이해한 것을 발표해야 자기의 것으로 견고해지고 완성된다. 발표 또한 쉽지 않다. 그래서 비비(悱悱)해야 한다. 즉 마음속으로 이해하면서도 말로 표현하지 못하여 말을 더듬거리는 것이다. 이때에 말문을 살짝 열어 발표(發表)하게 해주는 가르침이 필요하다. 분비(憤悱)함을 기다리지 않고 말해주면 앎이 견고할 수 없고, 분비함을 기다린 뒤에 알려주면 앎이 크고 빠르게 된다.

계도와 발표[啓發]의 가르침은 배우는 자가 스스로 걸음마를 할 수 있는 정도에서 그쳐야 한다. 네 모퉁이[귀] 중 하나, 즉 일우(一隅)만 들어주고 나머지 세 모퉁이, 즉 삼우(三隅)는 스스로 유추해서 알아내게 한다. 그렇지 않으면 똑같은 가르침을 반복하지 않는다. 이러한 과정은 공자께서 제자를 계발(啓發)하는 교육 방법이다. 지식의 확충에는 유추(類推)가 중요하다. 사물의 사우(四隅) 가운데 일우(一隅)로써 나머지 삼우(三隅)를 유추하는 우반(隅反)은 대단한 능력이다. 이러한 능력은 지식에 목말라서 하나라도 더 알려고 분발하는 사람의 몫이다. 따라서 우반(隅反)의 제자를 얻으면 스승의 기쁨은 실로 크지 않을 수 없다. 하나를 들으면 열을 아는 안회가 여기에 속할 것이다[聞一以知十 : 「공야장편」].

제자 염구가 말했다. "선생님의 도를 기뻐하지 않는 것은 아니지만, 힘이 부족합니다." 이에 공자께서 말씀하셨다. "힘이 부족한 자는 중도에서 그만두는데, 지금 너는 선을 긋는구나." 염구는 학문보다는 출세와 같은 정치 현실에 관심이 많았다. 그래서 학문을 독려하는 공자와는 의견의 대립이 잦고, 공자의 충고를 잘 따르지 않았다. 그는 마음이 이미 다른 곳에 갔기 때문에 '힘이 부족하다(力不足)'라고 둘러댔다. 어떤 목표가 정해지면 그것을 향해 치열해야 한다. 이때 조그마한 어려움이 닥쳐도 쉽게 멈추고 물러서면, 즉 더 이상 나아갈 수 없다고 땅 위에 선을 긋고 스스로가 자신의 한계를 지으면 어떻게 되겠는가. 사람의 능력은 움직이면 움직일수록 탄력을 받고 신장된다. 그래서 갈 수 있는 데까지 가야 한다. 그러다가 도중에서 정작 힘이 달리면 어쩔 수 없는 것이다. 미리 포기하는 것은 용기가 없고 비굴하기 짝이 없는 노릇이다. 올바른 길로 한 걸음이라도 나아가지 않으면 날로 퇴보한다는 것을 알아야 한다. 스스로 자신의 사명과 능력을 깨달으면 얼마든지 즐겁게 앞으로 나아갈 수 있다.

사람을 사람답게 만든 것은 교육밖에 없다. 때문에 모든 사람에게 교육의 기회가 균등하게 보장되는 것이 매우 중요하다. 만약에 그 기회가 신분이나 빈부, 종교, 나이 등에 의해 차별화된다면, 이것은 사람의 존엄성을 짓밟는 것과 다르지 않다. 다만 교육 과정에서 자질과 능력에 따른 개인차를 감안하는 것은 바람직하다. 공자께서는 스스로 배우고자 분비(憤悱)하며, 스승에 대한 최소한의 예[束脩之禮]만 갖추면 신분을 따지지 않고 누구라도 제자로 삼으셨다[自行束脩以上, 吾未嘗無誨焉 : 「술이편」]. 속수(束脩)의 예는 열심히 배우겠다는 다짐의 자기 선언이다.

논어 이야기 *50*

문(文)을 배우기를 넓게 하고, 예(禮)로써 자신을 단속한다.
(博學於文, 約之以禮) 「옹야편」, 「안연편」.
문(文)으로써 나를 넓혀주시고, 예(禮)로써 나를 다잡아 주셨다.
(博我以文, 約我以禮) 「자한편」.

어떻게 하면 정도(正道)에서 벗어나지 않을 수 있을까. 문(文)을 내용으로 하고 예(禮)를 형식으로 하여 양자를 겸비하는 조화로움을 취하면 된다. 그러기 위해서는 박문(博文)하고 약례(約禮)해야 한다. 박문(博文)은 학문을 많이 닦아서 지식을 넓히는 것이다. 약례(約禮)는 예법(禮法)으로 자기 몸을 단속하는, 즉 몸가짐을 예법에 맞도록 하는 것이다. 널리 배우는 박학(博學)의 대상인 문(文)은 문화와 문물, 즉 인문 학술을 말한다. 이때 학(學)에는 진리를 구명(究明)하고 이를 체계화시키는 일까지 포함된다. 체계화가 되지 않은 지식은 난삽하여 현실에 적용되기 어렵다. 자신을 올바로 설 수 있게 다잡고 단속하는 데 기준이 되는 것이 예(禮)이다. 예(禮)는 언행의 거동에서 범절이며, 따라서 자신의 행동양식을 결정한다. 문(文)과 예(禮)는 늘 함께하며 상호작용을 한다. 문

(文)을 넓고 깊게 하면, 이에 따라 예(禮)도 예절과 의용(儀容)을 더욱 한 단계 높여간다. 요컨대 박문약례(博文約禮), 이것으로 누구나 더욱 품위 있게 정도(正道)를 걷게 된다. 박문약례는 학문을 널리 닦고 넓혀서 사리를 구명하고, 이것을 실천하는 데 예의로써 하여 정도에서 벗어나지 않게 하는 것을 말한다.

어떻게 하면 도(道)에 어긋나지 않는 정연한 사람이 될 수 있을까. 문(文)으로써 지식을 넓히고, 예(禮)로써 자신을 단속하고 다잡으면 된다. 공자의 가르침은 이 두 가지로 정리될 수 있다. 제자 안연의 고백이다. 선생님께서는 차근차근 학문으로써 자기의 지식과 교양을 넓혀 주셨고, 예로써 이기적 사욕을 극복하고 행위를 절제하는 자기 단속의 능력을 키워주셨다는 것이다. 안연이 도(道)를 닦는 목적은 스승인 공자의 경지에 도달하는 것이다. 그러나 공부를 하면 할수록 스승의 모습은 아득할 뿐이다. 탄식할 수밖에 없다. "선생님은 우러러보면 볼수록 더욱 높아 보이고, 선생님의 도는 뚫어보려고 할수록 더욱 견고하고, 선생님을 우러러보면 앞에 계시더니 홀연히 뒤에 계시도다." 이것은 안연이 선생님의 도가 끝이 없고, 그 모양을 알 수 없어, 이를 감탄한 것이다. 요컨대 성인의 가르침은 박문(博文)과 약례(約禮)이니, 이에 성실히 힘써 행할 일이다.

논어 이야기 51

도(道)에 뜻을 두고, 덕(德)에 근거하며, 인(仁)에 의지하고, 예(藝)에 노닌다.

(志於道, 據於德, 依於仁, 游於藝)「술이편」.

공자께서는 네 가지를 없애고 하지 않으셨다. 의(意)가 없고, 필(必)이 없고, 고(固)가 없고, 아(我)가 없었다.

(子絶四 : 毋意, 毋必, 毋固,毋我)「자한편」.

어떻게 하면 진리를 터득하고 성현의 경지에 들어갈 수 있을까. 여기에는 선후의 순서와 경중의 질서를 지켜서 본말을 겸비하는 학문의 길이 있다. 먼저 도(道)에 뜻을 두어야 한다. 도(道)는 인륜과 일상의 생활 사이에서 마땅히 행하여야 할 바다. 마음이 여기에 가 있으면 행하는 바가 바르고, 다른 길로 빠지는 미혹이 없게 된다. 다음은 덕(德)을 꼭 잡아 지키는 것이다. 덕(德)은 도(道)를 실행하여 마음에 터득되는 것이다. 이 덕(德)을 지키면 처음과 끝이 오직 한결같아져 날마다 새롭게 되는 성과를 얻게 된다. 그리고 인(仁)을 떠나지 않아야 한다. 인(仁)은 사욕이 모두 제거되어 심덕이 온전한, 하늘과 같은 마음이다. 인(仁)에 의

지하면 착한 성품이 길러지고 성숙되어 행하는 바가 천리(天理)에 어긋남이 없다. 끝으로 예(藝)의 경지에 들어 노니는 것이다.

예(藝)는 예전 선비가 반드시 배워야 할 육예(六藝), 즉 예(禮), 악(樂), 사(射), 어(御), 서(書), 수(數)를 이르는 말이다. 오늘날에는 예술로 보면 된다. 여기에는 지극한 이치가 내포되어 있어서 일상생활에 빠질 수 없는 것이다. 노닒[游]은 사물을 완상하여 성정에 따르고 교제하는 것이다. 따라서 예(藝)에 노닌다고 함은 조석으로 예와 교제하여 그 의리의 뜻을 넓혀서 일에 대응함이 넉넉하고 마음이 흩어지지 않아 온전해지는 것이다. 요컨대 지도(志道), 거덕(據德), 의인(依仁), 유예(游藝)는 본말(本末)이 잘 겸비되고 내외가 서로 보존되어 헤엄치듯이 넉넉해져 홀연히 자유롭게 성현의 경지에 들어가는 과정이다.

공자께서는 무도(無道)한 세상 속에서도 세상을 떠나거나 집착하지 않고, 나아감과 물러남을 때에 맞추어 행하셨다. 그래서 가함도 없고 불가함도 없는 시중(時中)으로 일관하셨다[無可無不可 : 「미자편」]. 즉 중용의 덕을 몸소 행하셨다. 이렇게 일관되게 행할 수 있었던 바탕에는 사절(四絶), 사무(四毋)가 있었다. 즉 무의(毋意), 무필(毋必), 무고(毋固), 무아(毋我)가 그것들이다. 사절(四絶)은 네 가지를 없애는 것이고 전혀 하지 않는 것이다. 무의(毋意)는 사의(私意), 즉 자기 욕심을 채우려는 사심(私心)을 없애는 것이다. 무필(毋必)은 기필(期必), 즉 꼭 되기를 작정하는 것을 없애는 것이다. 무고(毋固)는 고집(固執), 즉 자기의 의견을 굳세게 내세우는 불통을 없애는 것이다. 무아(毋我)는 자아(自我), 즉 아집을 부리는 것으로 소아(小我)에 집착하여 자기만을 내세우는 이기심을 없애는 것이다. 의(意), 필(必), 고(固), 아(我)는 서로 시작과 끝이 된다. 사사로운 뜻에서 일어나, 기필하는 마음에서 수행하고, 고집에서 머무르다가, 이기심에서 끝나게 된다. 이 네 가지는 끝없이 순환하게 된다. 어떻게 악순환의 고리를 단절하여 없애겠는가. 네 가지 중 하나만 있어도 천지와 더불어 하나가 될 수 없다. 공자께서는 하늘을 따르고 하늘과 하나가 됨으로써 이 네 가지가 자연스럽게 없어졌다.

논어 이야기 52

소사(疏食)를 먹고 물을 마시며, 팔뚝을 굽혀 그것을 베개 삼아 베어도, 낙(樂)이 또한 그 가운데 있다. 불의(不義)한 부귀(富貴)는 나에게 부운(浮雲)과 같다.

(飯疏食飮水, 曲肱而枕之, 樂亦在其中矣. 不義而富且貴, 於我如浮雲) 「술이편」.

누가 나갈 때 문을 경유하지 않을 수 있겠는가. 어찌 이 도(道)를 경유하지 않는가.

(誰能出不由戶. 何莫由斯道也) 「옹야편」.

疏食(소사)는 거친 밥(보리밥이나 잡곡밥. 육미붙이가 없는 변변치 못한 음식). 飮水(음수)는 물을 마시다(반찬이 없는 밥이므로 물을 반찬 대신으로 마시는 것임). 樂(락)은 낙도(樂道), 즉 도(道)를 즐기는 것이다. 浮雲(부운)은 뜬구름(있다가 없다가, 없다가 있다가 하는 구름. 덧없는 세상을 비유함).

누가 진정한 행복을 누리는가. 즐거움을 잃지 않는 자이다. 어떤 즐거움이 진정한 즐거움인가. 더없이 맑은 즐거움이다. 그것은 도(道)에서 뿜어나오는 즐거움이다. 도(道)의 즐거움을 향유하려면 빈천(貧賤)과 부귀(富貴) 등 외부 조건에 흔들림이 없어야 한다. 한없이 자유로운 자만이 도(道)의 즐거움을 만끽할 수 있다. 청빈(淸貧)에 만족할 수 있겠는가. 안빈(安貧)하려면 소사(疏食)와 음수(飮水), 침굉(枕肱), 부운(浮雲)이라는 벗들이 있어야 한다. 이런 벗들로 인하여 항상 형이상(形而上)에 머물 수 있기 때문이다. 그곳에는 도(道)가 항상 태양처럼 빛난다. 태양이 또다시 뜨듯이 날마다 새로운 즐거움을 만난다. 안빈낙도(安貧樂道). 안빈(安貧)이야말로 낙도(樂道)의 문을 열어 주는 열쇠다.

그렇다면 왜 낙도(樂道)인가. 도(道)에는 천지 만물을 총괄하는 천도(天道), 지구를 중심으로 하는 생육화성(生育化成)의 지도(地道), 그리고 사람을 중심으로 하는 인도(人道)가 있다. 만물의 영장으로서 존엄한 인간에게는 천지인(天地人)을 꿰뚫어 도(道)를 터득하고 즐기는 것이 지상의 과제가 된다. 방이나 집에서 밖으로 나가려면 문을 경유해야 한다. 마찬가지로 사람도 도(道)의 문을 경유하지 않으면, 사람다운 경지로 나가서 올바른 삶을 영위할 수 없다. 도(道)를 따라 행할 때 비로소 사람다운 사람으로 살 수 있기 때문이다. 문이 집에 가까이 있듯이 도(道) 또한 가까이에 있다. 도(道)가 사람을 멀리하는 것이 아니고 사람이 스스로 멀리할 뿐이다. 그런데도 사람들은 이 사실을 모른다. 이것이 도(道)에 의거한 삶이 못 되는 까닭이다.

도(道)의 문을 경유하려면 먼저 배워야 한다[學以致其道 : 「자장편」].

배움의 목적은 도(道)에 이르기 위함이다. 나날이 배우지 않으면 외부의 유혹에 마음을 뺏겨 뜻이 독실하지 못하게 된다. 그렇게 되면 도(道)의 달성은 요원해진다. 따라서 배움을 좋아하는 호학(好學)의 정신은 도(道)를 향하는 출발점이다. 그러나 도(道)를 배워서 아는 것은 도(道)를 좋아하는 것만 못하고, 도(道)를 좋아하는 것은 도(道)를 즐기는 것만 못하다 [知之者不如好之者, 好之者不如樂之者 : 「옹야편」]. 낙도(樂道)는 그 자신에게만 머물러서는 안 된다. 도(道)가 몸에 익고 마음에 넘쳐서 밖으로 퍼져 나가야 한다. 남에게도 도(道)를 알고 실천하게 해야 한다. 그래야만 천하의 사람들이 서로 함께 즐겁게 될 것이다. 이것이 뜬구름같이 덧없는 불의(不義)의 세상이 그 근본에서부터 달라지는 길이 아니겠는가.

논어 이야기 53

썩은 나무에는 조각을 할 수 없고, 썩은 흙으로 쌓은 담에는 흙질을 할 수 없다.

(朽木不可彫也, 糞土之牆不可杇也)「공야장편」.

싹은 났으나 꽃이 피지 않는 것도 있고, 꽃은 피었으나 열매가 맺히지 않는 것도 있도다.

(苗而不秀者有矣夫, 秀而不實者有矣夫)「자한편」.

朽木(후목)은 썩은 나무. 糞土(분토)는 썩은 흙, 더러운 흙. 糞土之牆(분토지장)은 썩은 흙으로 쌓아서 다시 고쳐 바를 수 없는 담. 게을러서 가르쳐도 소용없는 사람의 비유. 朽木糞土(후목분토)는 朽木糞牆(후목분장)과 같은 말로서, 썩은 나무는 조각할 수 없고 부패한 담은 칠할 수 없다. 즉 마음이 썩어 배우고자 하는 뜻이 없는 사람은 가르칠 수 없음을 뜻한다. 또한 인도(人道)가 퇴폐해진 난세(亂世)를 비유하는 말로도 쓰인다. 오(杇)는 흙질하다. 흙을 묽게 이기거나 물에 풀어 바르다.

제자 재여(宰予)가 게으름을 피우며 낮잠을 자고 있는 것을 보고 공자께서 하신 말씀이다. 썩은 나무는 조각하는 데 쓸 수가 없다. 바탕이 튼실하지 못하는데 어찌 조각칼을 맘대로 대겠는가. 찰기가 없어 푸석한 흙으로 쌓은 담에는 흙질을 할 수 없다. 새롭게 흙을 발라도 제대로 매끈하게 되지 않는다. 마찬가지로 사람도 마음이 썩고 게으르면 제대로 가르칠 수가 없다.

세상의 이치도 또한 이와 크게 다르지 않다. 게으른 자들의 공통점은 언행(言行)의 불일치이다. 호언장담하지만 말에 행동이 뒤따르지 못한다. 누가 신뢰하겠는가. 사람을 처음 대할 때는 말만 들어보고 행동도 그렇게 할 것으로 믿는다. 그러나 말만으로 부족하니 행동을 살펴봐야만 한다. 말에 대한 책임감이 없으니 말과 행동이 일치하지 않는다. 이렇게 되면 게으른 풍토가 만연되어 세상에는 쓸모가 없는 사람들이 많아진다. 결국은 인도(人道)가 퇴폐하여 난세(亂世)에 이르고 만다. 요컨대 게으름을 피우는 것은 자포자기(自暴自棄)와 다르지 않다. 말로써 자기 몸을 해치는 자포(自暴), 생각으로써 자기 몸을 버리는 자기(自棄)를 극복해야 한다. 정신을 차려 자신을 돌보지 않으면 낙오자가 된다. 게으르고 안일에 빠지는 것을 두렵게 여겨야 한다. 여기에는 스스로 노력에 노력을 거듭하여 자신의 힘을 기르는 자강불식(自强不息)이 있을 뿐이다.

학문을 하는 데 있어서 바람직한 태도는 스스로 힘쓰는 것, 자면(自勉)을 귀하게 여기는 데 있다. 그렇게 하면 중도에서 포기하는 일이 없고 끝까지 노력하여 결실을 맺게 된다. 학문의 여정은 작물이 성장하는 과정에 비유될 수 있다. 그 과정을 크게 나누면 파종과 발아, 출수와 개화, 결실과 숙성 등 3단계이다. 이러한 과정은 결코 간단치 않다. 파종을 한다고 모두가 발아하지 않는다. 발아하여 싹이 돋아 자란다고 모두가 꽃이 피는 것은 아니다. 꽃이 핀다고 모두가 열매를 맺는 것은 아니다. 열매가 맺혀도 모두가 튼실한 것은 아니다. 알맹이가 들지 않고 껍질만 있는 쭉정이도 나오기 때문이다. 이렇듯 학문의 여정에서도 좋은 결실을 얻는다는 것은 참으로 어렵고 엄청난 일이다. 여기에는 여러 조건들이 구비되어야 하겠지만, 그 무엇보다도 중요한 것은 끊임없이 스스로 힘쓰는 자면(自勉)이다. 처음부터 끝까지 부지런해야 한다. 그렇지 않으면 때를 놓치고 만다. 또한 정직해야 한다. 노력한 만큼 거두는 것이 농사이고, 농사짓는 마음은 하늘도 움직인다. 학문의 세계도 마찬가지로 진인사대천명(盡人事待天命)이다. 끝까지 게으름을 피우지 말고 밀고 나아가야 한다.

논어 이야기 54

진실로 인(仁)에 뜻을 둔다면, 악(惡)이 없다.

(苟志於仁矣, 毋惡也)「이인편」.

인(仁)을 당면(當面)하면, 스승에게도 양보하지 않는다.

(當仁, 不讓於師)「위령공편」.

성인(聖人)을 내가 만나볼 수 없다면, 군자(君子)라도 만나볼 수 있으면 좋겠다. 선인(善人)을 내가 만나볼 수 없다면, 유항자(有恒者)라도 만나볼 수 있으면 좋겠다.

(聖人吾不得而見之矣, 得見君子者斯可矣. 善人吾不得而見之矣, 得見有恒者斯可矣)「술이편」.

악(惡)이란 무엇인가. 선(善)하지 않는 것이다. 인(仁)의 기준에 맞지 않는 것이다. 다시 말해서 도덕적 기준에 맞지 않는 의지나 행위이다. 악한 마음, 악심(惡心)을 가지면 성질이 모질고 악독한 사람, 즉 악인(惡인)이 된다. 이 악인이 저지른 악행(惡行)과 악사(惡事)는 개인에게는 물론이고 세상에 널리 해를 끼친다. 부정과 부패가 만연되는 사회 병리 현상도 악(惡)이라는 잡초가 번성한 결과들이다. 이기적 사심(私心)에서 행하는 것들은 크게 봐서 모두 악의 범주에 들 수 있다. 때문에 누구나 마음에 악이라는 잡초의 씨앗이 들어 있고, 언제든지 발아하여 마음을 버려놓을 수도 있다. 악의 잡초는 자생력이 매우 강하며, 그 뿌리가 튼튼하여 한번 마음에 뿌리를 내리면 뽑아내기가 쉽지 않다. 또한 전파력이 강하여 사회에 곧장 널리 퍼진다. 그래서 사회에서 악을 제거하는 것은 매우 어려운 일이다.

어떻게 하면 악(惡)에 물들지 않을 수 있을까. 또한 악(惡)에서 선(善)으로 옮겨갈 수 있을까. 선(善)은 착하고 올바르고 어질고 좋은 것을 말한다. 사람에 있어서 가장 존중해야 할 것은 그저 생존하는 그것이 아니라, 선하게 생존하는 것이다. 사회가 선의 물결로 넘쳐날 때 모두가 진실로 즐겁고 행복해질 수 있다. 이를 위해서 먼저 선한 마음, 즉 선심(善心)을 가져야 한다. 끊임없이 자기의 마음을 맑게 밝게 닦아내야 한다. 어느 정도로 마음을 수양해야 하는가. 그것은 인(仁)의 기준에 맞아야 한다. 인(仁)을 지향할 때부터 악에서 점차 멀어지기 시작한다. 진실로 완전한 인(仁)의 경지에 놓이게 되면, 악은 존재하지 않게 된다.

자신의 무절제한 욕망, 즉 이기적 사심(私心)을 억제하는 자기 극복을 하고 예(禮)로 돌아간다면 그것이 바로 인(仁)이다[克己復禮爲仁 : 「안연편」]. 인(仁)을 행하는 것은 오로지 자기 자신에게 달려 있다. 그래서 인(仁)을 실천함에는 어느 누구의 눈치를 보거나 양보할 필요가 없다. 설사 스승이 옆에 계셔도 스승에게 양보해서는 안 될 일이다. 요컨대 인(仁)의 실천은 자기 자신의 몫이고 문제이다. 오직 스스로가 책임지고 행할 뿐이다. 무슨 다른 명분이 또 있겠는가.

세상에는 선(善)과 악(惡)이 함께 존재한다. 그래서 선인(善人)이 있는가 하면 악인(惡人)이 있게 된다. 인(仁)을 실천하여 악(惡)을 멀리하고 선(善)하게 살아가는 사람에는 성인(聖人)과 군자(君子), 선인(善人)과 유항자(有恒자)가 있다. 성인은 신명(神明)함을 헤아릴 수 없는 자이고, 군자는 재덕(才德)이 출중하며 인의로 주관이 확립된 자이며, 선인은 인(仁)에 뜻을 두어 악하지 않은 자이고, 유항자는 한결같은 선심(善心), 즉 항심(恒心)으로 평생 동안 좋은 일을 하면서 나쁜 일을 하지 않는 사람이다. 사람은 항심(恒心)을 가짐으로써 덕(德)의 문에 들어설 수 있다. 따라서 유항자(有恒者)로부터 시작하지 않고는 성인에 이를 수 없다. 그런데 세상에는 유항자를 만나보기가 어렵다. 이것은 없으면서도 있는 체하고, 텅 비었으면서도 꽉 찬 체하고, 궁핍하면서도 풍족한 체하면서 항심(恒心)을 잃었기 때문이다. 선(善)의 끊임없는 추구보다는 이(利)에 쉽게 함몰되는 어지러운 세상에서 어찌 유항자(有恒者)를 손쉽게 찾을 수 있겠는가.

논어 이야기 55

그들(백성)을 덕(德)으로써 인도하고, 그들을 예(禮)로써 가지런하게 하다[다스리다].

(道之以德, 齊之以禮)「위정편」.

덕(德)으로써 정치를 하는 것은, 비유하자면 북신(北辰 : 북극성)이 제자리에 머물러 있는데 뭇별이 그것을 향하는 것과 같다.

(爲政以德, 譬如北辰, 居其所而衆星共之)「위정편」.

선생님께서는 온화하고[溫] 선량하고[良] 공손하고[恭] 검소하고[儉] 겸양함[讓]으로써 그것[정치적 기회]을 얻으신 것이다.

(夫子溫良恭儉讓以得之)「학이편」.

나라를 법[법제]으로만 다스리려고 해서는 안 된다. 정치적 명령[政令]이나 형벌은 결코 만능의 것이 못 된다. 이것은 마치 당근과 채찍으로 말을 기르고 훈련하듯이 백성을 취급하려는 것이 되기 때문이다. 이럴 경우 백성은 정령(政令)이나 형벌에 대해 숨거나 피하려고만 할 뿐, 아무런 부끄러움을 못 느낀다. 후안무치(厚顔無恥)는 세상을 얼마나 살벌하게 만드는가. 덕(德)으로 인도하여 백성이 스스로 부끄러움을 갖게 해야 한다. 부끄러움은 자신의 잘못을 스스로 깨닫고 바르게 하는 힘을 갖는다. 따라서 위정자부터 유덕자(有德者)가 되어 덕정(德政 : 仁政)을 펼치면 백성들은 똑바른 마음으로 인생길을 걸을 수 있다.

물론 나라를 다스리려면 일정한 법도와 규정이 필요하다. 이때 백성이 스스로 준법정신을 발휘할 수 있어야 한다. 이렇게 되기 위해서는 예(禮)가 사회의 질서를 근본에서 바로 세우는 기강으로 자리 잡아야 한다. 예는 사람으로서 마땅히 지켜야 할 제도(制度)와 품절(品節)에 대해 이해와 깨달음을 갖게 해주기 때문이다. 백성들의 마음과 일상은 얕고 깊거나 두텁고 얇거나 해서 균일하지 못하다. 이를 예로써 가지런하게 하면 여러 층이 나지 않고 고르게 일매진다. 그렇게 되면 모두가 선하지 못함을 부끄럽게 여기고 그릇된 마음을 바로잡아 선함에 이른다. 따라서 덕(德)과 예(禮)는 백성을 바르게 되도록 하는 근본이 아닐 수 없다.

북극성[北辰]은 하늘의 중추이며, 움직이지 않고 언제나 제 자리에 있다. 이를 가운데 두고 뭇별이 에워싸고 돈다. 정치에서도 북극성과 같은 것이 있다. 덕(德)으로 하는 정사, 즉 덕정(德政)이 그것이다. 덕정(德政)을 펼치면 북극성이 뭇별에게 빛을 발하여 길잡이가 되듯이, 덕(德)의 빛이 저절로 사방팔방으로 퍼져나가 세상을 밝힌다. 그러면 또한 세상은 덕(德)을 향해 회귀한다. 이러한 덕정(德政)은 움직이지 않아도 교화되고, 말하지 않아도 믿게 되어 무위(無爲)의 경지에 이른다. 백성들이 준수할 것이 지극히 간단해져 번거로움을 쉽게 제어할 수 있고, 머무는 것이 지극히 정숙하여 제동이 가능하고, 힘쓰는 바가 지극히 적으니 쉽게 가지런해진다. 이러듯 덕정(德政)이 바로 무위의 정치[無爲之政]가 된다.

공자께서 천하를 주유하면서 많은 나라의 정치가들을 만나서 문답으로 정치적 견해를 제시하셨다. 이런 기회를 가질 수 있는 바탕은 무엇인가. 그것은 공자께서 갖추신 인품, 즉 덕치(德治)의 길을 열 수 있는 덕(德) 때문이었다. 공자의 온화하고 선량하며 공손하고 검소하며 겸양하는 덕(德)을 향해, 뭇별이 북극성을 향하듯 많은 나라의 정치가들이 모여들어 가르침을 청하였다. 위정자가 갖추어야 할 것은 덕(德)인가, 아니면 재능(才能)인가. 양자를 겸비하면 더할 나위가 없겠지만, 하나만 택한다면 당연히 덕(德)이다. 그렇다면 위정자가 갖추어야 할 덕목(德目)으로는 무엇이 좋겠는가. 그것은 공자의 오덕(五德), 즉 온량공검양(溫良恭儉讓)이다. 덕정(德政)의 바탕이 되기 때문이다.

논어 이야기 56

가난하면서도 즐거워하고, 부유하면서도 예(禮)를 좋아하다.

(貧而樂, 富而好禮)「학이편」

가난하면서 원망하지 않기는 어렵다. 부유하면서도 교만하지 않기는 쉽다.

(貧而無怨難, 富而無驕易)「헌문편」.

수신(修身)에서 가장 어려운 것이 가난과 부유에 대한 가치관 정립이다. 사람이면 누구나 가난하면 아첨하기 쉽고, 부유하면 교만하기 마련이다. 어떻게 하면 가난해도 즐거움을 잃지 않고, 부유해도 예(禮)를 좋아할 수 있을까. 이것은 도(道)에 정진하여 자신을 끊임없이 절차탁마(切磋琢磨)하면 가능하다. 마치 옥석(玉石)과 골상(骨象)을 갈고 닦아서 빛을 내듯이 자신을 새롭게 변화시키는 것이다. 그렇게 하여 가난과 부유, 그 자체를 의식하지 않은 수준에 이르면 된다.

부귀(富貴)는 사람들이 바라는 것이지만, 정당한 방법으로 얻지 않으면 처하지 않는다. 또한 빈천(貧賤)은 사람들이 싫어하는 것이지만, 정당한 방법으로 벗어나지 않으면 떠나지 않는다(「이인편」). 이것은 어느 때, 어느 곳에서도 인(仁)을 떠나지 않는 군자의 자세다. 군자가 인(仁)을 떠난다면 어디에서 이름을 얻을 수가 있겠는가.

가난으로 인한 괴로움, 즉 빈고(貧苦)는 겪어보지 않은 사람은 짐작조차 하기 어렵다. 가난이 뼈에 사무치는 적빈(赤貧)에 이르면 배를 주리는 것은 예사이고 활력을 잃어 병마에 시달리게도 된다. 가난하면 친구도 떠나고 친척들도 멀어지는 것이 세태다. 그래서 빈천할 때 사귄 친구[貧賤之交]는 잊어서는 안 된다고 한다. 빈자(貧者)는 남에게 굽히는 일이 많아서 늘 기를 펴지 못하기 때문에 저절로 낮고 천하게 되기 쉽다. 바른길을 걷는 사람은 아무리 가난하더라도 결코 그 지조를 꺾지 않는다. 선비가 그렇다. 선비는 도의(道義)를 지키고 재리(財利)를 바라지 않기 때문에 항상 빈자(貧者)의 신세에 머문다.

재물이 넉넉하면 겉으로 보기에는 집안이 윤택하게 보인다. 그런데 부자는 더욱 큰 부자가 되려고 한다. 자기 분수를 알아 이에 만족할 줄 모르기 때문이다. 부(富)는 족한 것을 아는데 있다[富在知足]. 이런 말도 있다. 부자는 어질지 않고, 어진 사람은 부자가 되지 못한다[富者不仁, 仁者不富]. 즉 부(富)와 인(仁)은 특별한 경우를 빼놓고는 병립하지 않는다는 것이다. 이것은 부유해지면 교만해지는 데서 알 수 있다. 부유해도 예(禮)를 좋아할 수 있다면 그는 제대로 된 사람이다.

가난을 고생으로 여기지 않고 편안한 마음으로 도(道)를 즐기는 빈이락(貧而樂), 그리고 부유하면서도 예(禮)를 좋아하는 부이호례(富而好禮)는 사람이 사람다워지는 길이 아닐 수 없다. 의롭지 못한 부귀는 나에게 뜬구름과 같다[不義而富且貴, 於我如浮雲 : 「술이편」]. 부귀는 하늘에 달려 있으니[富貴在天 : 「안연편」], 오로지 성의를 다해 정진할 일이다.

예나 지금이나 빈자(貧者)는 아첨(阿諂)에, 또한 부자(富者)는 교만(驕慢)에 빠지기 쉽다. 아첨은 남의 마음에 들려고 간사를 부려 비위를 맞추며 알랑거리는 것이다. 이것은 자기가 자신을 업신여기는 비굴함에서 비롯된다. 이렇게 해서 생각과 행동, 태도가 비열해지면 줏대가 없는 바람 앞의 등불과 같은 존재가 된다. 교만은 제 스스로가 잘난 체하며 겸손함이 없고 건방지고 방자함이다. 이것은 남에게 자랑하고 뽐내고자 하는 과시욕에서 비롯된다. 교만하면 쓸데없는 자존심을 키우면서, 어리석고 나태하고 포악해져 간다. 그러면서 도(道)에 어그러진 일을 저지른다. 보통의 경우, 사람은 빈부(貧富) 속에 빠지면 그 자신을 지켜야 하는 까닭을 모르므로 아첨과 교만이라는 두 가지 병을 반드시 가진다. 다행히 자신을 지켜서 무첨(無諂)과 무교(無驕)에 들어도 빈부(貧富)의 울타리를 넘겨 낙도(樂道)와 호례(好禮)의 경지에 들기는 참으로 어렵다.

논어 이야기 57

아랫사람에게 묻는 것을 부끄러워하지 않는다.

(不恥下問) 「공야장편」.

유능한 자이면서도 무능한 자에게 묻고, (학식이) 많은 자이면서도 적은 자에게 묻는다.

(以能問於不能, 以多問於寡) 「태백편」.

제자 자공은 민첩하고 재주가 뛰어났다. 그러나 재주를 뽐내기나 할 뿐, 진득하게 앉아서 공부하는 것이 아니었다. 이에 공자께서 위나라 대부 공문자(孔文子)가 학문에 근면하고 묻는 것을 좋아하여, 즉 호학(好學)하고 호문(好問)하여 문(文)이라는 시호를 얻은 것을 예시하면서, 민이호학(敏而好學)하고 불치하문(不恥下問)할 것을 가르치셨다.

학문(學問)은 문학(問學)과도 그 뜻이 같다. 학(學)은 앞선 것을 본받고[效], 모르는 것을 스스로 깨닫는 것[覺]이다. 기본적으로는 모방하여 익히는 것이다. 문(問)은 문전에 찾아가서 묻고, 신성한 지역에서 신의 뜻을 묻듯이, 알지 못하여 의혹하는 것이나 확실하지 아니하여 의심스러운 것을 묻는 것이다. 대체로 학(學)이 시대의 흐름에 부합하는 낮은 단계의 배움이라면, 문(問)은 특정한 문제 중심으로 캐들어가는 높은 단계의 배움이라고 볼 수 있다.

물론 많이 듣는 다문(多聞)과 많이 보는 다견(多見)을 통하여 좋은 점을 따르고 선악을 가려 기억하여 지식의 지평을 열어갈 수도 있다. 그러나 진정한 배움은 물음에서 시작하여 물음을 남기면서 끝난다고 봐야 한다. 옛 성현들도 삼가서 자신을 낮추며 부단히 묻는 자세로 일관하였다. 이렇게 하면 자신의 생각의 옳고 그름을 객관적으로 판단할 수 있다. 즉 주관의 객관화가 가능하다. 공자께서도 태묘[大廟]에 들어가시면 매사를 물으셨다. 묻는 자체가 예(禮)를 행하는 것이라고 하셨다(「팔일편」, 「향당편」).

질문은 상대방에게 하는 것이 보통이지만 자기 자신에게도 해야 한다. 자신에게 던지는 질문은 자성(自省)과 자반(自反)의 밑바탕이 된다. 사람은 누구나 끊임없이 질문을 통해서 실존적 선택을 해나가야 한다. 나는 어떻게 살 것인가. 즉 거칠고 험한 생존경쟁에서 어떤 판단을 내려야 하는가. 나는 나 자신에게 진실로 정직한가. 그리고 내 존재의 바탕이 되는 공동체를 위해서 얼마나 기여할 수 있는가. 즉 도덕적 기준과 원칙을 실천할 수 있는가. 생명과 인권을 존중하기 위해 무엇을 해야 하는가. 역사란 과연 무엇인가. 등등. 스스로에게 질문을 던지고 스스로 확인하는 것이 필요하다. 요컨대, 무엇이 정말로 중요한가. 무엇을 위해, 무엇 때문에 살아야 하는가. 어떻게 살아야 하는가. 이러한 물음에 대해서 대답하는 자문자답(自問自答)은 방황하는 삶에서 존재의 의미를 찾는 길이 된다.

상대방에게 질문할 때는 나이나 지위, 지식, 재능 등의 격차를 잘 고려해야 한다. 능력이 있으면서 능력이 없는 자에게 묻거나, 지식이 많으면서 적은 자에게 묻는 것도 불치하문(不恥下問)에 속한다. 묻기를 잘하려면 도(道)에 입각한 자세를 갖추어야 한다. 즉 신중함[愼]과 초지일관함[常], 객관적임[中], 겸손함[謙] 등이 그것이다. 요컨대 인자(仁者)의 입장을 견지해야 한다. 안해가 그 대표적인 인물이다. 그는 있어도 없는 것처럼 하며, 가득 찼어도 빈 것처럼 하며, 남이 덤비더라도 따지지 않았다. 이것은 자기를 잊고 사심(私心)을 앞세우지 않는 무아(無我)의 경지에 있지 않고는 불가능한 일이다. 안해야말로 자신의 마음으로 비루어 남의 마음을 헤아렸던 진정한 인자(仁者)가 아닐 수 없다.

논어 이야기 *58*

(혼탁한 물이) 도도하게 흐르는 것이 천하에 모두 이러한데, 누구와 함께 그것을 바꾸겠는가.

(滔滔者天下皆是也, 而誰以易之)「미자편」

현자(賢者)는 세상을 피하고, 그다음은 땅을 피하고, 그다음은 안색을 피하고, 그다음은 말을 피한다.

(賢者辟世, 其次辟地, 其次辟色, 其次辟言)「헌문편」.

보통의 사람은 난세(亂世)에 은거하고, 치세(治世)에 출사한다. 어려움을 피하고자 하는 것이 사람의 마음이다. 사람을 피할 것인가, 아니면 세상을 피할 것인가. 피인(辟人)은 숨는 것이 아니다. 그러나 피세(辟世)는 숨는다. 피인은 무도한 사람을 피할 뿐이다. 세상의 일을 잊지 않고 변역(變易)하고자 하는 마음은 여전하다. 세상이 무도하다고 해서 사람과의 관계를 끊을 수가 있겠는가. 사람은 사람과 더불어 살아가야 한다. 어찌 새나 짐승과 함께 살 수 있겠는가.

사람이 처세(處世)하는 데는 근본이 되는 일이 있다. 나아가 벼슬을 하는 일과 물러나 집에 있는 일, 의견을 발표하는 일, 침묵을 지키는 일 등이다. 어떠한 경우이든 왜 그런 일을 하는 것인지 명분이 분명하게 있어야 한다. 천하에 도(道)가 있으면 봉새가 나타나고 성인(聖人)이 나라를 다스리게 된다. 천하에 도가 없으면 성인은 은거한다. 그런데도 성인이 나서면 자신의 덕(德)을 쇠퇴시키며 위태로운 지경에 빠진다. 그러나 진정한 성인은 어떠한 상황에서도 세상을 변화시키려고 끊임없이 노력한다. 공자께서 소강사회 나아가서 대동 사회를 희망하며 천하 각지를 두루 다니면서 도(道)의 실천을 주창(主唱)하는 이른바 주유천하(周遊天下)의 대장정에 나선 것도 이 때문이다.

공자의 이러한 행보를 두고 은자(隱者)들은 조롱까지 했다. '그것이 안 되는 줄 알면서도 그것을 하려는 자 : 「헌문편」'라고 말하는가 하면, '자기를 알아주지 않거든 그만둘 따름이니, 물이 깊으면 옷을 벗고 건너야 한다 : 「헌문편」'고도 말했다. 그러나 공자께서는 천명(天命)을 실천하기 위하여 꿋꿋하게 자신의 신념을 지키셨다. 때와 상황에 따라 수시처중(隨時處中)하여 꼭 해야 한다는 것도 없고, 절대로 해서는 안 되는 것도 없었다(無適也 無莫也 : 「이인편」). 오직 의(義)를 나침반으로 삼고 중(中)을 지향하여 가(可)함도 없고 불가(不可)함도 없었다(無可無不可 : 「미자편」). 요컨대 성인이 보는 천하는 할 수 있는 때가 아닌 것이 없다. 정치는 자기가 좋으면 하고, 싫으면 그만두는 그런 종류의 일이 아니라는 것이다. 어찌 세상을 바꾸려는 노력을 멈추겠는가. 공자께서 맑은 물과 흙탕물 사이에서 몸 둘 데도 없이 주유하면서 방황하셨다. 그러면서도 이렇게 말씀하셨다. "새나 짐승과 함께 무리 지어 살 수는 없다. 내가 이 사람들과 함께하지 않고 누구와 함께하겠는가. 천하에 도가 있다면, 나는 세상을 바로잡는 일에 참여하지 않을 것이다."

나라가 제대로 통치되지 못하면, 세상이 무도(無道)해져 온 천하가 길을 잃고 만다. 그러면 사람들이 점차로 짐승처럼 변해가며 험악해진다. 통치자의 주위에 어떤 사람들이 얼마나 포진하는가에 따라 정치의 방향은 달라진다. 선한 사람들이 많으면 통치자는 그들과 더불어 선한 통치를 한다. 또한 불선한 사람들이 많으면 그들과 더불어 불선한 통치를 하게 된다. 까마귀 같은 불선자들이 득실거리는 속에서는 백로 같은 선한 선비 한 사람으로서는 통치자를 바르게 보필할 수 없다. 백로 한 마리가 어찌 까마귀 떼를 당할 수 있겠는가. 세상이 이렇게 되면 현자(賢者)는 정치의 현장을 떠나고 삶의 근거지를 옮긴다. 세상이 바르지 않음에 그 세상을 피하여 은둔하고[辟世], 지역이 바르지 않음에 그 지역을 피하여 다른 지역으로 가고[辟地], 안색이 바르지 않음에 그 사람을 피하여 다른 데로 가고[辟色], 언사가 바르지 않음에 그 사람을 피하여 다른 데로 가버린다[辟言]. 공자께서는 이런 부류의 사람들로 백이(伯夷), 숙제(叔齊), 우중(虞仲), 이일(夷逸), 주장(朱張), 유하혜(柳下惠), 소련(少連)의 일곱 은자(隱者)를 들어셨다.

논어 이야기 59

용감한 사람은 두려워하지 않는다.

(勇者不懼) 「자한편」, 「헌문편」

용감하되 예(禮)가 없으면 난폭해진다.

(勇而無禮則亂) 「태백편」.

군자가 용기(勇氣)가 있고 의(義)가 없으면 난(亂)을 일으키고, 소인이 용기(勇氣)가 있고 의(義)가 없으면 도둑이 된다.

(君子有勇而無義爲亂, 小人有勇而無義爲盜) 「양화편」.

사람은 누구나 용기(勇氣)를 가져야 한다. 용기를 잃으면 전부를 잃는 것과 같기 때문이다. 용기는 언행을 올바르게 실천하는 힘이 된다. 이것은 지(智)와 인(仁)을 가져도 용(勇)이 없으면 덕(德)에 이르지 못하는 데서도 알 수 있다. 용감한 사람[勇者], 즉 의지가 강하고 과단성이 있는 사람은 의(義)를 실천하는 힘이 강하다. 그래서 의(義)를 보고도 행하지 않는 사람은 용기가 없다고 한다[見義不爲無勇也 : 「위정편」]. 참으로 용감한 사람은 도의(道義)를 위해서 목숨을 아끼지 않으므로, 어떠한 경우를 당하더라도 조금도 두려워하지 않는다. 특히 용감한 사람을 용사(勇

士)라고 부른다. 군인이 그 대표적인 사람이다. 용사가 위기에 빠진 나라를 구해낸다. 용사는 언제나 생명을 아끼지 않고 의(義)를 위해 죽을 각오를 하고 있기 때문에, 모든 곤란을 물리치고 용감하게 전진하는 용왕매진(勇往邁進)이 있을 뿐이다. 또한 용감의 힘은 자포자기에 빠진 자신을 구해내기도 한다. 의기소침의 늪에서 용맹(勇猛)한 기력(氣力)을 떨치면 몰라보게 달라지는 자신을 발견하게 된다. 용기는 역경에 처했을 때의 빛과 같다. 따라서 누구에게나 용맹정진(勇猛精進)이 지속될 때 큰 깨달음의 순간이 다가온다.

그러나 용맹이 지나쳐서 예(禮)를 벗어나면 난폭해지고 세상을 혼란스럽게 만든다. 예(禮)는 사회에서 누구나 지켜야 할 합당한 원칙과 질서를 유지하는 힘이 된다. 즉 행위의 규범으로서 절제의 효능을 발휘한다. 이러한 예(禮)가 무시되어 그 힘을 잃게 되면, 용맹은 걷잡을 수 없이 날뛰며 난(亂)을 일으키고 만다. 그래서 군자는 용맹하되 예(禮)가 없는 자를 미워한다[惡勇而無禮者 : 「양화편」]. 용맹이 난(亂)을 일으키는 양상은 다양하다. 용맹을 좋아하면서 가난을 싫어해도 사회는 혼란스럽게 된다[好勇疾貧亂也 : 「태백편」]. 자신의 분수를 망각하고 가난의 책임을 사회로 떠넘기며 무도해져서 포악해지기 때문이다. 그리고 인자(仁者)는 반드시 용기가 있지만, 용자(勇者)가 반드시 인(仁)이 있는 것은 아니다[仁者必有勇, 勇者不必有仁 : 「헌문편」]. 인자는 세상에서 모두가 올바르게 살아가게 하는 정의를 굳게 실천한다. 그러나 용자는 자기의 사욕을 채우기 위해서 용감하게 행동할 수도 있다.

모름지기 용기는 정의로운 용기여야 한다. 의(義)가 바탕이 되지 않는 용(勇)은 만용일 뿐이다. 만용은 사리를 분간하지 못하고 함부로 날뛰는 용맹이고 미숙한 용기이다. 그 폐단은 너무나도 크다. 예사로 난(亂)을 일으키고 도둑질을 한다. 따라서 의(義)가 용(勇)의 올바른 방향을 가리키는 방향타가 돼야 한다. 요컨대 용(勇)은 지(知)와 인(仁)과 함께 군자가 갖추어야 할 삼덕(三德)이고 천하의 달덕(達德)이다. 그래서 예(禮)와 의(義)를 배워서 용(勇)이 도(道)의 구성요소로서 제대로 자리 잡게 해야 한다. 또한 그저 호용(好勇)하기만 해서도 안 된다. 호용(好勇)하고 호학(好學)하지 않으면 옳고 그름을 가리지 못해 감정에 휘둘리기 쉽다. 그 폐단은 세상을 어지럽히고도 남는다[好勇不好學其蔽也亂 :「양화편」].

논어 이야기 60

효제(孝弟)라는 것은 아마 인(仁)을 행하는 근본일 것이다.

(孝弟也者, 其爲仁之本與) 「학이편」.

살아계시면 예(禮)로써 부모를 섬긴다. 돌아가시면 예(禮)로써 부모를 장사지내고, 예(禮)로써 부모를 제사지낸다.

(生, 事之以禮 ; 死, 葬之以禮, 祭之以禮) 「위정편」.

효(孝)는 어버이를 섬기는, 즉 잘 모시어 받드는 것이다. 제(弟, 悌와 통용)는 형이나 존장을 공손히 잘 섬기는 것이다. 따라서 효제는 부모를 비롯하여 윗사람이나 어른을 공경하고 섬기는 것이다. 모든 인간관계는 나로부터 시작하는 효제의 확장에 있다. 사회가 왜 어지러운가. 가정에서부터 효제가 무너져 내렸기 때문이다. 가정이 흔들리면 사회도 온전하게 유지될 수 없다. 따라서 모두가 근본에 힘써야 한다. 근본이 바로 설 때 도(道)가 있게 되고, 또한 인(仁)의 실천이 가능해진다. 그렇다면 근본이란 무엇인가. 그것은 위와 아래의 인간관계를 튼튼하게 유지해주는 효제이다. 그 사람 됨됨이가 효제하면서 범상하기를 좋아하는 자는 적다[其爲人也孝弟而好犯上者鮮矣 : 「학이편」]. 집에 들어오면 효도하고, 나가면 공경하는[入則孝, 出則悌 : 「학이편」] 인성을 갖춘다면 사회는 인(仁)의 물결로 넘칠 것이다.

부모를 예(禮)로써 섬긴다면, 이때의 예는 구체적으로 무엇인가. 부모를 공경하고 존경하는 마음을 갖는 것이다. 이것이 효심(孝心)이다. 이런 마음이라면 부모가 자식을 걱정하는 일이 훨씬 줄어들 것이다. 자식이 늘 부모의 마음을 먼저 헤아린다면 언행에 신중을 기하고 자기 성장에 성실히 임하게 된다. 자식이 부모의 말을 경청하지 않고 또 외면하는 일은 불효(不孝)의 시작이다. 만약 부모에게 걱정을 끼치고 봉양할 줄 모르면 금수와 무엇이 다르겠는가. 부모에게는 그동안 걸어온 인생길, 즉 삶의 방식[父之道 : 「학이편」, 「이인편」]과 가정을 다스려온 정책[父之政 : 「자장편」]이라는 것이 있다. 여기에서 부모의 훌륭한 점을 계승하는 것도 큰 효도가 된다. 부모의 철학은 가문의 전통이 되고 뿌리가 되어 가정을 튼튼하게 만들기 때문이다. "아버지가 살아계실 때는 그 뜻을 살피고, 아버지가 돌아가시면 그 행적을 살핀다. 3년 동안 아버지의 방식을 바꾸지 않는다면 효(孝)라고 말 할 수 있다[父在觀其志, 父沒觀其行, 三年無改於父之道, 可謂孝矣 : 「이인편」]." 부모를 종신토록 사모하는 것은 큰 효도[大孝]에 속한다. 부모가 장수하면 자식에게는 큰 복이 된다. 그만큼 부모로부터 사랑을 받고 또한 효도할 수 있는 여유가 커지기 때문이다. 그러나 연로해지시면 이별의 순간이 언제 닥쳐올 것인지 두렵지 않을 수 없고, 그간 효도가 미진하지는 않았는지 또한 두렵기도 하다. 그래서 부모의 나이를 마땅히 기억하고[父母之年, 不可不知也 : 「이인편」], 멀리 나가지 않으며 나가게 되면 반드시 행방이 있어야 한다[父母在, 不遠遊, 遊必有方 : 「이인편」].

부모가 살아계실 때 친애와 공경으로 모시는 양생(養生)은 기본적으로 마땅한 도리이다. 그러나 이것만으로 효도를 다하기에는 충분하지 않다. "오늘날의 효도란, 공양(供養)하는 것을 말한다. 개나 말에 이르기까지 공양이 있을 수 있다. 공경하지 않는다면 무엇으로 구별하겠는가(今之孝者, 是謂能養, 至於犬馬, 皆能有養, 不敬何以別乎 : 「위정편」)." 사람의 경우는 공양(供養)이 효양(孝養)이 되어야 한다. 효양은 효도로써 봉양(奉養)하는 것이다. 때문에 사람은 공경의 뜻이 담긴 능양(能養)이고, 짐승은 그저 기름이 있을 뿐인 유양(有養)이다. 부모에게 식사를 대접하는 등 물질적인 것으로 끝난다면 그것은 견마(犬馬)의 경우와 크게 다르지 않다. 부모가 돌아가시게 되면 더 이상 모실 수 없게 되므로 큰 변고[大故]가 된다. 이 대고(大故)를 당하여 어떻게 할 것인가. 후일에 조금의 후회도 남지 않게 형편에 따라 지극한 정성을 다해야 한다. 그래서 부모의 송사(送死)가 으뜸가는 대사(大事)가 된다. 이때 상(喪)을 잘 치르는 것보다는 차라리 슬퍼하는 것이 더 낫다. 상례(喪禮)는 형식보다 내용이 더 중요하기 때문이다. 슬퍼하되 그 정도가 지나쳐 몸을 상하게 하지 않는다[哀而不傷 : 「팔일편」]고 말하지만, 부모의 마지막 길에 목 놓아 울지 않을 자가 어디 있겠는가.

부모에게 제사 지낼 때는 부모께서 앞에 계시는 듯이 마주 대해야 한다[祭如在 : 「팔일편」]. 경건한 정신을 다하지 않으면 제사를 지냈다고 볼 수 없다. 정성이 지극하면 신(神)이 있고, 정성이 없으면 신은 없는 것과 같다. 요컨대 효(孝)는 무위(無違), 즉 예(禮)를 어기거나 거스르지 않는 것이다「위정편」. 부모께서 살아계시거나 돌아가시거나 언제나 예(禮)를 다하는 효심(孝心)을 잃지 않는 것이 자식 된 도리를 다하는 길이다.

논어 이야기 61

나는 자기의 잘못을 발견하고 안으로 자책(自責)하는 자를 아직까지 보지 못했다.

(吾未見能見其過而內自訟者也)「공야장편」.

어진 사람[賢者]을 보면 그와 같아질 것을 생각하고, 어질지 못한 사람[不賢者]을 보면 안으로 스스로를 살펴봐야 한다.

(見賢思齊焉, 見不賢而內自省也)「이인편」.

나는 매일 세 가지로 나 자신을 살펴본다. 남을 위해 일을 도모하면서 정성을 다하지 않았는가. 붕우(朋友)와 사귀면서 신의가 없지 않았는가. 전하여 받은 것을 익히지 않았는가.

(吾日三省吾身 : 爲人謀而不忠乎. 與朋友交而不信乎. 傳不習乎)「학이편」.

과오를 범하지 않는 사람은 없다. 그렇다면 과오를 직시할 수 있는가, 또한 이것을 시정할 수 있는가. 매우 중요한 과제이다. 때문에 늘 자신의 언행(言行)을 살펴보고 스스로를 비판해야 한다. 자기가 자기와 논쟁하여 시비곡직(是非曲直)을 가리려면 자신에게 냉정하고 엄격해야 한다. 이러한 자송(自訟)에는 대단한 용기와 인내가 필요하다. 자송(自訟)은 자책(自責)과 같은 말로서, 스스로 반성하여 양심의 가책을 받을 때 그 의미가 있다.

일반적으로 자기를 성찰하여 자신을 올바르게 지켜내려면 어떤 기준이 있는 것이 좋다. 그 대표적인 것이 현자(賢者)와 성인(聖人)이다. 현자는 만나기가 쉽지 않다. 그는 재덕(才德)을 겸비하여 성인 다음 가는 사람이다. 그가 바로 나의 스승이 될 수 있다. 가까이해서 본받아 그와 같은 사람이 되려고 해야 한다. 불현자(不賢者)를 만나면 자신도 그와 같은 부족한 것이 없는지 안으로 자신을 살펴봐야 한다. 그는 반면교사(反面教師)로 자성(自省)의 기회를 주게 되었으니 유익하다. 성인(聖人)은 지혜와 도덕이 뛰어나고 사물의 이치에 정통하여, 만세에 사표(師表)가 될 만한 완전한 사람으로서 현자보다도 만나기가 더 어렵다. 그래서 전해지는 성인의 말씀을 공경하여 가르침의 기준으로 삼는다.

자기의 몸을 돌보아 살피는 성신(省身)은 수기(修己)의 필수 과정이다. 성찰(省察)과 반성(反省)을 통하여 미흡하거나 잘못된 것을 수정하고 보완할 수 있기 때문이다. 매일 세 가지로 각별히 살펴야 할 경우가 있다. 먼저 남을 위해 어떤 일을 도모할 때이다. 자기의 일처럼 정성을 다해야 한다. 남을 위하는 것이 바로 자기를 위하는 것임을 잊어서는 안 된다. 또한 벗과 사귈 때이다. 친구 간에 정의(情誼)가 돈독해지려면 믿음과 의리를 다해야 한다. 따라서 교우에는 신의(信義)가 생명이다. 그리고 학문에 임할 때이다. 학문은 나를 중심으로 지식을 전해 받고 또한 전해 줌으로써 이루어진다. 내가 가지게 된 지식은 반드시 충분히 익히지 않으면 안 된다.

사람은 안으로 살펴보아 꺼림하지 않는다면, 대체 무엇을 근심하고 또 무엇을 두려워하겠는가[內省不疚, 夫何憂何懼 : 「안연편」]. 그러하니 사람은 떳떳해야 한다. 자신을 안으로 살펴보아 꺼림하지 않으면 된다. 이것은 덕(德)이 온전할 때 가능한 일이다. 자신의 덕(德)에 하자가 있으면 양심의 가책을 느끼지 않을 수 없다.

남들은 모두 형제가 있는데, 자기만 홀로 있다며 고독에 빠지고 근심하면 어떻게 될까. 이때 자신을 되돌아보면 그 고독을 뛰어넘는 길이 열린다. 다른 사람과 사귈 적에 공손하고 절도가 있었는가. 그렇게만 된다면 온 천하의 사람이 모두 형제처럼 될 것이다 [四海之內, 皆兄弟也 : 「안연편」]. 형제가 있고 없고는 천명(天命)에 달려 있다. 그러니 천명에서 편안히 하고, 또 자신에게 존재하는 것을 닦아야 한다. 그렇게 해서 경(敬)으로써 몸을 유지하고 공손으로써 사람을 접하고 절문(切問)을 가지면, 천하의 사람이 모두 그를 사랑하고 공경하여 형제와 같이 지내게 된다. 얼마든지 너와 내가 하나가 될 수 있다. 왜 형제가 없다고만 생각하고 고독에 빠지는가. 자신을 깊이 되돌아볼 일이다.

논어 이야기 62

함께 말할 만한데도 그 사람과 함께 말하지 않으면 사람을 잃게 되고, 함께 말할 만하지 않은데도 그 사람과 말을 하면 말을 잃게 된다. 지혜로운 사람[知者]은 사람을 잃지 않고 또한 말도 잃지 않는다.

(可與言而不與之言失人, 不可與言而與之言失言. 知者不失人亦不失言)「위령공편」.

군자를 모시는 데 있어서 (저지르기 쉬운) 세 가지 허물이 있다. 말할 차례가 자기에게 오지 않았는데 말하는 것을 조급(躁急)이라 한다. 말할 차례가 자기에게 왔는데도 말하지 않는 것을 은폐(隱蔽)라 한다. (상대방의) 안색을 살펴보지 않고 말하는 것을 맹목(盲目)이라 한다.

(侍於君子有三愆. 言未及之而言謂之躁. 言及之而不言謂之隱. 未見顏色而言謂之瞽)「계씨편」.

말[언어와 문장]은 (내용을) 전달할 뿐이다.

(辭達而已矣)「위령공편」.

말은 언제 해야 하는가. 상황판단을 잘해야 한다. 먼저 말의 상대를 잘 파악해야 한다. 그 상대에 따라 말의 내용이 달라져야 하기 때문이다. 말이 통할 수 있는데도 말을 하지 않으면 그 사람은 나에게서 떠난다. 결국 그 사람을 놓치고 잃게 된다. 그러나 말할 상대가 아닌데도 말을 하게 되면 말을 하지 아니함만 못한 꼴이 된다. 공연한 짓으로 그 말은 쓸데없는 말이 되고 잃고 만다. 왜 이처럼 실인(失人)하고 또 실언(失言)하는가. 지혜롭지 못한 탓이다. 지혜로운 자[知者]는 분별력이 있고 상황판단을 잘한다. 그래서 상황에 맞게 적절한 말을 한다. 때문에 사람을 잃지 않을 뿐만 아니라 말도 잃지 않는다.

윗사람[선생님, 부모, 상관]과 대화할 때는 여간 조심스럽지가 않다. 이것은 어려운 일로서 적절하지 않으면 허물을 남긴다. 자기가 말할 차례가 아닌데도 불쑥 상대방의 말을 자르고 끼어들지 말아야 한다. 조급하게 참견하는 것은 금물이다. 말할 차례인데도 대화를 끊고 말하지 않는 것은 솔직하지 못하고 속내를 드러내지 않겠다는 음흉한 짓이다. 그리고 말을 할 때는 상대방의 표정을 살펴보면서 해야 한다. 상대방을 외면하고 말하는 것은 눈을 감아 마치 장님이 된 것처럼 맹목적으로 행하는 것과 다르지 않다. 이것은 대화의 본질에서 벗어나고 또한 불손한 짓이 된다. 요컨대 윗사람과 대화할 때는 지혜를 발휘하여 상항에 맞게 할 말과 삼갈 말을 잘 가려서 적절히 대응하면 큰 허물은 남기지 않을 것이다.

모르는 것을 묻고 그 답을 듣는 문답(問答)은 배움의 기본 형태다. 특히 스승에게 물을 때는 그 무엇을 끼우거나 내세워서는 안 된다. 그렇게 되면 질문의 뜻이 정성스럽지 않게 되기 때문이다. 맹자에 이를 경계하는 말이 있다. 그 무엇을 끼워서 질문하는 경우들은 이렇다. 존귀한 지위를 끼워서 질문하고, 현명함을 끼워서 질문하고, 연장자의 지위를 끼워서 질문하고, 공로가 있음을 끼워서 질문하고, 연고를 끼워서 질문하는 것 등이다. 이런 경우들은 모두 오만스럽고 불손하기 짝이 없다. 스승이 어찌 응답하겠는가. 모름지기 무엇을 끼워서 상대방에게 질문하는 것은 삼가야 한다.

말이나 글은 그 의미를 전달하는 것이 생명이다. 왜 교묘하게 또 화려하게 꾸미는가. 왜 말을 꾸며서 교언(巧言)을 만들고, 글을 꾸며서 미문(美文)을 만들려고 애쓰는가. 이렇게 둔갑을 시키면 진실이 왜곡되고 만다. 불실한 내용을 포장하여 남을 속이는 것이 된다. 좋은 말이나 글은 간결하고 정확하며 또한 막힘이 없다. 그래서 듣는 사람이나 읽는 사람에게 쉽게 이해된다. 언사(言辭)와 문사(文辭)는 사상이나 감정을 전달하는 것을 목적으로 삼는다. 그 목적을 달성하는 선에서 그쳐야 한다. 장황하게 하거나 미사여구를 동원하면 전달에 불필요한 것들이 끼어들어 좋지 않다. 노자의 말이다. "진실한 말은 아름답지 않고[信言不美], 아름다운 말은 믿음직하지 않다[美言不信]."

논어 이야기 *63*

사람이 원려(遠慮)가 없으면, 반드시 근우(近憂)가 있다
(人無遠慮, 必有近憂)「위령공편」
군자는 도(道)를 걱정하고 가난을 걱정하지 않는다.
(君子憂道不憂貧)「위령공편」.
인자(仁者)는 근심하지 않는다.
(仁者不憂)「자한편」,「헌문편」.

원려(遠慮)는 먼일을 헤아리는 깊은 생각이며, 원모심려(遠謀深慮)의 준말이다. 근우(近憂)는 바로 눈앞에 닥쳐오는 가까운 근심이다. 여기서 원(遠)과 근(近)은 시공적(時空的) 개념이다. 무릇 생각이 천리 밖에 있지 않으면, 근심은 바로 앉은 자리 밑에 있다. 먼 미래를 꿰뚫는 혜안을 가진다면, 즉 착목(着目)하는 바가 원대하다면, 그만큼 불확실한 미래를 가늠 잡고 미리 대비할 수 있다. 그렇지 않으면 눈앞에 닥치는 자질구레한 일상의 걱정거리에 사로잡혀 휘둘리며 전전긍긍하다가 큰 일 하나 도모하지 못하고 인생을 끝내고 만다. 맹자에 나오는 말이다(「이루장구 하」). "군자한테는 평생의 걱정거리가 있고, 하루아침의 걱정거리는 없는 것이다 (君子有終身之憂, 無一朝之患也)." 평생의 걱정거리는 평생토록 학문을 완성해서 남을 사랑하는 인자(仁者)가 되고, 남을 존경하는 예의를 갖춘 유례자(有禮者)가 되며, 매사에 정성을 다하는 충자(忠者)가 되는 것이다. 일상의 걱정거리는 인자(仁자)와 유례자(有禮者), 충자(忠者)에게는 소소한 것으로서 상황에 따라 그때그때 순리대로 얼마든지 해결이 가능한 것이니, 무슨 근심이 쌓이겠는가. 요컨대 모든 일에 원려(遠慮)가 따르면 큰 낭패는 없는 법이다.

군자(君子)는 심성(心性)이 어질고 덕행(德行)이 높아 남의 사표(師表)가 될 만한 사람이다. 그런 그에게는 유능한 관리나 지도자로서 도(道)에 입각하여 세상을 바르게 해야 하는 책무가 주어진다. 나라의 경영에는 정치적 안정과 신뢰가 근본이다. 따라서 군자가 도(道)에 따라 경국제민(經國濟民)하면 도탄에 빠진 백성을 구해낼 수 있다. 식량 문제를 해결하려면 땅을 갈아서 농사를 지어야 한다. 그러나 정치적 안정이 없게 되면, 아무리 노력해도 농사만으로 굶주림을 단기간에 해결할 수 없다. 여기에서 군자는 세상을 안정시키는 근본으로서의 도(道)를 걱정하지 않을 수가 없게 된다. 당장 식량을 해결하는 단기적이고 말단적인 일에 매몰될 수는 없는 것이다. 도(道)를 닦고 바로 세우는 일은 장기적 안목에서 꾸준히 정진해야 하는 군자의 길이다.

인자(仁者)는 덕(德)이 온전하여 사람을 두루 사랑하고 사사로운 마음이 없어져 남과 경쟁하는 일이 없다. 때문에 특별히 근심할 것이 없다. 또한 자신을 안으로 살펴보아 언제나 꺼림하지 않아서 떳떳하다. 양심

대부분의 사람들은 실리(實利)에 민감하다. 그래서 손익(損益)을 염두에 두고 행동하기 십상이다. 그러나 이익은 제한적이다. 서로의 충돌은 불가피하다. 만약에 불공정한 방법으로 자신만의 이익을 도모하려고 하면 원한을 살 수밖에 없다. 그래서 남을 먼저 배려하고, 욕심을 절제해야 한다. 욕리다원(欲利多怨)을 알아야 한다. 가난하면서도 원망하지 않기는 어렵다(貧而無怨難 : 「헌문편」). 가난을 원하는 사람은 없다. 그러나 가난을 극복하는 것은 결코 쉬운 일이 아니다. 가난에 봉착하면 도덕과 예의에 어긋나게 행동하는 경우가 생긴다. 이때 빈부에 대한 올바른 가치관을 가지게 되면 가난해도 얼마든지 떳떳하게 살 수 있다.

인간관계에서 어떻게 하면 원망을 사지 않겠는가. 나에게 남을 원망하는 마음이 없고, 남 또한 나를 원망하는 마음이 없다면, 이것은 원만한 인간관계이다. 원망하는 마음은 마뜩잖아서 생긴다. 이렇게 되면 신뢰를 잃어서 따르지 않게 된다. 남이 나를 믿고 따르기 쉽게 해주어야 한다. 그렇게 하려면 먼저 자기를 무겁게 책하고, 자기를 중후(重厚)하게 하여 이해심과 포용력을 크게 하는 것이다. 그리고 남의 잘못은 가볍게 여기고 관대하게 포용하는 것이다.

원망은 여러 경우에서 생기는데, 참지 못할 정도의 큰 해를 끼친 사람은 오매불망(寤寐不忘)의 원수가 되기도 한다. 무정(無情)함을 느끼거나 자존심이 상할 때도 원망이 생길 수 있다. 지기(知己)를 너무 멀리하거나[近之則不孫, 遠之則怨 : 「양화편」], 친구에게 책선과 충고를 너무 자주 해도 원망하는 탈이 난다[朋友數, 斯疏矣 : 이인편 ; 忠告而善道之, 不可則

止 : 「안연편」). 아무리 큰 원망이라도 어떻게 노력하느냐에 따라 그 결과는 달라진다. 가장 높은 수준에서 원망을 근원적으로 해소하는 길은 인(仁)을 구하여 인(仁)을 얻은 현인(賢人)이 되는 것이다. 즉 인자(仁者)나 현자(賢者)에게는 남을 원망하는 마음이 없어진 상태이다. 그 대표적인 예가 백이(伯夷)와 숙제(叔齊)이다. 두 사람은 은말(殷末) 고죽군(孤竹君)의 아들로서 왕위를 양보하였으나, 주의 무왕이 은의 주왕을 토벌할 때 막지 못하자 수양산에 들어가 굶었다. 그래도 앞서 있었던 모진 사람들을 생각하지 않는, 즉 불념구악(不念舊惡)을 행했다. 이를 두고 공자께서 두 사람은 현인(賢人)들인데, 또 무엇을 원망하겠느냐고 평하셨다(「공야장편」, 「술이편」).

흔히 은덕(恩德)으로 원한(怨恨)을 갚아야 한다(以德報怨)고 말한다. 노자도 도덕경에서 원한을 덕으로 갚으라(제63장. 報怨以德)고 하였다. 그러나 공자께서는 정직으로 원한을 갚고(以直報怨), 은덕으로 은덕을 갚는다(以德報德)고 설파하셨다. 현실적으로 원한을 은혜를 베푸는 은덕(恩德)으로 갚는 것은 어렵다. 원한이 생긴 뿌리는 올바름과 정직, 즉 의(義)에서 어긋남에 있다. 그래서 정직(正直)으로 원한을 해소하는 것이 올바른 대처가 된다. 정직하면 조금도 꺼림하지 않고, 또한 떳떳한 입장에 서게 된다. 결국은 서로가 의(義)의 바탕 위에서 공평해진다.

논어 이야기 *65*

닭을 잡는데 어찌 소를 잡는 칼을 쓰는가.

(割鷄焉用牛刀)「양화편」.

군자의 덕(德)은 바람이고, 소인의 덕(德)은 풀이다. 풀은 그것에 바람을 가하면 반드시 눕는다.

(君子之德風, 小人之德草. 草上之風必偃)「안연편」.

그 몸[자신]이 바르면 명령하지 않아도 (저절로) 행해지고, 그 몸[자신]이 바르지 않으면 비록 명령한다 하더라도 따르지 않는다.

(其身正不令而行, 其身不正雖令不從)「자로편」.

닭을 잡는 데 소 잡는 칼을 쓰든가, 소를 잡는 데 닭 잡는 칼을 쓴다면, 제대로 일이 이루어지기 어렵다. 계도(鷄刀)와 우도(牛刀)는 그 용도에서 차이가 있기 때문이다. 그러나 닭을 잡든지, 소를 잡든지 칼을 쓰는 목적은 같다. 통치에도 칼과 같은 것이 필요하다. 그것은 도(道)이며, 구체적인 것은 예악(禮樂)이다. 통치자가 이를 실천하면 백성을 사랑하는 마음이 지극해진다. 백성이 또한 실천하면 사회의 질서가 바로 서고 모든 것이 순리대로 진행된다. 요컨대 통치의 지역적 규모에 무관하게 통치는 '도(道)'라는 칼로 이루어져야 한다. 윗사람이 도(道)를 배우면 사람을 사랑하게 되고, 아랫사람이 도(道)를 배우면 질서를 잘 지키므로 다스림이 쉽다[君子學道則愛人, 小人學道則易使也 : 「양화편」]. 따라서 널리 도(道)를 배워서 예악(禮樂)이 융성해지면 모두의 삶에 평화가 넘쳐난다. 그곳은 진실로 살만한 곳으로 바뀌게 된다.

군자(君子)의 덕(德)이 왜 바람인가. 바람은 대기(大氣)의 움직임이다. 움직임은 힘을 가졌다. 바람은 이 힘, 즉 풍력(風力)으로 세력을 형성하여 많은 변화와 조화를 일으킨다. 그 변화 중에서 풍운(風雲)과 풍화(風化)가 대표적이다. 풍운은 바람이 구름을 일으키고 몰고 다니는 것이다. 여기에 용(龍)이 올라타면 하늘을 오르게 된다. 영웅호걸이 세상에 두각을 나타내는 좋은 기운(機運)도 풍운이다. 그러나 바람이 거세게 불고 먹구름이 일어나는 풍운이면 정치 사회적 사변으로 인하여 일어나는 어지러운 정세가 된다. 풍화는 우매를 흔들어 일깨워주는 가르침, 즉 교화(教化)를 뜻하기도 한다. 여러 시대를 거치면서 풍화가 진행되면 풍속(風俗)이 형성되고, 또한 인격과 품격을 간추려서 풍류(風流)가 탄생한다. 이처럼 바람이 갖는 교화가 군자의 덕과 같다. 요컨대 군자는 바람의 덕으로 소인을 교화한다.

소인(小人)의 덕(德)은 왜 풀인가. 풀은 식물을 총칭하는 말로서, 지상의 먹이 피라미드에서 최하층을 이룬다. 동물과 달리 이동할 수 없기 때문에 처음의 자리에서 안분지족(安分知足)의 소박한 삶으로 일생을 보낸다. 그러면서 지상의 생명체들을 먹여 살린다. 나라를 생각하면 백성과 같다. 그래서 민초(民草)라는 말도 쓰인다. 풀이 어떠한 외압에도 견뎌내며 보여주는 자족(自足)의 덕(德)은 바로 소인의 덕(德)과 근본에서 다르지 않다. 풍초덕(風草德)은 군자의 덕을 바람에 비유하고, 소인의 덕을 풀이 바람에 나부껴 따르는 데 비유한 말이다. 군자가 어떤 바람인가에 따라 소인은 평화롭게 서 있기도 하고, 억압되어 누워서 지내기도 한다. 군자의 바람이 덕풍(德風)이라면 소인은 모두 그의 풍화(風化)를 받을 것이다.

정치는 올바름을 추구하는 것이다. 따라서 위정자의 기본은 먼저 그 자신을 올바르게 세우는 것이다. 말과 행동이 자신의 신분에 적합해야 한다. 이렇게 그 자신이 올바름으로써 모범을 보인다면, 백성은 명령하지 않아도 믿고 잘 따른다. 따라서 솔선수범할 수 없다면, 그는 위정자로서 자질이 미달된 자이다. 진실로 자기 자신을 바로 잡는다면 정치에 종사하는 데 무슨 문제가 있겠는가. 자기 사신을 바로 잡지 못한다면 어떻게 남을 바로 잡겠는가[苟正其身矣, 於從政乎何有. 不能正其身, 如正人何 : 「자로편」]. 자기가 바르지 못하고서, 남을 바르게 한 자는 아직 없다. 모름지기 정치의 출발은 먼저 자신을 바르게 하는 것이다.

논어 이야기 66

오직 인자(仁者)만이 사람을 좋아할 수 있고, 사람을 미워할 수 있다.

(惟仁者能好人, 能惡人)「이인편」.

남의 나쁜 점을 말하는 자를 미워하고, 아래에 있으면서 윗사람을 비방하는 자를 미워하고, 용기만 있고 예의가 없는 자를 미워하고, 과감하기만 하고 꽉 막힌 자를 미워한다.

(惡稱人之惡者, 惡居下流訕上者, 惡勇而無禮者, 惡果敢而窒者)「양화편」.

선(善)을 좋아하고 악(惡)을 미워하는 것은 모든 사람들의 공통된 심정이다. 그러나 현실에 있어서는 사람들이 중정(中正)을 쉽게 잃고 불합리하게 어느 한쪽으로 기운다. 이것은 친소나 이해관계 등 사심(私心)에 매이기 때문이다. 사심이 없어진 연후에야 좋아함과 미워함이 이치에 합당할 것이고 공정(公正)을 얻을 것이다. 특히 사람을 두고 좋아함과 미워함이 분명한 기준도 없이 단순한 이해관계나 기분과 감정에 따라 출렁거린다면 건강하고 건전한 사회가 될 수 없다. 그렇다면 어떤 기준이 합당할 것인가. 그것은 인(仁)이 판단의 기준이 돼야만 한다. 이런 기준에 의해 진정으로 사람을 좋아하고 또 진정으로 싫어할 수 있는 사람은 오직 인자(仁者)뿐이다. 인자는 사람으로서의 도(道)를 완전히 갖춘, 즉 유덕(有德)한 사람이다. 그는 사심(私心)이라고는 조금도 없고 공명정대하며 항상 선(善)을 행한다. 때문에 그는 선악(善惡)에 대해서 객관적 입장에서 올바른 판단을 내릴 수 있다. 요컨대 인자(仁者)만이 진정으로 인자(仁者)를 좋아하고, 또 불인자(不仁者)를 미워할 수 있다.

제자 자공이 공자께 군자(君子)도 미워하는 것이 있는지 물었다. 공자께서 있다면서, 그 대상으로 이런 사람들을 들으셨다. 즉 남의 단점을 들춰내기를 좋아하는 사람, 아래에 있으면서 윗사람을 헐뜯으며 비방하는 사람, 용기만 있을 뿐 무례한 짓을 예사로 자행하는 사람, 과감성 있게 일을 처리하지만 꽉 막혀서 남과 소통이 되지 않는 사람 등을 예시하셨다. 왜 이들을 군자가 미워하는가. 남의 악(惡)을 말하는 것[稱人惡]은 어질고 너그러움, 즉 인후(仁厚)의 뜻이 없기 때문이다. 남을 불쌍하게 여기는 인(仁)의 마음, 즉 측은지심(惻隱之心)의 부족에서 비롯된다. 아랫사람이 윗사람을 비방하는 것[下訕上]은 충성하고 공경하는 마음이 없기 때문이다. 상하의 질서를 도의에 어긋나게 붕괴시키는 파렴치(破廉恥)는 수오지심(羞惡之心)의 부족에서 비롯된다. 단순하게 용기만 있고 예(禮)가 없는 것[勇無禮]은 예를 모르기 때문이다. 이런 자가 높은 지위를 차지하면 난(亂)을 일으키고 도둑질을 할 위험이 있다. 사양지심(辭讓之心)의 부족에서 비롯된다. 과감하기만 하고 꽉 막혀 융통성이 없는 것[果而窒]은 사리를 분별하는 지혜가 없기 때문이다. 남과 소통할 줄 모르고 자기 주장만 내세우고 함부로 행동한다. 이것은 시비지심(是非之心)의 부족에서 비롯된다. 요컨대 공자께서 예시했던 자들은 군자가 갖추어야 할 덕목, 즉 인(仁)과 의(義), 예(禮), 지(知)의 네 가지를 따르고 지키지 못하기 때문에 미워함의 대상이 된다.

공자께서 자공에게 미워하는 것이 있는지 물으셨다. 이에 자공은 자신이 미워하는 부류를 이렇게 꼽았다. 즉 남의 것을 곁눈질하여 훔치거나 표절하는 것을 가지고 자신이 지혜롭다고 여기는 자, 교만과 오만인 줄도 모르고 함부로 저지르는 불손한 행위를 용감한 것으로 여기는 자, 남의 단처(短處)를 들추어내고 헐뜯어 말하는 것을 정직으로 여기는 자, 등이었다. 이런 자들은 무엇이 참된 지혜[知]이고, 참된 용기[勇]이고, 참된 정직[直]인지를 제대로 알지 못하는 사람이다. 어찌 미워함의 대상이 되지 않을 수 있겠는가.

일반적으로 모질거나 나쁘면 증오와 기피의 대상이 된다. 극단의 경우는 흉물로 취급된다. 특히 사람의 경우 말과 행동, 그리고 그 바탕이 되는 마음이 이러하다면 그는 분명코 악인(惡人)이다. 어찌 그를 미워하고 싫어하지 않겠는가. 요컨대 미워함의 대상이 되는 사람은 예외 없이 인(仁)과 의(義), 예(禮), 지(知)의 근간을 무너뜨린다. 한마디로 말해서 인간답지 않는 언행(言行)을 일삼는 자들이다.

논어 이야기 67

한마디 말로써 종신토록 그것을 행할 만한 것이 있습니까. 아마도 서(恕)일 것이다.

(有一言而可以終身行之者乎. 其恕乎)「위령공편」.

선생님의 도(道)는 충서(忠恕)일 뿐이다.

(夫子之道忠恕而已矣)「이인편」.

제자 자공이 공자께 종신토록 지키고 행할 만한 좌우명으로써, 한마디로 표현되는 것이 있는지 물었다. 공자께서는 서(恕)를 제시하셨다. 서(恕)는 용서(容恕)이며, 이미 저지른 죄나 잘못에 대하여 책망하거나 벌을 주지 않고 관대하게 처리함이다. 서(恕)는 그 자원(字源)이 심(心)과 여(如)로 구성되었는데, 여(如)는 고문에서는 여(女)로서 부드러운 여자를 뜻한다. 따라서 서(恕)는 여자같이 부드러운 마음, 어진 마음, 용서함의 뜻을 내포한다. 또한 서(恕)를 여심(如心)으로 보고 같은 마음이 되는 것으로 풀이하기도 한다. 즉 나의 마음을 남의 마음에까지 미루어 하나로 같아짐을 뜻한다.

공자께서 자신의 도(道)는 하나로 꿰뚫었다[一以貫之]고 말씀하셨다. 그 하나란 무엇인가. 이에 증자는 선생님의 도(道)는 충서(忠恕)일 뿐이라고 말했다. 즉 자신의 길을 닦고, 사람이 가야 할 길과 세상의 바른길을 열어가는 데는 충서(忠恕)만한 것이 없다는 것이다. 충(忠)은 나라를 위하여 정성을 다한다는 뜻이 있지만, 여기서는 치우치지 않는 마음으로서 정성이며 성실을 의미한다. 즉 자기의 마음을 정성껏 다하는 것[盡己]이 충(忠)이라면, 이것이 남에게까지 미치는 것[推己及人]이 서(恕)를 이루어 낸다. 따라서 충(忠)과 서(恕)는 동전의 양면처럼 함께 할 때 온전해질 수 있다. 그렇게 해서 충서(忠恕)는 충직(忠直)하여 동정심(同情心)이 많다는 의미로 쓰일 수 있다. 충서(忠恕)를 충(忠)과 서(恕)의 두 조목으로 나눈다면, 충(忠)은 천도(天道)로서 도(道)의 본체[體]이고 서(恕)는 인도(人道)로서 도(道)의 활용[用]으로 볼 수도 있다. 서(恕)는 충(忠)을 이행하는 것이 된다. 그러나 정약용은 공자께서 일관되게 추구한 도(道)는 서(恕)라고 했다. 서(恕)를 충(忠)의 자세로 행동에 옮긴다는 것이다[行恕以忠]. 요컨대 충서(忠恕)는 도(道)에 도달하는 근본이 된다. 깊은 곳에 있는 마음이 충(忠)이라면, 이 충(忠)이 남과 하나 되는 마음, 즉 인(仁)으로 전개된 것이 서(恕)이다.

맹자는 용서하면 인(仁)을 얻을 수 있다고 설파했다(「진심장구 상」). 사람으로서의 도리를 다하려면 끊임없이 인(仁)을 구해야 한다. 어떻게 구할 것인가. 서(恕)를 행하면 된다. 서(恕)는 자신의 진실한 마음을 남에게 미치는 추기급인(推己及人)이다. 나와 남이 같아지면 사욕(私欲)이 용납되지 않기 때문에 인(仁)을 체득할 수 있다. 요컨대 인(仁)은 자신을 돌이켜봄에 성실하여 서(恕)를 실천하는 데서 얻을 수 있다.

용서를 두고 채근담에 이런 말도 있다. "남의 작은 잘못을 책망하지 마라. 남이 감추려고 하는 일을 들추지 마라. 남이 예전에 저지른 죄악을 생각하지 마라." 잘못이 없는 사람은 아무도 없다. 완전하지 않기 때문이다. 사람 사이에서 허물을 덮어 주는 것은 사랑이다. 그러니 용서할 줄 모르는 사람은 십중팔구 잔인하다. 용서가 가장 고귀한 승리임을 알기까지에는, 남을 자주 용서하되 자신은 결코 용서하지 않는 결의에 찬 노력이 필요하다.

논어 이야기 68

후생(後生)이 두려워할 만하니, 내자(來者)가 지금과 같지 않으리라고 어찌 알겠는가. 사십 오십이 되어도 알려짐이 없다면, 이 또한 두려워하기에는 부족하다.

(後生可畏, 焉知來者之不如今也. 四十五十而無聞焉, 斯亦不足畏也已) 「자한편」

후생(後生)은 후배, 후진, 후학으로 뒤에 태어난 사람이며, 내자(來者)와 같은 말이다. 그들은 선배들보다 연부역강(年富力強)하다. 즉 나이가 젊고 활동력이 왕성하다. 또한 선배들이 어렵게 축적해놓은 지식의 토대 위에서 선배들보다 빠른 속도로 성장할 수 있는 여건에 있다. 때문에 나중에 난 뿔이 우뚝하다는 말처럼 그들은 선배들을 능가하는 역량을 발휘할 수 있다. 그래서 선배들은 항상 외경(畏敬)의 눈으로 후배들을 격려하고 자랑스럽게 대한다. 그러나 후배의 나이가 사십이나 오십이 되었는데도 그의 명성(名聲)이 들리지 않는다면 여간 안타까운 일이 아닐 수 없다. 이 나이는 불혹(不惑)을 넘고 천명(天命)을 알아서 전문 분야에서 일가를 구축하면서 자신의 깃발을 드높일 시기이기 때문이다.

인류의 발전은 후배가 선배를 밀어 올리며, 끝내 한 걸음 앞서나가면서 이루어진다. 대하(大河)도 작은 물길들이 모이고 모여서 밀고 당기면서 큰물을 이루고 나아간다[長江後浪推前浪, 一代新人勝舊人]. 청출어람(青出於藍)은 쪽에서 나온 푸른 물감이 쪽보다 더 푸르다는 말이다. 이 말은 제자나 후배가 스승이나 선배보다 나음을 이르는 것이다. 역사의 발전은 선배와 후배, 스승과 제자 간에 바통을 넘겨주고 넘겨받는 릴레이 경주와 같다. 여기에는 달리는 주자(走者)의 주력(走力)이 관건이다. 후배의 주력이 탁월하다면 주자 교체[세대 교체]가 빠르게 이루어진다. 그만큼 발전 속도 또한 커진다. 역사의 무대는 늘 새로운 주자(走者)의 등장을 기다린다. 일대를 휘어잡을 신인(新人)들이 대거 등장한다면 미래는 훨씬 빠르게 밝아진다. 때문에 후배가 명망(名望)이 높은 신인이 되기 위해서는 끊임없는 노력, 그것도 때를 놓치지 않는 급시면학(及時勉學)이 되어야 한다. 배움에는 모두 때가 있기 때문이다. 나날이 새롭고 또 새로워져야 신인다운 신인이 될 것이다.

모름지기 후생(後生)이 가외(可畏)라. 앞으로 발전해 나가는 젊은 후배들은 기력(氣力)이 왕성하고 투지가 강하여 학문에서 실력을 부지런히 쌓으면 어떠한 역량(力量)으로 어떠한 인물이 될지 모르기 때문에 그 앞날이 실로 두렵지 않을 수 없다. 그러나 젊다는 것만으로 큰 인물로 저절로 성장하는 것은 아니다. 비록 좀 둔하더라도 천착하면 그 구멍이 넓어지고, 막혔더라도 뚫리게 되면 그 흐름이 왕성해지며, 미숙하더라도 연마하면 그 빛이 윤택해지는 법이다. 부지런하고 또 부지런하며 또 또 부지런하면 반드시 그렇게 된다. 그러니 마음을 확고하게 다잡는 일이 그 무엇보다도 긴요하고 중요하다.

이에 젊은이들이 더 늦기 전에 배움을 위해 세월을 허송하지 말아야 할 것이다. 날마다 새로워져야 한다[日新 日日新 又日新 : 大學]. 특히 주자와 도연명은 젊은이들에게 학문에 힘쓰도록 권장하는 권학문(勸學文)을 이렇게 남겼다. "소년은 늙기 쉽고 학문은 이루기 어려우니(少年易老學難成) / 조그마한 시간이라도 가벼이 여기지 마라(一寸光陰不可輕) / 연못가의 봄풀이 채 꿈에서 깨기도 전에(未覺池塘春草夢) / 계단 앞 오동나무 잎이 벌써 가을 소리를 내는구나(階前梧葉已秋聲)", "왕성한 시절은 두 번 다시 오지 않고(盛年不重來) / 하루에 아침은 두 번 있을 수 없으니(一日難再晨) / 인생의 좋은 시절은 열심히 살아야 한다(及時當勉勵) / 세월은 사람을 기다리지 않는구나(歲月不待人)"

논어 이야기 *69*

교언(巧言)과 영색(令色), 주공(足恭), 원망을 감추고 그 사람과 벗하는 것, 나(공자) 또한 그것을 부끄럽게 여긴다.

(巧言, 令色, 足恭, 匿怨而友其人, 丘亦恥之)「공야장편」.

선비가 도(道)에 뜻을 두고서도 나쁜 의복과 나쁜 음식을 부끄러워한다면, (그런 사람은) 더불어 (도를) 의논하기에 부족하다.

(士志於道, 而恥惡衣惡食者, 未足與議也) 」이인편」.

부끄러움[羞恥]은 사람만이 지닌 감정으로써, 양심에 거리끼어 떳떳하지 못하거나 스스러움을 느껴 수줍어하는 것이다. 부끄러워지면 정상적인 사람은 가슴이 두근거리거나, 얼굴이 붉어지거나, 머뭇머뭇해지거나, 움츠려지거나, 땀이 나거나, 뉘우치거나 하게 된다. 왜 그런가. 사람은 사물의 시비(是非)와 선악(善惡)을 분별할 줄 아는 천부(天賦)의 능력, 즉 양심(良心)을 가지고 있기 때문이다. 양심은 사물에 대한 도덕적 판단이고, 자기 행위에 대한 윤리 의식이며, 정의의 근원이다.

공자께서는 번드르르하게 겉을 꾸미는 말의 교언(巧言)과 남의 비위를 맞추려고 아첨하는 얼굴빛의 영색(令色), 남의 환심을 사기 위해 정도에 지나치는 공손의 주공(足恭), 그리고 원망을 감추고 그 사람과 벗하는 것, 이것들을 부끄럽게 여긴다고 말씀하셨다. 이런 행위들은 근본적으로 예(禮)에서 벗어난 것이며, 또한 자신의 이익을 취하기 위해 자신과 상대방을 속이는 행동으로써 마땅히 부끄러워해야 할 대상이라는 것이다. 사람은 자기의 마음을 솔직하고 정직하게 바로 세워야 한다[立心以直]. 그렇지 않으면 표리부동하게 행동하기 십상이다. 이 얼마나 부끄러운 일인가.

선비는 지도자로서 도(道)에 뜻을 두고 도의(道義)를 행하고 학예를 닦는 사람이다. 이런 선비가 군자의 길을 제대로 걸으려면 항상 도(道)를 도모하고 걱정해야지, 먹고 입는 것을 비롯한 가난을 지나치게 걱정해서는 안된다[君子憂道不憂貧 : 「위령공편」]. 따라서 입과 몸의 봉양 문제를 가지고 남과 같지 못함을 부끄러워한다면, 그의 학문은 비루함을 면치 못하게 된다. 이에 어찌 그와 함께 도(道)를 의논할 수 있겠는가. 그럴 가치가 없다. 검소함은 도(道)의 중요한 구성요소의 하나이다. 선비가 선비다워지려면 형이하학적인 것에 매몰돼서는 안 된다. 즉 외물(外物)에 사역되면 도(道)를 닦는 학문을 할 자격이 없다.

사람은 양심(良心)을 가졌다는 점에서 남과 같다. 때문에 부끄러워하는 마음이 남과 같지 않다면, 똑같은 사람이라고 볼 수 없다. 양심이 같지 않은데 사람으로서 무엇이 또 같겠는가. 맹자의 말이다(「진심장구상」). "사람한테는 부끄러움이 없을 수 없다. 부끄러움이 없음을 부끄러워한다면 부끄러움이 없는 것이다[人不可以無恥, 無恥之恥, 無恥矣]." 사람이 부끄러워할 줄 모르면 얼굴만 사람이지 마음은 짐승과 다르지 않다[人面獸心].

부끄러움을 잃는 자들이 많을수록 세상은 더욱 어지러워질 수밖에 없다. 온갖 사이비(似而非) 무리들이 판을 친다. 이렇게 되면 낯가죽이 두껍고 뱃속이 검은 자들이 재산을 모으고 또한 높은 지위도 차지하기 십상이다. 그래서 장자(莊子)도 이런 역설적인 말을 했다. "부끄러움이 없는 자는 부자가 되고, 말이 많은 자는 출세한다[無恥者富, 多言者顯]. 부자가 되려고 하는가, 그렇다면 부끄러움을 참아라[欲富乎, 忍恥矣]." 후안무치(厚顔無恥)가 지어내는 해악은 당사자는 물론이고 국가 사회에서 불행의 근원이 된다. 부끄러움은 남에게서 강요당하여 느끼기보다는 스스로가 느끼는 자괴(自愧)여야 한다. 그러기 위해서는 양심을 회복하고, 양심의 불이 꺼지지 않도록 늘 가책을 받을 수 있어야 한다.

논어 이야기 70

군자는 자신의 말이 자신의 행동을 지나치는 것을 부끄럽게 여긴다.

(君子恥其言而過其行) 「헌문편」.

군자는 말을 적게 하고 행동을 민첩하게 하고자 한다.

(君子欲訥於言而敏於行) 「이인편」.

사람의 존재감은 말과 행동에서 비롯된다. 그만큼 말과 행동은 살아가는 데 있어서 가장 기본적이고 핵심적인 요소가 된다. 즉 그의 인품을 드러내는가 하면, 어떤 일을 도모하는 데 힘을 발휘한다. 말과 행동은 바늘과 실처럼 언제나 한 몸이 되어 일치해야 한다. 말 따로 행동 따로라면 어찌 신뢰하고 따르겠는가. 그래서 언행일치(言行一致)가 강조된다. 자원(字源)에서 볼 때, 언(言)에는 명세의 문서의 뜻이 담겨 있고, 명세는 불신이 있을 때는 죄를 받는 것을 전제로 하고 있다. 그만큼 말의 무게는 크다. 어찌 말을 함부로 가볍게 하겠는가. 행(行)은 잘 정리된 네거리 길을 가듯이 방정(方正)함을 생명으로 삼는다. 무슨 샛길을 가든가 함부로 일탈해서는 안 된다.

말이 청산유수같이 막힘이 없을 때, 말하는 사람도 그렇고 듣는 사람도 기분이 상승된다. 공자께서도 말에는 어느 정도의 기교가 있어야 한다고 하셨다(言之無文行之不遠). 즉 말이 솔직하기만 하고 기교가 없으면 남에게 감동을 줄 수 없고, 그 말이 미치는 범위도 넓지 못하다는 것이다. 그러나 말을 경솔히 하면 뒷날의 화근(禍根)이 된다. 백옥(白玉)의 흠은 갈아서 없앨 수 있지만, 말의 흠은 갈아서 없앨 수 없다. 그래서 말은 삼가고 또 삼가야 한다. 말은 사리에 맞고 성실하며 거짓이 없어야 마땅하다. 사람은 한마디 말로도 지혜롭다고 여겨지고, 한마디 말로도 지혜롭지 못하다고 여겨지니, 말은 신중하게 하지 않을 수 없다「자장편」.

말의 실천은 아무리 강조해도 지나치지 않다. 따라서 말은 되도록 적게 하고 그 실천에 노력하는 것이 인(仁)을 행하는 것에 가깝다. 눌언민행(訥言敏行), 즉 말은 적게 하고 행동은 민첩하게 한다. 여기서 눌(訥)은 '더듬거리다'의 뜻이라기보다는 입이 무거워 말을 잘하지 아니하는 것, 즉 '말이 적다'라는 뜻이다. 민(敏)은 행동이 재빠름의 뜻이지만, 총명하여 정체함이 없고 또한 힘써 행함을 뜻한다. 즉 행동에서 빠르기만 해서는 안 되고 총명하여 실수가 없어야 하는 것이다.

요컨대 말에는 허물이 적고, 행동에는 후회가 적어야 한다(言寡尤, 行寡悔 : 「위정편」). 그러기 위해서는 말을 부끄럽게 여겨야 한다. 말하고자 하는 취지에 합당한지, 실천 가능한 것인지 살펴야 한다. 행동은 항상 반성의 대상이 되어야 한다. 자신의 말과 일치하는지, 남에게 무슨 영향을 주는지 또한 살펴야 한다. 예부터 말을 함부로 하지 않았던 것은 몸이 미치지 못함을 부끄러워해서 였다[古者言之不出, 恥躬之不逮也 : 「이인편」]. 선언(善言)을 한마디 듣거나, 선행(善行)을 한 가지 보게 되면, 크게 분발할 수 있다. 그 분발이 너무 강렬하다면 마치 강하(江河)의 둑이 무너지는 것과 같을 수 있다.

상대방을 깨우쳐 주는 말에는 법언(法言)과 손언(巽言)이 있다(「자한편」). 법언은 법으로 삼을 만한 정당한 말, 즉 귀감이 될 만큼 엄정한 말이다. 이런 말은 공경스럽고 두려운 나머지 반드시 따르게 된다. 잘못이 있을 때 법언을 들으면 자기의 잘못을 고치는 계기가 된다. 손언은 완곡한 말, 즉 남을 거스르지 않는 말이다. 이런 말은 공손한 말로서 들으면 거슬림이 없어 편안하며 오히려 기쁘기도 하고, 내포하는 의미가 깊다. 만약에 법언을 듣고도 따르지 않고 자신의 잘못을 고치지 않거나, 손언을 듣고도 그 참뜻을 기뻐하면서 추구하여 근본을 찾아 캐내지 못한다면, 그런 사람은 어떻게 달리해 볼 도리가 없는 사람이다. 말로써 가르침에는 한계가 있다. 스스로가 배워서 목표를 이루고자 하는 의욕이 분명할 때만 가능하다. 말을 물가에까지 끌고 갈 수는 있어도 물을 마시게 할 수 없는 것과 같은 이치이다.

논어 이야기 71

안회(顔回)라는 자가 있어 배우기를 좋아했고, 성[화]을 옮기지 않았으며, 동일한 과오를 되풀이하지 않았다.

(有顔回者好學, 不遷怒, 不貳過)「옹야편」.

교언(巧言)은 덕(德)을 어지럽히고, 작은 것을 참지 못하면 큰 계획을 어지럽힌다.

(巧言亂德, 小不忍則亂大謀)「위령공편」.

화가 나도 다른 사람에게 화풀이하지 않고, 같은 과오를 되풀이하지 않는, 즉 불천노(不遷怒) 불이과(不貳過)라면 그는 제대로 공부가 된 사람이다. 공자의 제자 중에서 안회(顔回)를 능가할 정도로 배우기를 좋아하는 호학자(好學者)는 없었다. 그는 배워서 성인의 도(道)에 이르고자 하였다. 마음의 본체는 참되고 고요하지만, 외물(外物)과 접촉하면서 감정[七情]이 성해져 방탕해진다. 이렇게 되면 본성(本性)을 잃게 된다. 공부를 하여 깨닫게 되면 감정을 마음에 합치게 되어 마음을 바르게 한다. 이것이 본성을 기르는 것이다. 안회는 그의 마음에 불선(不善)이 있으면 그것을 모른 적이 없고, 그것을 알고는 두 번 다시 행한 적이 없었다. 또한 자신의 노여움은 사건에 있었지 자기에게 있지 않았으므로 다른 사람에게 옮기지 않았던 것이다.

특별히 성[화]내기를 좋아하는 사람이 있겠는가. 그러나 기질상 걸핏하면 성을 왈칵 내는 화증의 사람도 있다. 화는 몹시 노염을 타거나 못마땅해서, 또는 뜻대로 되지 않거나 언짢아서 나는 성이다. 지그시 참지 못하고 발끈 성을 내거나 월컥 행동하는 성미, 즉 결기를 잘 내는 사람은 십중팔구 이편에서 당한 노염을 저편에서 화풀이하는 노갑이을(怒甲移乙)의 부류에 속한다. 노하기를 더디게 할 수는 없을까. 참을 수는 없을까.

덕(德)을 어지럽히고, 큰 계획[大謀]을 자주 어지럽히면, 사회가 정상적으로 발전하고 또 유지될 수가 없다. 덕(德)을 어지럽히는 것의 대표적인 것이 교언(巧言)이다. 교언은 실상이 없이 교묘하게 번드르르하게 겉을 꾸민 교묘한 말이다. 이런 말은 옳고 그름을 뒤바꾸어 듣는 이로 하여금 시비(是非)의 가치판단을 흐리게 만드는 마력을 가졌다. 교언을 일삼는 자들은 간악한 마음을 품은 자들로서 덕(德)을 가진 이를 참소하고 헐뜯는다. 또한 사회에서 덕(德)을 녹여 불신을 조장하고 만연시킨다.

큰 계획[大謀]을 어지럽히는 것은 작은 것을 참지 못하는 데서 비롯되는 경우가 허다하다. 큰 계획에는 많은 사람들이 참여할 수밖에 없다. 이때 내분이 일어나면 계획의 진척에 차질이 생긴다. 내분은 대개 사소한 것에서 시작된다. 별것 아닌 것을 시빗거리로 삼든가 사소한 것에 화를 내고 참지 못한다면, 구성원 간의 화합에 금이 가고 일의 기밀도 누설되어 결국 큰 계획을 망치고 만다. 그래서 참음[忍]이라는 한 글자가 만사에 성공할 요결이 된다[忍之一字衆妙之門]. 참음은 견뎌냄과 함께 용서함을 내포한다. 때문에 참는 것이 최고의 미덕이 된다. 이 세상, 즉 사바세계가 참음의 땅[忍土]이라는 것을 알고 인내력을 꾸준히 길러 가는 것이 삶이 성숙되는 길이 아니겠는가.

분노(憤怒)는 분하여 몹시 성을 내는 것이다. 사람은 누구든지 분노할 수 있다. 이때 마음에 타오르는 불길, 즉 심화(心火)를 잘 다스리기 위해서 분노는 공분(公憤)과 사분(私憤)의 구분이 엄격해야 한다. 공분은 공적인 일에 있어서 어떤 정의를 위한 분개이다. 이것은 정의를 위하여 일어나는 분노, 즉 의분(義憤)과 통하는 말이다. 그러나 사분은 개인의 일[私事]로 생기는 사사로운 분노이다. 사분은 사사롭기 때문에 화풀이하지 말고 사사롭게 해결돼야 한다. 화가 날 만큼 마음에 섭섭하고 분한 감정이 일어날 때, 부드럽고도 굳센 의지로 참고 견뎌내야 한다. 분노에 대한 아리스토텔레스의 다음의 말은 음미해 볼 필요가 있다. "올바른 대상에게, 올바른 정도로, 올바른 시간에, 올바른 목적으로, 올바른 방법으로 분노하는 것은 누구나 할 수 있는 일이 아니다." 아무튼 화를 내지 않는 사람이 덕인(德人)이고 현인(賢人)이다.

논어 이야기 72

비유컨대 산을 만드는 데 한 삼태기를 이루지 못하고 중지됐다면, 내가 중지한 것이다. 비유컨대 땅을 평탄케 하는 데 비록 한 삼태기를 부어서도 진전했다면, 내가 나아간 것이다.

(譬如爲山, 未成一簣, 止, 吾止也. 譬如平地, 雖覆一簣, 進, 吾往也) 「자한편」.

미성일궤(未成一簣), 즉 한 삼태기의 흙이 부족하여 산을 완성하지 못하고 중지됐다는 뜻이다. 수복일궤(雖覆一簣), 즉 비록 한 삼태기의 흙일지라도 계속 부어서 땅을 평탄하게 고르며 진전했다는 뜻이다. 여기서 핵심적인 것은 '한 삼태기'와 중지와 진전의 주체가 되는 '나'이다. 먼저 한 삼태기의 중요성을 알아야 한다. 한 삼태기의 흙을 쌓고 또 쌓으면 산을 만들 수 있다. 또한 한 삼태기의 흙을 파서 계속 나르면 여기 있는 산을 저기로 옮겨 놓을 수도 있다[愚公移山]. 땅을 고르고자 할 때 한 삼태기의 흙이라도 계속 부어나간다면 얼마든지 넓은 땅의 평탄 작업도 가능하다. 그리고 모든 일은 나 자신에게 달려 있다. 산을 만드는 데 한 삼태기의 흙이 부족하여 일이 중지됐다면, 그것은 나 자신이 중지한 것이다. 땅을 고르고자 한 삼태기의 흙을 부어 일이 진척됐다면, 그것은 나 자신이 나아간 것이다. 따라서 일이 중지되고 또한 진전하는 문제는 오로지 나의 결단과 의지, 노력에 달려 있을 뿐이다. 한 삼태기의 흙은 소량이다. 이 소량의 흙이 모이고 쌓여서 태산을 이룬다면, 한 삼태기가 얼마나 중요한 것인지 알 수 있다. 천 리의 먼 길도 내딛는 발아래에 있다. 한 걸음에 또 한 걸음을 보태면 천릿길도 갈 수 있다. 높은 태산도 한 걸음씩 오르면 못 오를 바가 아니다. 문제는 얼마나 불굴의 의지로 나아가는가에 달려 있다.

학문하는 것은 한 삼태기의 흙으로 태산을 만드는 일과 같다. 즉 한 삼태기의 흙을 나르듯이 한 걸음씩 꾸준히 나아가는 것이다. 이때 목표를 확실하게 정하고 굳은 결의로 최선을 다해야 한다. 공자 제자들의 목표는 그들의 스승인 공자에 근접하는 것이다. 그러나 그들에게 스승은 하늘 높이 솟은 일월(日月)이라 다가서는 것은 지극히 어려운 일이었다. 제자 안해의 고백이다. '우러러볼수록 더욱 높고, 뚫을수록 더욱 견고하며, 바라보니 앞에 계시는 듯하더니 홀연히 뒤에 계셨다'(「자한편」). 온 힘을 다해 한 걸음씩 스승을 좇는 제자들 때문에 스승의 도(道)는 더욱 높아지고 더욱 견고해지는가. 맹자에 나오는 말이다. 성인의 도(道)는 태산과 바다처럼 크고, 해와 달이 비추지 않는 곳이 없듯이 그 근원에는 만물을 밝히는 근본이 있다. 따라서 배우는 자는 마치 흐르는 물이 웅덩이에 먼저 채워야만 앞으로 나아갈 수 있듯이, 부족한 부분을 보완하면서 점진적으로 꾸준히 노력해야 통달할 수 있다.

우공이산(愚公移山)은 『열자』「탕문편」에 나오는 고사이다. 90세의 노인인 우공(愚公)이 자기 집 앞을 가로막아 외부로 드나들기에 불편을 주는 두 산(태행산, 왕옥산)을 삼태기로 파서 날라 다른 곳으로 옮겼다는 것이다. 남이 보기에도 어리석고 무모한 일로 보였다. 그러나 주변의 조롱에도 불구하고, 그의 강한 믿음으로 노력을 다하겠다는 끈기와 인내가 마침내 옥황상제를 움직여서 산을 모두 옮겼다는 이야기이다. 이것은 무슨 일이든지 아무리 어렵고 힘들더라도 포기하지 않고 굳센 끈기와 인내를 발휘하면 성공할 수 있다는 것을 보여준다.

모든 것은 하나에서 시작된다. 하나는 작고 쉬운 듯이 보인다. 그러나 하나는 실로 얼마나 크고 어려운 것인가. 하루가 모여 한 달이 되고 한 해가 된다. 한 방울의 물이 모여 대하(大河)를 이룬다. 한 걸음이 쌓여서 천릿길을 만들고 태산을 오르게 한다. 벽돌 한 장이 쌓여서 높은 누각을 만든다. 높은 학문도 책장 하나를 넘기면서 시작된다. 이렇듯이 아무리 어렵고 큰일이라 할지라도 반드시 쉽고 작아 보이는 하나에서부터 시작되는 법이다. 하나에 또 하나를 더해나가는 것이 만사를 이루는 길이다. '하나'의 의미를 안다면 이를 어찌 소홀히 대하겠는가. '하나'를 꾸준히 그리고 성실하게 실천에 옮겨야 한다. 자강불식(自强不息)이 있을 뿐이다.

논어 이야기 *73*

사람을 섬길 수 없는데, 어찌 귀신을 섬길 수 있겠는가. 생(生)을 모르는데, 어찌 사(死)를 알겠는가.

(未能事人, 焉能事鬼. 未知生, 焉知死)「선진편」.

귀신을 공경하되 그를 멀리하다.

(敬鬼神而遠之)「옹야편」.

제사를 지낼 때는 (조상이 앞에) 계신 듯이 하고, 신에게 제사를 지낼 때는 신이 (앞에) 계신 듯이 한다.

(祭如在, 祭神如神在)「팔일편」.

제자 계로가 귀신 섬기는 일에 대해서 물었다. 이에 공자께서 "사람을 섬기지 못한다면 어찌 귀신을 섬길 줄 알겠느냐"라고 말씀하셨다. 또한 죽음에 대하여 물었다. 이에 공자께서 "삶을 알지 못한다면 어찌 죽음을 알겠느냐"라고 말씀하셨다. 죽음이란 과연 무엇인가. 왜 죽음에 관심이 가게 되는가. 또한 귀신이란 과연 무엇인가. 왜 제사를 지내는가. 공자의 생사관(生死觀)을 보면, 생(生)과 사(死)에 대해서 비교적 초연한 입장이다. 생명을 죽음보다 더 중시하는 것은 분명하다. 따라서 살아있는 사람을 죽은 사람보다 더 중시하게 된다. 이를 두고 인간중심주의, 현세 중심 주의라고 볼 수 있다.

공자께서는 사후의 세계, 즉 귀신의 존재를 부인하지 않았다. 다만 귀신보다는 살아 있는 사람을 더욱 존중하고 모셔야 한다는 것이다. 그래서 귀신을 공경하되 그를 멀리한다면 지혜롭다고 하셨다. 즉 귀신에 대해서 외경하는 마음을 가질 정도면 되고, 현재의 삶에 충실하면 좋다는 것이다. 공자 자신은 신(神)에 대해서 구체적으로 언급한 바가 거의 없다[子不語 怪力亂神 : 「술이편」]. 괴력난신(怪力亂神)은 초자연적이고 괴이한 일, 포악하고 위협적인 힘, 도리와 질서를 어지럽히는 것, 귀신에 대한 일 등을 뜻한다. 이런 것들은 모두가 올바른 판단과 사고에 악영향을 주고 윤리를 훼손시키는 것들이다. 그래서 괴력난신은 멀리해야 할 대상이 된다. 요컨대 공자는 귀신을 섬기는 제사를 중시했지만, 사후세계나 귀신에 대해서는 냉정함을 보이셨다.

귀신(鬼神)은 사람이 죽은 뒤에 남는다는 혼령(魂靈)으로서, 귀(鬼)는 음의 신령[陰氣]이고, 신(神)은 양의 신령[陽氣]이다. 제사는 조상을 추모하고 자신의 뿌리를 재인식하는 계기가 되지만, 그 본질은 조상의 혼령을 대하는 만남의 시간이다. 그래서 조상에게 제사를 지낼 때는 마치 조상[신령]이 앞에 앉아 계시는 것처럼 정성과 공경을 다해야 한다. 정자(程子)의 말이다. 생의 도[生之道]를 알면 사의 도[死之道]를 알게 되며, 사람을 섬기는 도리를 다하면 귀신을 섬기는 도리를 다하게 된다. 삶과 죽음, 사람과 귀신은 하나이면서 둘이고 둘이면서 하나이다. 삶에 최선을 다하면 죽은 후는 고민하지 않아도 된다.

증자가 말했다. " 신종(愼終)하고 추원(追遠)하면, 백성의 덕(德)이 두터워질 것이다[愼終追遠, 民德歸厚矣 : 「학이편」]." 신종(愼終)은 부모의 상사(喪事)를 당하여 장례에 정중하게 예(禮)를 다하는 것이다. 추원(追遠)은 먼 조상이나 부모의 덕(德)을 추모하여 제사에 공경의 예(禮)를 다하는 것이다. 장례와 제사는 돌아가시면 모든 것이 끝났다는 생각에서 자칫 귀찮게 여기고 소홀히 대하기가 쉽다. 그러나 조상의 덕(德)이 만덕(萬德)의 뿌리임을 망각한 처사다. 이 덕으로 인하여 자기의 덕이 두텁게 되고, 이 덕으로 교화가 이루어지면 백성의 덕 또한 두텁게 된다. 민심이 두텁게 될 때 우리 모두의 삶이 넉넉해진다. 날로 각박해지는 현실은 취약해진 추원(追遠)에서 비롯된 것이다.

논어 이야기 74

자공(子貢)이 물었다. "어떠해야 선비라 할 수 있습니까."
(子貢問曰 : 何如斯可謂士矣)「자로편」.
자로(子路)가 물었다. "어떠해야 선비라 할 수 있습니까."
(子路問曰 : 何如斯可謂士矣)「자로편」.

선비[士]는 고대 사회에서 천자 또는 제후에게 벼슬하는 계급의 명칭으로, 대부의 아래 서인의 위를 차지하였다. 상류 사회를 구성하는 지식 계급의 사람들로서, 도의(道義)를 행하고 학예를 닦았다. 따라서 이들은 학식이 있고, 행동과 예절이 바르며, 의리와 원칙을 지키고, 관직과 재부를 탐내지 않는 고결한 인품의 사람으로 평가될 수 있다. 그러나 현실에서 선비는 각자 자신이 닦아 갖춘 인격과 소양에 따라 다양한 모습을 보인다. 그렇다면 어떠한 모습이 제대로 된 선비의 상(像)이며, 또한 선비가 되는 조건들은 무엇인가. 그리고 참된 선비 정신이란 과연 무엇인가.

제자 자공(子貢)이 물었다. "어떠해야 선비라고 할 수 있겠습니까." 이에 공자께서 선비를 3등급으로 나누어서 말씀하셨다. 최상의 선비는 처신을 바르게 하여 부끄러움이 없고, 나라를 대표하여 국가 간의 문제를 원만히 해결하여 국격을 높이고, 왕명(王命)을 온전하게 수행하는 사람이다. 그다음의 선비는 효제(孝弟)를 실천하여 종족과 마을에서 효성스럽고 공손하다고 칭송받는 사람이다. 또 그다음의 선비는 비록 융통성은 없지만 말에 신뢰성이 있고 행동에 과단성이 있는 사람이다. 지금의 정치 종사들은 도량(度量)이 좁고 작아서 국사(國事)와 백성의 마음을 담아낼 수 없으니, 어찌 선비라고 보겠는가.

또한 제자 자로(子路)가 물었다. "어떠해야 선비라고 할 수 있겠습니까." 이에 공자께서 이렇게 말씀하셨다. 서로 간절하게 격려하며, 화기애애하고 화목하다면 선비라고 말할 수 있다. 친구 간에 서로 간절하게 격려하여 선도(善道)를 권하는 책선(責善)을 하고, 형제간에는 화목하고 우애로워야 한다는 것이다. 친구는 학문을 함께 하는가 하면, 인격의 수양을 또한 함께 도모할 수 있다. 마땅히 서로가 도(道)를 닦는 데 간절하게 권면해야 한다. 형제는 효제(孝弟)의 근원을 함께 한다. 따라서 서로 의향을 같이 하고, 은혜를 해치는 일이 없도록 화기애애하고 화목하게 지내야 한다. 이렇게 함으로써 선비로서의 품격이 높아지고 굳건해진다.

선비의 임무는 무겁고 길은 멀다[任重而道遠 : 「태백편」]. 선비의 임무는 무엇인가. 선비는 인(仁)을 자기의 소임으로 삼는다. 그런데 인(仁)을 닦고 실천하는 일은 매우 크고 또 무겁다. 남다르게 도량(度量)이 넓고 의지가 굳센 홍의(弘毅)가 없다면, 어찌 그 소임을 다할 수 있겠는가. 아무튼 선비의 임무가 실로 막중하고, 생(生)이 끝날 때까지 계속 행해야 할 것이니, 그 길이 멀다고 하지 않을 수 없다[任重道遠]. 그러나 그 길을 기쁜 마음으로 걷는다면 무거운 짐도 가볍게 느껴진다. 학문하는 즐거움에는 모든 것이 녹아버리기 때문이다.

선비이면서 거처(居處)를 편안히 하면, 선비가 되기에 부족하다(「헌문편」). 선비는 일정한 곳에 자리 잡고 그 삶이 편안하기만을 추구해서는 안 된다. 항상 가슴에 도(道)를 품고 세상을 구하려고 해야 한다. 천명(天命)을 실천하는 것이 선비의 사명이다. 어찌 안락한 삶의 욕구에만 얽매이겠는가. 자기를 필요로 하는 곳이라면 어디로든 집을 나설 수 있어야 한다.

또한 선비로서 도(道)에 뜻을 두고서도, 나쁜 의복과 나쁜 음식을 부끄러워한다면, 그와 더불어 도(道)를 논의할 수 없다(「이인편」). 학문하는 것은 형이상학적인 진리[道]를 탐구하는 것이다. 그런데 형이하학적인 의식주의 문제에 매몰된다면, 그런 자는 학문할 자격이 없다. 그러니 어찌 진리[道]를 함께 이야기할 수 있겠는가.

모름지기 선비는 위태로움을 보면 목숨을 바치고, 이득을 보면 의로운 것인가를 생각하고, 제사를 지낼 때는 공경스러운가를 생각하고, 상사(喪事)에서는 애통한가를 생각한다[士, 見危致命, 見得思義, 祭思敬, 喪思哀 : 「자장편」]. 선비가 입신하려면 사심(私心)부터 없어야 한다. 그러면 나라를 위험에서 구하기 위하여 목숨을 바칠 수 있다. 또한 불의(不義)의 이득을 취하지 않는다. 그리고 효심(孝心)이 깊어야 한다. 그러면 제례와 상례에서 경건하고 애모하는 마음이 지극할 수 있다. 이와 같은 행위들이 인(仁)을 실천하는 것이 되고, 선비가 더욱 선비다워지는 길이 된다.

논어 이야기 75

나이 쉰이 되어 천명(天命)을 알았다.

(五十而知天命) 「위정편」.

하늘이 나에게 덕(德)을 낳았다.

(天生德於予) 「술이편」.

천명(天命)을 알지 못하면 군자가 될 수 없다.

(不知命, 無以爲君子也) 「요왈편」.

나를 아는 자는 아마 하늘일 것이다.

(知我者其天乎) 「헌문편」.

공자에게 하늘은 과연 무엇인가. 공자께서 하늘과 하늘의 이치에 대해서 철학적 정의나 설명을 하지는 않으셨다. 그러나 사람들로 하여금 하늘의 뜻을 따르고 행동할 것을 가르쳐셨다. 하늘은 실제로 그 무엇도 말하지 않는다[天何言哉 : 「양화편」]. 그래도 사시(四時)가 운행되고 백물(百物)이 생겨난다(「양화편」). 이런 현상은 천리(天理)의 발현(發現)이고 유행(流行)이다. 모두가 하늘의 뜻이고 하늘의 말에서 비롯된 것이다. 이러한 하늘의 뜻과 말이 바로 천명(天命)이다. 공자께서 천명에 대해서 논어에서 7회 정도로 드물게 언급하셨다(「자한편」).

천명은 하늘이 부여하는 바의, 명령하는 바의 것들이다. 이를테면 운명과 운수, 분수, 수명 등등 사람이 자의적으로 판단하거나 욕심을 내서 변경시킬 수 없는 것들이다. 천명은 일월(日月)과 성신(星辰)의 운행 등으로 펼쳐지는 천도(天道)와 땅 위의 지도(地道) 그리고 인간 세상의 인도(人道) 모두를 지배하는 것이다. 따라서 천명은 사람뿐만 아니고 만물이 모두 누리고 있다. 산이 그렇고 강과 바다가 그렇다. 그 속의 존재들 모두가 또한 그렇다. 이를 두고 자연(自然), 즉 스스로 그러하다는 것이다. 따라서 사람을 비롯한 만물은 천명에 역행할 수 없다. 천명을 따르는 것이 순리이기 때문이다.

사람이 천명을 깨닫는 것은 유욕(有欲)에서 무욕(無欲)으로 넘어가는 길목에 일어난다. 무엇을 자의적으로 해 보겠다는 욕심과 욕구에서 벗어나면 천명, 즉 대순리(大順理)가 보인다. 공자께서 천명이라는 진리를 깨달은 것은 50세 때였다. 이때부터 무욕의 지평이 확장되면서, 이순(耳順)의 60세가 되었을 때는 사람의 소리는 귀에 담기지 않고 하늘의 소리가 귀에 가득하였으며, 종심(從心)의 70세가 되었을 때는 마음이 가는 대로 행해도 법도에 어긋나지 않으셨다. 즉 사심(私心)이 없는 완전한 무욕의 경지에 도달하여 세상을 천명에서 바라보고 실행하게 되셨다. 이렇게 되면 완전한 자유인이 되고, 도(道)를 완전히 터득한 성인(聖人)이 되는 것이다. 인격의 완성이란 이렇게 하늘[자연]과 일치하는 무욕의 경지에 든 것을 말한다. 천명을 알지 못하면 당연코 군자가 될 수 없다. 그래서 항상 천명을 두려워하고 경외하는 마음에서 담담하게 받아들이며, 이를 실천하기 위해서 최선을 다해야 한다.

공자께서는 하늘에 대한 믿음이 각별하시고 강하셨다. 즉 하늘에 대한 신념은 거의 종교적이셨다. 그리하여 생(生)과 사(死), 유도(有道)와 무도(無道) 등은 모두 천명에서 비롯된 것으로 보셨다. 그만큼 하늘은 사람이 미칠 수 없는 지혜로 가득하며, 오직 하늘만이 그것을 아는 오묘함을 가졌다. 공자께서는 어떠한 경우에도 하늘이 부여한 덕(德)을 바탕으로 자신의 존재를 굳건하게 지켜내셨다. 하늘을 신뢰하고 하늘과 하나가 되어 살아감에 아무런 두려움이 없으셨다. 아무도 나를 알지 못하는구나[莫我知也夫]. 하늘을 원망하지 않고, 사람을 탓하지 않는다[不怨天, 不尤人]. 아래로 배워서 하늘의 이치에 통달하였다[下學而上達]. 나를 아는 자는 아마도 하늘일 것이다[知我者其天乎 : 「헌문편」].

공자께서는 자기가 말하는 내용의 진실성을 명세하듯이 분명하게 하셨다. 만약 그렇지 않으면 하늘이 알고 자기를 싫어할 것이라고 말씀하셨다(「옹야편」). 또한 하늘이 자기를 버리지 않는다면 어떠한 해악도 입지 않고 하늘의 뜻을 계속하여 전파할 수 있다고 믿으셨다(「자한편」). 심지어 제자 안연의 죽음도 하늘이 자기를 망하게 하는 것[天喪予 : 「선진편」]이라면서도 이것 또한 하늘의 결정으로 받아들이셨다. 어떻게 하면 천명을 더 잘 알고 실천할 수 있을까. 이를 위해서 공자께서는 주역(周易)의 배움에 매우 열중하셨다(「술이편」). 흔히 독서를 많이 하는 것을 두고 위편삼절(韋編三絶)이라는 말을 떠올린다. 이 말은 공자께서 역(易)을 너무 애독하셔서 그 책을 꿰어 매었던 가죽끈이 세 번이나 끊어졌다는 고사에서 비롯되었다. 요컨대 공자께서는 지상에서 천명의 전도사로 자처하신 분이셨다. 이것은 모두가 하늘과 같아지길 바라는 마음에서였다. 그래서 하늘의 뜻을 어기는 것은 하늘에 죄를 짓는 일이며, 이렇게 되면 어디에도 빌 곳이 없다[獲罪於天, 無所禱也 : 「팔일편」]고 설파하셨다.

제 2 부

노자의 숲

노자와 함께 01

사람은 누구나 이 세상에 태어나서 일생을 살다가 끝내 떠나게 되어 있다. 그렇다면 이 세상이란 도대체 어떠한 것인가. 이것을 바라보는 세계관은 매우 중요하다. 무릇 세계관은 이 세상에서 어떻게 살아야 하는가에 대한 인생관의 바탕이 되기 때문이다. 만물이 공존하는 세상이란 구체적으로 무엇인가. 또한 사람들이 삶을 함께 일구어가는 바탕이 되는 사회란 무엇인가. 그리고 나 자신을 어떻게 볼 것인가. 즉 마음은 어떻게 쓸 것이며, 행동 또한 어떻게 할 것인가. 이런 것들에 대한 많은 궁금증을 노자(老子)와 함께 조금씩 해소시켜 본다.

노자는 그 무엇보다도 목숨이 다하는 날까지 두려움이 없는 삶이길 강조한다[제16장, 제52장. 歿身不殆]. 두려움이란 죽음에 대한 공포나 삶의 과정에서 빚어지는 우환 등에 대한 반응이다. 두려움이 커지면 삶은 쉽게 흔들리며 고통에 빠진다.

저기 무성한 숲을 보자. 어느 나무나 각자의 자리에서 힘차게 가지를 뻗고, 또 꽃을 피우고 열매를 맺기도 한다. 그러면서 자기에게로 어느 때고 다가오는 우레와 비, 바람을 아무런 두려움도 없이 그대로 수용한다. 왜 나무에게는 두려움이 없을까. 수많은 변화 속에서도 자기만의 항상성(恒常性)을 잘 유지하고, 자신의 근원을 알고, 그 근원으로 돌아가는 우주의 흐름을 잘 따르기 때문이다. 그 근원이란 무엇인가. 자기가 태어난 영원한 그 빈 곳[虛靜 : 道]이다. 그 근원을 어떻게 아는가. 고요함[靜]을 찾아 참되고 조화로운 바른 상태에 들면 된다. 고요함[靜]은 바로 도(道)의 또 다른 모습이다. 그 근원으로 돌아감은 본래의 운명에 귀의함이며, 모든 존재의 뿌리인 도(道)로 복귀하는 복근(復根)이다.

사람은 그 마음을 완전하게 비우고, 또한 고요함[靜]을 지켜낼 수 있을까. 그렇게만 된다면 존재의 뿌리인 도(道), 즉 근원으로 돌아가는 귀근(歸根)을 볼 수 있다. 변함 속에서 영원한 것을 아는 밝음[明]의 경지에 들 수 있기 때문이다. 여기서 중요한 것은 상(常), 즉 항상성(恒常性)을 회복하고 유지하는 것이다. 이렇게 되면 두려움이 없어지고 미망(迷妄)에 빠지지 않게 된다. 마음이 너그러워져서 망령되고 흉한 일을 함부로 저지르지 않는다. 또한 널리 포용하게 되어 모든 것을 공평하게 대한다. 영원한 것은 저 파란 하늘인가. 그래서 마음이 하늘과 같아지면 도(道)에 이르고, 도(道)에 이르면 장구(長久)해져 죽을 때까지 위태롭지 않게 된다[歿身不殆]. 아무런 두려움도 없이 살아가는 저 나무들, 그들은 하늘을 향해 온몸을 솟구치며 하늘 같은 삶, 즉 우주적 삶을 살아가는구나.

노자와 함께 *02*

사람이 모여 사는 사회는 바람직한 것과 바람직하지 않은 것이 끊임없이 교차된다. 또한 올바른 말이 그 반대인 것처럼 들리기도 한다[제78장. 正言若反]. 그래서 사회의 여러 현상들은 관점에 따라, 또 시점에 따라 다르게 이해된다. 그러나 높은 곳에서 내려보듯이 대승적 차원에서 보면, 인간 사회에는 언제나 변하지 않으며, 절대적으로 옳은 것이라고는 없다[제58장. 其無正]. 다시 말해서 세상의 일이란 대립적인 것이 서로 유전(流轉)하므로 불변의 고정된 원칙이란 있을 수 없다. 오늘 타당한 것도 내일이면 부당한 것이 되기도 한다. 올바른 것이 변해서 기이한 것이 되고, 선한 것이 변해서 사악한 것이 되기도 한다.

사람은 누구나 길흉화복(吉凶禍福) 중에서 길복(吉福)을 원하고, 이것을 얻기 위해 진심으로 기도한다. 흉화(凶禍)는 피하고, 이것을 멀리하기 위해서도 조심하고 기도한다. 그러나 복(福)은 자기도 모르게 재앙으로 변하고, 또한 재앙은 자기도 모르게 복으로 변한다. 그 변화가 끊임없이 반복되어 그 귀착점을 도무지 알 수 없다. 그래서 화(禍) 속에 복(福)이 깃들어 있고, 또한 복(福)에는 화(禍)가 엎드러 있다고 한다[제58장. 禍兮福之所倚, 福兮禍之所伏]. 모름지기 가치는 끊임없이 변화하기 때문에 어느 한 가지 상태를 절대화해서는 안 된다. 언제나 옳은 것이라고는 없다. 특히 길흉화복을 고정된 눈으로 본다는 것은 무의미하다. 전화위복(轉禍爲福)도 얼마든지 일어날 수 있다. 그 대표적인 예가 새옹지마(塞翁之馬 : 淮南子 人間訓)이다. 북방에 사는 어느 노인이 기르던 말이 국경을 넘어 달아났다. 얼마 뒤에 그 말이 한 필의 준마를 데리고 돌아왔다. 그 아들이 준마를 타다가 떨어져 절름발이가 되었다. 그런 뒤에 전쟁이 일어났지만, 그의 아들은 징집을 면하게 되어 목숨을 보전하였다. 이 고사는 길과 흉, 화와 복은 늘 바뀌어 변화가 많음을 들려준다.

노자는 서양의 니체 못지않게 역설, 즉 반언(反言)을 자주 말했다. 그는 반언을 통해 긍정의 정언(正言)을 말하고자 한 것이다. 그런데도 세상 사람들은 이해하지 못하고 반언을 단순히 부정의 말로만 여겼다. 이를 두고 정언약반(正言若反), 즉 올바른 말은 마치 반대되는 것 같다는 것이다. 이것은 노자의 올바른 말은 도(道)에 합치되고, 세속과는 반대되기 때문이다. 노자는 물을 두고, "약함이 강함을 이기고[弱之勝强], 부드러움이 굳셈을 이긴다[柔之勝剛]"라고 말했다. 물처럼 자기를 낮추고, 부드럽게 하고, 약하게 하고, 헌신적이게 하는 것은 결국에는 자기를 높이고, 강하게 하고, 튼튼하게 하고, 자기에게 이롭게 하는 것이라는 말이다. 세상에서 이를 모르는 사람은 없다고 해도, 능히 행하지 못하고 있다.

또한 정언약반(正言若反)은 정언(正言)과 반언(反言)은 같다는 것을 뜻하기도 한다. 즉 어떤 조건에서 서로 대립되는 개념이 유동과 전화를 거쳐 상대와 통일성을 갖는다는 말이다. 즉 양자가 서로 포함하고, 서로 융합하며, 서로 침투하여 일치되는 것이다. 노자의 말에는 이런 반어법이 흔하다. 몇 가지 예를 보면 이렇다. 크게 이루어진 것은 마치 비어 있는 듯하다[大成若缺]. 크게 가득 찬 것은 마치 비어 있는 듯하다[大盈若沖]. 크게 곧은 것은 마치 굽은 듯하다[大直若屈]. 크게 솜씨가 좋은 것은 마치 서툰 듯하다[大巧若拙]. 크게 말 잘하는 것은 마치 어눌한 듯하다[大辯若訥]. 아무튼 진리는 역설, 즉 반대의 일치와 양극의 조화를 통해서 말해지고 또 밝혀지는 셈이다.

노자와 함께 03

세상은 하늘과 땅 사이에서 이렇게도 넓고 크다. 낮과 밤, 계절은 조금의 어김도 없이 바뀐다. 비바람이 치다가도 어느새 햇빛이 눈부시다. 이 속에서 생명들은 생성과 소멸을 거듭하면서 즐거워하기도 하고, 또 고통스러워하기도 한다. 이러한 세상은 도대체 어떻게 있게 되었는가. 그 만물(萬物)의 생성과 존재의 신비를 알기 위해 노자의 말을 따라가 본다.

천지(天地)라는 자연계(自然界)가 생겨난 것보다 앞서 혼성(混成)된 그 무엇이 있었다[제25장. 有物混成, 先天地生]. 그 무엇이 바로 도(道)이다. 이 도(道)로부터 천하가 비로소 있게 되었다[제52장. 天下有始, 以爲天下母]. 유물혼성(有物混成)은 무형의 기(氣)들이 서로 뒤섞인 그 무엇이다. 이와 같이 혼성된 상태의 도(道)는 고요하고 텅 비어 있다. 때문에 형체[모습]가 없어 볼 수도 없고 잡을 수도 없으며, 소리가 없어 들을 수도 없다. 그래서 무(無)라고 한다. 또한 이름을 붙일 수 없는 그 무엇이라 무명(無名)이라고 한다.

이 무(無)에 의거하여 유(有)가 생겨나고, 이름을 붙일 수 있는 것이라

유명(有名)이라고 한다. 이 유(有)에 의거하여 천하의 만물이 생겨나게 된다[제40장. 天下萬物生於有, 有生於無]. 요컨대 만물의 생성 과정을 무(無)에서 유(有)로, 유(有)에서 만물(萬物)로 이어지는 순차적이고 인과론적인 것으로 보면 된다. 이것은 체(體)와 용(用)과 상(相)의 개념과 유사하다. 체(體)는 본체(本體)로서 도(道)이며 무(無)를 말한다. 용(用)은 작용(作用)으로서 유(有)를 말하며 만물의 생성을 주도한다. 상(相)은 유(有)로서 만물의 존재를 말한다. 도(道)를 체(體)로 보는 것은 일체의 규정이나 형태가 없는 무(無)로서 모든 존재의 근원이고 시원(始源)이기 때문이다. 이때의 무(無)는 단순히 존재하지 않음을 말하는 것이 아니고, 오직 하나[一]로 있음으로 해서 일체의 규정이 없음을 말한다.

무(無)와 유(有)는 같은 것인데, 현상계로 나옴으로써 그 이름을 달리하고 있을 뿐이다[제1장. 此兩者同, 出而異名]. 따라서 도(道)는 무(無)와 유(有)의 두 얼굴을 가졌다. 하나는 실상(實相)의 세계로서 무(無)와 무명(無名)의 얼굴이고, 또 하나는 현상(現象)의 세계로 유(有)와 유명(有名)의 얼굴이다. 실상의 세계는 신비의 세계로서 무욕(無欲), 즉 욕심을 비웠을 때만 가능한 직관의 대상이다. 현상의 세계는 유욕(有欲), 즉 보통의 눈으로도 가능한 감지의 대상이다. 아무튼 실상[無]이든 현상[有]이든 그 이름만 다를 뿐 모두가 도(道)라는 하나의 근원에서 나온 것이다. 이와 같은 도(道)의 관점에서 지금의 '나'라는 존재를 실상과 현상으로 나눈다면 어떠할까. 나의 고향이 혼돈(混沌), 즉 우주의 시원(始源)이라면 참으로 신비스럽지 않은가.

노자와 함께 04

도(道)가 천하의 시작이 되는가 하면, 만물의 어머니가 된다[제52장. 天下有始, 以爲天下母 : 제1장. 無名天地之始, 有名萬物之母]. 세상에 만물을 있게 한 것이 도(道)이다. 즉 만물은 도(道)의 자식들이다. 따라서 도(道)는 이 세상 어디에도 있다. 저 길가의 개똥에도 있고, 비를 맞고 있는 기왓장에도 있다. 걷기 운동한다며 힘차게 움직이는 내 팔다리에도 있다. 유장하게 흐르는 저 강물에도, 한없이 내닫는 저 파도에도, 온갖 생명들을 거느리고 늠름하게 서 있는 저 산들에도, 그리고 밤하늘을 수놓는 저 별들에도 있다. 착한 사람과 착하지 않은 사람의 마음에도 있다. 이렇듯 도(道)는 온갖 만물의 근원과 시원(始源)이 되며, 또한 아랫목이 된다. 요컨대 도(道)는 이 세상에 그 힘과 작용이 미치지 않는 곳이 없고, 만물은 이 도(道)에 의해 끊임없이 변한다.

그렇다면 이 도(道)란 도대체 무엇인가. 도(道)가 무엇인지 한마디로 정의하는 것은 참으로 어렵다. 노자 자신도 알 수 없다고 했다. 다만 천지와 천제(天帝)가 있기 이전에 있었던 혼돈 상태의 그 무엇[有物混成]을 도(道)라는 것이다. 따라서 '이것이 도다'라고 말이나 글로 표현한다면 그것은 이미 영원한, 본래의 도(道)가 아니라는 것이다[제1장. 道可道非常道]. 이때 가도(可道)의 도(道)는 동사로서 '말하다'의 뜻이다. 노자의 도(道)는 흔히 말하는 도(道), 이를테면 유가(儒家)에서 내세우는 도(道)와는 그 본질에서 다르다. 노자의 도(道)를 '길'로 표현하거나 설명하는 것은 너무나 맞지 않다. 도(道)를 쉽게 개념화해서 한 가지로 규정할 수 없다. 따라서 도(道)에 무슨 이름을 붙일 수가 있겠는가. 따로 자(字)를 붙여서 도(道)라 부르고, 억지로 이름을 짓는다면 만물의 주인이 되려고 하지 않으니 대(大), 항상 무욕하니 소(小), 볼 수가 없으니 이(夷), 들을 수가 없으니 희(希), 잡을 수가 없이 미(微)라고 해본다.

"도가도비상도(道可道非常道)", 즉 도(道)라고 할 수 있는 도(道)는 영원한 도(道)가 아니다. 이 말만 제대로 알아도 도덕경 공부는 절반을 할 정도가 된다. 그만큼 이 말에 대한 해석은 다양할 수밖에 없다. 먼저 상도(常道)의 상(常)이 무엇인지 보자. 일반적으로 상도(常道)라고 하면 때와 곳에 따라 변하지 않는 떳떳한 도리를 말한다. 즉 상(常)을 영구히 변하지 않는 불변성으로 본다. 그러나 노자의 경우, 상(常)은 불변성이 아닌 지속성이며 이것이 바로 영원성이 된다. 도(道)는 만물의 변화에 따라 그 자신도 끊임없이 변한다. 시공(時空) 속에 내재하는 도(道)는 그 본체와 현상이 철저하게 하나로 되어 있기 때문이다. 그래서 어제의 도(道)와 오늘의 도(道)는 결코 같지 않다. 그러면서 이러한 도(道)는 영원히 지속한다. 영원하기 위해서, 지속하기 위해서는 변해야만 한다. 따라서 상(常)은 도(道)의 항존성(恒存性)을 말한다고 볼 수 있다. 상도(常道), 즉 영원한 도(道)는 그 근본에서 형이상학적이고 우주적인 의미를 내포

한다. 때문에 도(道)는 사변적 분석을 통해서 정의를 내리는 영역의 밖에 있다. 오직 직관과 체험의 대상이 될 뿐이다. 실상(實相)이면서 현상(現象)인 도(道)를 어찌 한마디 말로써, 또 한 줄의 글로써 정의할 수 있겠는가.

노자와 함께 05

도(道)는 무한한 기(氣)와 성상(性狀)이 섞여 있는 그 무엇이다. 도(道) 자체는 모양도 없고[夷], 소리도 없고[希], 형체도 없으며[微], 이 세 가지가 뒤섞여 하나가 된 상태이다[제14장. 混而爲一]. 그러면서도 모든 모양과 모든 소리와 모든 형상을 가능케 한다. 이와 같은 도(道)의 모습을 두고 형상이 없는 형상[無狀之狀]이고 형체가 없는 형상[無物之象]이라 한다. 이렇게 도(道)는 있는 듯 없는 듯하니, 그저 황홀하고[제14장. 是謂恍惚 : 제21장. 惟恍惟惚], 신비스러워 현묘(玄妙)할 뿐이며[제1장. 玄之又玄], 요명(窈冥)하고[제21장. 窈兮冥兮], 적요(寂寥)하기 짝이 없으며[제25장. 寂兮寥兮], 심연(深淵)처럼 깊고도 깊다[제4장. 淵兮深兮].

어떻게 하면 도(道)를 좀 더 쉽게 이해할 수 있을까. 도(道)의 속성을 잘 나타내주는 상징물을 찾아보는 것도 한 방편이 될 것이다. 도(道)를 상징하는 것에는 여성과 계곡, 갓난아이, 통나무, 물 등이 있다. 도(道)가 만물을 낳고 기르듯이, 여성은 자식을 낳고 기른다. 따라서 어머니로서의 여성이 갖는 생산성과 포용성은 바로 도(道)의 생산성과 개방성을 상징한다. 이런 의미에서 여성의 문을 도(道)처럼 천지의 뿌리와 같다고 한다[제6장. 玄牝之門, 是謂天地根]. 여성은 참으로 위대하고 신비스럽지 않을 수 없다. 새로운 것의 창조는 지극히 공허하여 텅 빈 그곳에서 시작된다. 무심하게 그 쓰임에 수고를 다한다. 미세하여 끊어질 것 같지만 근근이 이어지고, 움직일수록 더욱 나오고, 사용하더라도 고갈됨이 없다. 이런 과정에서 탄생은 이루어진다.

여성과 유사한 기능을 갖는 것이 계곡이다. 계곡은 낮은 곳에 있어서 여러 물줄기를 가리지 않고 수용한다. 또한 끊임없이 신비스러운 생명을 잉태하고 양육한다. 곡신불사(谷神不死), 즉 계곡의 신(神)은 죽지 않는다. 계곡의 곡신(谷神)은 여성의 현빈(玄牝)과 같은 의미이다[제6장. 谷神不死, 是謂玄牝]. 여기서 신(神)은 신령스러움이며 도(道)의 속성을 뜻한다. 계곡은 외양적으로 텅 비어 있는 듯하여 도(道)의 모습과 같다. 그 안에는 신령이 있고 에너지[氣]가 충만되어 있어서 도(道)와 같은 신묘한 창조적 작용이 일어난다. 이러한 작용과 활동은 결코 끊어져서 죽는 법은 없다. 그리고 도(道)를 체득한 자를 계곡 같다고 하며[제15장. 其若谷], 도(道)의 높은 경지에 도달한 것을 천하의 계곡이 되는 것으로 표현한다[제28장. 爲天下谿, 爲天下谷].

갓난아이도 도(道)를 상징한다. 갓난아이는 무위(無爲)로 기(氣)를 잘 보존하며, 또한 순수하고 부드러워서 완전한 조화를 보여준다. 사람 중에서 자연성(自然性)을 가장 잘 나타낸다[제10장. 專氣致柔, 能嬰兒乎 : 제55장. 和之至也]. 따라서 도(道)를 따르는 것은 갓난아이의 상태로 돌아가는 것이며[제28장. 復歸於嬰兒], 영아처럼 웃는 것이다[제20장. 如

嬰兒之未孩].

물도 도(道)에 가깝다고 여겨진다. 물은 사람들이 싫어하는 낮은 곳과 더럽고 궂은 것을 잘 수용한다. 한없이 겸허한 나머지 만물을 이롭게 할 뿐 다투지 않는다[제8장. 上善若水, 水善利萬物而不爭, 處衆人之所惡, 故幾於道]. 또한 천하에서 가장 부드럽다[제78장. 天下莫柔弱於水].

도(道)의 상징으로 빠뜨릴 수 없는 것이 통나무, 즉 박(樸)이다. 통나무를 마름질하면 각기 고유의 성상을 갖는 그릇으로 바뀌게 된다[제28장. 樸散則爲器]. 이것은 마치 도(道)가 아무런 성상을 보이지 않다가 그 작용으로 만물이 빚어지는 것과 유사하다고 볼 수 있다. 그렇기 때문에 도(道)가 무명(無名)이듯이 박(樸) 역시 무명(無名)이다[제32장. 道常無名, 樸 : 제37장. 無名之樸]. 도(道)를 따르는 것은 박(樸)으로 복귀하여[제28장. 復歸於樸], 박(樸)과 같아지는 것이다[제15장. 其若樸]. 스스로 박(樸)이 되는 것은 무욕(無欲)의 경지에 들어가는 것이다[제57장. 我無欲而民自樸]. 이래서 박(樸)을 껴안는 것이 중요하다[제19장. 見素抱樸]. 이외에도 도(道)를 상징하는 것으로는 일(一)[제10장. 載營魄抱一 : 제14장. 混而爲一 : 제22장. 抱一爲天下式 : 제39장. 昔之得一者], 그리고 상(象)[제35장. 執大象天下往]과 현(玄)[제1장. 同爲之玄] 등이 있다.

노자와 함께 06

노자(老子)는 인명(人名)이면서 서명(書名)이다. 서명으로는 『도덕경(道德經)』으로 더 많이 알려졌다. 인명이든 서명이든 간에 노자는 불명확한 점이 너무 많다. 먼저 인명을 보자. 그는 초(楚)나라 고현 출신으로 성이 이(李)씨이고, 이름은 이(耳), 자는 담(聃)이다. 주(周) 나라 장실[도서관]을 지키는 관리였다. 그의 출생과 사망은 불분명하다. 서명을 보면, 그가 주나라를 떠나 변경의 관문인 함곡관을 지날 때 관령인 윤희(尹喜)의 요청으로 5천여 자로 이루어진 상, 하 두 편의 책을 썼다. 이것이 도경(道經)과 덕경(德經)으로 구성된 오늘날의 『도덕경』이다. 고분이 발굴되면서 여러 종류의 『도덕경』이 나오고 있기 때문에 텍스트라고 말할 수 있는 정본이 없다. 그리고 『도덕경』의 성립 시기에도 많은 논란이 있으나, 대략적으로 춘추시대 노자의 말이 전국시대 초기 또는 중기에 편집된 것으로 본다. 또한 언제쯤 경(經)으로 부르게 되었는가에 대한 경설(經說)도 분분하다. 그리고 오늘의 통행본 81장의 체계가 언제 누구에 의해서 만들어졌는지도 확실하지 않다.

아무튼 『도덕경』은 2,500년 전에 불과 5천여 자로 쓰여진 작은 책이다. 그럼에도 불구하고 지금까지 수천 권에 달하는 주석서와 수백 권의 번역서가 나오고 있다. 전 세계적으로 『성경』에 못지않는 최고의 인기 도서가 되는 이유는 무엇일까. 이 책을 처음 접하는 사람은 모두가 난해하다고 말한다. 『도덕경』은 시집과 같다. 그것도 철학 시집이다. 자연과 인간을 포괄하는 거대한 내용들이 시적 표현으로 압축되어 있다. 시(詩)는 본시 독자가 이해하기 나름이다. 읽고 또 읽으면서 스스로가 깨닫고 느끼고 즐길 수밖에 없다. 우주의 근원을 읽을 수 있고, 생명의 소중함도 깨달을 수 있다. 또한 사회 현상의 흐름도 이해할 수 있고, 자신의 마음을 다잡게 해주는 좌우명도 얼마든지 찾을 수 있다. 요컨대 세계관과 인생관을 확립하는 데 더없이 좋다.

등산을 하게 되면 노자와 장자가 친근하게 다가온다. 자연과 인간을 어떻게 볼 것인가에 대해 따뜻한 길잡이 역할을 해주기 때문이다. 그동안 인간은 지나친 인간 중심적 가치 기준에 매몰되어 인간과 자연의 대결 양상을 보여 왔다. 사실 자연에 대한 진실을 제대로 파악하는 것은 그렇게 쉽지 않다. 또한 자연에 대한 감각을 발달시키는 데는 오랜 시간이 소요된다. 만약 산속에서 고독을 느낀다면, 그것은 아직도 자연과 화해하지 않았다는 증좌가 된다. 산행은 자신의 내부에 있는 자연성(自然性)을 일깨워 본성(本性)을 회복하고 자연과의 진정한 화해를 도모하는 길이다.

산에는 도(道)를 상징하는 것들로 가득하다. 높고 긴 능선을 빗겨 내리는 계곡과 여기에 흐르는 물, 그리고 수많은 수목들은 도(道)를 느끼고 깨닫게 해주기에 충분하다. 만약 이처럼 생명의 기(氣)가 충만한 계곡과 같아질 수 있다면, 순진무구하고 질박한 상태로 돌아가게 된다. 만물을 이롭게 하나 다투지 않는 물의 덕성을 배운다면, 도(道)에 한 걸음 더 다가서는 것이 된다. 큰 소나무를 가만히 안아보면 도(道)의 향기가 온몸에 스며든다. 또 귀 기울이면 모든 번뇌를 끊어내는 언어가 들린다. 그런가 하면 나무 밑을 걷기만 해도 헛된 몸짓이 사라지고 빈 몸이 되어 더없이 편해진다. 곡신불사(谷神不死)인가.

산에 인위(人爲)가 보이지 않는 그런 곳에서는 무위(無爲)가 무엇이며, 자연(自然)이 무엇인지, 느낄 수 있다. 가만히 삼라만상의 변화, 즉 생성과 소멸의 흐름을 체험할 수 있으며, 나아가 직관으로 우주를 꿰뚫을 수도 있다. 파란 하늘을 타고 흘러가는 저 구름, 계곡을 버리고 떠나가는 저 물, 바람 따라 나무를 벗어나는 저 낙엽, 등등 모두가 시공(時空)을 가르며 순리를 따르고 있다. 때가 되어 가고 있다. 가는 것[逝]이 바로 도(道) 아닌가. 그런가 하면 때가 되어 돌아오고 있다. 복귀하는 것[歸根]이 또한 도(道) 아닌가.

노자와 함께 07

『도덕경』은 도경[제1장 ~ 제37장)과 덕경[제38장 ~제81장)으로 구성되었다. 따라서 덕(德)은 도(道)와 함께 중요한 개념이다. 그렇다면 도와 덕의 관계는 어떻게 되는가. '덕은 도의 집'이라는 말처럼 덕은 도가 구체화된 그 무엇이다. 도가 궁극적 실재로서 만물을 태어나게 했다면, 덕은 이것을 길러낸 공능(功能)이다[제51장. 道生之, 德畜之]. 도와 덕은 본질적으로는 같다. 도가 본체론적이라면[體], 덕은 도에서 나오는 내재적인 작용[用)이다. 도를 일자(一者)로 본다면, 덕은 만물 속에 개별적으로 내재된 다자(多者)이다. 따라서 도는 추상성과 초월성을 갖고, 덕은 구체성과 효용성을 갖는다. 왕필은 덕(德)을 득(得)으로 풀이했다. 즉 만물이 도를 얻은 것을 덕이라는 말이다. 요컨대 도가 만물을 창생(創生)하는 원리라면, 덕은 도가 만물의 개별성 속에 체현된 것으로서, 만물의 본성과 본질을 이루며, 도와 만물 사이의 연결고리 역할을 한다.

사람은 마음속에는 도(道)가 체현된 덕(德)을 가지고 있다. 즉 도를 행하여 체득한 품성을 갖는다. 이러한 사람의 덕은 인위(人爲)의 개입 여부에 따라 상덕(上德)과 하덕(下德)으로 나누어 볼 수 있다[제38장. 上

德無爲而無以爲, 下德爲之而有以爲]. 상덕은 무위(無爲)의 덕으로서 저절로 드러나는 것이다. 즉 덕을 의식하지 않고 자연적으로 발현되는 덕이다. 따라서 상덕은 배우지 않고도 능한 것으로 훌륭하고 높은 수준의 덕이다. 이에 비해 하덕은 유위(有爲)의 덕으로서 억지로 의도함이 있는 것이다. 즉 덕을 의식하고 덕에 얽매여서 덕을 쌓고 잃지 않으려고 애를 쓴다. 그래서 훌륭하지 못하고 낮은 수준의 덕이며, 진정한 의미에서 참된 덕은 없다. 상덕의 사람은 자기의 덕이 쌓여지는지 또 없어지는지 조금도 의식하지 않는다. 때문에 그가 하는 일은 도에 입각하여 자연스럽게 추진된다. 그러나 하덕의 사람은 덕을 의식하여 덕을 더 쌓겠다고, 또 덕을 조금도 잃지 않으려고 덕에 매달린다. 때문에 그가 하는 일은 억지로 꾸며대야 하며, 자연스럽지 못하여 무리가 뒤따른다. 상덕은 계곡과 같고[제41장. 上德若谷], 갓난아이에 비유되며[제55장. 比於赤子], 무위로써 행한다[제38장. 上德無爲而無以爲]. 또한 규정할 수 없어 무한하다. 따라서 도(道)와 같아져서 서로 분간하기 어렵다. 그러나 하덕은 유한하므로 도와 같아질 수 없다.

이와 같은 덕(德)은 어떻게 얻을 수가 있겠는가. 그것은 자연(自然)을 따름으로써 가능하다. 자연을 따른다는 것은 곧 무위(無爲)와 무욕(無欲)을 실천하는 것이다. 때문에 무위와 무욕은 덕을 쌓고, 덕을 형성하는 길이 된다. 그렇다면 자연(自然)이란 무엇인가. 『도덕경』에는 자연이라는 말이 모두 5회 나온다[제17장. 我自然 : 제23장. 希言自然 : 제25장. 道法自然 : 제51장. 常自然 : 제64장. 以輔萬物之自然]. 여기서 말하는 자연을 '자연(자연계, 현상계)' '스스로 그러하다' '스스로 그러함' 등의 의미로 새겨볼 수 있다. 자연은 도(道) 밖에 따로 존재하는 것이 아니며, 도(道) 그 자체의 속성을 말하는 것이다. 즉 도(道)의 무위성(無爲性)을 의미한다. 모든 존재의 존립 기반은 궁극적으로 자연이며, 도(道)의 움직임 또한 궁극적으로 그러할 뿐이다[제25장. 道法自然]. 자연은 무위(無爲) 안에 포함된다. 그래서 자유자재이고 스스로 그러하며, 어느 것에도 의거하는 바가 없는 정신의 독립이다. 『장자』의 추수편에 자연과 인위의 차이점이 이렇게 비유되어 있다. '소나 말에게 각기 네 다리가 있는 것, 이것을 자연이라고 한다. 소의 코에 구멍을 뚫고, 말의 머리에 고삐를 매는 것, 이것이 인위이다.' 요컨대 자연은 스스로 그러함을 뜻하지만, 이와 동시에 본성에 따름을 뜻한다.

노자와 함께 08

세상의 일을 볼 때, 보통의 경우 일은 사람이 하는 것이니까 어디까지나 사람에 의해서 전적으로 진행되고 결론지어지는 것으로 여긴다. 즉 일의 운명은 사람의 도[人之道]에 따른다는 것이다. 그러나 아무리 엄하게 죽기 살기로 추진해도, 일이 어긋나고 성과가 보잘것없는 경우가 허다하다. 왜 그럴까. 사람의 도는 어떤 의도와 욕심을 가지고 일을 무리하게 다투듯이 억지로 다루기 때문이다. 그러나 일을 무심하게 순리에 맡기면 결국은 일은 하늘의 도[天之道]에 의해 자연스럽게 잘 이루어진다. 모든 일을 최종적으로 관장하는 것은 하늘의 도이기 때문이다. 이렇게 하늘이 하는 일을 두고 사필귀정(事必歸正)이라고도 한다. 즉 처음에는 시비곡직을 제대로 가리지 못하여 그릇되더라도 모든 일은 결국에 가서는 반드시 정리(正理)로 돌아간다는 말이다.

하늘의 도[天之道]는 다투지 않아도 잘 이기고, 말하지 않아도 잘 응하고, 부르지 않아도 저절로 찾아오고, 느슨해도 잘 도모한다. 하늘의 그물은 넓고 커서 성긴 것 같지만 빠뜨리지 않는다[제73장. 天之道, 不爭而善勝, 不言而善應, 不召而自來, 繟然而善謀. 天網恢恢, 疎而不失]. (失

은 일부에서 漏로 표기함). 하늘의 도[天之道]는 바로 자연의 도[自然之道]이며, 무위의 도[無爲之道]이다. 그래서 무슨 일을 하지 않고도 모든 것을 이루어 낸다. 하늘이 무위로 자연적으로 행함은 도(道)의 공능(功能)을 보여준다. 만물과 싸우거나 다투지 않으면서도 이길 것은 모두 이긴다. 이래라저래라 어떤 말을 하지 않아도 만물은 하늘의 뜻에 잘 응한다. 겸허한 미덕 때문에, 부르지 않아도 만물은 그 아래로 모여든다. 서두르지 않고 엉성하고 느슨한 것 같지만, 일은 제때에 맞게 이루어진다. 모든 일들이 이렇게 이루어지니, 어찌 하늘의 도를 신뢰하지 않겠는가.

천망회회 소이불실(天網恢恢 疎而不失), 즉 하늘의 그물은 굉장히 크고 넓어서 그 눈은 성기지만, 선한 자에게 선을 주고 악한 자에게 앙화(殃禍)의 징벌을 내리는 일은 조금도 빠뜨리지 아니한다. 모든 만물은 하늘의 그물[天網], 즉 하늘의 정의 아래에 있다. 따라서 어떠한 경우라도 이 그물을 빠져나갈 수 없고, 최종적으로 정의의 심판을 받게 되어 있다는 것이다. 하늘의 그물[天網]은 하늘의 도[天之道]가 짜서 펼쳐놓은 도(道)의 그물이다. 즉 천망(天網)은 자연계를 두루 포괄하는 도(道)를 의미한다. 따라서 천망은 무엇을 소유하기 위해 잡으려고 하지 않는다. 그러면서 만물의 모든 존재를 놓치지 않으며, 모든 존재에게 깊은 배려를 보낸다. 만물은 천망을 통하여 하늘의 도[天之道]에 다가가지만, 하늘의 도 역시 만물에게로 기꺼이 다가와서 관대하게 많은 것을 베푼다.

요컨대 사람은 무모하게 서두르는 행동을 삼가고, 신중하고 주의 깊게 천망 아래에 머물러야 한다. 정상을 향해 산을 오를 때, 여러 봉우리를 거치는 경우가 대부분이다. 하나의 봉우리에 서면 하늘 한 자락이 펼쳐진다. 좀 더 높은 봉우리에 오르면 좀 더 넓은 자락의 하늘이 펼쳐진다. 그러다가 정상에 서면 일망무제의 시야에 머리 위로는 하늘뿐이다. 많은 구름들이 이쪽으로 또 저쪽으로 밀려가고 다가온다. 보이지 않는 하늘의 그물[天網]에 갇힌 구름들이구나. 인간들도 저 구름들과 무엇이 다르겠는가.

노자와 함께 09

사람은 무엇으로 사는가. 빵인가, 사랑인가, 아니면 희망인가. 모두가 꼭 필요한 것들이다. 그러나 근원적으로 더욱 절실한 것이 있다. 그것은 자유이다. 모든 생명체에게는 자기 몫의 삶이 있다. 자신의 고유한 유전자로 자기의 삶을 스스로 영위해야 한다. 그것은 자유로울 때만 가능한 일이다. 진정한 삶의 주인으로서 주체적 삶을 산다는 것은 바로 생명의 존재 이유가 되기도 한다.

특히 사람은 자유를 강하게 갈망하는 의지를 가지고 있다. 이것으로 스스로 생각하고, 또 스스로 행동한다. 모든 것을 자기 뜻대로 본성대로 스스로 살 수 있다면 얼마나 좋겠는가. 어디에도 얽매이지도 않는 삶, 자유로운 무애(無碍)의 삶은 불가능한 것인가. 도대체 참된 자유는 어디에 있는가. 사람은 각자 자신의 내부에 자유라는 고유의 유전자를 가지고 있다. 이 유전자는 외부에 의해 억압될 수도 있고, 또한 촉발될 수도 있다. 그런데 이 유전자는 자연(自然) 속에 있을 때 가장 잘 촉발되고 이상적으로 발현된다. 그렇기 때문에 사람은 자유를 누리는 진정한 자유인(自由人)이 되고자 한다면, 먼저 자연을 이해하고 자연을 닮아서 본성(本性)을 회복한 자연인(自然人)이 되어야 한다. 스스로가 자연 속에서 자연의 구성원으로서의 자신을 깨닫고 자연을 본받아 자신의 자연성(自然性)을 되찾는다면, 그는 바로 자연인이 되는 것이다.

자연(自然)이란 무엇인가. 자연은 곧 하늘이다. 하늘이 구체적으로 펼쳐진 것이 자연이다. 따라서 자연의 도(道)가 바로 하늘의 도(道)가 된다. 하늘은 그의 뜻대로 자연계(自然界)를 만들고, 그 속의 만물에게 본성을 부여하고 스스로 본성대로 존재하게 한다. 하늘이 보여주는 자연, 이 자연을 가장 잘 대표하는 것이 산(山)이다. 그래서 산은 자연의 도(道), 나아가서 하늘의 도(道)를 깨달을 수 있는 곳이 된다. 사람은 누구나 한 번쯤 산에 오르고 싶어 하며, 한번 오르면 또 오르게도 된다. 왜 산에 오르는가. 사람마다 그 답변은 여러 가지로 달라질 수 있다. 꼭 한 가지만 말한다면 참된 자유를 얻기 위해서 오르는 것이다. 왜냐하면 산은 자연인이 되고 자유인이 되는 데 있어서 가장 이상적인 곳이기 때문이다.

산에 오르면 온갖 집착과 관념의 굴레를 벗어던지게 된다. 어제도 잊고 또 내일도 잊는다. 만물과 하나 되어 분별심도 없어진다. 자신도 모르게 되어 자연에 순응하여 무욕(無欲)의 상태에 몰입한다. 마음이 한없이 허정(虛靜)해지니[제16장. 致虛極, 守靜篤], 도(道)에 따라 분출되는 순수한 자유가 온몸을 적신다. 참으로 아늑하고 감미롭다. 둘러보면 산에는 도(道)를 상징하는 것들로 가득하다. 산의 가족들 모두가 그러하겠지만, 특히 높고 긴 능선을 빗겨 타고 내리는 계곡과 여기에 흐르는 물, 그리고 아름드리 수목들은 도(道)를 느끼고 깨닫게 해주기에 충분하다. 도(道)의 기운을 받으며 이기적 욕망을 일으키는 감각의 문을 닫아버리면, 신비로울 정도로 만물과 하나 됨을 느끼게 된다. 이것은 어느 한쪽으로 치우치거나 대립함이 없는 조화와 균형이다. 허정한 마음이 자유의 날개를 달고 거침없이 창공을 날아오르는 순간을 맞는다.

일상에서 자유인의 삶은 단순하고 꾸밈이 없다. 어떤 지모나 지략의 지식을 접어두며, 또한 규범이나 주의 주장 등 인위적인 것을 끊고 멀리하려고 한다. 남이 알아주기를 바라는 마음을 갖지 않으며, 주위와 조화를 잘 이루어 자신을 드러나지 않게 한다. 마치 있는 듯 없는 듯하면서 청정(淸靜)을 지고의 가치 기준으로 삼는다[제45장. 淸靜爲天下王]. 진정한 자유인은 도(道)의 경지에 든 사람이다. 그래서 일상적이고 상식적인 차원을 넘어선다. 그는 뭔가 모자란 듯하고[제45장. 大成若缺], 뭔가 빈 듯하며[大盈若沖], 뭔가 굽은 듯하며[大直若屈], 뭔가 눌변인 듯하게[大辯若訥] 보여진다. 모두가 지극히 자연적인 마음, 허정의 마음에서 비롯된 것이기 때문에 그렇다. 모름지기 자유인이 되어 무애의 삶을 누리려면 자신으로부터 자유로워지고, 지식으로부터 자유로워져야 한다.

노자와 함께 10

우주와 이 안에 존재하는 만물은 도대체 어떻게 생성되었는가. 이것은 우주의 발생과 만물의 창생에 관한 이야기가 된다. 노자의 말을 들어본다. 도(道)가 '하나'를 낳고, '하나'가 '둘'을 낳고, '둘'이 '셋'을 낳고, '셋'이 만물을 낳는다[제42장. 道生一, 一生二, 二生三, 三生萬物]. 이것은 도(道)의 분화과정으로서 도(道)의 창조성을 말하며, 일반적으로 우주의 발생론으로 이해된다. 그러나 지나치게 축약된 표현이기 때문에 다양한 해석이 가능할 수밖에 없다. 여기서 '하나', '둘', '셋'은 과연 무엇을 뜻하는가.

먼저 왕필과 이식재의 해석을 보자. 도(道 : 근원으로서의 道)가 무(無 : 미분화된 道) '하나'를 생성하고, 무(無)가 유(有), 즉 음(陰)과 양(陽) '둘'을 생성하고, 음[陰氣]과 양[陽氣]이 합해서 조화롭고 깊은 기운인 충기(沖氣)를 만들어 음기와 양기와 충기의 '셋'을 이루고, 이 셋의 관계에서 만물이 생성된다. 또 다른 해석을 보자. 절대적 비존재의 도(道)에서 현(玄) 상태의 도(道) '하나'가 생겨나고, 여기에서 무(無)와 유(有)의 '둘'이 생겨나고(이때 有 속에는 음과 양이 내재되어 있음), 또 여기에서 무(無)

와 음(陰)과 양(陽)의 '셋'이 생겨나고(이때 無는 陰과 陽이 서로 변화하는 데 자용한), 이 '셋'에서 만물이 생성된다.

도생일(道生一)에서 '하나[一]'는 도(道)를 지칭한다. 그러나 '하나'는 무형의 기(氣)들이 혼연일체로 있는 본래의 도(道)의 상태는 아니다. 도(道)를 비존재로서의 도(道)와 존재로서의 도(道)로 나누어 볼 때, '하나'는 존재로서의 도(道)의 속성을 갖는다. 즉 미분화된 도(道)이고 현(玄) 상태의 도(道)로서, 무(無)와 유(有)를 포괄하는 것으로 이해된다. 현존하는 모든 것들은 '하나'를 통해서 이루어진다. 이를테면, 하늘은 하나를 얻어 맑고, 땅은 하나를 얻어 편안하고, 신(神)은 하나를 얻어 영험하고, 계곡은 하나를 얻어 가득하고, 만물은 하나를 얻어 생겨난다[제39장. 天得一以淸, 地得一以寧, 神得一以靈, 谷得一以盈, 萬物得一以生].

우주는 하나 됨의 상태에 있을 때 온전할 수 있다. 하늘과 땅, 영혼, 만물은 모두 우주의 가족으로 하나 됨에 기초를 두고 있다. 만약 하늘이 하나를 얻지 못하여 맑음이 없다면 찢어질까 두려워할 것이고, 땅이 하나를 얻지 못하여 편안함이 없다면 붕괴될까 두려워할 것이고, 신(神)이 하나를 얻지 못하여 영험이 없다면 소멸될까 두려워할 것이고, 계곡이 하나를 얻지 못하여 가득 참이 없다면 메마를까 두려워할 것이고, 만물이 하나를 얻지 못하여 생겨남이 없다면 멸망할까 두려워할 것이다. 도(道)는 '하나'로써 다양한 만물을 하나로 꿰고 묶는 기강과 같은 역할을 하며, 모든 존재의 기반이 된다. 하나를 얻어 전체와 조화를 이루지 못하면 각 부분들은 소용이 없다. 즉 만물은 개별성을 갖지만 각자에게만 매몰되어 하나를 잃게 되면 전체와의 조화가 무너져 존립할 수 없다. 사람도 마찬가지다. 우주와 어울리지 않는 사람은 아무것도 이루지 못한다. 우주와 어울리는 삶, 모든 존재들과 영혼을 공유하는 삶이 온전한 삶이다. 즉 '하나'를 근본으로 하는 삶을 살 때 가장 인간적인 삶이 된다. '하나'는 자기가 도(道)의 일부임을 깨닫고, 자기를 낮추는 겸손함과 겸허함에서 얻을 수 있다. 그러므로 귀함은 천함을 근본으로 하고, 높음은 낮음을 바탕으로 해야 한다. 고귀한 것은 그 스스로 고귀한 것이 아니고 천하고 낮은 것에서부터 생겨난 것이다. 찬란한 구슬과 같아서는 안 되고, 거친 상태의 돌과 같아야 한다. 그렇게 겸손함으로써 모든 존재들과의 관계에서 조화로워진다면 온전하고 위대한 삶을 살 수 있다.

노자와 함께 11

고대로부터 사람은 하늘과 땅 사이의 큰 존재로 인식되어 왔다[天地人]. 땅은 사람이 직접 두 발로 딛고 걸을 수 있으며, 의식주를 제공함으로써 삶의 귀중한 터전이 된다. 그만큼 땅은 사람과는 아주 친밀하다. 그러나 하늘은 어떤가. 해와 달과 별의 세계라서 아득하여 손이 닿지 않는다. 눈으로 보고 마음으로 품는 외경의 대상이 된다. 그럼에도 하늘은 빛과 비와 눈을 사람에게 끊임없이 내리쏟으며 현실적으로 삶에 지대한 영향을 미치고 있다. 도대체 저 하늘이란 무엇인가. 이에 천체의 관측이 반복되면서 우주와 천체의 온갖 현상을 다루는 천문학이 태동하였다. 하루가 다르게 눈부시게 발달하는 과학과 기술의 힘에 의해 우주론이 정립되고 우주관도 달라졌다. 우주(宇宙)라는 단어에서 우(宇)는 천지 사방 온 공간을 말하며, 주(宙)는 과거부터 현재에 이르기까지의 모든 시간을 나타내는 말이다. 따라서 우주관(宇宙觀)은 우주의 발생과 본질, 발전 등에 관해 시공(時空)을 포괄하는 견해가 된다.

그렇다면 노자의 우주관은 무엇인가. 노자의 견해는 도(道)가 우주의 본원이고 본체이며, 또한 우주의 발생과 만물의 생성을 주관한다는 것이다[제25장. 有物混成, 先天地生, 字之曰道 : 제42장. 道生一, 一生二, 二生三, 三生萬物]. 도(道)는 하늘과 땅이 창조되는 태초보다 이전에 있었던 무형의 기(氣)들로 혼성된 혼돈 상태의 그 무엇이다. 이 혼돈[道]이 모든 것의 시원(始源)이 되고, 이로부터 우주와 만물이 생성되었다는 것이다. 이러한 도(道)는 매우 크고 무한하다. 또한 절대적이고 전일적이다. 그리하여 무소 부재로 주행(周行)하여 끝없이 멀리 간다. 멀리 가지만 인과론적 운동처럼 영원히 일직선의 선형운동이 아니고, 자기에게로 복귀하는 상관론적인 원형 운동이다. 따라서 노자의 우주관은 시작도 끝도 없는 순환론적이고 상관론적이다. 즉 도(道)의 주행(周行)은 마치 우주가 한없이 팽창하다가 수축되는 것처럼 순환과정을 거친다.

노자는 우주에서 네 가지 큰 것[四大]으로서 도(道)와 하늘, 땅 그리고 사람을 들었다[제25장. 道大天大地大人大]. 여기서 人을 王으로 표기한 책도 있다. 王이 人을 대표한다고 보았기 때문이다. 사람이 어찌하여 사대(四大)에 끼어들어 도와 하늘, 땅과 함께 논의될 수 있을까. 첫째는 사람의 위대한 지혜와 능력 때문이다. 사람은 지혜와 능력으로 하늘과 땅이 만물을 양육시키는 데에 참여하며, 이러한 참여를 자신의 사명, 즉 인생의 가치와 목적으로 삼는다. 둘째는 사람은 마음을 얼마든지 크게 할 수 있기 때문이다. 마음이 그 무엇으로 꽉 차서 좁으면 바늘 하나 꼽힐 수 없지만, 허심(虛心)과 무심(無心)의 경지에 들면 우주를 담을 있을 정도로 크고 넓다. 이러하니 사람을 어찌 크다고 아니할 수 있겠는가.

사대(四大)에 관한 노자의 말은 계속된다. 사람은 땅을 본받고, 땅은 하늘의 본받고, 하늘은 도를 본받고, 도는 자연을 본받는다[제25장. 人法地, 地法天, 天法道, 道法自然]. 이것은 노자 사상에서 중요한 부분을 차지하는 말이다. 대부분의 경우, '법(法)'을 '본받다'로 풀이한다. '본받다'는 어떤 일이나 남의 행동을 본보기로 하여 그대로 따라 하는 것을 의미한다. 사람이 땅을 본받는 것은 땅 위에서 행해지는 도[地道]를 배워서 어긋나지 않게 따라 한다는 말이 된다. 땅이 하늘을 본받는다는 것은 하늘에서 행해지는 도[天道]를 배워서 어긋나지 않게 따라 한다는 말이 된다. 그리고 하늘이 도를 본받는다는 것은 도체(道體)를 배워서 도의 본질에서 어긋나지 않게 따라 한다는 말이 된다. 그렇다면 '道法自然'은 무슨 말인가. '도는 자연을 본받는다'라고 하면 너무 어색하지 않은가. 도(道)에게는 본받을 대상이 없기 때문이다. 즉 자연은 도가 본받을 상위 개념이 아니다. 자연은 도(道) 밖에 따로 존재하는 것이 아니고, 도 자체이며, 스스로 그러한 도의 속성, 즉 무위성(無爲性)을 나타내는 말이다. 따라서 '법(法)'을 '존립 기반으로 삼다'로 풀이하면 어떨까. 이렇게 보면 '道法自然'은 '도는 자연을 그 존립 기반으로 삼는다'로 풀이된다. 사대(四大)는 자연을 통하여 하나로 서로 연루(連累)되고 연계되어진다. 즉 하늘과 땅과 사람은 자연에 의해 하나로 묶여지고, 도의 자식으로서 동일한 지위를 갖는다. 여기에서 사람의 위대함을 알 수 있다. 만물과 공유하는 위대함은 사람의 존재 이유와 사명을 깨닫는 기초가 된다.

노자와 함께 12

3월쯤이면 봄이 돌아온다. 도대체 어디로 갔다가 온 것인가. 봄은 그냥 혼자 온 것이 아니다. 많은 꽃들도 돌아온다. 이 꽃들 또한 어디로 갔다가 온 것인가. 꽃들은 다투듯이 사람들에게 얼굴을 내밀지만, 사람들이 잠시 한눈을 팔고 나면 어디로 가버리고 없다. 그런데도 사람들은 마치 꽃이 자기를 좋아하기라도 한 것처럼 바쁘게 다가가서 즐겁게 웃는다. 그렇지만 꽃이 떠난 꽃진 자리에는 아무런 관심도 없다. 누가 있어 이렇게 오고 가는 봄꽃들을 여여하게 볼 수 있을까.

만물은 생겨나서 번성하다가 때가 되면 각각 그 근원으로 돌아간다[제16장. 夫物芸芸, 各復歸其根]. 이것은 도(道)의 운동에서 비롯된 것이다. 도(道)의 운동은 분화 과정과 복귀과정으로 나눌 수 있다. 분화 과정은 만물이 생겨나는 과정으로서, 일자(一者)인 도(道)가 다자(多者)인 만물을 이루는 것이다. 복귀과정은 다자(多者)인 만물이 다시 일자(一者)인 도(道)로 돌아가는 것이다. 즉 만물은 근원인 도(道)에서 나왔다가 근원인 도(道)로 복귀한다. 물론 만물이 태어났던 도(道)와 복귀하는 도(道)는 완전히 일치하지는 않는다. 이와 같은 만물의 생성과 변화의 세계를 누가 여여하게 볼 수 있겠는가.

마음이 지극히 고요하면[靜], 만물의 복귀를 볼 수 있다. 도(道)의 본래의 상태가 고요함[靜]이기 때문이다. 그래서 도(道)를 닦는 행위는 고요함[靜]에 이르는 수양을 말한다. 마음이 투명한 거울처럼 고요함[靜]에 이르면 어떤 요인에 의해서도 마음이 흔들리거나 방해받지 않는다. 이런 고요함[靜]을 지키면 마음이 안정되고, 마음에 내재된 밝음[明]에 의해 참다운 앎을 얻을 수 있다. 마음이 고요함[靜]에 이르려면 먼저 마음이 텅 빔[虛]의 상태가 돼야 한다. 허(虛)는 마음에 아무런 존재가 없는 것이 아니고, 마음의 경계가 없는 것이다. 마음에 경계가 없으니 어떠한 것이라도 마음에 거부당하지 않고 그냥 들어왔다가 그냥 나가버린다. 마음에 남아 쌓이는 것이 없으니 텅 빈 것이 된다. 아무런 사욕(私欲)이 없어서 이렇게 된 것이다. 마음은 그저 고요함[靜]에 있다. 이처럼 마음이 허정(虛靜)에 들면 만물을 있는 그대로 여여하게 관조할 수 있다[제16장. 致虛極, 守靜篤. 萬物竝作, 吾以觀其復].

모름지기 만물은 때가 되면 영원한 근원에서 태어나고, 때가 되면 어김없이 영원한 근원으로 물러간다. 이것이 도(道)의 한결같은 작용으로 이루어지는 만물의 운명이다. 여기에는 사람도 예외가 아니다. 사랑하던 사람이 곁을 떠난다고 해서 자신의 세상이 끝난 것은 아니다. 도(道)와 하나가 되어 '작은 나'에서 '큰 나'로 태어나면 현재의 일로 그렇게 실망스러워할 것은 없다. '작은 나'는 현존재이고 '큰 나'는 영원한 존재이다. 육신의 죽음은 별로 문제가 되지 않는다. 영원한 나는 없어지지 않기 때문이다. 영원한 시각에서 세상을 편견 없이 관조한다면, 삶이 지치지도 않고 위험에 빠지지도 않게 된다.

노자와 함께 13

세상을 조용히 바라보면 아침이 다르고 저녁이 다르다. 이쪽이 다르고 저쪽이 다르다. 사물은 다양해서 먼저 가는 것이 있는가 하면 뒤따라가는 것도 있고, 숨을 들이마시는 것이 있는가 하면 숨을 내뱉는 것도 있고, 강한 것이 있는가 하면 약한 것도 있고, 꺾이는 것이 있는가 하면 떨어지는 것도 있다. 여기에서 사람은 어리둥절할 수밖에 없다. 모든 것이 사람의 뜻과 전혀 무관하게 진행되기 때문이다. 그래서 천하는 신령한 기물[神器]일 따름이다. 이러한 천하를 사람이 자기의 뜻대로 어찌해 보겠다고 시도하면 어떻게 되겠는가. 오로지 실패할 뿐이며, 심지어 가지고 있는 것마저 잃고 만다[제29장. 天下神器, 不可爲也. 爲者敗之, 執者失之].

자연(自然)을 어떻게 보고 대할 것인가. 자연에는 도(道)에 입각한 엄연한 법칙이 작동하고 있다. 천하를 비롯한 만물은 이 자연법칙에 따라 생성과 소멸을 거듭하면서 수많은 변화를 거친다. 사람도 만물의 하나이기에 이 법칙에 예외가 될 수 없다. 그런데도 사람이 어떤 사물이나 다른 사람을 지배하려고 하면 어떻게 되겠는가. 이것은 자연법칙을 어기는 일이 되어 실패할 뿐만 아니라, 그 대상을 망치고 또 가진 것도 잃게 된다. 자연은 매우 다양한 원리와 리듬이 내재된 복잡계(複雜系)로서 신령스럽고 신비하기도 하다. 이에 사람의 능력이 어찌 닿을 수 있겠는가. 그런데도 사람은 세상을 뜯어고치고 자연을 정복하겠다며 끊임없이 덤벼들고 있다. 이로 인해 야기되는 질서의 혼란과 생태계의 파괴는 날이 갈수록 더욱 심해지고 있다. 모두가 자연법칙과 조화되는 삶을 살아야 한다. 즉 모든 존재의 신령스런 본질을 이해하고, 자연과 함께 하는 자세가 절실하다.

도(道)의 위대함, 이것은 하늘을 통해서 느낄 수 있다. 하늘의 도[天之道]는 만물을 이롭게 하기 위해 있으며, 결코 해로움을 주지 않는다[제81장. 天之道, 利而不害]. 또한 편애하는 일이 없어서 항상 선한 사람과 함께한다. 누가 선한 사람인가. 그는 도(道)의 원리에 순응하여 자연스럽게 도(道)와 하나가 된 자이다. 하늘의 도[天之道]는 어디까지나 세상의 만물이 공존하고 공생할 수 있는 바탕이 되려고 한다. 그러기 위해 항상 조화와 균형을 이루며, 이것을 유지하기 위해 움직인다. 그래서 하늘의 도[天之道]는 마치 활에 시위를 매는 것과 같다. 그런즉 높은 쪽은 누르고, 낮은 쪽은 올리며, 남는 쪽은 덜어내고, 모자라는 쪽은 보탠다[제77장. 天之道, 其猶張弓與, 高者抑之, 下者擧之, 有餘者損之, 不足者補之]. 그러나 사람의 도[人之道]는 이와는 반대다. 가난한 자의 것을 덜어서 부유한 자를 봉양하고, 약한 자의 것을 빼앗아 강한 자에게 보태준다. 이것은 사람의 사사로운 탐욕에서 비롯된 것이다. 이것인가 저것인가, 무엇이 옳고 그런가. 또한 어느 것이 아름답고 추한가. 나의 판단의 근거는 무엇인가. 이 때는 조지어천(照之於天), 즉 하늘에 비추어 보는 것이다.

도(道)를 체득한 사람, 즉 도(道)와 함께 사는 사람은 하늘처럼 만물을 균등하게 감싼다. 어떤 친애함이나 이로움과 귀함을 추구하면 차별을 낳기 마련이다. 그래서 친소(親疎)와 이해(利害), 귀천(貴賤)과 영욕(榮辱) 등의 구분에 관계하지 않는다면, 마음은 흔들리지 않고 동요하지 않으며 또한 좌우되지 않는다. 때문에 진정으로 귀중하고 참된 사람의 모습은 여기서 찾아야 할 것이다.

노자와 함께 14

한마디로 말해서 세상이 장구할 수 있는 요체는 균형이고 조화다. 때문에 모든 현상은 도(道)에 의거해서 균형과 조화를 취해나가는 끊임없는 변화의 과정이고 그 결과들이다. 비근한 예를 들어보자. 지구촌의 한쪽에서는 큰 홍수로 물난리인가 하면, 또 다른 한쪽에서는 큰 가뭄으로 식량 생산에 차질을 빚고 있다. 물론 같은 지역에서도 풍년과 흉년이 번갈아들기도 한다. 얼핏 보면 세상이 매우 무질서하고 서로 상반되는 것 같은 양상들이다. 그러나 도(道)의 관점에서 보면, 모든 것은 고정되어 있지 않고 큰 순리에 따라 주기적으로 반복되는 상대적인 것에 불과하다. 사람의 관점에서는 일희일비(一喜一悲)의 곡절이라고 볼 수밖에 없다. 사람은 스스로가 부단히 변화를 추구한다고는 하지만, 세상을 고정시켜 보려는 내심이 훨씬 강하다. 그런데 세상의 어느 것 하나라도 영구불변하는 것이 있는가. 모든 것은 어느 한 상태에서 오래 머물 수가 없다. 서로 마주 보며 대비되고 또한 자연스럽게 뒤바뀌게 된다.

노자(老子)와 함께 도가(道家)의 핵심적인 인물인 장자(莊子)는 그의 저서 『장자(莊子)』의 서두를 대붕(大鵬)의 이야기로 시작했다. 북녘 바다

[北冥]에 있던 곤(鯤)이라는 물고기가 변해서 붕(鵬)이라는 큰 새가 되어, 큰바람을 타고 먼 남쪽 바다[天池]로 날아가는 이야기다. 어변성룡(魚變成龍), 즉 물고기가 변하여 용이 되어 승천한다는 말과 유사하다. 이 말은 아무 보잘것없고 곤궁하던 사람이 나중에 부귀를 누리게 됨을 비유한 것이다. 멀리 떠나온 사람은 자신의 그리운 고향으로 돌아가고 싶어 한다. 만물도 언제나 그 근원인 도(道)의 세계로 되돌아가고자 한다. 그곳에는 아무런 구속과 차별이 없으며, 절대의 자유를 누릴 수 있다. 바다의 물고기는 어떻게 그곳으로 갈 수 있을까. 저 높은 창공을 구름을 헤치고 거침없이 비상하면 된다. 그러기 위해서는 먼저 물고기는 큰 새로 자기 변형의 과정을 거쳐야 한다. 만물은 언제든지 무엇으로도 변할 수 있다. 그것은 겉으로는 서로 다르게 보여도 그 본질에서는 모두 동일하기 때문이다. 만물은 적절한 변화와 변혁을 통하여 그 실존적 한계를 초월하여 자유로운 경지, 즉 도(道)의 세계에 들 수 있다.

등산을 하게 되면 변화의 발목을 잡는 타성에서 벗어나고, 도(道)의 관점을 바로 잡는 데 큰 도움을 얻는다. 타성의 힘은 실로 크고 무섭다. 사람을 이리저리 제멋대로 끌고 다닌다. 이 타성의 굴레에서 어떻게 하면 벗어날 수 있을까. 그 무엇보다도 어제의 자신으로부터 자유로울 수가 있다면 가능할 것이다. 그러한 변화를 상대적으로 쉽게 일으킬 수 있는 것은 산행(山行)이 아닐까 싶다. 산(山)은 명상을 통하여 타성의 힘에서 새로운 것을 추출할 수 있도록 해준다. 명상은 여러 종교에서 신을 영접하는 체험의 정체로 지목되고, 심리학자와 뇌과학자들의 관심의 대상이 된다. 일반적으로 명상은 불안한 마음을 치유하고 스트레스를 줄여주며, 새로운 마음을 일으키는 데 효과적이다. 명상의 방법은 다양하지만, 산행(山行)은 그 자체가 좋은 명상법이 되고도 남는다. 산정(山頂)을 향해 손에 땀을 쥐며 내딛는 한 걸음 한 걸음에서 몸과 마음의 큰 변화를 느낀다. 그리고 사계절을 통한 만물의 변화를 체험하면서 자신의 참된 자아를 되찾고 존재의 의미를 다시금 깨닫게도 된다. 모든 것들이 도(道)에 가까워지는 변화의 계기가 된다.

노자와 함께 15

과연 어느 것이 절대적인 아름다움이고, 또한 어느 것이 절대적인 추함인가. 어느 것이 절대적인 선(善)이고, 또한 어느 것이 절대적인 불선(不善)인가. 아름다움과 추함의 관계는 이렇다. 아름다움은 추함이 있을 때만 가능하고, 또한 추함은 아름다움이 있을 때만 가능하다. 아름다움도 더 나은 아름다움이 있으면 추함이 되고, 추함도 더 못한 추함이 있으면 아름다움이 된다. 선(善)과 불선(不善)의 관계도 마찬가지다. 선(善)은 불선(不善)이 있을 때만 가능하고, 또한 불선(不善)은 선(善)이 있을 때만 가능하다. 선(善)도 더 나은 선(善)이 있으면 불선(不善)이 되고, 또한 불선(不善)도 더 못한 불선(不善)이 있으면 선(善)이 된다. 도덕적 판단이나 미적 판단의 기준은 어디까지나 주관적이다. 아름다움이나 선(善)은 스스로 독립적으로 존재하는 것이 아니다. 세상만사가 그러하다.

모든 것은 본래적으로 존재하는 것이 아니고, 서로의 관계에서 성립되고 비롯된 것이다. 이를테면 있고[有] 없음[無]은 서로 생겨나게 하고, 어렵고[難] 쉬움[易]은 서로 조성하고, 길고[長] 짧음[短]은 서로 형성하고, 높고[高] 낮음[下]은 서로 기울고, 악기 소리[音]와 목소리[聲]는 서로 조화를 이루고, 앞[前]과 뒤[後]는 서로 따른다[제2장. 有無相生, 難易相成, 長短相形, 高下相傾, 音聲相和, 前後相隨]. 이와 같이 만물은 단독적으로 성립하는 것이 아니고, 상관관계를 맺는 타자와 동시에 마주함으로써 존재의 의미가 있다. 그래서 만물은 자기와 타자가 서로 내부적으로 짝을 이루는 이중적 존재 양식을 갖는다. 이중성은 하나도 아니고 둘도 아닌 불일이불이(不一而不二)의 것을 말하며, 만물의 시비 양측 면을 가리킨다. 상식적 관점, 즉 분별의 시각으로 보면 노자의 글에는 반대나 모순처럼 보이는 개념들이 많다. 그러나 도(道)의 관점에서는 반대나 모순의 개념이 서로 다르지 않다. 즉 이원론적 사고방식을 벗어나 변증법적으로 생각하면, 대립적으로 보이는 것들은 하나라는 것을 알 수 있다.

굽히면 온전해지고, 휘어지면 곧아지며, 움푹 파이면 채워지고, 낡아지면 새로워지며, 적어지면 얻게 되고, 많아지면 미혹되기도 한다[제22장. 曲則全, 枉則直, 窪則盈, 敝則新, 少則得, 多則惑]. 여기서 두 개념들은 서로 양립하는 반대의 것이 아니다. 동시성을 가지며, 상호 불가결의 상관 개념들이다. 이를테면 굽힘[枉]과 폄[直]을 보자. 『주역(계사전)』에 '자벌레가 굽힘으로써 폄을 구한다'라는 말이 있다. 자벌레는 몸을 굽혔다 폈다하는 동작을 반복하면서 앞으로 나아간다. 여기서 굽힘의 목적은 굽음 그 자체가 아니고 펴고자 함에 있다. 굽어져야 곧아지고, 곧아져야 굽어진다. 따라서 굽힘[枉]과 폄[直]은 반대의 개념이 아니다. 동시성을 갖는 하나로 봐야 한다. 이렇듯이 사물을 어느 한쪽에 치우치지 않고 양쪽을 동시에 하나로 보는 것이 중요하다. 이것이 도(道)의 이중성의 관점에서 사물을 보는 방식이 된다.

장차 오므리려고 하면, 반드시 잠시 그것을 펼쳐야 한다. 장차 약하게 하려면, 반드시 잠시 그것을 강하게 해야 한다. 장차 폐하려면, 반드시 잠시 그것을 흥하게 해야 한다. 장차 빼앗으려고 하면, 반드시 잠시 그것을 주어야 한다[제36장. 將欲歙之, 必固張之. 將欲弱之, 必固強之. 將欲廢之, 必固興之. 將欲奪之, 必固與之]. 만사에는 흥망과 성쇠가 주기적으로 교차된다. 내리막이 있으면 오르막이 있고, 오르막이 있으면 내리막이 있다. 천하의 만물은 그 세력이 정점에 다다르면 반드시 되돌아간다. 달이 장차 기울려고 하면 반드시 가득 차서 만월이 돼야 한다. 꽃은 시들기 직전이 가장 아름답다. 태양은 지려는 순간에 그 빛이 가장 황홀하다. 인생에서 성공도 한순간이고 폐망도 한순간이다. 세상사의 변화에 보다 초연하여 멀리 봐야 한다. 어떻게 하면 되겠는가. 모든 변화에는 조짐이 잠복되어 있기 마련이다. 이런 미약하고 작은 부분에서 큰 변화를 꿰뚫어 보는 지혜, 즉 미명(微明)이 있어야 한다.

노자와 함께 16

노자의 도(道), 즉 진리는 역설적으로 표현되는 경우가 많다. 상반되어 보이는 두 명제를 동시에 포괄한다. 그래서 도(道)를 말하면 사람들은 잘 수긍하지 않는다. 그래도 뛰어난 사람은 도(道)에 대해서 들으면 자신의 무지를 절감하고 겸허하게 힘써 그것을 행하려고 한다. 보통의 어중간한 사람은 도(道)에 대해서 들으면 긴가민가 반신반의한다. 자신의 세계만을 고집하지 않지만, 드넓은 세계에 대해서는 큰 관심이 없다. 그러나 어리석고 못난 사람은 도(道)에 대해서 들으면 조롱하고 비웃는다. 우물 안의 개구리처럼 자신의 세계가 전부라고 믿기 때문이다. 그러므로 예부터 내려오는 격언에 이런 말들이 있다. 밝은 도(道)는 어두운 것 같고, 나아가는 도(道)는 물러서는 것 같고, 평탄한 도(道)는 울퉁불퉁한 것 같다. 이렇게 도(道)에서 보는 바와 같이, 만물은 반대되는 두 가지 특성, 즉 상관적 차이를 이중적으로 동시에 갖는다. 이러한 점은 이분법적 사고방식에 매몰된 사람으로서는 수용하기 어렵지 않을 수 없다.

모름지기 세상의 사물은 관점에 따라 얼마든지 다르게 보인다. 이것은 상식적 수준에서 보는가, 아니면 상식 너머 도(道)의 경지에서 보는가 하는 관점의 문제이다. 이를테면 이런 말들이 있다. 큰 네모에는 모퉁이가 없고, 큰 그릇은 늦게 이루어지고, 큰 소리는 거의 들리지 않고, 큰 형상에는 형체가 없다[제41장. 大方無隅, 大器晩成, 大音希聲, 大象無形]. 대방무우(大方無隅)에서 방(方)은 네모진 꼴이지만 이것이 아주 크면 둥근 원처럼 된다. 여기에는 구석이나 귀가 없다. 또한 방(方)을 동서남북 사방의 방위로 보면 허공이 된다. 허공에 무슨 모서리가 있겠는가. 허공은 무(無)로서 도(道)를 일컫는 말이 된다. 대방(大方), 즉 도(道)에는 모퉁이가 없다. 그리고 대방(大方)은 도(道)를 터득한 세상의 현인이나 강호의 군자를 일컫는 데도 쓰인다. 그들에게는 구부러지거나 꺾어져 들어간 모퉁이나 구석이 없다. 대기만성(大器晩成)에서 대기(大器)는 사람이 만드는 그릇을 의미하지 않는다. 도(道)가 대기(大器)이며, 인간의 마음도 대기(大器)에 속할 수 있다. 무(無)의 진리를 터득하는 깨달음의 과정은 길고도 힘든다. 그래서 오랜 수행이 아니면 이루어질 수 없는 것이 도(道)이다. 대음희성(大音希聲)에서 대음(大音)은 우주 안에서 만물 간에 도(道)를 풀무질할 때 나오는 자연의 소리이다. 이 소리는 너무나 커서 사람의 귀로는 들을 수 없다. 따라서 대음(大音)은 도(道)의 묘(妙)를 말한다. 대상무형(大象無形)에서 대상(大象)은 무한한 형상으로 도(道)를 두고 하는 말이다. 도(道)라는 진리는 지극히 크고 일정한 형체가 없다. 또한 스스로 드러낼 수가 없어서 사람의 눈으로 볼 수가 없다. 그리고 대상무형(大象無形)이라는 말은 형태와 경계를 가늠할 수 없을 정도로 급변하고 불확실한 미래를 두고도 쓸 수 있는 것이다. 즉 미래라는 큰 형상은 형체가 없어서 짐작조차 하기 어렵다는 것이다.

도(道)의 모습이나 경지를 이렇게도 나타낼 수 있다. 크나큰 이룸은 모자란 것 같고, 크나큰 채움은 빈 것 같고, 크나큰 곧음은 굽은 것 같고, 크나큰 기교는 서툰 것 같고, 크나큰 웅변은 더듬는 것 같다[제45장. 大成若缺, 大盈若沖, 大直若屈, 大巧若拙, 大辯若訥]. 완전히 이루어진 것[大成], 완전히 가득 찬 것[大盈], 완전히 곧은 것[大直], 완전한 기교[大巧], 완전한 웅변[大辯] 등은 도(道)의 경지 또는 도(道)가 이루어 놓은 것, 도(道)를 터득한 사람 등을 말한다. 모두가 도(道)의 산물로서 일상적인 상식의 차원을 넘어선다. 때문에 보통 사람의 눈에는 무엇인가 부족하고 반듯하지 못하고 서툰 것으로 보여진다.

세상을 새로운 눈으로 봐야 한다. 눈에 보이는 현실적인 것들은 껍데기에 불과하다. 눈을 뜨면[肉眼] 표피만 보게 되지만, 눈을 감으면[心眼] 내면을 보게 된다. 세상을 다르게 본다는 것은 마음의 눈으로 내면에 닿고, 그 울림을 듣는 것을 말한다. 이렇게 되면 불완전함에 완전함이 들어 있고, 굽음에 곧음이 들어 있음도 깨닫게 된다. 세상이 어수선하고 요란스러워도 내면에 존재하는 고요함과 평온함을 얻는다면 보이지 않는 도(道)의 힘과 조화를 이룰 수 있다.

노자와 함께 17

태풍이 지나가면 산과 들에 큰 변화가 생긴다. 바람에 의해 나무들은 꺾이고 쓰러진다. 불어난 물에 의해 계곡과 하천에는 바위가 깎이고 돌들은 아래로 구른다. 형체가 없어 눈에 보이지도 않는 바람과 부드럽고 연하기 그지없는 물의 위력이 이렇게도 대단한가, 새삼 놀라지 않을 수 없다.

약한 것이 강한 것을 이기는가. 아니면 강한 것이 약한 것을 이기는가. 노자는 약한 것이 강한 것을 이기고, 부드러운 것이 굳센 것을 이긴다고 하였다[제78장. 弱之勝强, 柔之勝剛]. 유약(柔弱)이 어떻게 강강(强剛)을 이길 수 있을까. 그것은 유연성과 경직성의 차이에서 비롯된 것으로 보인다. 유연성은 변화에 적응하는 힘[에너지]을 가지지만, 경직성은 그렇지 못하다. 변화는 움직임이고 흐름이며, 이것은 운동으로서 에너지[氣]의 작용에 의해서 이루어진다.

도(道)가 만물 속에서 작용할 때는 유약(柔弱)의 방법을 쓴다[제40장. 弱者道之用]. 도(道)의 작용은 있는지 없는지 모를 정도로 약한 듯한 움직임이지만, 미치지 않는 곳이 없고 영원히 지속된다. 그렇게 하여 만물을 강요하지 않고 자연스럽게 도(道)의 흐름을 타게 한다. 만물이 도(道)에 의해 변화의 과정을 거칠 때, 변화에 적응할 수 있는 상태 즉 유약(柔弱)하다면 에너지를 얻게 된다. 그래서 고체보다는 액체가, 액체보다는 기체가 더 큰 운동에너지를 보유할 수가 있다. 따라서 기체인 바람이 고체인 나무를 이기고, 액체인 물이 고체인 바위와 돌을 이긴다. 강한 것은 부러지며[제76장. 木强則折], 부드러움 앞에서는 강한 것들이 모두 무릎을 꿇는다[제43장. 天下之至柔, 馳騁天下之至堅]. 지나치게 기세등등한 것들이 곧 쇠퇴의 길로 접어드는 것도 같은 이치이다[제30장. 제55장. 物壯則老, 是謂不道, 不道早已].

사람이 살아 있을 때는 유약(柔弱)하지만, 죽으면 견강(堅强)해진다. 산천의 초목도 살아 있으면 유취(柔脆)하고 죽으면 고고(枯槁)해진다. 그러므로 견강은 죽음의 무리이고, 유약은 삶의 무리가 된다[제76장. 堅强者死之徒, 柔弱者生之徒]. 여기서 견강은 죽음의 원리이고, 유약은 생명의 원리이며, 도(道)의 원리가 유약의 원리임을 알 수 있다. 요컨대 만물은 부드럽고 연함 속에 생명을 간직하고 기른다. 강한 겨울이 쓰러지면 부드러운 봄이 일어나며 만물이 소생한다. 깡마른 나뭇가지에 샛노란 움이 터지며 생명의 빛이 강렬해진다. 그래서 봄은 생명의 계절이다.

모름지기 견강(堅强)을 경계해야 한다[戒强]. 세상은 무한한 변화 속에 놓여 있다. 견강하면 이러한 변화에 적응할 수 없다. 즉 경직되면 새로운 것을 받아들일 수가 없다. 이렇게 되면 현상 유지에 급급하다가 쇠퇴의 길로 접어든다. 이것은 로마 제국을 비롯한 강대국들이 강함 그 자체 때문에 멸망한 사례에서도 알 수 있다. 유약하면 변화에 빠르게 적응하여 새로운 것을 받아들여서 진정으로 강대해진다. 따라서 강대(強大)한 것은 아래에 처하고, 유약(柔弱)한 것은 위에 처하게 된다[제76장. 強大處下, 柔弱處上]. 사람도 상황에 따라 굽힐 줄 알아야 한다. 유연성을 잃지 않아야 변화의 수레를 탈 수 있기 때문이다. 굳은 생각과 굽힐 줄 모르는 자기주장은 얼마나 위험한가. 발전의 동력은 유약함 속에서 더욱 강해진다. 유약함이 도(道)와 하나가 되는 길이기 때문이다.

노자와 함께 18

일 처리에는 무슨 비결이라도 있는 것인가. 어떤 일을 하는 데 사람에 따라 그 결과가 달라지는 경우가 많다. 어떤 사람은 별로 크게 힘들이지 않았던 것 같은데도 큰 성과를 낸다. 그런가 하면 어떤 사람은 심혈을 기울였는데도 그 성과가 미미하다. 그것은 일을 하는 태도에서 차이가 있기 때문이다. 일은 언제 어떻게 착수하는가에 따라 성과가 달라진다. 어려운 일을 하려면 그것이 쉬울 때 해야 한다. 천하의 일은 반드시 쉬운 것에서부터 시작하기 때문이다. 큰일을 하려면 그것이 작을 때 해야 한다. 천하의 큰일은 반드시 작은 일에서 시작하기 때문이다 [제63장. 天下難事必作於易, 天下大事必作於細].

그렇다면 일에서 어느 때가 쉬울 때고, 어느 정도의 것이 작은 일인가. 이것을 어떻게 알 수 있는가. 첫째는 일의 조짐(兆朕)을 알아채는 것이다. 어떤 일이 생길 때는 조짐, 즉 기미(機微)나 전조(前兆)의 현상이 있다. 이 조짐이 나타나기 전에 착수하면 가장 좋다. 늦어도 조짐을 보았을 때는 이 시기를 놓치지 않아야 한다. 둘째는 마음가짐이다. 이것은 일을 보는 안목이다. 일에는 크고 작음과 많고 적음이 있다[大小多

少]. 작은 것이 쌓여서 큰 것이 되고, 적은 것이 쌓여서 많은 것이 되는 것은 자명한 원칙이다. 그러나 이것을 떠나서 일을 볼 필요가 있다. 일은 때로는 단순화시켜서 보고, 또 때로는 복잡화시켜서 보는 마음을 가져야 한다. 일이 복잡하고 크며 많은 것이 혼재하면, 일을 착수하기 전에 겁부터 먹고 엄두가 나지 않는 경우가 있다. 이때는 큰 것은 작은 것으로, 많은 것은 적은 것으로 단순화시켜 보면 일의 머리를 쉽게 잡을 수 있다. 역으로 작고 적은 일은 경솔히 다루어서 일을 그르치는 경우가 있다. 그 일이 나중에 얼마나 큰일로 발전하고 특별한 효과를 낼지 모른다. 이때는 작은 것은 큰 것으로, 적은 것은 많은 것으로 복잡화시켜서 보면 일의 전체 구도를 세밀하게 잡을 수 있다. 쉽게 보이는 일을 하는 것이 실은 더 어렵다[多易必多難]는 것을 잊지 않아야 한다.

한때는 '작은 것이 아름답다'라는 말이 크게 유행했다. 일에서는 '작은 것이 소중하다'라고 말해야 한다. 취약하고 미세하게 보이는 작은 것이 튼튼하고 거대한 것이 되기 때문이다. 따라서 작은 것은 모든 것의 출발점이다. 아름드리 큰 나무도 털끝과 같은 씨앗에서 생겨나고, 9층의 높은 누대도 한 삼태기의 흙이 쌓여서 솟아오르고, 천릿길도 발아래의 한 걸음에서 시작된다[제64장. 合抱之木生於毫, 九層之臺起於累土, 千里之行始於足下]. 이와 같은 예는 주위에서 얼마든지 들 수 있다. 온 산을 잿더미로 만드는 산불은 하나의 성냥개비에서 비롯되고, 큰 부자는 한 장의 지폐에서 시작된다. 태산(泰山)은 한 삼태기의 흙에서 비롯되고, 대하(大河)는 한줄기의 물에서 시작된다.

일반적으로 사람들이 일을 할 때는 너무 서두른다. 심지어 바늘허리를 실에 매어 쓰려고도 한다. 세상의 일에는 순서가 있고 과정이 있다. 일의 흐름을 따르면, 무위(無爲)를 실천하고 무사(無事)를 실행하는 것이 된다. 즉 일에는 조건이 갖추어지고 성숙되어야 한다. 이때를 기다려서 일을 하면 마치 물이 아래로 자연스럽게 흘러내리는 것처럼 일은 순조롭게 이루어진다. 욕심이 앞서면 자신도 모르게 일을 억지로 무리하게 하게 된다. 이렇게 되면 실패하기 마련이다. 무위자연(無爲自然)의 근본 원리에 따르면 일은 실기(失機)하지 않고 저절로 완성된다. 인생의 이치도 이와 다르지 않다. 가장 자연스러운 것이 가장 아름답다.

노자와 함께 19

세상은 도(道)의 영역 안에 있다. 그렇다면 도(道)는 어디에 있는가. 도(道)는 무(無)와 유(有)의 사이에 존재하며, 무(無)와 유(有)를 함께 아우른다. 여기서 무(無)는 비존재, 즉 없음이며 비어 있음[虛, 空]을 말한다. 그리고 유(有)는 존재, 즉 있음을 말한다. 무(無)는 쓸모[用]를 통하여 사람에게 유(有)의 이로움[利]을 구현시켜 준다. 즉 있음[有]이 이로움[利]이 되는 것은 없음[無]의 쓰임[用]이 있기 때문이다[제11장. 有之以爲利, 無之以爲用]. 그러나 사람은 유(有)의 이로움[利]에 대해서는 잘 알아도, 무(無)의 쓰임[用]에 대해서는 소홀하다. 무(無)와 유(有)는 서로 떨어질 수 없다. 따라서 무(無)의 쓰임[用]이 없다면, 유(有)의 이로움[利]이 어찌 있겠는가. 왕회(王淮)는 이(利)와 용(用)을 이렇게 구별하였다. 이(利)는 실물(實物)의 영역에 있어서 쉽게 볼 수 있고, 그 가치는 유한하다. 그러나 용(用)은 허공(虛空)의 영역에 있어서 쉽게 볼 수 없고, 그 가치는 무한하다. 또한 이(利)가 말단이라면, 용(用)은 본체가 된다. 즉 없음[無]이 본체이고 있음[有]은 말단에 불과하다는 것이다.

이에 대한 실제적인 예를 몇 가지 들면 다음과 같다. 수레의 바퀴통에 서른 개의 바큇살이 모이는데, 이 통의 한가운데는 비어 있다. 여기에 수레를 움직이게 하는 축을 끼울 수 있기 때문에 수레는 비로소 쓸모가 있게 된다. 흙을 빚어서 그릇을 만드는데, 그 속이 마땅히 비어 있어야 그릇은 용기(容器)로서 쓸모가 생긴다. 벽을 뚫어서 문과 창을 내고 방을 만드는데, 그 안이 비어 있기 때문에 방의 쓸모가 생긴다. 문을 통하여 사람이 출입하고 창을 통하여 볼 수가 있으며, 집안이 비어 있기 때문에 그곳에 물건을 두고 거처할 수 있다. 이것이 방의 쓸모이다. 이렇게 수레와 그릇, 방 자체는 있음[有]이며, 비어 있음[無]을 통하여 사람에게 쓸모[用]가 생겨서 이로움[利]을 제공한다. 있음[有]에서 이로움[利]을 얻을 수 있는 것은 비어 있음[虛] 즉 없음[無]을 쓸모[用]로 삼았기 때문이다. 만물은 허(虛)를 통하여 쓸모를 얻어서 제구실을 한다. 어찌 허(虛)의 쓸모를 잊겠는가. 사람이 접하는 유(有)라는 존재의 세계는 이렇게 무(無)라는 비존재의 세계에 그 근원의 뿌리를 내리고 있다.

노자의 철학이 말해주는 비움[空]과 없음[無, 虛]의 가치는 매우 크고 중요하다. 특히 동양 예술론에서 그 정수(精粹)의 빛을 발한다. 회화에서 중시되는 공백(空白)은 허실(虛實)의 이치를 드러낸 것이다. 이렇게 해서 여백은 유(有), 즉 존재의 세계에 무(無), 즉 비존재의 세계를 연결하는 역할을 한다. 또한 행간의 공백(空白)은 서법(書法)에서도 중시된다. 어디 이뿐이겠는가. 말이나 글을 간략히 하고 공백을 남기는 것, 수행에서 묵언과 침묵을 일삼는 것, 마음을 욕(欲)의 다리를 건너 무심(無心)과 허심(虛心)에 들게 하는 것, 등등 모두가 비움[空]과 없음[無, 虛]의 철학을 실천하는 것이다. 누구나 없음[無]의 세계, 비존재의 세계에 닿는다면 한없는 자유의 몸이 되리라.

노자와 함께 20

사람은 왜 자연과 화해하지 못하고 끊임없이 맞서는가. 그것은 욕망 때문이다. 욕망은 사람의 유전자이다. 사람의 행위는 이 유전자가 어떻게 발현되는가에 따라 크게 달라진다. 그래서 무욕(無欲)하면 상도(常道 : 無, 無名, 無形)를 볼 수 있게 된다. 또한 유욕(有欲)하면 비상도(非常道 : 有, 有名, 有形)를 볼 수 있다[제1장. 無欲以觀其妙, 有欲以觀其徼]. 무욕(無欲)은 무(無)의 본성이다. 그래서 무욕(無欲)으로써 무(無)의 묘(妙)를 볼 수 있다. 묘(妙)는 신비하고 아주 미세하며 깊고 오묘함이며, 도(道)의 본체를 형용하는 무(無)를 두고 하는 말이다. 유욕(有欲)은 만물이 유(有)로부터 병작(竝作)하여 무성하게 서로 그물망으로 얽혀 있음이다. 그래서 유욕(有欲)으로써 유(有)의 요(徼)를 볼 수 있다. 요(徼)는 밖으로 드러나 밝게 빛나는 모습이며, 도(道)의 작용을 형용하는 유(有)를 두고 하는 말이다. 이렇듯이 무욕(無欲)과 유욕(有欲)은 무(無)와 유(有)의 관계처럼 서로 모순되지 않는 이중성의 관계이다. 만물이 갖는 유욕(有欲), 즉 욕망은 서로가 의존하는 그물망의 관계를 맺어서 자기의 존재를 성립시키는 관련성이며 본성의 자발성이다. 이것이 자연의 참된 모습이다. 문제는 사람이다. 마음을 가지고 있기 때문이다. 그래서 사람은 마음에 자기만의 독특한 이기적 욕망을 가짐으로써 만물의 그물망을 벗어난다. 자연에 반하고 만다. 그러니 무욕(無欲)의 마음, 즉 허심(虛心)에 이르기가 참으로 어렵다.

사람이 욕망이라는 유전자를 조절하고 통제할 수 있을 때, 사람은 자연과의 관계를 새롭게 정립할 수 있다. 물론 그 결과에 따라 문화의 양상도 크게 달라진다. 이것이 잘 조절되어 무욕(無欲)에 이르면, 천지의 근원을 알게 된다. 자연에 순응하는 셈이다. 그러나 잘 조절되지 못하면 사람은 욕망의 노예로 전락하게 된다. 세상의 모든 것을 인간 중심으로만 본다. 산과 물, 땅이 제대로 보일 수가 없다. 하늘이 어떻게 되든 심각하게 생각하지 않게 된다.

사람은 새처럼 날고 싶어서 비행기를 만들어 탄다. 더 빠르게, 더 멀리 가고 싶어서 고속철도를 놓고 우주선을 만든다. 과거와 미래로 훌쩍 떠나고 싶어서 사이버 공간을 만든다. 좀 더 풍요롭고자 새로운 물질을 생산한다. 한편, 하늘은 점차 잿빛이다. 북극의 빙하가 녹고, 융프라우의 만년설이 붕괴된다. 땅과 바다가 깊은 신음 소리를 낸다. 많이 보이던 동식물이 갈수록 줄어든다.

그렇다면 무엇이 문제인가. 그것은 문화(文化)이다. 문화는 사람이 삶의 질을 높이기 위하여 이루어 놓은 정신적 물질적인 성과이다. 사람은 문화를 만들고, 문화는 사람을 만든다. 사람이 만물의 그물망에서 빠져나와 반자연(反自然)이 되었으니, 문화 역시 반자연(反自然)일 수밖에 없다. 빛이 강해지면 그늘 또한 짙어지고, 힘이 강해지면 부러지게 된다. 이것이 세상의 이치이다. 여기에는 문화도 예외가 못 된다. 왜 문화는 그늘을 만들고, 또 역기능을 갖게 되는가. 그것은 문화가 작위의 소산물로서 무위의 자연과는 근본에서 대립 관계에 있기 때문이다. 따라서 문화가 자연과 대립한다는 것은 바로 문화가 도(道)와 대립한다는 의미가 된다. 요컨대 문화가 문제시되는 것은 자연(自然), 즉 도(道)에 맞서면서 문화를 창출하는 사람의 독선적이고 오만에 가득 찬 욕망이다.

노자와 함께 21

세상에 금기(禁忌)가 많으면 백성들은 더욱 가난해지고, 백성들에게 이기(利器)가 많으면 국가는 더욱 혼란해지고, 사람들에게 기교(技巧)가 많으면 기이한 물건[奇物]이 더욱 생겨나고, 법령이 더욱 늘어날수록 도둑이 많아진다[제57장. 天下多忌諱, 而民彌貧, 民多利器, 國家滋昏, 人多技巧, 奇物滋起, 法令滋彰, 盜賊多有]. 사람은 누구나 평온 속에서 자연스럽고 자유로운 삶을 희망한다. 즉 통제나 간섭, 강요가 없고 질서가 잘 잡혀서 안심하게 살 수 있으면 좋겠다는 말이다. 이렇게 된다면 백성은 스스로 바르게 되고, 스스로 부유해지고, 스스로 순박해질 수 있다. 여기에 어떤 정치적인 작위가 더 가해질 필요가 없다.

그런데 위정자는 통치의 편의를 도모하기 위해 각종 규제를 만들어 백성들이 삶을 제대로 펼칠 수 없게 한다. 이것은 규제를 통하여 백성을 그물질하는 것과 크게 다르지 않다. 장려하기보다 금지하는 것이 더욱 많아지면 백성의 생활은 오히려 각박해진다. 그리고 문명의 이기(利器)라고 부르는 기구와 기계들이 스마트 시대의 문을 열고 사회의 모든 분야를 점령해나가고 있다. 특히 인공지능[AI]을 탑재한 첨단 기기는 자동화와 무인화를 통하여 인간이 설 자리를 위협하고 있다. 생활의 무대가 현실을 넘어 사이버 공간의 가상현실로까지 확장되어 우리의 삶이 더 자유로워질 것으로 내다보지만, 이미 사회 곳곳에서는 해킹을 비롯한 여러 폐해들이 속출하고 있다. 개인의 삶은 물론이고 국가의 안위도 크게 위태로워지고 있다. 대부분의 위정자는 사회의 문제들을 법으로만 해결하려는 법 만능주의의 유혹에 쉽게 빠진다. 도둑질과 같이 사회 질서를 어지럽히는 일을 모두 법의 심판대에 올리기 위해 숱한 법을 만들어 법망(法網)을 펼친다. 그러나 법의 강화에도 불구하고 더욱 많은 범법자들이 생겨난다. 사회의 문제를 국민의 편의를 고려하기에 앞서 행정의 편의를 먼저 도모하겠다는 조급한 성과주의도 법의 양산에 일조를 한다. 일의 추진이 자연스럽지 못하고 인위적으로 무리하게 되면 사회의 혼란은 피할 수 없다.

기계는 사람의 정신을 빼앗는다. 『장자』에는 이런 이야기가 있다. 어느 노인이 우물에 들어가서 항아리에 물을 담아 밭에 주고 있었다. 마침 지나가던 한 지식인이 노인에게 기계를 사용할 것을 권했다. 기계가 훨씬 능률적이라는 것이다. 노인도 기계가 일의 편리함을 준다는 것을 알고 있었다. 그러나 노인은 한 마디로 허튼수작이라면서 일축해버렸다. 사람이 기계(機械)를 갖게 되면 기계에 의한 일, 즉 기사(機事)가 반드시 생겨난다. 기사가 생기면 반드시 기계에 사로잡히는 마음, 즉 기심(機心)이 또한 생겨난다. 이 기심으로 인하여 자신이 가지고 있던 본래의 정신이 없어지고 만다. 그리하여 올바른 정신작용이 불가능해진다. 결국 제 몸조차 다스리지 못하는 사람이 되고 만다. 그는 바람에 의해 이리저리 출렁이는 파도 같은 사람이 아니겠는가.

인류의 역사는 문명의 발달사와 그 궤를 같이한다. 문명은 가장 광범위한 문화적 실체로서 역동적으로 진화한다. 특히 18세기 후반 영국을 중심으로 시작된 산업혁명은 과학과 기술이 이루어 낸 금자탑이다. 이 혁명은 정치와 경제, 사회, 군사 등 모든 영역에서 문명화의 길을 활짝 열었다. 이러한 문명화가 바로 근대화의 길이기도 했다. 덩치가 커진 문명은 점차 그 힘을 바탕으로 문명권을 형성하고 세계 질서 재편의 핵심 변수가 되었다. 문명권끼리의 충돌은 말할 것도 없고, 문명권 내에서도 분쟁이 잦고 커지게 되는 것은 문명이 안고 있는 태생적 한계이다. 특히 물질문명의 발전과 정신문화의 퇴보가 보여주는 격차는 갈수록 더욱 심화될 것이다. 상황이 이러하니 지구촌에서 분쟁과 전쟁의 가능성은 상존하게 되었다.

문명은 분명코 두 얼굴, 즉 빛과 그림자를 가지고 있다. 기계가 주는 편리함과 능률의 뒷면에는 인간의 몸과 정신을 시들게 하는 마력이 있기 때문이다. 사람이 주인인가, 아니면 기계가 주인인가. 스마트 폰이나 TV, 자동차, 컴퓨터 등 이기(利器)에 너무 매달리면 사고력에 문제가 생기고 운동 부족으로 이른바 문명병에 시달리게 된다. 문명의 두 얼굴을 동시에 제대로 보려고 노력해야 한다. 이것이 문명의 한계와 인간의 한계를 바로 깨닫는 것이 되기 때문이다.

노자와 함께 *22*

사회 곳곳에는 대립과 갈등이 끊이지 않는다. 이 사람은 좋고, 저 사람은 나쁘다는 것이다. 심지어 내 편, 네 편의 편 가름으로 차별과 구분이 극성을 부린다. 모두가 조화와 화합을 모르는 이분법적 사고, 어느 일면만 추구하는 미혹된 마음이 빚어내는 결과들이다. 모든 사람이 소중하다. 특별히 구분하여 버려야 할 사람은 없다. 선한 사람은 선하지 않은 사람의 스승이 되고, 선하지 않은 사람은 선한 사람의 바탕[자산]이 된다[제27장. 善人者不善人之師, 不善人者善人之資]. 따라서 사람이 선하지 않다고 해서 어찌 그를 버릴 수 있겠는가[제62장. 人之不善, 何棄之有].

그렇다면 어떻게 하면 되겠는가. 자연(自然)을 보고 자연의 행함을 본받아야 한다[人法自然]. 이런 경지에 든 대표적인 사람이 성인(聖人)이다. 성인은 도(道)를 터득하고 도(道)를 실천한다. 도(道)의 실천이 바로 자연을 따라 행하는 것이다. 자연을 따라 행하는 것은 무위(無爲)를 행하는 것이다. 무위로 행하는 것은 사심(私心) 없이 순리대로 행하는 것으로 사물의 실정(實情)에 맞고 이치에 합치되는 것이다.

자연에 따라 행하는 것을 보자. 자연에 따르는 행위에는 흔적이 없고, 자연에 따르는 말에는 허물이 없고, 자연에 따르는 계산에는 계산기의 사용이 없고, 자연에 따르는 닫음에는 빗장의 사용이 없고, 자연에 따르는 묶음에는 끈의 사용이 없다[제27장. 善行無轍迹, 善言無瑕謫, 善數不用籌策, 善閉無關楗, 善結無繩約].

그러나 사람은 어떤가. 새는 날아가도 공중에 흔적이 남지 않지만, 사람이 지나간 땅에는 흔적이 남는다. 그 흔적은 갈등과 반목의 상처이고, 시기와 질투의 능멸이고, 아귀다툼의 허물이고, 위선과 기만의 광태이고, 오만과 편견의 파편이다. 이러한 흔적들이 남는 것은 말과 행동의 밑바탕에 사심(私心)과 사욕(私慾)이 깔려 있기 때문이다. 즉 자연에서 멀어지고 도(道)가 마음의 중심이 되지 못한 탓이다.

그 무엇보다도 도(道)의 너그러움을 알고 도(道)와 가까워져야 한다. 도(道)는 그 위가 밝지 않고 그 아래가 어둡지 않는[제14장. 其上不皦, 其下不昧] 습명(襲明), 즉 밝음[明]과 어둠[暗]의 이중성을 그 속성으로 갖는다. 이것은 도(道)가 무(無)의 무욕과 유(有)의 유욕을 포괄하기 때문이다. 도(道)는 습명을 통하여 만물을 가리지 않고 하나로 껴안다[抱一]. 즉 항상 사람을 잘 구하기 때문에 사람을 버리는 일이 없고, 항상 사물을 잘 구하기 때문에 사물을 버리는 일이 없다. 어떻게 만물을 포일(抱一)할 수 있을까. 참으로 도(道)의 요묘(要妙), 즉 현묘(玄妙)한 진리가 아닐 수 없다.

습명(襲明)을 두고 해석이 구구하다. 습(襲)을 계승하다[承], 따르다[因], 간직하다[藏], 엄습하다[掩] 등등으로 보기 때문이다. 그리하여 습명을, 밝음을 이어받고 물려주다, 부지불식간에 엄습하는 깨달음이다, 내면의 도(道)의 밝은 빛이 밖으로 뻗어나가다, 안에 간직한 밝음이다, 등등으로 풀이한다. 습(襲)의 자원(字源)은 의복을 겹쳐 입는 것이다. 따라서 습명은 옷을 겹쳐 입듯이 해서 밝음[明]을 줄여서 어둠[暗]과 아우르는 도(道)의 경지를 말한다. 이런 경지라야 어떠한 분별과 대립이 없고, 모든 것을 하나로 껴안을 수 있다.

노자와 함께 23

발돋움한 자는 오래 서지 못하고, 다리를 한껏 벌린 자는 멀리 걷지 못한다. 스스로 보이는 자는 밝지 않게 되고, 스스로 옳다고 하는 자는 드러나지 않게 되며, 스스로 자기의 공(功)을 자랑하는 자는 공(功)이 없게 되고, 스스로 자신을 자랑하는 자는 오래 가지 못한다. 이러한 것들은 도(道)의 입장에서는 먹다 남은 찌꺼기 밥[餘食]과 군더더기 같은 행동[贅行]이라고 한다. 만물 또한 이러한 것을 싫어하므로, 도(道)가 있는 자는 여기에 거처하지 않는다[제24장. 企者不立, 跨者不行, 自見者不明, 自是者不彰, 自伐者無功, 自矜者不長, 其在道曰餘食贅行. 物或惡之, 故有道者不處].

기자불립(企者不立), 즉 발뒤축을 들고 발가락만으로 곧추서는 자는 오래 서 있을 수 없다. 무척 힘이 들기 때문이다. 발끝으로 서는 기자(企者)는 멀리 보려 하고, 높은 것을 좋아하는 사람이다. 무슨 일을 도모하고 기획하려면 멀리 봐야 한다. 그래야 큰 그림을 그릴 수 있다. 따라서 기획하는 일에는 적합한 사람이 따로 있다. 안목이 원대하고 분석이 세밀하고 추진력이 뛰어난 사람이다. 과자불행(跨者不行), 즉 다리를 크게 벌리고 성큼성큼 걷는 자는 멀리 가지 못한다. 빨리 지치기 때문이다. 먼 길을 갈 때는 과속(過速)은 금물이다. 천천히 그리고 꾸준히 가야 한다. 그런데 걷는 자세부터가 엉성하고 욕심이 앞선 나머지 내닫기만 하면 곧 지치고 발병이 난다. 큰 나무도 작은 씨앗에서부터 차근차근 자란 것이다. 태산도 한 걸음씩 꾸준히 보태면 오르게 된다. 인생길도 마찬가지가 아닌가.

처세(處世)에서 가장 조심하고 경계해야 할 것은 남 앞에서의 스스로를 자리매김하는 일이다. 자기를 내세우는 자현(自見), 자기만 옳다고 고집하는 자시(自是), 자기의 공(功)을 제 스스로 자랑하는 자벌(自伐), 제 스스로 자기 자랑을 일삼는 자긍(自矜) 등이 그것들이다. 자현(自見)과 자시(自是), 자벌(自伐)과 자긍(自矜)에 익숙한 사람은 대개 비교 의식이 깊게 뿌리 내린 자다. 비교 의식은 우월감과 열등감의 괴리를 크게 키운다. 이렇게 되면 남에게 지지 않겠다는 경쟁심이 생기고, 또 이것이 자존심을 강화시킨다. 자존심은 때로는 사람을 사람답게 만들기도 하지만, 때로는 추하게 만든다. 엄밀하게 들여다보면 자존심의 밑바닥에는 남보다 못하다는 잠재의식, 즉 열등감이 깊숙이 웅크리고 있다. 때문에 남과 비교하는 일은 자신을 망가뜨리는 가장 빠르고 확실한 방법이 된다. 어찌 삶이 고달프지 않겠는가.

도(道)의 입장에서 보면 기자(企者)와 과자(跨者), 자현자(自見者)와 자시자(自是者), 자벌자(自伐者)와 자긍자(自矜者) 등은 여사(餘食)와 췌행(贅行)일 뿐이다. 여사(餘食)는 먹다 남은 찌꺼기 밥으로 지저분하고 고

약한 냄새마저 풍기니 누가 좋아하겠는가. 췌행(贅行)은 혹 같이 쓸데없는 군더더기 행위로 볼썽사나우니 또한 누가 좋아하겠는가. 여사(餘食)와 췌행(贅行)은 어리석고 못나고 괴이한 것이라서 천하의 미물도 싫어한 바다. 도(道)의 사람이라면 어찌 이런 일에 연연하고 집착하겠는가. 남과 비교하지 말고, 그렇게 해서 남을 의식하거나 남의 눈치를 보지 않아야 주체적인 삶을 살 수 있다. 이러한 삶이면 단순하고 꾸밈이 없어서 한결 의연해진다. 이 얼마나 자유로운 삶인가.

노자와 함께 24

세상이 제대로 조화롭게 유지되려면 사람이 의거할 수 있는 어떤 표준이나 기준이 될 만한 것이 있어야 한다. 그 대상으로 가장 먼저 생각할 수 있는 것은 도(道)이다. 도(道)의 개념은 크게 두 가지로 나누어 볼 수 있다. 하나는 노자를 비롯한 도가(道家)에서 말하는 자연의 도(道)이고, 또 하나는 공자를 비롯한 유가(儒家)에서 말하는 인간의 도(道)이다. 자연의 도(道)가 만물에 관한 원리라면, 인간의 도(道)는 인간이 마땅히 지켜야 할 윤리적인 도리라고 볼 수 있다. 그런데 사람이 따라야 할 행위의 표준은 시대의 흐름에 따라 그 모습을 달리한다. 그것은 인심(人心)이 지식을 비롯한 여러 요인에 의해서 점차 복잡해지고 각박해지면서 본성이 붕괴되어 가기 때문이다.

그 양상은 이렇다. 대도(大道)가 버려져서 인의(仁義)가 생겼다[제18장. 大道廢, 有仁義]. 대도(大道)는 무위(無爲)이고 자연(自然)이다. 대도(大道)의 시대에는 다른 어떤 표준이 있을 필요가 없다. 모든 것이 자연의 순리에 따르기 때문이다. 대도(大道)를 잃게 되면 천하는 점차 난세(亂世)의 길로 접어든다. 그래서 사람을 좀 더 세밀하게 다잡는 낮은 수준의 표준들이 차례로 필요하게 된다. 즉 무위(無爲)의 도(道)를 잃어버린 뒤에는 덕(德)이 생겼고, 덕을 잃어버린 뒤에는 인(仁)이 생겨났고, 인을 잃어버린 뒤에는 의(義)가 생겨났고, 의를 잃어버린 뒤에는 예(禮)가 생겨났다[제38장. 失道而後德, 失德而後仁, 失仁而後義, 失義而後禮].

역사는 플라톤의 말처럼 타락과 퇴보로 향하는가. 인류의 문화는 퇴보의 길 위에 있는 것인가. 상고 시대는 도(道) 하나로서 평온하였다. 그러던 것이 점차 세상이 갈등과 반목의 국면으로 바뀌면서 공자의 시대에는 인(仁)을, 맹자의 시대에는 의(義)를, 순자의 시대에는 예(禮)를 각각 전면에 내세웠다. 예(禮)는 이제 인류의 막다른 골목처럼 되었다. 무릇 예(禮)라는 것도 사람에게서 진심[忠]과 신의[信]가 엷어진 데서 생겨난 것으로 어지러움의 시초이다[제38장. 夫禮者, 忠信之薄, 而亂之首]. 세상은 더욱 혼란스러워지고 있다. 이에 대응하는 예(禮)의 힘만으로는 감당이 되지 않는다. 그래서 만사를 강제로 묶어버리는 법(法)이 동원되기에 이르렀다. 사람은 실종되고 법의 천국이 된 느낌마저 든다.

대도(大道)의 길은 무위(無爲)의 길로서 넓고 평탄하여 걷기 쉽고 편안하다. 그런데도 인간은 한사코 굽은 샛길, 즉 인위(人爲)의 길로 가기를 좋아한다. 그렇게 하여 관리들은 큰돈을 들여서 관청을 서둘러 치장하고, 지도자들은 화려한 음식과 옷차림과 나들이로 분주해진다. 그런 반면에 백성들의 곳간은 비어가고, 논밭은 기운을 잃게 된다. 관리나 지도자가 하는 행위는, 백성은 안중에도 없고 세금을 도둑질하여 제멋대로 과시하는 일과 다르지 않다[제53장. 大道甚夷, 而民好徑. 朝甚除, 田甚

蕪, 倉甚虛, 服之綵, 帶利劍, 厭飮食, 財貨有餘, 是謂盜夸].

사람의 도리를 다하게 하는 인의(仁義)와 예(禮)가 제대로 작동하면 법(法)은 따로 필요하지 않다. 또한 대도(大道)가 바로 선다면 인의(仁義)와 예(禮)는 무용지물이 된다. 여기서 인간이 궁극적으로 지향해야 할 바는 대도(大道), 즉 자연의 도(道)임을 알 수 있다. 이 도(道)를 마음 한가운데 바로 세우기 위해서 자연 속으로 가야 한다. 그렇게 하면 인간 본연의 질박함으로 복귀할 수 있다.

노자와 함께 25

세상은 끊임없이 변한다. 이것이 자연법칙이다. 변화는 에너지, 즉 힘의 흐름이다. 그래서 변화를 일으키려면 에너지[힘]가 있어야 한다. 인간 사회도 마찬가지다. 어떤 일[변화]을 도모하려면 에너지[힘]의 투입이 필요하다. 그런데 에너지는 일을 하는 데 쓸 수 있는 유용한 에너지[자유 에너지]와 사용 불가능한 에너지[엔트로피]로 구성되는데, 그 총량은 일정하다. 자연계에서 시간의 흐름에 따라 엔트로피는 계속 증가한다. 이에 준하여 자유 에너지는 계속 줄어들고 있다. 이것이 열역학 제2법칙이다. 따라서 일을 하려면 줄어드는 유용한 에너지를 더 많이 확보하는 것이 관건이 된다.

사회는 가만히 내버려 두면 점차 무질서해지고, 그 결과로 각종 병리 현상이 만연되고 만다. 사회적 엔트로피가 증가되었기 때문이다. 날이 갈수록 가치의 혼란이 심화되어 정상적인 삶, 평화로운 삶이 더욱 불가능해진다. 이때는 선택과 집중, 개혁과 혁신의 결단이 필요하다. 일의 경중과 선후를 따져서 에너지를 효율적으로 써야 한다. 겉치레보다는 실질을 더 무겁게 보고 우선적으로 도모해야 한다.

노자는 눈을 위하는 위목(爲目)보다는 배를 위하는 위복(爲腹)에 중점을 두었다. 위목(爲目)은 감각적 의식적 현상, 즉 외면적 가치에 몰두하는 것이다. 위복(爲腹)은 원초적인 내실, 즉 내면적 가치를 우선으로 삼는 것이다. 노자는 먼저 성지(聖智), 인의(仁義), 교리(巧利) 이 세 가지를 끊고 버려야 한다고 했다. 그러고는 현소포박(見素抱樸)하고 소사과욕(少私寡欲)해야 한다는 것이다[제19장. 絶聖棄智, 絶仁棄義, 絶巧棄利, 見素抱樸, 少私寡欲]. 이렇게 된다면 본성을 되찾아 검박(儉樸)을 누리며 평온한 자연의 삶을 얻을 수 있다.

절성기지(絶聖棄智)는 총명함[聖]과 분별지[智]를 끊고 버리라는 것이다. 총명함을 통하여 무엇인가를 계속 만들어 내고, 분별지를 통하여 사물을 계속 분별하려고 하기 때문이다. 소지(小智)에 불과한 총명함과 분별지를 버리고, 본래부터 가지고 있는 명지(明智) 즉 대지(大智)를 회복한다면 순리에 따르는 삶이 가능하다. 절인기의(絶仁棄義)는 인의(仁義) 즉 도덕적 규범을 끊어낼 정도가 되도록 하여 대도(大道)를 융성시켜야 한다는 것이다. 인의를 강조한다는 것은 대도가 무너졌다는 반증이 아닌가. 도(道)가 행해지면 도(道)의 하위 개념인 인의는 굳이 들먹이거나 따로 내세울 필요가 없다. 절교기리(絶巧棄利)는 기교 즉 잔재주나 잔기술과 이로써 만들어지는 문명의 이기(利器)를 끊어버릴 정도가 되는 것이다. 필요 이상으로 생활의 편의를 제공하는 온갖 문물은 인간의 소박한 본성을 해치고 탐욕을 조장하기 때문이다.

현소포박(見素抱樸)은 본성의 온전한 바탕을 드러내고, 통나무 같은 질박한 도(道)를 품는 것이다. 타고난 본성을 회복한다면 무한한 가능성을 자연스럽게 순리대로 펼쳐나갈 수 있다. 소사과욕(少私寡欲)은 사사로움에 집착하는 작은 자아[小我]에 머물지 말고 자기를 크게 하는 큰 자아[大我]를 지향하며, 사물에 얽매이는 욕심을 적게 하는 것이다. 무욕(無欲)은 과욕(寡欲)에서 비롯되기 때문이다.

노자와 함께 26

예나 지금이나 백성의 삶을 크게 좌우하는 것은 정치이다. 정치란 무엇인가. 일차적으로 백성이 도탄에 빠지지 않도록 민생을 안정시키고, 또한 사회적 모순과 혼란을 극복하여 질서를 구현하는 것이다. 궁극적으로 모두가 소박한 본성에 충실한 삶을 영위하도록 하는 것이다. 이렇게 되면 백성은 스스로 교화되고, 스스로 바르게 되고, 스스로 부유해지고, 스스로 순박해진다[제57장. 自化, 自正, 自富, 自樸].

이러한 정치를 위해서는 정도(正道)로써 나라를 다스려야 한다[제57장. 以正治國]. 무엇이 정도의 정치인가. 위정자가 자기의 마음을 비우고, 백성의 마음으로 다스리는 정치이다[제49장. 以百姓心爲心]. 이것이 바로 무위(無爲)의 정치이다. 백성은 나라의 뿌리이다. 이 뿌리가 견고해질 때 나라가 편안해진다. 백성을 금수처럼 함부로 대하면 나라가 곧 어려움에 봉착할 것은 불을 보듯이 뻔하다. 나라의 운명은 백성이 결정한다. 그래서 진정으로 백성을 사랑하고 나라를 다스리는데 무위(無爲)를 실천할 수 있는지 묻게 된다[제10장. 愛民治國, 能無爲乎].

천하는 신기(神器)이므로[제29장. 天下神器] 어느 누구도 자기 마음대로 또한 무리해서 억지로 어떻게 해 볼 수가 없다. 위정자는 무위(無爲)하고 무사(無事)해야 한다. 무위(無爲)하면 행하지 못할 일이 없고[제37장, 제48장. 無爲而無不爲], 다스려지지 않는 것이 하나도 없다[제3장. 爲無爲則無不治]. 또한 무사(無事)로써 천하를 취할 수 있다[제48장. 取天下常以無事, 及其有事不足以取天下]. 무사(無事)는 위정자가 억지로 일을 꾸며 내지 않음이다. 유사(有事)는 위정자가 사심(私心)에서 억지로 일을 만들어 내려 함이다. 모름지기 천하를 취하려면 무사(無事)로써 해야 하고, 유사(有事)에 미쳐서는 천하를 취하기에 부족하다. 그런데도 순리에 거역하여 억지로 지모를 써서 나라를 다스린다면, 이것은 나라에 큰 죄를 저지르는 일이 된다[제65장. 以智治國, 國之賊].

무위(無爲)는 도(道)의 행위로서, 작위적인 유위(有爲)와 대립되는 개념이다. 만물이 생성되고 운행되는 과정에서 무위는 유위를 낳는다. 따라서 유위는 움직이는 것들이 행하는 모든 행위의 기초가 된다. 이때 무위에는 합리적인 유위, 즉 순리에 따르는 유위는 포괄되지만 작위적인 유위, 즉 사사롭고 순리에 거역하는 유위는 배제된다. 그렇다면 어떻게 하면 무위(無爲)에 이를 수가 있겠는가. 무위에 이른다는 것은 도(道)를 터득하는 것이다. 노자는 학문의 길[爲學]과 도의 길[爲道]을 구분하였다. 학문을 하는 위학(爲學)은 지식을 쌓아서 박학다식(博學多識)한 사람이 되는 것이 목표이다. 그러나 도(道)를 성취하는 위도(爲道)는 수행을 통하여 도(道)를 깨달은 사람이 되는 것이 목표이다. 학문을 하면 지식이 날로 늘어가지만, 도(道)를 닦으면 소유하고 있는 것이 날로 줄어든다. 줄이고 줄여서 무위(無爲)에 이른다[제48장. 爲學日益, 爲道日損. 損之又損, 以至於無爲]. 위학(爲學)은 유위적으로 지식을 습득하여 자신의 생존을 도모하는 지성의 노력이다. 따라서 자신의 밖을 보며, 사물에 대해서 이론과 견해를 얻고 쌓는다. 즉 자신의 무지와 선에 대한 의지를 보전한다. 그러나 위도(爲道)는 마음의 태도를 바꾸고 또 바꾸어서 무위적 수준으로 되돌려서, 마음 안에 본디부터 깃들어 있는 도(道)를 보는 것이다. 따라서 자신의 안을 보며, 마음을 덮고 있는 위학(爲學)의 소산물들을 들어내고 제거한다. 이렇게 심재(心齋)하고 일상적인 의식을 초월하여 궁극의 실재를 바로 접하게 되면 무위(無爲)의 경지에 이르게 된다.

무위(無爲)는 자연의 도(道)이다. 사람의 발걸음 소리가 들리지 않는 자연은 무위의 세계다. 자주 자연 속에 들어서 자연이 되어야 한다. 자연이 된다면 무사(無私)해서 무욕(無欲)하게 되고 무위(無爲)에 다가선다. 무위하면 못 이룰 일이 없다[無爲而無不爲矣].

노자와 함께 27

백성은 언제나 참된 지도자가 탄생하길 고대한다. 어떤 사람이 참된 지도자인가. 그는 만인의 모범이 되고 본보기가 되는 사람이다. 큰 모범이 되어 천하가 귀의하게 되면 그는 천하의 지도자가 된다. 어떻게 모범이 될 수 있을까. 그의 덕(德)이 언제 어디서나 의심받지 않아 막힘이 없고 걸림이 없는 경지에 있어야 한다. 즉 상덕(常德)에 어긋나지 않아야 하고, 또한 상덕이 넉넉해야 한다. 상덕(常德)은 음양(陰陽)의 조화에서 생기는 무불위적(無不爲的)인 기(氣)로서 영원하고 변하지 않아 한결같다.

세상은 끊임없이 음(陰)과 양(陽)의 조화를 지향한다. 따라서 음양의 조화는 만물의 본보기가 되는 준칙, 즉 천하의 법식(法式)이다. 음양의 조화는 음의 가치와 양의 가치를 포용함으로써 이루어진다. 음의 것으로 볼 수 있는 것에는 암(暗), 흑(黑), 자(雌), 정(靜), 유(柔), 욕(辱) 등이 있고, 주로 안으로 지키는 것들이다. 양의 것으로 볼 수 있는 것에는 명(明), 백(白), 웅(雄), 동(動), 강(剛), 영(榮) 등이 있고, 주로 밖으로 드러내는 것들이다. 만약에 이와 같은 음양의 조화가 깨지면 곧 상덕(常德)을 잃게 된다. 이렇게 되면 흑백 논리와 같은 이분법적 논쟁에 빠지고 만다. 시비를 가리느라고 내 편 네 편으로 갈라서며 세상은 혼란의 도가니로 변한다. 여기서 지도자는 상덕(常德)이 얼마나 중요한 것인지 알아야 한다. 그렇지 않으면 음양의 조화를 지켜낼 수가 없다.

모름지기 정치는 무위(無爲)로써 하되 사회적 대통합을 이끌어 내야 한다[제28장. 大制不割]. 때문에 지도자의 자질이 중요하다. 지도자는 먼저 겸손하여 항상 말을 낮추고, 자기의 몸을 백성의 뒤쪽에 두어야 한다. 그래야만 백성이 그의 무거움을 느끼지 않는다[제66장. 欲上民, 必以言下之, 欲先民, 必以身後之, 處上而民不重].

지도자는 천하의 마음을 자신의 마음으로 삼아야 한다. 그렇게 해야만 큰 다스림[大制]이 가능하다. 큰 다스림이란 무엇인가. 통나무[樸]가 분할되면 개개의 나무 그릇이 만들어진다. 즉 일자(一者)가 다자(多者)로 된다. 그릇이 통나무의 속성[본성]을 잃지 않을 때 제 기능을 다할 수 있다. 다시 말해서 다자(多者)는 일자(一者)를 지향하지 않으면, 개별적 독자성에 집착하여 서로가 반목 상태에 빠진다. 따라서 올바른 지도자는 통나무의 속성을 사용하여 다스린다. 즉 만물의 기강이 되고 하나의 척도가 되는 도(道)에 의해 다자(多者), 즉 백성을 통합의 길로 이끈다.

또한 지도자는 강과 바다와 같아야 한다. 강과 바다는 낮은 곳에 위치하므로 계곡의 온갖 물들을 받아들일 수 있다. 마찬가지로 스스로 자신을 겸손하게 낮추면 백성들의 지지를 받을 수 있다. 말을 낮추고 백성의 뒤쪽에 처신하는 것이다. 그러면 백성이 지도자를 무겁고 부담스럽게 느끼지 않으며, 지도자는 칭송을 받고, 모두가 마음을 여는 화합의 장이 펼쳐진다.

산에 오를 때면 계곡을 타는 경우가 많다. 물은 왜 아래로 내려오는가. 겸손하게 낮은 곳으로 처하여 나중에는 강과 바다가 된다. 얼마나 큰 겸손의 힘인가. 계곡의 초입에서 시작된 한 걸음은 드디어 산정(山頂)에 서게 만든다. 그래서 위에 서고자 하는 자는 먼저 아래에 처해야 하는 것인가.

노자와 함께 28

참된 지도자는 겸손하여 스스로를 고(孤)와 과(寡), 불곡(不穀)으로 낮추어 부르고[제39장. 自謂孤寡不穀, 제42장. 唯孤寡不穀], 나라의 온갖 더러운 것과 상서롭지 못한 것을 떠맡을 수 있어야 한다[제78장. 受國之垢, 是謂社稷主, 受國之不祥, 是謂天下王].

귀함은 천함을 근본으로 삼고, 높음은 낮음을 바탕으로 삼는다. 귀하고 높은 것은 스스로 그렇게 된 것이 아니고, 천하고 낮은 것에서 생겨난 것이다. 천함이 없다면 어찌 귀함이 있겠는가, 또한 낮음이 없다면 어찌 높음이 있겠는가. 때문에 지도자가 귀하고 높은 덕망의 인물이 되려고 한다면, 스스로를 일러 사람들이 싫어하는 고아[孤]와 과부[寡], 머슴[不穀]과 같다고 해야 한다. 즉 고아처럼 외롭고, 과부처럼 짝을 잃어 덕(德)이 적으며, 머슴처럼 보잘것없어서 선하지 않다며, 겸손한 마음의 자세를 가져야 한다.

세상의 일은 역설적으로 전개되는 경우가 허다하다. 만물은 손해를 입다가도 이익을 보게 되고, 이익을 보다가도 손해를 입는다. 자신을 낮추면 손해인 것 같아도 상대가 자신을 높여 주어서 이익을 볼 수 있다. 손해와 이익이란 언제든지 반전된다. 이것은 자연의 만물이 손익의 균형을 잘 유지하고 있기 때문이다. 따라서 사람이 자의적으로 선불리 판단해서는 안 된다. 지도자가 권력을 소유의 개념으로 이해하고, 권력을 휘두르며 자기의 뜻을 남에게 강요하면 끝내 그 뜻을 이룰 수 없을 뿐만 아니라 독재의 소리를 듣게 된다. 따라서 힘을 자랑하는 강량(强梁)의 지도자는 자기의 명을 스스로 끊는 꼴이 된다. 음양의 조절은 힘으로 되는 것이 아니기 때문이다.

또한 지도자는 나라의 더러운 것 즉 모욕과 치욕을 받아들이면 사직(社稷)의 주인 노릇을 할 수 있고, 나라의 상서롭지 못한 것을 기꺼이 받아들이면 천하의 왕 노릇을 떠맡을 수 있다. 이와 같은 말은 도(道)에 부합되는 올바른 말인데도 사람들은 이를 알지 못하고 반대되는 것으로 여긴다[正言若反]. 세속에서는 더러운 것과 상서롭지 못한 것들을 받아들이는 것은 욕됨이고 재앙이라고 여기기 때문이다.

나라의 오욕(汚辱)을 모두 수용한다는 것은 백성의 밑에 거처한다는 말이다. 이렇게 되면 사심(私心) 없이 백성의 마음을 받들어 정사를 돌보겠다는 것이다. 또한 백성의 허물을 자신의 책임으로 돌리고, 자신이 저지른 죄는 그 결과가 백성에게 돌아가지 않게 하는 희생의 금도(襟度)를 갖추겠다는 것이다. 지도자의 이러한 자질은 계곡을 흘러가는 물의 특성을 본받으면 잘 길러질 수 있다. 계곡의 물은 좋은 물, 나쁜 물을 가리지 않고 수용하여 정화시키면서 하류(下流)에 내려가서 강과 바다가 된다. 여기서 계곡의 물이 갖는 두 가지 특성에 주목하게 된다. 하나는 수용성과 정화작용이고, 또 하나는 하류(下流)를 지향하는 겸허함이다. 이러한 물의 특성을 모르는 자가 없는데, 이것을 본받아 능히 실천에 옮기는 자가 없다. 그래서 지도자로 나서는 자에게 그 자신이 물처럼 될 수 있는지 묻지 않을 수 없다.

모름지기 지도자는 진정한 온전함과 겸손함이 무엇인지 알아야 한다. 높은 곳을 차지하려고 명예를 자주 추구하는가. 그러면 결국 그 명예를 더럽히게 될 것이다. 따라서 옥돌처럼 빤짝거리는 것을 바라지 말고, 바윗돌처럼 의연하고 질박함을 갖는 것이 좋다. 『중용』에는 높은 곳에 오르려면 반드시 낮은 곳으로부터 시작한다는 말이 있다. 이것은 등산을 하게 되면 바로 알 수 있는 일이다. 요컨대 낮음과 높음, 천함과 귀함이 서로 연결되고 조화를 이루어야 온전함이 된다.

노자와 함께 29

지도자가 갖추어야 할 덕목에서 빼놓을 수 없는 것은 물러날 때를 알고 잘 처신하는 것이다. 어떤 일을 이루거나 은덕을 베풀더라도 그 결과에 의지하지 않아야 한다[제2장, 제10장, 제51장, 제77장. 爲而不恃]. 사람이면 누구나 자기의 공적을 자랑하고, 그것에 머무르며, 오랫동안 칭송받기를 좋아한다. 그러나 지도자는 공(功)을 이루면 이에 기대지 않고 겸손하게 물러날 줄 알아야 한다[제2장. 成而不居, 제9장. 功遂身退, 제77장. 成功而不居]. 공을 이루되 그것에 머물지 않으면 그 공은 사라지지 않는다. 공을 이루고도 물러날 줄 모르는 사람은 소유욕이 강하고 오만한 자다. 큰 공을 이루어도 그것이 저절로 된 것일 뿐이라고 여기며, 공의 있음 자체를 의식하지 않아야 한다. 그러면 물러나더라도 그 공은 자신에게서 떠나지 않게 되고, 그로 인해서 항상 복과 덕을 누리게 된다.

남에게 진정으로 베푸는 은덕은 허심(虛心)에서 이루어진다. 그러니 어찌 그 은덕에 기대고 의존하며 또한 계속 머물겠는가. 이것은 도(道)가 만물을 생겨나게 하고 기르지만, 만물을 자신의 소유물로 삼지 않고 의지하지 않는 것[爲而不恃]과 같은 이치이다. 부모도 마찬가지다. 자식에게 무한한 은덕을 베풀지만, 어떠한 부모도 그것을 그냥 공덕이라고 여기고 대가를 바라지 않는다. 공을 자신의 공으로 여기지 않으면 공을 이루고 명성을 얻었다 하더라도 자신은 언제든지 물러날 수 있다. 이것이 하늘의 도(道)를 얻고 따르는 것이다. 그러나 도(道)가 있는 자가 아니라면 어찌 이와 같은 것을 감당해낼 수 있겠는가. 내가 이렇게 했으니까 상대방도 이렇게 아니면 저렇게라도 나와야 하지 않겠나 하고 기대하거나 생각하는 것은 인지상정(人之常情)이다. 그러나 이 역시 덕(德)이 부족한 소치이다. 남에게 이로움을 주더라도 그 공로를 주장하거나 자기의 이름을 드러내려고 해서는 안된다[제34장. 功成以不名有]. 남의 인정을 받으려는 것이 사람의 본능적인 욕망이지만, 자기의 업적을 스스로 나팔 부는 것은 베품의 진정성에 의심이 가는 일이다.

지도자는 가볍거나 조급하게 처신해서는 안 된다. 가볍게 처신하면 근본을 잃게 되고, 조급하게 행동하면 설사 임금이라도 그 자리를 잃게 되고 만다. 정치는 항상 정도(正道)를 걸어야 한다. 그러기 위해서는 지도자가 중후하고 침착해야 한다. 가벼운 지도자는 시야가 좁아서 눈앞의 일에 급급하다. 또한 임기응변에 능하여 편법(便法)에 잘 의존한다. 그러나 무거운 지도자는 언제나 근본적이고 본질적인 것을 추구하여 큰 틀을 먼저 만들고 거기에 알맞은 내용을 잘 갖춘다. 항상 긴 안목에서 멀리 보고 의연하며, 정사를 높은 차원에서 다각도로 검토한다.

또한 지도자는 농부와 같아야 한다. 농부는 농사를 지을 때 자연을 따라서 한다. 농사는 욕심을 부리거나 억지로 해서는 안 되며, 검약하여 물자를 아끼고, 하늘을 받들듯이 정성을 다해야 한다. 이것은 자연의 도(道)를 따르는 일이다. 이렇게 도(道)를 따르면 덕(德)이 두텁게 쌓인다. 덕이 두터워지면 내적 힘이 강해져서 극복하지 못할 것이 없어서 나라를 잘 보존할 수 있다.

그리고 자기 몸을 천하(天下)처럼 귀하게 여기고 또 아끼는 자라면, 그에게 천하를 안심하고 맡길 수 있다. 그는 자신과 천하가 하나가 된 사람이기 때문이다. 사람의 몸에는 자의식이 발달되어 이기적 욕망이 도사리고 있다. 그러나 천하와 하나가 된 사람에게는 이기심이 없다. 따라서 이런 자가 지도자가 되면 사욕(私欲)에 얽매이지 않게 되어 정사를 공평하게 돌볼 수 있다.

요컨대 지도자는 검약하여 덕을 거듭 쌓고[제59장. 治人事天若嗇, 夫唯嗇, 是以早服, 早服, 是謂重積德], 경거망동하지 않아야 한다[제26장. 奈何萬乘之主, 而以身輕天下]. 그리고 자신의 몸을 아끼듯이 천하를 위해야 천하를 담당할 자격이 생긴다[제13장. 貴以身爲天下者, 可以寄天下].

노자와 함께 30

최상의 지도자는 백성이 그가 있다는 정도만 아는 경우이다[제17장. 太上下知有之]. 이런 지도자는 군림하지 않고 무위(無爲)하므로, 백성 스스로가 교화되고 바르게 되며, 부유해지고 순박해진다[제57장. 無爲而民自化, 好靜而民自正, 無事而民自富, 無欲而民自樸]. 만약 정치가 너무 세밀하고 까다로워지면 백성은 여러 가지로 결여되어 피곤해진다[제58장. 其政察察, 其民缺缺]. 또한 죽음마저도 두려워하지 않게 된다[제74장. 民不畏死]. 모름지기 나라를 다스릴 때는 작은 생선을 삶듯이 해야지[제60장. 若烹小鮮], 백성을 이리저리 너무 들쑤시지 말아야 한다.

지도자를 백성의 입장에서 네 가지 유형으로 나누어 볼 수 있다. 최상급 지도자는 백성들이 그가 있다는 정도만 아는 경우이고, 그다음은 그를 가까이하며 기리는 경우이고, 그다음은 그를 두려워하는 경우이고, 최하급은 그를 업신여기는 경우이다. 즉 최상의 정치는 도가적인 무위 정치이고, 그다음은 유가적인 도덕 정치이며, 그다음은 법가적인 법치 정치이고, 최악은 전제적인 폭압 정치이다.

정치가 도덕의 굴레에 너무 매이면 모든 것이 실용성과 거리가 멀어진다. 그렇게 되면 민생이 넉넉해질 수 없다. 또한 법 만능주의에 빠지면 백성을 그물질하게 된다. 심지어 지배와 강압의 검은 그림자가 드리워지면 백성은 갈수록 생존 자체에 몸부림치며 천박해진다. 그렇게 되면 사회는 불신과 냉소의 늪에 빠지고 혼란은 가중된다. 나라가 혼미해지면 사람 사이에 잔꾀를 부리는 자들이 득실거리고, 괴상한 물건들이 넘쳐나고, 부정부패가 독버섯처럼 곳곳에 퍼진다. 혼란을 틈타 도둑들도 암약한다. 이를 바로 잡겠다고 법령과 규제가 더욱 요란해진다. 백성들은 더욱 주눅이 들고, 설 곳을 잃게 되며, 핍박을 면치 못한다.

다시 말해서 최상의 지도자는 일을 억지로 무리하게 하지 않고, 자연스럽게 마치 일이 없는 듯이[無事], 하지 않는 듯이[無爲] 진행한다. 이렇게 되면 백성은 지도자의 존재를 구태여 의식하지 않고, 모두가 타고난 능력을 자유롭게 십분 발휘한다. 그리하여 스스로 교화되고, 스스로 바르게 되고, 스스로 부유해지고, 스스로 질박해진다. 이런 것들은 정치가 대자연의 도(道), 즉 무위자연에 의거해서 이루어지기 때문이다.

정치가 너무 세밀하고 깐깐해서는 안 된다. 좀은 어수룩해야 한다. 백성을 규찰하듯이 살피고 또 살피면서 까다롭게 되면 백성들의 순박한 마음이 상처를 받는다. 서로 더 잘 되려고 경쟁심을 지나치게 촉발하기 때문이다. 따라서 정치는 어느 정도 덤덤하고, 그 대신에 백성은 각자 능력을 신장시키며 활기에 넘쳐야 한다. 힘이나 법으로 거칠고 사납게 나라를 다스려서는 안 된다. 좋은 정치는 작은 생선을 조리하는 것과 같다[제60장. 若烹小鮮]. 작은 생선을 삶거나 구울 때는 참을성이 있어야 한다. 빨리 익히려고 이리저리 들쑤시거나 뒤집으면, 생선은 익기도 전에 부스러지고 뭉개진다. 자주 법을 고치든가 인위적인 그 무엇들을 자꾸 만들어서는 안 된다. 백성이 스스로 자기 몫을 찾아 자기의 길로 보람되게 살아가도록 내버려 둘 줄 알아야 한다. 이것은 이럴 때도 가능할 것이다. 즉 정치 체제에서 권한의 위임을 통하여 하부에서 스스로 굴러가도록 하고, 상부는 크게 다스리는 일에 힘을 쏟는 것이다. 아무튼 정치에서 유위적인 제도적 장치가 최상은 아니지만, 그 정신만큼은 무위(無爲)의 원리에 깊이 뿌리내려야 한다. 그렇게 하면 멀리 보는 이상과 가까이에서 닥치는 현실이 나름대로 조화를 이룰 수 있기 때문이다.

노자와 함께 31

백성이 편안함을 느끼지 못하면 그 정치는 실패한 것임이 틀림없다. 그러면 어떠한 경우에 백성은 불편을 많이 느끼는가. 위정자가 세금을 과도하게 징수하든지, 백성을 무시하고 자기 뜻대로 정책을 펼치든지, 아니면 자기의 안위만을 돌보는 경우이다. 이렇게 되면 백성의 삶이 팍팍해지고, 정치 부재 현상이 나타나며, 심지어 죽음을 경시하는 풍조마저 생기게 된다[제75장. 民之饑, 以其上食稅之多, 民之難治, 以其上之有爲, 民之輕死, 以其上求生之厚]. 또한 백성의 거처를 좁게 하고, 그들의 생업을 억누르지 않아야 한다. 백성이 싫증을 내게 되면 어떠한 위엄도 두려워하지 않게 된다[제72장. 無狎其所居, 無厭其所生, 民不畏威].

그리고 위정자는 확고한 국가관과 세계관을 가져야 한다. 이것은 나라로써 나라를 보고, 천하로써 천하를 보는 달인(達人)의 안목을 가져야 한다는 의미이다[제54장. 以國觀國, 以天下觀天下]. 국제 정치에서도 자세를 낮추어 포용한다면 어떤 나라와도 선린 우호의 관계를 구축할 수 있다[제61장. 大國以下小國, 則就小國, 小國以下大國, 則取大國]. 국가 간의 무력 충돌은 적극 피해서 평화를 지켜내야 한다[제30장. 不以兵强天下]. 침략을 받으면 부득이한 방어전에 그쳐야 한다[제69장. 用兵有信, 吾不敢爲主而爲客].

그 무엇보다도 위정자는 도(道)를 닦아서 후덕(厚德)해야 한다. 그가 만물에 두루 통하는 하늘의 덕, 즉 천덕(天德)이라도 가지면 그의 행동은 거침이 없고 힘차다. 무위(無爲)하기 때문에 억지로 무리해서 하지 않아도 못 이룰 일이 없다. 덕을 함양하기 위해서는 도(道)에 굳건히 서고 이를 닦아야 한다. 도(道)로써 몸을 닦으면 그 덕이 참되고, 가정을 닦으면 그 덕이 여유롭게 되고, 마을을 닦으면 그 덕이 오래 가고, 나라를 닦으면 그 덕이 풍성해지고, 천하를 닦으면 그 덕이 널리 퍼진다[제54장. 修之於身, 其德乃眞, 修之於家, 其德乃餘, 修之於鄕, 其德乃長, 修之於國, 其德乃豊, 修之於天, 其德乃普].

이와 같이 도(道)를 닦음으로써 덕(德)은 몸과 가정, 마을과 나라, 그리고 천하를 두루 통하여 모든 존재를 존재답게 개별성을 부여한다. 때문에 몸과 가정, 마을과 나라, 그리고 천하를 잘 살펴서 스스로가 천덕을 닦고 있는지 검정해야 한다. 이때는 몸은 몸으로써 살피고, 가정은 가정으로써 살피고, 마을은 마을로써 살피고, 나라는 나라로써 살피며, 천하는 천하로써 살펴야 한다[제54장. 以身觀身, 以家觀家, 以鄕觀鄕, 以國觀國, 以天下觀天下]. 즉 집안을 다스리는 것으로 마을을 다스릴 수 없고, 마을을 다스리는 것으로 나라를 다스릴 수 없으며, 나라를 다스리는 것으로 천하를 다스릴 수 없다. 마을의 지도자인가, 나라의 지도자인가, 아니면 천하의 지도자인가. 스스로 살펴보고 그 격에 합당한 덕을 길러야 한다. 요컨대 도(道)를 실천하여 덕(德)이 충만하면 올바른 다스림이 가능해진다. 때문에 자신에게 덕이 뽑히지 않게 잘 세우고[建德], 또한 덕이 빠져나가지 않게 잘 껴안아야 한다[抱德].

노자와 함께 32

자신을 어떻게 볼 것인가. 오늘은 어떻게 살며, 내일은 어떻게 맞이할 것인가. 삶은 세상이라는 바다를 항해하는 것이다. 스스로 해도(海圖)를 그리고, 나침반을 만들며, 또한 항해술을 익혀야 한다. 그런데 이 바다는 늘 두려움의 대상이다. 때로는 한 치 앞도 보이지 않고 캄캄하기도 하며, 또한 강하게 밀려오는 파도에 그냥 몸을 내맡길 수밖에 없을 때도 있다. 때문에 이 세상에서 살아 나가는 일은 결코 만만하고 대하기 쉬운 것이 아니다. 그렇다면 어떻게 해야 할까. 그 무엇보다도 먼저 자기의 인생관을 확립해야 한다. 인생과 그 의미를 제대로 이해하고 평가하는 노력이 필요하다.

대부분의 경우 나이가 들어가면 자신의 마음을 들여다보고, 쓰다듬고, 다잡고 하는 시간을 많이 갖는다. 지난 일들을 되돌아보면 그때는 마음 쓰임이 왜 그랬을까, 지금의 마음은 또 왜 이럴까, 내일의 마음은 어떻게 될 것인가. 마음에 드는 것들이 있는가 하면, 마음에서 멀어지는 것들도 많다. 아무튼 사람을 움직이는 것은 마음임에는 틀림이 없다. 그렇다면 마음을 어떻게 쓸 것인가. 도대체 마음이란 무엇인가. 마음은 가슴에 있는가, 아니면 머리에 있는가. 마음은 의식이나 감정, 생각 등의 정신적인 작용의 총체이며 머리에 있다. 모든 행동의 동기가 되는 생각이나 느낌이 마음에서 비롯되는 것이므로, 마음을 다스리는 마음공부 즉 정신적 수양은 매우 중요한 것이 된다.

예나 지금이나 마음공부가 대단하지만, 마음은 닦으면 닦을수록 더욱 모르게 되는 것이 아닌가. 그 까닭은 어느 누구도 인간이 갖는 본질적인 한계를 넘을 수 없기 때문이다. 그래도 인간은 마음을 떠나서는 존재할 수 없고, 마음공부 자체가 인생의 중요한 과업이기도 하기 때문에 저 멀리 바라보며 그냥 마음을 닦고 또 닦아야 한다. 그렇다면 마음을 어느 정도로 닦아야 하겠는가. 성인(聖人)의 마음이 하나의 기준이 될 수 있다. 성인(聖人)은 도(道)를 완전히 체득한 자로서 그의 마음은 무상심(無常心)이다[제49장. 聖人無常心]. 즉 상심(常心)이 없다는 말이다. 상심(常心)은 성심(成心), 항심(恒心)과 같은 뜻으로서, 고정된 마음, 자신만을 고집하는 마음, 변화를 거부하는 마음, 분별하려고만 하는 마음, 편견에 사로잡힌 마음, 어디에 붙잡혀 있는 마음, 등등으로 이해될 수 있다.

무상심(無常心)이면 세상을 여여하게 볼 수 있다. 만물을 만물로서 사실 그대로 있는 그대로 수용하고 이해하는 바탕이 마련되었기 때문이다. 따라서 무상심(無常心)은 바로 무심(無心)과 허심(虛心)의 또 다른 표현이라고 생각할 수 있다. 마음공부에서 무상심(無常心)에 이르려면 무욕(無欲)해야 한다. 정작 무욕(無欲)이 어려우면 과욕(寡欲)이라도 해야 한다. 먼저 마음을 쉬게 해서, 마음이 외물(外物)에 끌려가지 않게 하고, 마음을 이성의 지배에서 해방시켜야 한다. 그리하여 세속에 찌든 마음이 물처럼 자연스럽게 흐르는 무애(無碍)의 마음이 되어야 한다. 이렇게 되면 마음은 모든 것을 포용할 수 있고, 또한 일체의 분별심도 없어진다[제49장. 歙歙焉, 渾其心].

모든 것은 관점에 따라 얼마든지 달라질 수 있다. 하나의 관점에 매달리는 편견을 버리고 열린 마음, 유연한 마음을 가지면 인생관과 세계관이 바뀐다. 고정된 마음을 버리면 어느 누구와도 대립하지 않으니 얼마나 편한가. 이런 자세는 도(道)와 조화되는, 도(道)와 하나 되는 삶으로 이끌어 준다. 선함과 믿음의 물결이 넘칠 때, 삶은 그 본래의 아름다운 모습을 드러낼 것이다

노자와 함께 33

성인(聖人)의 마음이 무상심(無常心)이라면[제49장. 聖人無常心], 어떻게 하면 이런 마음에 접근할 수 있을까. 물가에 홀로 앉아 흐르는 물을 바라보면 자기도 모르게 무상심의 경지에 들 수 있다. 물이란 어떠한 집착도 없어 얼마나 자유로운가[제8장. 上善若水]. 일정한 형체도 없고 그지없이 부드럽다[제78장. 天下莫柔弱於水]. 이 때문에 틈이 없어 보이는 곳에도 잘 스며든다[제43장. 無有入無間]. 물의 자유로움은 만물의 생존을 가능케 해주는 원천이다. 물처럼 사는 삶은 생명력이 충만되고, 자연스러운 질서와 조화를 얻는다. 그리하여 하는 일에 다툼이 없으니 평화롭기 그지없다. 또한 물은 변화의 상징물이다. 끊임없는 변화, 이것이 존재의 본질이다. 따라서 마음을 물처럼 끊임없이 흐르게 해야 한다. 이것은 자기주장을 고집하여 뻣뻣하지 않고 부드럽게 할 때 가능하다. 물과 같은 마음이 무상심(無常心)이며, 도(道)에 한 걸음 더 가까워지는 마음이 된다.

아울러 마음은 맑은 거울 같아야 한다. 티 없는 마음, 텅 빈 마음에는 모든 것이 담겨지지만 어느 것도 흔적을 남기지 않는다. 거울이 그렇지 않은가. 거울은 자신을 고집하지 않는다. 사물을 가리지 않고 있는 그대로 받아들이고, 또 그대로 내보낸다. 어떠한 집착도 없다. 실로 얼마나 자유로운가. 그래서 마음의 거울을 깨끗이 씻어낼 수 있는지 묻게 된다[제10장. 滌除玄覽, 能無疵乎].

마음을 닦아 자연의 도(道)에 이르는 수련에는 여러 방법들이 있을 수 있다. 여기서 노자는 다음의 세 가지를 언급하였다[제10장. 載營魄抱一, 專氣致柔, 滌除玄覽]. 첫째는 혼(魂)과 백(魄)을 하나로 껴안아 도(道)로부터 떠나지 않게 한다. 혼(魂)은 정신을 다스리는 기(氣)이고, 백(魄)은 육체를 다스리는 기(氣)이다. 혼백(魂魄)이 하나가 되어, 즉 정신과 육신을 함께 다스려서 도(道)에 머물면 무념무상의 상태에 들 수 있다. 마음의 근원적이고 근본적인 본질은 도(道)의 자연적이고 우주적인 사실성에 있다. 따라서 자연의 도(道)가 바로 마음의 도(道)이다. 포일(抱一)하면, 즉 자연[道]을 껴안으면 자연이 된다. 둘째는 기운(氣運)을 하나같이 하여 부드러움의 극치에 이르게 한다. 음양(陰陽)의 조화를 이룬 자연의 기(氣)를 호흡을 통하여 온전히 받는다. 그렇게 해서 어린아이처럼 되는 것이다. 어린아이는 자의식이 없고 배로 숨을 쉬어 온몸이 부드럽다. 그는 도(道)의 품 안에 있다. 셋째는 척제현람(滌除玄覽)하는 것이다. 이것은 마음의 거울[玄覽]을 씻고 닦아서 때와 먼지를 없애는 마음공부다. 현람(玄覽)은 현묘(玄妙)한 마음의 본체이다. 본래 현람은 외물(外物)에 의해 그 밝음이 가려지지 않아서 허공처럼 허정한 허심(虛心)이다. 즉 티 없이 맑은 거울 같은 마음이다. 현람의 마음은 세상의 여여한 도리와 존재를 지극한 관조를 통하여 그대로 인식하고 깨달을 수 있다.

그러나 여기에 때가 끼고, 먼지가 앉고, 사특한 꾸밈이 있게 되면, 마음은 기운을 잃고 병들어서 현람의 마음으로서의 그 효능을 발휘하지 못한다. 현람을 더럽히는 것에는 무엇이든지 차별하고 시비를 일삼는 이른바 세속적인 지식[智]이 있다. 이 지식을 씻어 버리고 감각의 흔적을 지우는 것이 바로 척제현람(滌除玄覽)이다.

마음을 닦으려면 자신의 마음이 어느 상태인지 먼저 점검해보는 것이 좋다. 자기의 얼굴에 무엇이 묻었는지 알기 위해 거울에 비춰보듯이, 자신을 그 무엇, 즉 타자(他者)에 비춰보는 것이다. 산속에 홀로 들어가서 스스로가 나무와 풀, 바위, 구름이 되어보면 자신을 새롭게 보게 된다. 또한 시장에 가서 좌판대에 앉아 있는 노파가 자신이라고 여긴다면 마음에 무엇이 일어날 것인가. 새삼 모든 존재가 하나로 껴안긴다는 것이 마음에 비춰진다면 마음공부를 시작해도 좋으리라는 생각이다.

노자와 함께 34

나이가 들면 가끔 인생살이가 허망하다고 느껴질 때가 있다. 해가 언제 뜨고 언제 지는 줄도 모르게 부산하게 움직였던 삶인데도 그렇다. 물론 힘든 삶의 무게 때문에 망연자실할 때도 있다. 이때 어떤 삶이 과연 삶다운 삶인지 다시 생각해 보지 않을 수 없다. 먼저 마음을 푹 쉬게 한다. 그리하여 지극한 고요가 찾아 들면[제16장. 致虛極, 守靜篤], 조심스럽게 가까운 데서부터 만물의 생멸과 변화를 관조해본다. 그러면 무릇 만물이 아무리 복잡하고 다양해도 그 돌아가는 곳은 오직 하나, 그 근원이 되는 뿌리임을 깨닫게 된다. 이것은 자연의 영원한 진리가 아닌가. 따라서 영원의 시각, 즉 자연의 시각에서 만사와 만물을 바라볼 수 있다면, 보다 여유롭고 편해지는 자신을 만날 수 있을 것이다.

엄밀하게 보면 세상에는 수많은 상태가 천변만화(千變萬化)를 거듭하고 있다. 이것은 추위[寒]와 더위[暑]가, 그리고 고요함[靜]과 움직임[動]이 수시로 뒤바뀌는 데서도 알 수 있다. 그렇다면 이와 같은 많은 변화 속에서도 세상을 바르게 유지하고 오래갈 수 있게 하는 것은 무엇인가. 그것은 도(道)이다. 이 도(道)의 묘(妙)를 구체적으로 하나 적시하면, 그것은 맑고 고요함, 즉 청정(淸靜)이다. 더위가 추위를 이기지만, 이 더위를 이기는 것은 청정이다. 또한 사회의 극심한 혼란을 끝내 극복해주는 것도 청정의 힘이다. 다시 말해서 청정이 천하를 바르게 하는, 즉 중정(中正)의 도리를 가능하게 하는 길이 된다. 청정이 그렇게 할 수 있는 것은 청정이 허정(虛靜)의 상태로 기능하기 때문이다. 따라서 청정은 세상의 표준이고 우두머리이다[제45장. 淸靜爲天下正]. 요컨대 청정심(淸靜心)을 회복하고 유지하는 것은 어떤 허물이나 번뇌, 즉 망념에서 벗어나는 길이 되고도 남는다.

마음이 허정(虛靜)에 이를 수만 있다면 이것보다 더 좋은 것은 없다. 허(虛)는 마음이 비움의 상태, 즉 무욕(無欲)의 경지가 된 것이다. 허(虛)의 경지가 되면 한정된 마음에 경계가 없어진다. 따라서 이미 마음에 존재하는 것들은 하등의 문제가 되지 않는다. 새로운 것들이 아무런 저항 없이 자연스럽게 마음에 닿을 수 있다. 마음을 새롭게 만드는 수양이 가능한 것도 이 때문이다. 정(靜)은 마음이 고요한 상태, 즉 무위(無爲)의 경지가 된 것이다. 정(靜)의 경지가 되면 투명한 거울처럼 사물을 여여하게 대하고 있는 그대로 자연스럽게 받아들일 수 있다. 마음을 고요하게 하는 명상이 가능한 것도 이 때문이다. 요컨대 허정(虛靜)의 경지에 들면, 아무것도 생각하지 않고 어떤 사물에도 동요되지 않는 정신상태가 되고, 또 마음에는 잡념이나 망상이 없게 되어 더없이 조용해진다.

그리고 마음을 항상 부드럽게 유지하는 것도 매우 중요하다. 부드러운 물과 갓난아이처럼 되는 것은 도(道)의 작용을 따르는 데 이상적이다[제40장. 弱者道之用]. 도(道)가 작용할 때는 약함[弱者]의 방법을 쓴다. 약함[弱者]은 음(陰)이고 강함[强者]은 양(陽)이다. 강함은 약함에서 뒤집어져서 나온 것이다. 약함은 유연성과 생산성, 무위성으로 만물이 서로 연생하고 병작(竝作)하는 데 바탕이 된다. 그리고 만물이 존재 방식으로 큰 그물을 만들고 그 안에서 상호의존적이고 상관적 관계를 맺고 유지하는 것도 약함에서 기인한다. 이처럼 도(道)의 작용은 약하게, 눈에 보이지 않게, 은은하게 쉼 없이 순환 경로를 따라 이루어진다. 생명은 이와 같은 도(道)를 따를 때 온전하게 영위될 수 있다. 따라서 부드러움은 생존의 바탕이 된다[제76장. 人之生也柔弱]. 만약 몸과 마음이 부드럽지 않으면 생명은 곧 부러지고, 결국 말라 죽게 된다.

노자와 함께 35

사람의 마음은 갈대인가. 외물(外物)에 쉽게 흔들린다. 때와 장소를 잘 가리지 못하고 눈에 보이는 것에 쉽게 현혹되며, 귀에 들리는 말에 빨리 심란해진다. 말초신경이 너무 예민하다. 그러니 생각과 말과 행동이 감각적이고 즉각적이다. 외물이 감각기관을 통하여 들어오는 것을 막을 수는 없다. 명경지수(明鏡止水)의 마음으로 가급적 그대로 보내야 한다. 이것에 휘둘리지 않아야 한다. 그렇지 않으면 마음에 쌓이고 쌓여서 집착을 만들어 낸다. 한번 깊어진 집착은 좀처럼 고치기 어려운 병이 된다. 점차 마음을 옥죄고 몸을 얽어매어 자신을 구속한다. 이렇게 해서 자유롭지 못하고, 또 자연스럽지 못하게 된다면 얼마나 괴로운 일인가.

세상의 일은 상식적으로 눈에 보이고 귀에 들리는 것들이 전부가 아니다. 하물며 사람의 삶에 있어서는 더욱 그러하다. 어제의 일들을 되돌아보자. 너무 쓸데없는 일, 사소한 일에 욕심내어 부산을 떨지는 않았는가. 진정한 삶의 의미, 삶의 뿌리는 더 깊은 곳에 있다. 결코 눈으로 쉽게 발견되지 않는다. 그런데 보통의 경우 외부에서 그 무엇을 구하고

자 먼 곳을 빈번하게 오간다. 진리는 표면적인 현상세계에 있지 않고, 자신의 마음 깊은 곳에 있다. 만약 진리를 찾고자 멀리 가면 갈수록 아는 것이 적어진다[제47장. 其出彌遠, 其知彌少]. 따라서 내면의 세계에서 실상(實相)과 여실(如實)을 보려면 감각기관에 지나치게 의존해서는 안 된다.

사람은 누구나 시비하고 분별하는 일에 너무 깊이 빠지면 심신이 자기도 모르게 빨리 지치게 된다. 심기(心氣)가 부드럽지 못하고, 강기(剛氣)를 부려서 거칠어지기 때문이다. 따라서 자기를 앞세우는 외부보다는 자기를 낮추려 하고 또 자기를 부드럽게 하는 내면에 귀의해야 한다. 내면을 기르는 내양(內養)은 욕심을 줄이게 되어 심신을 맑고 깨끗하게 한다. 그렇게 하여 자연에 깃들면 어둠에 갇힌 내면은 밝은 빛으로 환해진다. 이것을 습상(襲常)이라 한다. 습상은 내면에 일정 불변의 자연의 도(道)를 감추어 가지고 일체의 집착과 사지(私智)를 끊고, 오로지 자연 그대로 행동하여 화복(禍福)의 밖에 초연해지는 것이다.

습상(襲常)하려면 자기와 외부와의 관계를 정리해야 한다. 여기에는 현동(玄同)이 있다. 현동(玄同)은 만물을 분별하지 않고 하나로 보는 것이다. 이것은 신비스럽고 현묘(玄妙)한 어울림이며, 하늘의 도(道)와 함께 함이다. 분별이 일어나는 것은 '나' 중심의 논리 때문이다. 이(利)와 해(害), 친(親)과 소(疎), 귀(貴)와 천(賤), 영(榮)과 욕(辱) 중에서 '나'에게 어느 것어야 하는가 하는 택일이 분별이다. 이러한 분별에서 벗어나려면 '나' 중심에서 '자연' 중심으로 옮아가야 한다. '사람' 중심의 논리가 득세하면 자아와 타자 간의 분쟁은 끊어지지 않는다. '자연' 중심은 만물과 하나 되는 천지인(天地人)의 합일의 경지, 즉 현동(玄同)이며, 여기에는 하나도 아니고 둘도 아니다[不一而不二]. 따라서 나옴도 없고 들어감도 없으며, 안도 없고 바깥도 없으며, 또한 자기도 없고 외물(外物)도 없다.

현동(玄同)하려면 어떻게 해야 하는가. 감각기관인 이목구비를 막고[塞兌], 욕정의 문을 닫고[閉門], 날카로움을 꺾고[挫銳], 어지럽게 뒤엉킨 것을 풀고[解紛], 빛을 부드럽게 하고[和光], 티끌과 하나가 되는 것[同塵]이다. 이렇게 한다면 현동(玄同)의 경지에 들 수 있다[제56장. 塞其兌, 閉其門, 挫其銳, 解其紛, 和其光, 同其塵. 是謂玄同]. 보고 듣고 말하는 눈과 귀와 입은 욕심의 통로이다. 이것들을 막는다. 욕정의 문, 즉 마음의 문을 닫는다. 그렇게 하여 침묵한다. 자신의 안을 다스려서 날카로움을 무디게 한다. 밖을 다스려서 어지럽게 뒤엉킨 것을 풀어서 다툼의 근원을 제거한다. 그리고 자기에게 있는 것을 억제하여 그것이 밖으로 드러내는 빛을 주위와 조화롭게 한다. 또한 자신을 낮추어 티끌과도 같아지게 하여 물아일체로 귀천을 나누지 않는다. 일체의 만물에 차별이 없으니 만물제동(萬物齊同)이다.

노자와 함께 36

천하[세상]를 보는 방법은 크게 두 가지로 나눌 수 있다. 하나는 집 밖으로 나가서 직접 보고 듣는 관찰, 즉 탐구를 통하는 것이다. 그렇게 해서 축적된 자료를 바탕으로 세상의 보편적인 법칙과 원리를 터득하여 세상을 이해하는 방법이다. 또 하나는 집안에서 하늘과 땅의 모든 이치를 꿰뚫어 진리의 뿌리를 잡는 방법이다. 세상은 하나이기 때문에 자기 자신으로써 다른 사람을 알 수 있고, 자기 집으로써 다른 사람의 집을 알 수 있다는 것이다. 또한 세상의 이치는 예나 지금이나 일치하기 때문에 옛날의 도(道)를 잡으면 현재를 다스릴 수 있고, 지금에서도 태초의 시작을 알 수 있다는 것이다.

사람은 누구나 두 개의 세계에 놓여 있다. 하나는 자기의 바깥쪽인 외부 세계이고, 또 하나는 자기의 안쪽인 내면세계이다. 외부 세계는 자기를 둘러싸고 있는 타자(他者)와의 관계에서 비롯된 것이다. 사람은 잠시라도 외물(外物)과 접촉과 교류가 없으면 생존 자체가 불가능하다. 그래서 외부적인 것에 관심이 쏠리고 더 많이 보고 들으며, 더 많이 취하고자 하는 욕심이 일어난다. 그런 결과로 자연을 더 많이 탐구하여 이를 보다 잘 이용하려는 과학과 기술을 발전시키고, 문명의 성을 높이 쌓아 그 안에서 물질적 풍요를 구가하려고 한다. 내면세계는 자기만의 고유 영역으로 마음의 세계이다. 마음은 스스로 삶에 대해서 끝없이 질문을 만들어 내고, 스스로 거기에 대해서 답하는 곳이다. 지금 무엇을 어떻게 할 것인가, 또한 내일은 무엇을 어떻게 할 것인가 등등 삶에서 의미를 찾는 질문이 이어진다. 그런가 하면 느닷없이 나는 누구인가 하는 자기의 정체성도 묻는다. 또한 나를 둘러싸고 있는 저 외부 세계의 본질은 무엇인가도 묻게 된다.

사람은 진리를 추구하는 존재이다. 그렇다면 만유(萬有)를 꿰뚫는 진리는 어디에 있으며 어떻게 찾을 수 있겠는가. 진리는 편의상 상식적 수준의 것과 절대적 수준의 것으로 나눌 수 있다. 상식적 수준의 진리는 누구나 조금만 노력하면 알 수 있는 표면적 현상세계의 것이다. 사람들이 외부 세계로 부산하게 쏘다니면서 탐구하는 진리가 바로 이것이다. 이것은 이렇고, 저것은 저렇다고 가르면서 분별하는 지혜[智]의 소산이다. 절대적 수준의 진리는 실상(實相)과 여실(如實)의 세계를 꿰뚫는 것으로, 도(道)가 바로 그것이다. 노자는 남[他者]을 아는 것은 지혜[智]이고, 자기를 아는 것은 밝음[明]이라고 했다[제33장. 知人者智, 自知者明]. 그리고 진리를 찾아 멀리 가면 갈수록 진리에서 멀어진다고 했다[제47장. 其出彌遠, 其知彌少]. 절대적 수준의 진리는 자기의 내면세계에서 밝음[明]을 통해서 찾을 수 있다는 것이다.

문밖을 나서지 않아도 천하를 알고, 창문을 내다보지 않아도 하늘의 도[天道]를 알 수 있는[제47장. 不出戶, 知天下] 사람이 있을까. 그런 사람이 있다. 도(道)를 체득하고 도(道)가 중심이 되는 삶을 사는 사람이 그렇다. 그 대표적인 사람이 성인(聖人)이다. 성인은 가지 않더라도 알 수 있고, 보지 않더라도 밝게 살필 수가 있다[제47장. 不行而知, 不見而明]. 노자는 절대적 수준의 진리로 도(道)를 설파했다. 이 도(道)는 내면세계인 마음의 깊은 곳에 내재하고 있으며, 존재의 근원이 되고 자연스럽고 창조적인 힘으로 작용하고 있다. 그런데도 사람들은 이러한 도(道)의 작용을 잘 느끼지 못한다. 도(道)가 그 무엇들로 어둡게 덮여 있기 때문이다. 이 어두움을 어떻게 걷어낼 것인가. 수양을 통해 어두움을 걷어내면 바로 도(道)를 만나게 된다.

세상 만물은 도(道)에 따라 움직인다. 이것은 절대적 진리이다. 이 도(道)를 찾아서 어디에도 갈 필요가 없다. 내면의 세계, 즉 마음에서 찾으면 된다. 도(道)는 우주를 통섭하기 때문에 마음의 도(道)를 얻으면 마음이 곧 우주가 되는 것이다. 이것은 잃어버린 자신을 찾는다면서 어디로 나서지 말고, 자신은 자기의 내부에 있음을 알 일이며, 또한 세상을 알기 위한다면서 어디로 나서지 말고, 자신이 이미 세상임을 알 일이라는 것이다.

노자와 함께 37

사람이 산다는 것은 무엇인가. 그것은 욕망을 실현하는 활동이고 노력이다. 따라서 욕망이 없는 사람은 없다. 자유를 갈망하는 것이 욕망이고, 행복을 추구하는 것도 욕망이다. 그래서 무엇을 갖거나 어떤 일을 하고자 하는 간절한 마음인 욕망은 아름다운 것이다. 그런데 욕망을 누르라고 한다. 욕망을 절제하지 못하면 진실로 행복하고 성공적인 삶을 이룰 수 없다고 한다. 이것은 욕망이 온갖 근심과 괴로움의 뿌리가 될 수도 있기 때문이다.

사람에게는 세 가지 큰 욕망이 있다. 식욕과 성욕 그리고 물욕이 그것들이다. 이 중에서 물욕은 여러 가지 사회적 욕망을 망라한다. 재물이나 권력, 명예, 지식, 향락, 창조 등을 자기의 것으로 만들고, 오래 소유하고자 하는 욕망이다. 이것이 이른바 소유욕이다. 누가 '명예와 몸 중에서 어느 것이 더 친밀한가' 또한 '몸과 재화 중에서 어느 것이 더 소중한가'라고 묻는다면 어떻게 답할까[제44장. 名與身孰親, 身與貨孰多]. 당연히 몸이라고 누구나 답할 것이다. 왜냐하면 명예와 재물은 자기 몸, 즉 자기 자신을 있게 하는 수단에 불과하기 때문이다.

동서고금을 막론하고 소유욕이 크게 문제가 되는 것은 수단과 목적의 가치 전도 때문이다. 명예나 재물을 어디까지나 수단이지 결코 인생의 목적이 되어서는 안 된다. 만약에 건강을 해치면서까지 재물이나 명예, 권력을 좇느라고 해가 뜨고 해가 진다면 얼마나 부질없는 삶이 되겠는가. 이것은 사람이 수단을 부리는 주인 노릇을 못 하고, 수단에 예속되는 종노릇을 하는 모습이다.

모름지기 자기 자신을 잊는 것과 잃어버리는 것을 구분해야 한다. 자기 자신을 잊는 경우는 자신의 귀함을 알고 자신을 귀하게 여긴 후에야 가능해진다. 자신을 귀하게 여기면, 자연히 명예와 재물에서 멀어진다. 이런 자는 천하(天下)를 위할 수 있다. 그러나 자기 자신을 잃어버리는 경우는 부귀나 명예를 쫓아다니기에 급급하다가 자신이 간 곳이 없어지면서 생기는 것이다. 이런 경우 자신의 귀함을 모르고, 자신을 귀하게 여기지 못한다. 자신보다는 외적인 것들에 넋을 잃기 때문이다. 이런 자에게는 천하(天下)를 맡겨서는 안 된다. 신외무물(身外無物)이다.

예나 지금이나 사람의 욕망 중에서 가장 끈질기게 몸에 달라붙는 것으로는 다음의 두 가지를 들 수 있다. 하나는 황금을 갖고 싶어 하는 것이고, 또 하나는 늙지 않기를 바라는 것이다. 중세 문예부흥기에 아라비아와 그리스에서 많은 사람들이 모든 물질을 황금으로 변화시켜 주는 신비한 힘을 가진 돌의 존재를 믿었다. 그래서 누구 할 것 없이 이 돌을 찾기 위해 온갖 노력을 다했다. 황금에 최상의 가치를 부여하는 연금술(鍊金術)이 유행하던 때의 일이다. 이 마법의 돌을 연금술사들은

'현자(賢者)의 돌', '철학자의 돌'이라고 불렀다. 나중에 과학자 보일이 원소의 개념을 제시함으로써 '현자의 돌' 이야기는 사라졌다. 현자(賢者)라고 했던 사람들은 바로 욕망의 굴레에 얽매였던 우자(愚者)였을 따름이다. 그런데 고도의 정신문화를 향유하고 있는 지금에 그 '현자의 돌'의 망령이 곳곳에 되살아난 듯하다. 돈이면 모든 조화를 다 부릴 수 있는 것으로 현자(賢者)들이 나타난 셈이다. 그 마법적인 '돌'은 이제 '돈'으로 바뀌었으니 '현자(賢者)의 돈'의 때라고나 할까. 이 '현자의 돈'에 커다란 가치를 부여하여 모든 행위의 동기로 삼는다면, 그 욕망의 허망스러움 또한 중세의 그것과 무엇이 다르랴. 돈의 망령은 모두를 병들게 하고 썩게 만든다.

노자와 함께 38

사람은 누구나 삶이 넉넉해지길 바란다. 어떠한 경우가 그런가. '좋은 책을 읽으면 마음이 청정해진다. 좋은 술을 한잔 마시면 가슴이 열린다. 교교한 달빛을 받으면 자연에 취한다. 고매한 선비를 만나면 사는 맛을 느낀다.' 참으로 마음이 넉넉해지는 경우들이다. 이것은 마음에 헛된 욕심을 지우고, 무욕의 상태에서 사물을 맑고 곧게 볼 수 있을 때에만 가능한 일이다.

그렇다면 마음에서 욕심을 지운다는 것은 무엇인가. 그것은 분수에 맞게 욕망을 억제한다는 의미가 강하다. 때문에 겸허한 마음으로 주어진 것에 만족하는 기쁨을 갖는다면 얼마나 좋겠는가. 세상에서 가장 큰 화는 만족할 줄 모르는 것이고, 가장 큰 허물은 턱없이 욕심을 내는 것이다[제46장. 禍莫大於不知足, 咎莫大於欲得]. 만족할 줄 아는 자가 진정한 부자이다[제33장. 知足者富]. 또한 만족을 아는 만족[제46장. 知足之足]은 욕되지 않고, 위태롭지 않아서 장구할 수 있다[제44장. 知足不辱, 知止不殆, 可以長久].

사람은 천하를 소유하고서도 만족할 줄 모르는가 하면, 일체의 무소유의 상태에서도 만족할 수 있다. 만족을 모르면 욕심은 천정부지로 치솟는다. 그로 인하여 화를 입고 허물을 뒤집어쓴다. 그러나 만족을 알고 멈추게 되면 더 이상 애써 추구해야 할 바가 없으니, 마음이 편하고 넉넉해져서 부자가 된 것과 다름이 없다. 또한 욕됨이 없고 위태롭지 않기 때문에 오래 갈 수 있다. 따라서 만족을 아는 것만큼 중요한 일은 없다. 분수에 맞게 만족함을 아는 만족[知足之足]이야말로 한결같은 만족, 즉 상족(常足)임에 틀림이 없다[제46장. 故知足之足, 常足矣]. 상족에서 자기를 잃지 않으면, 진실로 자유로운 삶을 구가할 수 있다.

사람은 분수(分數)에 안주해야 한다. 이것은 자기의 분수를 알고[知分], 이 분수에서 만족함을 알고[知足], 그리고 거기에서 더 이상 나아가지 않고 그칠 줄 아는[知止] 것을 말한다. 그렇지 않으면 위태로워져서 마침내 장구해질 수 없다. 그렇다면 분수(分數)란 무엇인가. 사람은 누구나 자기가 처해 있는 입장이나 상황이 있다. 이것은 자기가 지금은 지킬 수밖에 없는 한도가 되며, 지금의 자기 분수가 된다. 따라서 분수는 처지가 바뀌면 그에 따라 달라질 수도 있다.

그리고 분수를 아는 것 못지않게 임계치(臨界値)가 있다는 것도 알 필요가 있다. 임계치는 어떠한 물리 현상이 갈라져서 다르게 나타나기 시작하는 경계의 값이다. 이를테면 물을 100도까지 가열하면 물이 액체에서 수증기인 기체로 변한다. 이때 100도가 물의 임계치가 된다. 임계치는 임계 한도를 뜻하면서 다양하게 쓰이는 말이 되었다. 임계치는 넘어야 할 경우도 있고, 넘어서는 안되는 경우도 있다. 자기가 감당할 수 있는 재력이나 능력에 한계가 있다면, 임계치는 넘을 수 없는 경우가 된다. 불만족에서 충족이 이루어지면 만족을 느끼게 된다. 이러한 만족의 정도, 즉 만족도(滿足度)에도 임계치가 있다. 이 임계치를 넘기지 않을 때 지족(知足)한다고 볼 수 있다. 만족의 임계치는 주관적이기 때문에 자기가 지분(知分)하여 스스로 설정해야 한다. 이 임계치에서 멈출 때 지지(知止)한다고 볼 수 있다.

한편, 임계치가 극복의 대상이 되는 경우도 있다. 모든 일에는 임계치가 있다. 어떤 일을 이루려면 기본적으로 도달하고 넘어야 할 임계치가 있다는 말이다. 이를테면 마라톤을 할 때 매우 힘든 인내의 한계점, 즉 임계치에 이르게 된다. 이를 잘 극복하면 월계관의 주인이 된다. 사람은 평생 자기의 잠재된 능력을 5~7%밖에 사용하지 못한다고 한다. 그렇다면 노력 여하에 따라서 자기개발을 통하여 자신의 임계치를 얼마든지 넘을 수 있다는 것이다.

노자와 함께 39

현실적으로 어느 정도에서 어떻게 만족해야 할 것인지 알기가 어렵다. 알기가 어려우니 그 실천은 더욱 어렵다. 그래서 소유와 삶의 관계는 영원한 숙제처럼 끊임없이 논의의 대상이 된다. 무릇 자기의 존재를 뒷받침할 자기의 소유는 있어야 한다. 이 문제는 자기 스스로가 감당해야 할 자기의 몫이다. 그렇지 않으면 남에게 의존해야 하는 삶이 되기 때문이다. 흔히 일컫는 글자 그대로의 무소유(無所有)란 있을 수 없다. 자기의 분수에 맞는 과소유(寡所有)가 바람직하다.

소유욕은 사람의 가장 자연스러운 욕망이다. 그러나 욕망이 인간 본성의 기초를 이루는 본능이기 때문에 어떻게 제어하기가 간단하지 않다. 본능은 선천적이며 충동적이고 감정적이어서 쉽게 억누를 수가 없다. 사람이 무엇을 보게 되면 갑자기 갖고 싶은 소유 욕망이 솟구치는 것도 본능 때문이다. 그래서 가급적 욕심낼 만한 것을 보지 않아야 한다[제3장. 不見可欲, 使民心不亂]. 특히 얻기 어려운 고가의 재화는 사람을 쉽게 일탈시키고, 또 도둑질을 하게 만든다[제12장. 難得之貨令人行妨, 제3장. 不貴難得之貨, 使民不爲盜]. 그렇기 때문에 아예 무욕(無欲)케

하여 고가의 재화를 귀하게 여기지 않도록 할 일이다[제64장. 欲不欲, 不貴難得之貨].

성인(聖人)은 배[腹]를 위하되 눈[目]을 위하지 않는다[제12장. 聖人爲腹不爲目]. 배[腹]는 본성이 자기 안에서 응축된 것으로 무욕(無欲)을 말한다. 따라서 배를 위한다는 것은 사물로서 자기를 기르는 것이다. 또한 눈[目]은 사물이 외부로부터 들어온 것으로서 유욕(有慾)을 말한다. 따라서 눈을 위하는 것은 사물 때문에 자신을 수고롭게 하는 것이다. 어찌 눈을 위하겠는가.

'뱁새가 깊은 숲속에 둥지를 튼다고 해도 나뭇가지 하나면 족하다. 두더지가 목이 말라 강물을 마신다고 해도 그 작은 배를 채우는 데 불과하다' 『장자(莊子)』의 「소요유」 편에 나오는 말이다. 사람도 살아가는 데 실질적으로 그렇게 많은 것이 필요하지 않다. 자기의 분수에 자족(自足)해야 한다. 그렇게 하면 허명(虛名)을 구하고 재물을 취하려 죽기 살기로 애쓰지 않게 된다. 자족(自足)으로 자기의 삶을 온전하게 간수하면 천수(天壽)를 다할 수 있다.

인류의 진보는 더 많은 양심과 더 많은 자유를 지향하는 것이어야 한다. 이를 위해서는 단순하게, 간소하게 사는 것이 필요하다. '단순하게, 좀 더 간소하게 살자', 이것은 말하기는 쉬워도 실천하기는 매우 어렵다. 날이 갈수록 물질문명의 파고가 높아지면서 우리의 생활 자체가 복잡하게 구성되기 때문이다. 그러나 최근에는 자신의 삶을 새롭게 디자

인하는 경향이 나타나기 시작했다. 사는 데 있어서 최소한의 것만을 추구하여 사는 삶, 이른바 '미니멀 라이프(Minimal life)'가 그것이다. 삶을 대하는 방식과 생활 태도를 바꾸어서 여백이 있는 삶의 즐거움을 누린다면, 이 또한 행복한 삶이 아닐 수 없다. 사람이 사는 데 꼭 필요한 것이 과연 무엇인가. 이것은 소유냐 존재냐의 문제에 직결된다. 소유의 문제를 삶과 구별해서 접근하는 것이 바람직하다. 소유가 아닌 삶의 방식을 선택한다면, 더 많은 '빈 공간'이 만들어지면서 자유롭고 창조적인 삶이 가능해진다. 그래서 삶에서 '빈 공간'을 확보하는 것이 '미니멀 라이프'의 핵심 과제다.

'미니멀 라이프'는 물질적인 것 외에도 마음과 행동에서도 '빈 공간'을 확보해 나가야 한다. 마음에 사욕과 고정관념, 편견 등이 가득 차 있으면 자신만의 철학을 가질 수 없다. "만일 그대가 생활을 간소화하면 할수록 그에 비례해서 우주의 법칙들은 그만큼 더 복잡해지지 않게 되고, 고독은 고독이 아니고, 빈곤은 빈곤이 아니며, 약점도 약점이 안 될 것이다". 이것은 월든 호숫가에서 살았던 데이비드 소로우가 한 말이다. 요컨대 어떻게 하면 '헛된 것들'과 '쓸데없는 일들'을 버리고 비워낼 수 있을까.

노자와 함께 40

자기가 낳은 자식은 자기의 것인가. 자기가 쌓은 재물은 자기의 것인가. 보통 사람은 끝까지 놓치지 않으려고 한다. 재물이 지나치게 많게 되면 미혹(迷惑)되고[제22장. 多則惑], 또한 교만해져 스스로에게 허물을 남긴다는 것을 잘 모른다[제9장. 富貴而驕, 自遺其咎]. 집안에 재물이 가득하면 누가 지키겠는가[제9장. 金玉滿堂, 莫之能守]. 결국에는 인간적으로나 물질적으로 크게 잃게 된다[제44장. 甚愛必大費, 多藏必厚亡]. 그렇기 때문에 낳고 이루되 끝까지 소유하려고 하지 않아야 한다[제2장, 제10장, 제51장. 生而不有].

집안에 금은보화가 가득 차면 이것은 복(福)의 극치이다. 이다음 단계는 모든 것이 극점에서는 하강하듯이 복이 쇠락하면서 재앙으로 치닫는다. 이미 복 속에는 재앙이 깃들어 있으니 누가 그 귀착점을 알겠는가[제58장. 福兮禍之所伏, 孰知其極]. 명예를 너무 지나치게 구하면 정신이 피폐해진다. 재물을 남에게 베풀 줄 모르고 지나치게 많이 간직하면 주위로부터 인심을 잃고 곤란한 처지에 빠지고 만다.

무릇 소유욕이 강해지면 탐욕과 집착으로 이어진다. 이 집착 때문에 사람은 더욱 이기적이게 된다. 사냥꾼이 사냥에만 집착하면 그의 눈에는 숲의 아름다움이 보이지 않는다. 누구나 물질에 과도하게 집착하게 되면, 그의 삶에서 아름다운 향기는 사라진다. 그러나 집착의 끈을 조금이라도 놓아버리면 좁은 마음이 넓어지면서 참으로 편해진다. 남이 알아주기를 바라는 마음에서 해방되어 더없이 자유롭다. 무슨 명예나 권력을 얻으려고 기웃거리지 않게 되니 크게 놀라게 될 일도 없어진다.

남으로부터 칭찬과 총애를 받고 싶어 한다. 그러나 비난과 모욕을 받기는 싫어한다. 이것이 보통 사람의 마음이다. 총애(寵愛)는 특별히 귀하게 여겨 사랑하는 것이다. 실권자로부터 총애를 받으면 발탁되어 관직을 얻기도 한다. 영예로운 일로 남의 부러움을 살 만하다. 재벌로부터 총애를 받으면 재물을 내려받을 수도 있다. 이 또한 남들이 부러워하는 바다. 그 무엇보다도 윗사람이 자신을 총애하여 신임한다고 하면, 기분 좋은 일로 우쭐해질 수밖에 없다. 한편, 비난과 모욕을 당하면 근심과 걱정이 쌓여서 마음에 상처가 남게 된다. 모욕(侮辱)은 깔보고 욕되게 하는 것이다. 윗사람으로부터 모욕을 당하면 지옥에라도 떨어진 기분에 휩싸인다. 그래서 노자는 총애나 모욕 모두가 예외적이고 비정상적인 일이기 놀랍게 여겨라고 했다[제13장. 寵辱若驚]. 즉 총애나 모욕을 큰 환난[大患]으로 여겨 각별히 경계해야 한다는 것이다. 총애나 모욕이 대환(大患)으로 몸에 닥치는 경우는 자아(自我)에 대한 집착, 즉 아상(我相) 때문이다. 아상(我相)은 자기의 학문이나 재산, 가벌(家閥), 지위 등을 자랑하여 남을 몹시 업신여기는 자기중심의 마음이다. 따라서 욕망에 빠진 세속적인 자아에서 진정한 자아로 자신을 재정립하는 것이 대환(大患)을 입지 않는 길이다.

노자와 함께 *41*

욕망을 어떻게 하면 억제할 수 있겠는가. 욕망은 감정적 본능 반응이기 때문에 이성(理性)의 도움이 필요하다는 견해도 있다. 이성과 욕망의 투쟁에서 이성이 승리하여, 욕망이 이성의 지배하에 들도록 해야 한다는 것이다. 플라톤도 사람은 욕망과 정서와 사상의 혼합물이라고 했다. 그러니까 내부에 있는 욕망 외의 그 무엇으로 스스로 조절되도록 할 수 있다는 것이다.

이에 비해서 노자의 가르침은 훨씬 실천적이다. 오로지 지금 있는 것에 만족하고, 있는 것을 아끼는 것이다[제33장. 知足者富, 제59장. 夫唯嗇]. 또한 외물(外物)에 현혹되지 않고 검소하게 생활하는 것이다[제67장. 儉]. 이렇게 하는 것이 도(道)를 따르는 길이 되기 때문이다. 만약에 그래도 욕망이 분수 넘게 솟구치면 무명(無名)의 박(樸)으로 진정시킬 일이다[제37장. 化而欲作, 吾將鎭之以無名之樸]. 자연에 순응하여 질박한 마음으로 되돌아 가면 욕심이 줄어들어 고요해진다. 그러면 천하가 저절로 바르게 안정된다[제37장. 不欲以靜, 天下將自正].

사람은 마음이 부자라야 한다. 검소하고 만족해야 할 때를 알아 만족하면, 그의 마음에는 천하가 자연스럽게 안길 수 있다. 무엇 때문에 발버둥 칠 것인가. 그런데 하나에 만족하지 못하고 또 다른 하나를 향해 부단히 애쓰는 자가 있다. 그는 결코 포기할 줄 모른다. 의지가 너무 강해서 자연적인 기운, 즉 자연의 순리를 뒤엎어버린다. 이런 자가 재물에 눈이 닿으면 금과 옥이 집에 가득 차도 만족할 수 없다. 언감생심 천하를 움켜쥐려고 덤벼든다. 자기는 부자라고 생각할지 몰라도 마음은 이미 가난뱅이가 돼버렸다.

욕심이 생기는 것은 유위(有爲)로서의 활동이다. 이것은 삶의 기본이다. 문제는 과욕(過欲)이다. 과욕은 도(道)의 허정(虛靜)한 상태에서 지나치게 멀어져 가기 마련이다. 이렇게 되면 만물은 본성을 잃고 결국은 찢어지고 만다. 통나무[樸, 道, 無欲]로써 다스려 욕심을 줄여나가야 한다. 욕심을 내는 마음의 움직임이 억제되면 무욕(無欲)의 경지에 들면서 만물은 마땅히 머물러야 할 곳에 머문다. 통나무로써 다스린다는 것은 무엇인가. 오직 검소하게 생활하는 것뿐이다. 검소하여 낭비하지 않는다면, 이것은 이미 도(道)를 따르는 것이 되기 때문이다.

현실적으로 누가 욕망을 가장 잘 억제하는가. 그 대표적인 사람은 농부(農夫)이다. 농부만큼 아끼고 검약(儉約)하는 자는 없다. 그는 자연[하늘]을 본받고 자연을 따른다. 그래서 농부의 마음[農心]은 하늘의 마음[天心]과 일치한다. 농사는 그 자체가 근본에서 보면 자연이 하는 일이다. 자연은 낭비가 없다. 억지로 무리해서 하는 일이 없다. 그러면서도 이루어지지 않는 일이 없다. 도(道)가 엄연하게 작용하고 있기 때문이다. 농부(農夫)를 색부(嗇夫)라고도 한다. 색(嗇)은 보리를 수확하여 곡식 창고에 넣는 상형이다. 자연과 함께 힘들게 재배한 보리, 그 낟알 하나라도 놓치지 않고 알뜰하게 거두어들인다는 의미이다. 따라서 색(嗇)은 아낌과 검약(儉約)의 뜻이 된다. 노자는 사람을 다스리고 하늘을 섬기는 데는 색(嗇)만 한 것이 없다면서, 덕(德)을 쌓는 길이라고도 했다[제59장. 治人事天, 莫若嗇]. 색(嗇)을 통해서 덕(德)의 힘이 길러지면 극복하지 못할 일이 없다. 이러한 덕(德)은 정치나 일상적인 생활은 말할 것도 없고, 정신의 영역에서도 큰 힘을 발휘한다. 농부와 같은 절약과 절제의 삶은 본성에 가장 충실한 삶이다. 도(道)에 깊고 튼튼하게 뿌리를 내리기 때문이다.

노자와 함께 *42*

사람이면 누구나 무병장수(無病長壽)를 바란다. 오래 살면 욕된 일도 많이 보게 되지만[壽則多辱], 그래도 장수를 큰 복이라 생각한다. 사람의 몸은 어떤 명예나 재물보다 더 소중하다[제44장. 名與身孰親, 身與貨孰多]. 그래서 신외무물(身外無物)이라 한다. 그렇지만 몸에서 일어나는 생로병사(生老病死)를 어떻게 대할 것인가. 자기에게만 쓰인 멍에라고 생각하여 벗어던질 수는 없다. 삶과 죽음은 해가 뜨고 지는 것처럼 엄연한 자연의 순리 현상이 아닌가. 다만 사람이 추구해야 할 과제는 '어떻게 살 것인가'하는 인생관을 올바르게 확립하는 것이다. 이를 위해 철학이 있어야 하며, 또한 종교가 필요하기도 하다. 그러나 말이 쉬워서 인생관의 확립이지, 이것은 어느 누구도 자신 있게 말할 수 없는 문제이다. 사람마다 타고난 재능이 다르고, 처해있는 상황이 각각 다르기 때문이다.

사람이 자기에게 주어진 목숨을 다 살지 못한다면, 이것만큼 불행한 일이 없다. 누구나 목숨을 마음대로 좌우할 수는 없다. 그러나 스스로 단명을 재촉했다면, 이것은 참으로 어리석은 짓이다. 그래서 자기 관리를 철저히 해야 한다. 세상에는 크게 세 부류의 사람들이 있다. 삶의 길을 쉽게 가는 부류, 죽음의 길로 곧장 가는 부류, 그리고 자기의 잘못으로 죽음의 땅으로 가는 부류가 그들이다[제50장. 生之徒十有三, 死之徒十有三, 人之生動之死地亦十有三]. 목숨을 단축시키는 일은 온갖 욕망으로 자신을 얽매는 경우에 생기는 것이 대부분이다.

삶을 잘 다스리면 죽음에 대한 공포나 두려움에서 벗어나 세상을 즐길 수 있다. 어떻게 하면 되겠는가. 자연의 섭리, 즉 도(道)에 유연성 있게 잘 따르면 된다. 만물의 변화에 순응하면 천수를 누릴 수 있다. 만약 변화에 완강하게 맞서면 스스로가 죽음을 재촉하는 일이 된다[제42장. 强梁者不得其死, 제76장. 堅强者死之徒, 柔弱者生之徒]. 태양이라는 수레를 타야 한다. 해가 뜨면 일어나 일을 하고, 해가 지면 집에 들어가 쉬어야 한다. 이것이 자연에 순응하는 길이다. 이미 흘러간 어제를 잡으려고 해서는 안 된다. 모두가 마음을 죽이는 일이다. 마음이 죽는 것보다 더 큰 슬픔은 없다. 육체의 죽음은 그다음이다. 마음을 살리면 날마다 끝없이 새로 태어나는 참된 자신을 만날 수 있다.

수년 전 뉴욕 크리스티 경매에서 아인슈타인의 한 장 반 분량의 '신의 편지(신에 대한 편지)'가 무려 32억 원에 팔렸다. 이 편지는 그가 타계 1년 전 친구인 독일 철학자 쿠트킨트에게 보낸 것이다. 그 내용에는 20세기를 대표하는 물리학자 아인슈타인의 종교적 철학적 견해가 농축된 것으로 충격적이었다. 특히 '성경은 공경할 만하지만 집합체일 뿐'이라든가, '다른 종교들처럼 유대교도 원시적인 미신의 화신'이라는 대목은 과학과 종교의 관계를 어둡게 보는 것 같아 많은 사람들이 불편스러워 한다. 또한 천재적인 물리학자 호킹은 지구의 종말이 예견되기 때문에 우주로 나가서 제2의 지구를 찾아야 한다고 주장했다. 그는 현대 사회에서 '철학은 죽었다'라고 선언했다. 이것은 과거 철학이 했던 일의 대부분은 과학에 의해 이루어지고 있음을 강조한 것이다. 호킹 역시 아인슈타인처럼 신은 존재하지 않는다고 말했다.

인류가 지구촌에서 걸어온 길에는 풍요로운 삶은 물론이고 치열한 생존에 관련하여 숱한 난제들이 있었다. 이에 대응하는 인간의 능력이 시대에 따라 다르게 선택되고 발휘되었다. 그 능력의 원천은 종교와 철학, 과학의 세 가지로 압축될 수 있다. 문제 해결은 그 접근 방법이 개인적인가, 아니면 지구적인가, 또는 우주적인가에 따라 달라진다. 철학과 종교가 대체로 개인적인 차원에서 엄연하면, 과학은 지구적이면서 우주적으로 그 시야를 넓혀나간다.

최근 올리버 색스는 그의 저서 '모든 것은 그 자리에'를 통하여 우리의 힘으로 현재의 위기를 극복할 뿐만 아니라 미래를 행복하게 열어갈 것이라고 했다. 그러면서 특히 과학이 인류를 구할 것이라고 전망했다. 왜 과학인가. 과학적으로 인류가 당면하는 문제에 접근하는 방식이 낙관적인 힘을 주기 때문이다. 즉 문제를 발견하고 이해하여 해법을 구하는 과학적 과정이 누구에게나 타당성을 갖는다는 것이다. 실제로 우리는 알게 모르게 과학이라는 창을 통하여 세상을 보고, 또한 생명을 보고, 우주를 보고 있다. 이렇게 해서 하루가 다르게 세계에 대한 인식이 바뀌고, 삶의 방식이 바뀌고 있다.

그러나 인간의 삶과 마음의 문제는 여전히 철학과 종교의 영역에 머물고 있다. 철학이 근본 주제인 '인간이란 무엇인가'에서 획기적인 성과를 낼 수 없고, 또한 과학처럼 가보지 않은 길을 마법사처럼 펼칠 수 없다면, 아직도 갈 길이 멀다. 종교는 현실적으로 삶과 세계, 그리고 다른 사람과의 관계에 대한 기본적인 태도를 결정해준다. 보이지 않고 들리지 않는 저 너머로 인간을 이끌어 주는 힘을 가지기 때문에 과학적 도전이 아무리 인간을 위대하게 만든다고 해도 종교의 역할은 여전히 크다.

과학도 언젠가는 한계에 도달할 것이다. 지금처럼 '디지털'의 문명에 갇히면 무미건조한 일상은 인간의 정신을 훼손하고 비인간화를 촉진시킬 것이기 때문이다. 이렇게 되면 우리는 '인간은 무엇인가'라는 물음으로 되돌아올 수밖에 없다. 이때에 종교와 철학이 건재하다면 얼마나 다행스러울 것인가. 인간에게 미래가 없다면 누구도 행복하게 살아갈 수 없다. 인간의 미래는 어디까지나 인간의 손에 달려 있다. 인간의 능력이 끊임없이 신장되는 만큼 삶의 여건 또한 달라지고 있다. 따라서 더욱 복잡해지는 인간의 미래를 준비하고 열어가려면 과학과 종교와 철학이 함께 힘을 발휘해야 할 것이다.

노자와 함께 43

하나뿐인 자기의 목숨을 헛되게 단축시키지 않으려면 섭생(攝生)을 잘해야 한다. 섭생이란 타고난 정력을 잘 보존한다는 뜻이지만, 자연을 잘 따르는 무욕(無欲)의 삶을 말한다. 섭생을 잘하는 사람에게는 죽음의 땅[死地]이란 아예 존재하지 않는다. 그에게는 전쟁이나 맹수의 피해도 비켜 간다[제50장. 善攝生者]. 섭생을 잘하려면 무엇보다도 자기 스스로를 위해 살지 않겠다는 삶의 태도가 중요하다. 세상에서 하늘과 땅이 왜 오래 가는가. 스스로의 삶을 도모하지 않고, 만물을 이롭게 하려고 하기 때문이다[제7장. 天長地久, 以其不自生, 故能長生]. 성인(聖人)의 삶 역시 그러하다. 자기의 몸을 도외시했는데도 오히려 자기의 몸이 잘 보존된다[제7장. 外其身而身存].

만약에 사람이 자기의 삶만을 위해서 무리하게 발버둥 치면 어떻게 될까. 이것은 자연의 순리에 거역하고 도(道)에 반하는 모습이다. 따라서 자기의 삶을 두텁게 하려는[제50장. 其生生之厚] 탐생(貪生)과 귀생(貴生)은 삶에 군더더기를 보태는 일이 된다. 이것은 상서롭지 못한 재앙이 될 뿐만 아니라, 자기의 기(氣)를 강하게 몰고 가서 생명 자체를 위협하게 된다[제55장. 益生曰祥, 心使氣曰强].

섭생은 몸과 마음을 가다듬고 다스려서 병에 걸리지 않도록 하여 정상적인 생활을 계속하게 하는 것이다. 그러기 위해 먹는 것, 자는 것, 운동하는 것, 마음을 다스리는 것 등등에 엄청난 노력을 쏟는다. 그러다 보니 생명을 지나치게 탐하는 탐생(貪生), 귀하게 여기는 귀생(貴生)이 되고 만다. 사람이 그 수명을 따지는 것은 어찌 슬픈 일이 아니겠는가. 가장 오래 산 사람은 700세의 팽조이다. 보통의 사람들은 오래 살아야 100세 전후이다. 이것도 밤과 새벽을 모르는 하루살이나 봄과 가을을 모르는 매미에 비하면 장수하는 편이다. 그러나 몇천 년을 사는 명령(冥靈)과 대춘(大椿)에 비하면 사람의 수명도 하루살이에 불과하다. 목숨은 하늘의 것이므로 하늘에 맡기고 큰 지혜로 자유롭고 편한 삶을 살면서 천수를 다하는 것이 바람직하다. 억지로 수명을 늘려보겠다는 익생(益生)은 정말로 부질없는 일이다. 참된 섭생은 도(道), 즉 자연(自然)을 따르는 것이다. 자연과 조화를 이루는 무욕(無欲)의 삶을 사는 자에게는 죽음의 땅은 존재하지 않는다. 자신이 이미 장구하는 자연이 되었기 때문이다.

모름지기 대우주의 생성 변화의 흐름을 타야 한다. 그러면 생(生)과 사(死), 어느 한쪽에만 집착하지 않게 된다. 이러기 위해서 노자는 어린아이로 돌아가라고 했다[제28장. 復歸於嬰兒]. 어린아이[嬰兒, 赤子]는 순진무구(純眞無垢)하고 천진난만(天眞爛漫)하다. 즉 타고난 본성(本性)이 훼손되지 않아 조금도 꾸밈이 없고 깨끗하며 말과 행동이 자연스럽다. 어린아이는 피아(彼我)의 구분과 주객(主客)의 분리가 완전하지 않으며, 더없이 부드러운 것이 특징이다. 이것은 자연과 하나가 된 듯한 상태와 같다. 그래서 어린아이는 도(道)를 닮아서 덕(德)을 두텁게 지닌 자로 비유된다.

어린이를 예찬한 자는 노자뿐만이 아니다. 방정환은 그의 묘비명에 "어린이의 마음은 신선과 같다"라고 썼다. 괴테는 그의 저서 『젊은 베르테르의 슬픔』에서 이렇게 말했다. "이 세상에서 나의 마음에 가장 친근한 것은 어린아이들이다. 우리와 동등한 그들, 우리의 스승으로 존경하여야 할 그들을 오히려 아랫사람처럼 취급하고 있는 것이다." 또한 영국의 낭만파 계관시인 윌리엄 워즈워스는 그의 시 '무지개'에서 '어린이는 어른의 아버지'라고 읊었다. "하늘의 무지개를 보노라면 / 내 가슴 벅차오르노니 / 삶의 유년기에도 그러하였고 / 성인이 된 지금도 그러하고 / 나 늙어서도 필시 그러하리 / 그리하지 아니하면 차라리 죽음이 낫겠소 / 어린이는 어른의 아버지 / 내 삶의 나날이 자연의 거룩함과 꼭 함께하길". 그리고 생텍쥐페리는 『어린왕자』 서문에서 "모든 어른들은 한때 어린이였다. 그러나 이를 기억하는 어른들은 별로 없다"라고 말했다. 사람은 어른이 되어서도 그 정신세계는 변화를 거듭한다. 니체는 『차라투스트라는 이렇게 말했다』에서 인간 정신의 변화를 세 단계로 요약했다. 처음은 낙타가 되어 자신의 무거운 짐을 지고 사막을 걷는다. 그다음은 사자로 변하여 자유를 구가하여 새로운 가치를 창조한다. 그러고는 아이가 되어 해야 한다는 규칙에서 벗어나 자기가 원하는 바를 추구한다는 것이다. 할아버지가 되면 자식보다는 손자와 더 친밀해지는 것도 니체의 말처럼 이제 그 자신이 어린아이가 되었다는 증좌가 아닌가. 어린 손자를 스승으로 하여 자유로움과 새로움으로 자연과 하나가 되어 자신만의 세계를 그려나가면, 몸은 늙어도 사람은 늙지 않게 된다. 자연은 영원히 늙지 않기 때문이다.

노자와 함께 44

무릇 생명의 본질은 부드러움에 있다[제76장. 人之生也柔弱, 柔弱者生之徒]. 마음에 강한 기(氣)가 가득 차면 마치 강한 나무가 부러지듯이[제76장. 木强則折], 곧 죽음의 길로 들어서게 된다[제42장. 强梁者不得其死, 제76장. 堅强者死之徒]. 또한 기(氣)를 강하게 몰고 가는 데 용감해지면 일을 성급하게 무리해서 하게 된다. 그렇게 되면 죽임의 화를 당할 수도 있다[제73장. 勇於敢則殺, 勇於不敢則活].

만물은 도(道)에 어긋나도록 기운이 지나치게 왕성해지면 곧 쇠퇴하기 마련이다[제30장, 제55장. 物壯則老]. 강한 쪽으로만 줄달음치면 쉽게 쇠망한다는 것이 도(道)의 작동 원리이다[제40장. 弱者道之用]. 여기에는 사람의 삶도 예외가 아니다. 그래서 '단순하게 살기', '느리게 살기' 등의 말이 설득력을 갖게 된다. 모두가 자연을 본받아 소박하고 순리대로 살 때, 자아를 잃지 않고 보다 주체적인 삶을 살 수 있다는 뜻이다.

모름지기 사람의 삶은 뿌리가 깊고 튼튼해야 한다. 그래야만 오래 살 수가 있다. 이것은 큰 비바람이 지나간 곳을 보면 알 수 있다. 키가 큰 아름드리나무가 쓰러지는가 하면, 키는 작지만 그대로 의연하게 서 있는 나무도 있다. 그것은 뿌리의 차이에서 그렇게 달라진 것이다. 뿌리가 깊고 튼튼한 나무는 비바람에 흔들릴망정 결코 쓰러지지는 않는다. 그렇다면 삶의 뿌리를 어떻게 깊고 튼튼하게 할 수 있겠는가. 그것은 덕(德)을 거듭 쌓으면 되는 일이다. 덕을 거듭 쌓는다는 말은 무슨 뜻인가. 일상생활에서 아끼고 또 아끼면서 검약(儉約)을 실천하는 것이다[제59장. 夫唯嗇]. 검약이 도(道)에 빨리 접근하는 길이다. 이것은 농부를 보면 알 수 있다. 농부는 하늘을 섬기듯 농사를 짓는다. 순박한 마음으로 자연의 순리에 따라서 한시라도 헛됨이 없이 움직인다. 시간과 물자를 아끼고 마음과 정력을 낭비하지 않는 삶이 뿌리가 깊은 삶이다.

'빨라야 살아남는다.' 이것은 날로 치열해지는 세계적 경쟁에서 고심하고 있는 기업들의 아우성이다. 좌우간 빠르게 의사결정을 내리고, 조직 내의 장벽을 허물고 유연성을 확보하여 변화에 기민하게 대처하겠다는 말이다. 이제 누구나 세상이 급물살을 타고 있는 것을 피부로 느낄 수 있다. 인류의 문명을 뿌리에서부터 뒤흔들고 있기 때문이다. 이러한 현상은 특히 정보기술(IT)이 인공지능(AI)라는 무소불위의 괴물을 탄생시킨 데서 비롯되었다고 볼 수도 있다. AI는 기업뿐만 아니고, 사회와 국가의 모든 분야와 융합되어 새로운 가치를 창출하고 있다. 그런데 이렇게 복잡하게 격랑을 일으키는 변화도 깊이 생각하면 과연 최상의 것인지 의구심이 들기도 한다. 변화가 무슨 유행병처럼 무차별로 지구촌을 덮치고 있는 것 같기도 하기 때문이다. 이것은 큰 강물이 유유히 흘러가는 것을 보면 쉽게 짐작이 간다. 표층에 있는 물은 빠르게 흐르고 바람에 출렁거린다. 그러나 저층에 있는 물은 보다 느리게 흐르면서 강물 전체를 강답게 잘 유지시켜 준다. 세상이 변하는 대세는 거스를 수 없지만, 모두가 표층에 머물면서 내닫기만 해서는 안 된다는 생각이다. 천천히 가는 저층에 머무는 자도 있어야만 한다. 그래야만 세상이 중심을 잃지 않고 변화의 방향을 올바르게 잡으면서 안정을 유지할 수 있기 때문이다.

대개 눈에 보이는 변화들은 응용 분야로서 도구적 가치를 추구하는 것들이다. 단기적으로 성과를 얻고, 내일보다는 바로 여기 오늘에 승부를 내려고 한다. 때문에 급박하게 달려들어서 경쟁이 치열해질 수밖에 없다. 그러나 눈에 보이지 않는 변화들은 기초분야로서 원론적이고 핵심적인 가치를 추구하는 것들이다. 장기적 안목으로 오늘보다는 내일의 꿈을 불멸의 것으로 만들려고 한다. 때문에 남과의 경쟁보다는 자기 자신과의 싸움에서 지지 않으려고 끈질기게 정진한다. 흔히 세상을 양파에 비유하기도 한다. 양파는 껍질을 벗기면 또 껍질이 나온다. 그래서 벗기고 벗겨야만 핵심이 드러난다. 이 핵심 부분이 양파의 생명력을 갖는 부분이며, 양파가 양파임을 말해주는 정체성이다. 양파의 속 부분이 원론적 가치를 추구하는 인문학과 기초과학이라면, 겉껍질은 도구적 가치를 추구하는 공학을 비롯한 응용 분야의 학문들이다. 여기에서 세상이 양파처럼 겉에 보이는 것만이 전부가 아님을 알 수 있다. 보이는 것과 보이지 않는 것이 조화롭게 함께 할 때 비로소 온전한 세상이 될 수 있다. 또한 세상의 변화를 추구하는 것을 달리기에 비유해 볼 수도 있다. 달리기는 단거리도 있고 장거리도 있다. 단거리 선수가 눈에 보이는 것을 추구한다면, 장거리 선수는 눈에 보이지 않는 것을 추구한다고 보면 된다. 이를테면 100미터 달리기 선수는 순발력을 갖고 누구보다도 먼저 스타트 업(start-up)해야 한다. 결승점이 바로 코앞에 있기 때문이다. 이에 비해 마라톤 선수는 지구력을 갖고 멀리 보이지 않는 결승점을 향할 뿐, 출발은 그렇게 중요하지 않다.

이솝 우화에는 토끼와 거북이의 경주가 나온다. 평소 재빠른 토끼가 거북이를 느림보로 놀렸다. 이에 거북이는 토끼에게 달리기의 도전장을 내밀었다. 처음에는 단연코 토끼가 거북이를 까마득한 거리로 앞섰다. 토끼는 여유롭게 그늘에 들어 낮잠을 청했다. 그 사이 거북이는 느리지만 꾸준하게 달려서 토끼를 추월하고 결승점에 먼저 도달했다. 이 우화를 두고 '천천히 노력하는 자가 승리한다'라는 교훈을 도출한다. 그러면서 토끼를 게으른 인간, 거북이를 성실한 인간을 각각 상징한다고 한다. 사실에 있어서 토끼는 생리적으로 결코 게으르지 않다. 무서운 번식력으로 다산적이다. 꾀가 많고 민첩하여 도망치면 잡기가 힘들다. 거북이는 지구상에서 가장 오래된 파충류로서 신체 구조상 빨리 움직일 수 없다. 그러나 꾸준히 먼 거리를 이동할 수 있고, 장수하여 십장생에 포함된다. 그렇다면 토끼는 왜 거북이에게 졌는가. 경기 자체가 잘못되었다, 토끼는 단거리 선수이고 거북이는 장거리 선수다. 때문에 100미터 경주에는 토끼가 유리하고, 마라톤 경주에는 거북이가 유리할 수밖에 없다. 또한 다른 측면으로도 볼 수 있다. 토끼는 옆에 보이는 거북이라는 경쟁자만 안중에 두는 선수라면, 거북이는 멀리 보이지 않는 목표만 꾸준히 지향하면서 자기와의 경쟁만을 펼치는 선수이다. 따라서 인간에게는 토끼형이 있는가 하면 거북이형도 있다. 세상에는 모두가 있어야 하기 때문에 그 우열을 말할 수는 없다는 생각이다.

인간에게 새로운 지식을 끊임없이 추구할 수 있는 능력이 있다는 것은 대단한 축복이다. 특히 세상의 원리와 우주의 이치, 인간성의 근본을 탐구하는 것은 환희에 벅차고 가슴 설레게 하는 일이다. 그래서 좋은 성과가 얻어지면 매년 노벨상의 영예가 주어지고, 지구촌이 인간 승리의 축배를 들어 올린다. 그런데 노벨상을 받는 나라는 마치 정해져 있다는 듯이 손가락에 꼽힌다. 이들 나라의 공통점은 거북이형의 인재들이 많다는 것이다. 또한 지식의 강물이 도도하게 흘러 대하(大河)를 이루는 것이다. 이제 천천히 그러나 꾸준히 가보자. 그러면 가고자 하는 방향과 목적지를 잃지 않을 것이다. 또한 지쳐서 중간에 포기하는 일도 줄어들 것이고, 눈에 보이지 않는 것들도 점차 손에 잡힐 것이다.

노자와 함께 *45*

사람은 누구나 죽음이라는 육신의 종말을 피할 수 없다. 그런데도 '죽어도 죽지 않는 자'가 있다는 것이다. 그런 자는 도대체 어떤 사람인가. 이 문제는 '사람은 죽으면 무엇을 남기는가'에 직결된다. 가장 먼저 생각해야 할 것은 '생명의 원리'이다. 모든 생명체에게는 공통적으로 작동하는 '생명의 원리'가 있다. 이것은 생명체는 계속해서 세대가 이어져야만 한다는 것을 뜻한다. 그래야 멸종을 면하기 때문이다. 여기에는 사람도 예외가 아니다. 앞 세대로부터 넘겨받은 생명을 다음 세대로 넘겨주는, 즉 대대로 이어지는 생명의 연계가 있어야 한다. 이렇게 되면 그 사람은 죽어도 죽은 것이 아니다.

그다음으로 생각할 수 있는 것은 그 사람이 남긴 흔적(痕迹)이다. 흔적은 어떤 사물의 현상이 없어졌거나 지나간 후에 남는 자취나 자국이다. 사람은 살아 있는 동안 자기의 이름을 내걸고 수많은 활동을 한다. 그 활동에는 자신을 위하는 것도 있고, 자기를 희생하면서 국가나 사회 그리고 인류 공동체를 위하는 것도 있다. 그러다가 죽고 나면 그의 활동으로 인하여 남겨진 흔적에 대한 말들이 자연스럽게 모여진다. 그의 흔적에 대해서 대대로 많은 사람들이 거론하면 그는 역사적 인물이 된다. 이렇게 되면 그 사람은 죽어도 죽은 것이 아니다. 이를 두고 이런 속담도 생겼다. '호랑이는 죽어서 가죽을 남기고, 사람은 죽어서 이름을 남긴다[虎死留皮 人死留名].

노자는 이렇게 말했다. "제자리를 잃지 않는 자는 오래 가고, 죽어도 잊히지 않는 자는 오래 산다[제33장. 不失其所者久, 死而不亡者壽]." 사람에게는 각자 제자리가 있다. 즉 자기의 분수대로 주어진, 마땅히 있어야 할 자리가 있다는 것이다. 자신을 잘 아는 현명한 사람은 현재의 자기 위치에서 자기의 본분을 지키며 안분지족(安分知足)한다. 이런 사람은 도(道)에 잘 부합하는 자로서, 도(道)의 자리를 잃지 않기 때문에 죽어도 결코 죽은 것이 아니다. 도(道)가 영원하기 때문에 그 또한 도(道)와 함께 영원히 살게 된다. 요컨대 삶과 죽음은 도(道)의 원리에 맡겨야 한다는 것이다. 사람은 자연의 구성원으로서 주어진 삶의 조건을 있는 그대로, 되는 그대로 받아들이면서 자연의 변화에 몸을 맡겨 순응해야 한다. 자연으로부터 소외되는 삶이 얼마나 오래 지속될 수 있겠는가.

만물은 하늘의 그물 안에 있는 존재들이다[제73장. 天網恢恢, 疎而不失]. 여기에는 물론 사람도 예외가 될 수 없다. 때문에 하늘의 도(道), 즉 자연의 도(道)에서 벗어나지 않고 어긋나지 않으면 그의 삶은 하늘의 배려로 언제나 온전해진다. 자연의 도(道)에 따르면 이렇게 된다. 애를 쓰고 다투지 않아도 무리 없이 자신의 목적지에 도달한다. 어떤 말을 하지 않아도 만물과 서로 상응하고 소통하면서 평화롭게 공존해나간다. 겸허의 미덕을 갖추게 되어 그 무엇을 구하지 않아도 필요한 만큼은 저절로 얻게 된다. 관대하게 되어 무위(無爲)로 일체 만물과 질서를 공유하며 서두르지 않아도 제 몫의 것은 모두 제때에 이룬다. 자신만의 삶을 지나치게 귀하게 여기고 탐하는 귀생(貴生)이나 탐생(貪生)은 삶에서 이기적인 행위로 유위(有爲)의 대표적인 것이 된다. 따라서 살기 위해서 무엇인가 사사로운 것을 지나치게 추구하지 않고, 허심(虛心)으로 돌아가 자연의 길을 따르는 무이생위(無以生爲)를 실천하면 얼마나 좋겠는가[제75장. 無以生爲者]. 오직 삶에서 인위적인 것이 없는 것, 다시 말해서 이기주의에서 벗어나는 것, 이것이 진정으로 자신의 삶을 고귀하게 만드는 길이다.

노자와 함께 46

사람은 누구나 자기의 삶이 올바르고 행복하길 바란다. 삶은 생각에서 출발한다. 자기의 생각이 올바르지 않으면 안 된다. 생각은 말과 행동을 지배한다. 그리고 사람은 실천적 존재이다. 어떤 삶의 목적은 행위에 옮겨짐으로써 비로소 그 의의(意義)가 드러난다. 사람의 됨됨이도 그의 행위에 의해 최종적으로 평가된다. 또한 사람은 사회적 존재이다. 남과의 관계 여하에 따라 자기 존재의 의미가 달라지게 된다. 남을 고려하지 않는 행위는 있을 수 없다. 그렇기 때문에 모든 사람은 자기의 행위를 진실되게, 아름답게, 보람 있게 하려고 노력한다. 그러나 현실은 매우 복잡다단하다. 순간마다 부닥치는 상황들이 결코 만만찮다. 그래서 자기의 생각과 행위에는 어떤 매뉴얼 같은 것이 필요하다. 이것은 생활을 어떻게 할 것인가에 대한 철학과 신조를 말한다. 되도록 시행착오를 줄이면서 삶을 만족스러운 것으로 만드는 길잡이가 있었으면 좋겠다는 것이다.

노자는 자(慈)와 검(儉)과 불감위천하선(不敢爲天下先), 이 셋을 보물처럼 지니고 보존하였다[제67장. 我有三寶, 持而保之, 一曰慈, 二曰儉, 三

曰不敢爲天下先]. 자(慈)는 자애로움이다. 남을 위하는 힘의 원천이 된다. 검(儉)은 검악함이다. 남에게 베푸는 힘의 바탕이 된나. 불감위천하선(不敢爲天下先)은 세상에 감히 앞서려 하지 않음이다. 남에게 겸손할 수 있는 힘의 토대가 된다. 이 세 가지는 생각과 행위를 올바르게 이끌어 주는 매뉴얼의 중요한 요소가 된다.

노자의 삼보(三寶)는 도(道)의 큼을 다시 한번 상기시킨다. 이렇게 무한한 도(道)를 여기서 어찌 세밀하게 논의하겠는가. 이것은 우물 안의 개구리에게 바다를 말하는 만큼이나 쉽지 않다. 그럼에도 노자의 말을 따라가 본다. 자(慈)를 버리고 용감해지려고만 하고, 검(儉)을 버리고 널리 베풀려고만 하고, 뒤로함을 버리고 앞서려고만 한다면[爲天下先], 결국 패망을 부를 뿐이다. 무릇 자애로써 싸우게 되면 이기고, 자애로써 지키면 견고하게 된다. 하늘이 장차 그를 구하고, 자애로써 그를 보위할 것이다. 또한 자애는 마음을 사랑으로 견고하게 함으로써 의(義)를 실천할 수 있는 진정한 용기를 길러준다. 검약은 내면의 덕(德)을 쌓아서 남에게 베푸는 배려와 관용의 힘을 길러준다. 검약하면 외물(外物)보다는 내실(內實)에 더욱 충실하게 되어 덕(德)이 쌓이며, 또한 마음에 여유가 생겨서 남을 생각하고 포용하게 된다. 그래서 오직 검약이 도(道)에 이르는 빠른 길이 된다. 겸손은 양보의 힘을 길러주며 남보다도 앞서려 하지 않아도 결국에는 지도자로 앞서게 된다. 겸손은 자기를 낮추는 것이다. 자기를 낮추면 오히려 자기가 저절로 높아지게 된다. 이것은 강과 바다가 아래에 잘 거처하기 때문에 온갖 계곡의 왕이 될 수 있는 것과 같다.

삼보(三寶), 즉 자애와 검약과 겸손은 사람이 하늘과 땅 사이에서 평화롭게 살아가는 지혜가 되고도 남는다. 하늘은 지상을 향하여 자애[자비]를 아낌없이 베푼다. 햇빛과 우수를 편애하지 않고 내린다. 이러한 하늘의 양기(陽氣) 덕분에 만물은 성장할 수 있다. 이것은 마치 부모가 자식을 보살피고, 윗사람이 아랫사람을 보듬는 것과 같다. 만약 하늘처럼 아상(我相)을 버리고 무아(無我)의 경지에 들어서 무한히 자비로울 수 있다면, 이것은 천하의 도(道)를 얻는 것이다. 조주 선사의 이른바 '방하착(放下着)'도 하늘을 본받을 때 가능한 일이 아닌가. 땅은 지상에 있는 모든 것을 축적하고 보장(保障)한다. 검약을 통하여 만물의 생멸(生滅)이 거리낌 없이 저절로 자연스럽게 잘 되도록 필요한 조건을 보증하고 장애가 되지 않도록 보호하고 뒷받침한다. 이러한 땅의 음기(陰氣) 덕분에 무위의 도(道)가 지상에서 펼쳐진다. 하늘과 땅, 그다음은 사람의 몫이다. 사람은 자기를 낮추고 비우는 겸손과 겸허를 자기 존재의 근거로 삼아야 한다. 타자(他者)와 조화롭게 공존(共存)할 때 진정한 평화를 누릴 수 있다. 이것은 중용의 도(道)를 실천할 때 가능한 일이다. 하늘을 본받고 땅을 본받으면, 겸손하고 겸허로워지며 사람의 길은 저절로 열린다. 이 길이 바로 중용의 도(道)이다.

노자와 함께 47

사람은 어떠한 행위를 하더라도 억지로 무리하지 않아야 한다. 무리하면 만족스럽게 성사되기가 어렵고, 또한 부작용이 따른다[제29장. 爲者敗之, 執者失之]. 세상의 일에는 모두 순리가 있다. 이 순리에 따라 행하면 일은 자연스럽게 이루어진다. 이것은 도(道)의 작용과 무위(無爲)의 힘 때문이다. 무위의 행위는 꾸밈이 없어 너무나 자연스럽고 조화롭다. 그래서 겉으로는 어떤 행위를 하지 않는 것 같지만, 나중에는 성과를 얻게 된다[제37장, 제48장. 無爲而無不爲]. 또한 자연스러운 행위는 자연의 변화에 순응하기 때문에 그 무엇에 인위적으로 의존하거나 기댐이 없다. 따라서 아무런 흔적을 남기지 않는다[제27장. 善行無轍迹].

누가 천하[만물]를 취하고자 할 때 그것을 억지로 도모하면 어떻게 되겠는가. 천하는 신기(神器)이므로 억지로 어떻게 해 볼 수가 없다. 억지로 하는 자는 그것을 망치고, 휘어잡는 자는 그것을 잃고 만다. 따라서 천하를 취하려면 인위적으로 무리해서 일을 하지 않고, 자연스럽게 마치 일이 없는 듯이 하는 무사(無事)로 임해야 한다. 그리고 만물의 변화는 무궁하다. 수시로 강약과 냉온을 달리한다. 그러면서 저절로 질서를 이룬다. 이에 사람은 어떻게 대응하겠는가. 무위(無爲)를 통해서 그 무한한 변화에 제대로 적응해나갈 수 있다.

실제에 있어서 인위적인 모든 행위에는 많은 제약이 따른다. 그 제약은 크게 두 가지로 요약된다. 하나는 사회정의이고, 또 하나는 자연 순리이다. 사회정의는 공동선(共同善)을 지키고자 하는 작위적인 것이다. 윤리와 도덕, 법규 같은 것이 그것들이다. 이에 비해 자연 순리는 도(道)에 따라 움직이는 자연의 도리로서 무작위적인 것이다. 궁극적으로는 자연의 순리가 모든 것을 포괄하게 된다. 모든 행위를 지배하는 힘의 원천은 자연이기 때문이다. 자연에 순응하면, 즉 자연의 법칙을 따르면 삶은 몰라보게 달라진다. 만물을 주관하는 도(道)의 힘이 작용하기 때문이다. 시간과 공간을 관통하면서 생성과 소멸의 법칙으로 이루어지는 큰 변화의 흐름에 올라타면, 삶은 어느 때보다도 자연스럽고 편안하게 또한 조화롭게 펼쳐진다. 그렇게 되면 삶은 성스러운 존재의 뿌리에 닿으면서 온전함을 얻게 된다.

모든 사람이 끊임없이 추구하는 행복은 어디에 있는가. 영국의 BBC는 행복하게 만들기 프로그램을 직접 실험하고 그 결과를 다큐멘터리로 제작하였고, 그 내용은 『행복』이라는 책으로 국내에도 소개되었다. 이 프로그램에서 6명의 행복 전문가들이 마련한 '행복헌장 10계명'에는 '식물을 가꾸어라. 아주 작은 화분도 좋다. 죽이지는 마라'를 제외하고는 모두가 인간관계에 관한 것들이다. 즉 자신과 가족, 친구, 동료 등으로 만들어지는 인간관계가 원만할 때 행복의 문은 열린다는 것이다.

또한 동서고금의 이른바 '행복론'은 거의가 인간중심에서 그 답을 구하려고 하고 있다. 그런데도 행복론은 여전히 백인백색(百人百色)이다. 이것은 아직도 인간은 자연과 화해하지 못하고 자연으로부터 멀리 떨어져 있다는 증좌이다. 진정한 행복을 누리기 위해서는 이제까지의 인간중심에서 벗어나서 인간과 자연의 관계가 원만하게 유지해나가는 생태적 삶에서 찾아야 한다. 생태적 삶은 자연에 순응하는 삶의 방식이다. 생명의 원리는 근원적으로 자연에 있다. 따라서 온갖 생명은 자연 속에서 조화롭게 공존할 수 있다. 여기에는 사람도 예외가 될 수 없다. 자연[만물]에 대한 편견이 불식될 때, 비로소 사람은 진정한 자연의 일원이 될 수 있다. 이렇게 된다면 사람은 자연으로부터 온전함을 얻으며, 행복을 억지로 추구하지 않아도 행복은 자연스럽게 찾아든다. 장자의 말이다. 도(道)의 관점에서는 모든 것은 서로 통하여 하나가 된다. 천지(天地)도 하나의 손가락이고, 만물(萬物)도 한 마리의 말이다[天地一指, 萬物一馬]. 모든 존재가 근본에서 하나임을 깨닫는다면, 행복은 저 빛나는 태양처럼 언제나 지극한 것이 될 것이다.

노자와 함께 48

사회생활의 요체는 조화에 있다. 조화는 모든 행위가 자신을 낮추는 겸손(謙遜)에서 시작하여 겸손으로 끝날 때 피어나는 아름다운 꽃이다. 따라서 겸손은 도덕의 실천 덕목에서 항상 상위에 놓이게 된다. 남을 위하는 헌신이나 자선도 겸손한 마음에서 이루어질 때 진정성을 갖는다. 진정한 조화가 이루어지려면 어떠한 사람과도 눈높이를 맞출 수 있어야 한다. 이것은 자신의 빛을 줄이고, 옷에 흙먼지를 묻힐 정도로 낮게 처신하는 화광동진(和光同塵)의 자세를 취할 때 가능하다[제4장, 제56장. 和其光, 同其塵]. 그러나 사람은 은연중에 과시하려고 든다. 또한 자기의 생각이 옳다고 끝까지 주장한다[제22장. 제24장. 自見, 自是, 自伐, 自矜]. 이런 행위들은 찌꺼기 밥과 혹 같은 군더더기에 불과하다[제24장. 餘食贅行]. 조화에 찬물을 끼얹는 일이다. 만약에 진실로 자신을 아는 사람이라면 겸손하여 자신을 그렇게도 드러내지 않는다[제72장. 自知不自見].

하늘의 도[天之道]와 함께 하면 현묘한 어울림의 경지, 즉 현동(玄同)에 이른다. 여기에는 나옴도 없고 들어감도 없으며, 안도 없고 바깥도 없으며, 자기도 없고 외물(外物)도 따로 없다. 이것은 만물이 분별되지 않고 하나로 동화되는 만물제동(萬物齊同)이다. 어떻게 하면 되겠는가. 자기의 밝은 빛을 줄여서 남과 조화를 이루고, 자기를 낮추어서 먼지와도 같게 하는 화광동진(和光同塵)의 경지, 즉 조화와 겸손의 지극한 경지에 들면 된다. 이렇게 되면 스스로 보이지 않으니 밝게 되고, 스스로 옳다고 하지 않으니 드러나게 되고, 스스로 자랑하지 않으니 공(功)이 있게 되고, 스스로 자만하지 않으니 오래가게 된다.

사람이 겸손하게 되면 남과 다투는 일이 없어진다. 다툼은 남을 배려하지 않고 함부로 대할 때 일어난다. 사회가 불화와 불신으로 혼란의 늪에 빠져드는 것은 다툼이 만들어 내는 가장 큰 해악이다. 그런데 다툼은 아주 사소한 것에서 생기는 경우가 많다. 괜스레 남의 시기심이나 허영심을 자극시키는 것이 그러한 예가 된다. 만약에 겸손한 언행을 한다면 천하의 어느 누구와도 다투지 않게 된다[제22장. 夫唯不爭, 故天下莫能與之爭. 제66장. 以其不爭, 故天下莫能與之爭].

자신을 낮추는 겸손의 힘은 무엇인가. 겸손은 도덕과 윤리의 면에서 대단한 미덕으로 모든 덕(德)의 근본을 이룬다. 따라서 겸손을 이끌어 주는 힘은 덕(德)이다. 덕(德)을 쌓은 자는 겸손만으로도 만인의 지도자가 될 수 있다. 바다가 지상의 모든 물을 받아들이는 것처럼, 겸손은 만인의 지지를 받아들이기에 충분하다. 또한 겸손은 존재론적으로 볼 때 무아(無我)의 경지이다. 제 몸을 낮추는 겸하(謙下)와 겸비(謙卑)를 거듭하여 겸허(謙虛)에 이르면, 자신의 무력(無力)을 깨닫고 타자(他者)와 일치시키는 마음의 상태가 된다. 종교적으로 신(神)의 의사에 어디까지나 순종하려는 마음과 같다. 겸손할 줄 모르는 자는 언제나 남을 비난한다. 그는 저 자신을 모르고, 다만 남의 허물만 잘 알고 있다. 때문에 겸손하지 않으면 남과 다투게 된다. 이러한 다툼의 원인에는 자현(自見), 자시(自是), 자벌(自伐), 자긍(自矜)이 대표적이다. 자현(自見)은 스스로 자신을 돋보이게 드러내는 것이고, 자시(自是)는 스스로 자신의 것만 옳다고 주장하는 것이고, 자벌(自伐)은 스스로 자신의 공(功)을 자랑하는 것이고, 자긍(自矜)은 스스로 자신을 뽐내는 것이다. 이러한 것들은 겸손을 실천하면 없어지고, 따라서 다툼의 여지가 사라진다. 노자는 도(道)를 터득하는 포일(抱一)이면 천하에 더불어 싸울 자가 없다고 하였다. 하나, 즉 도(道)를 얻으면[抱一], 내가 없어지고[無我], 내가 없어지면 다툼이 없어진다[不爭]. 다투려는 일체의 원인이 없으니 천하의 어떤 것도 더불어 다툴 수가 없다. 즉 도(道)와 함께 사는 자는 일체가 자기 자신이므로 다툴 상대가 없다.

노자와 함께 49

노자는 근심 없이 편안히 살기 위한 행위의 기본적 준칙으로 부유부쟁[제8장. 夫唯不爭]을 들었다. 무릇 오로지 다투지 않는다. 사물과 다투지 않고, 세상과 다투지 않는다[與物不爭, 與世不爭]. 이렇게 되면 아무런 잘못이 생기지 않는다. 또한 도(道)에 가까워진다. 따라서 부쟁의 덕[不爭之德]은 만인과 만물이 조화롭게 공존하는 바탕이 된다.

모름지기 사람은 겸손을 몸에 익혀 부쟁의 덕을 쌓아야 한다. 어떻게 그것을 쌓을 수 있을까. 먼저 하늘을 우러러보고, 하늘의 도[天之道]를 본받는 것이다. 하늘의 도는 다투지 않으면서도 이길 것은 모두 이긴다[제73장. 天之道, 不爭而善勝]. 이렇게 되는 것은 하늘의 도가 무위의 도[無爲之道]이기 때문이다. 만약 남을 대할 때 하늘처럼 어떤 이기적 동기가 없다면, 상대방으로부터 승복을 받아내는 것은 너무나 자연스러운 일이다. 성인(聖人)의 도(道), 역시 행하되 다투지 않는다[제81장. 爲而不爭].

또한 흐르는 물을 봐도 겸손의 힘을 얻고, 부쟁의 덕을 배울 수 있다.

이쪽저쪽의 계곡물이 만나도 다투지 않으며, 또한 서로 앞서겠다고 덤비지도 않는다. 오로지 함께 흐르면서 만물을 이롭게 한다[제8장. 水善利萬物而不爭]. 물의 이러한 성질은 도(道)의 덕성을 잘 따른다. 도(道)는 만물을 이롭게 하는 공덕을 가지고 있지만, 그것을 과시하거나 그것에 대한 보답을 구하지 않는다. 그래서 다투는 일이 없고, 어떠한 원한도 남기지 않는다.

다툼은 한번 불붙기 시작하면 쉽게 멈추지 않는다. 그렇다 보면 깊은 원한을 사게도 된다. 깊은 원한은 화해하더라도 반드시 여한이 있게 된다. 이것은 사람으로서 할 도리가 아니다[제79장. 和大怨必有餘怨, 安可以爲善]. 그러니 최종적인 옳고 그름의 판단은 하늘에 맡겨야 한다[제73장. 天網恢恢, 疎而不失]. 시시비비를 가리겠다며 끝까지 다투는 일은 삼가야 한다. 다투는 일이 없다면 어떠한 원망과 허물도 없게 된다[제8장. 不爭无尤].

사람의 마음이 하늘을 닮으면 얼마나 좋겠는가. 그렇게 되면 더없이 관대해지고, 만물을 아끼며 마찰 없이 상응할 수 있다. 하늘[天]은 곧 자연(自然)이다. 따라서 하늘의 도(道), 즉 자연의 도(道)를 따르면 모든 것이 저절로 도리에 맞게 전개되며 다툼이란 있을 수 없다. 그러나 인간세는 촘촘한 법의 그물, 즉 법망(法網)으로 그물질을 해도 선악의 다툼은 끊이지 않는다. 이것이 인간의 도(道)가 갖는 한계이다. 하늘의 그물, 즉 천망(天網)은 넓고 커서 그물코 사이가 성기고 느슨해 보여도 세상의 모든 것이 빠져나갈 수 없어서 질서[순리]가 잘 유지된다. 천망회회 소이

불실(天網恢恢, 疎而不失)이다[대부분의 판본은 '疎而不失'이고, 경룡비본에는 '疎而不漏'로 되어 있음]. 어찌 자연의 도(道)를 따르지 않겠는가.

천망(天網)에는 크게 두 가지의 뜻이 내포된다. 하나는 하늘은 천망으로 천하의 만물을 하나도 빠뜨리지 않고 편애함이 없이 모두를 안고 기르겠다는 것이다. 사람이 보기에는 엉성하고 느슨한 것 같아도, 만물의 요구에 모두 응하는가 하면, 만물에 일일이 찾아가서 이롭게 해 준다. 그러면서도 만물을 소유하려고 하지 않는다. 이렇게 하늘이 하는 일은 무위로 자연적으로 행해지기 때문에 못 이루어지는 것이 없다. 이것이 바로 도(道)의 원리이고, 무위(無爲)의 원리이다. 또 하나는 하늘은 천망으로 하늘의 정의를 펼쳐서 천하 만물이 본받고 따라야 할 표준이 되게 하는 것이다. 만일에 만물이 하늘의 정의에 대해 무한한 신뢰를 갖는다면, 만물은 당당하고 의연하게 존재하게 된다. 그렇게 되면 천하에는 평화가 깃들 것이므로, 어떠한 다툼의 땅도 있을 수가 없다. 요컨대 천도(天道)의 너그러움을 성찰하면 상대방을 조급하게 함부로 대하지 않게 된다. 또한 서로가 깊은 배려와 자비를 주고받게 된다. 천하의 모든 것은 인과율(因果律)로 짜여진 그물망 안에 있다. 이것이 천망(天網)이 보여주는 하늘의 원리이다.

노자와 함께 50

세상은 언제나 훌륭한 지도자가 나타나길 기다린다. 지도자, 즉 리더는 어떤 집단의 통일을 유지하며, 그 성원이 행동함에 있어서 그들에게 방향을 제시하는 인물이다. 단순히 인기(人氣)가 있는 사람이거나 대표자 또는 어떤 분야의 권위자와는 구별된다. 지도자는 지도력, 즉 리더십을 갖추어야 한다. 리더십은 비전과 목표를 제시하고 성원들을 이끌어 가는 힘이다. 이 힘을 바탕으로 해서 리더의 역할은 이루어진다. GE의 CEO었던 잭 웰치는 리더의 역할에 대해서 이렇게 말했다. '미래에 대한 비전을 제시하며 건전한 조직 문화를 형성하고, 올바른 인재의 육성과 더불어 이들이 나아가야 할 방향을 보여주는 것이다.' 그렇다면 어떻게 하면 리더십을 배양하고 리더의 역할을 잘 할 수 있겠는가. 노자는 한마디로 위지하(爲之下) 하면 된다는 것이다. 이것은 자신이 먼저 아래가 되라는 것이다. 즉 스스로를 낮추어 오만하지 말고 상대를 귀하게 여기며 존중하는 겸손을 갖추는 것이다. 위지하(爲之下)는 바로 인재를 기용하고 부리는 용인의 힘[用人之力]이 되고, 하늘과 짝을 이루는 배천(配天)의 덕(德)이 된다.

따라서 겸손은 지도자가 갖추어야 할 매우 중요한 덕목이다. 진실로 사람을 잘 쓰는 지도자나 관리자는 자신을 그들의 아래에 두는 겸손을 실천하는 사람이다[제68장. 善用人者爲之下]. 이것은 강과 바다가 아래에 위치하여 모든 계곡의 왕이 되는 것과 같다[제66장. 江海所以能爲百谷王者, 以其善下之]. 지도자가 갖는 겸손의 미덕은 국제관계에서도 여실히 드러난다. 큰 나라일수록 작은 나라를 포용하기 위해 아래로 내려가야 한다[제61장. 大國者下流, 大者宜爲下].

인재를 등용하여 부리는 지도자의 능력은 그 자신이 겸허의 미덕을 가지고 있을 때 크게 신장된다. 스스로가 자신을 굽혀서 인재의 아래에 있어야 한다. 이렇게 되면 용인의 힘[用人之力]이 자연스럽게 발휘된다. 불세출(不世出)의 인재를 얻기 위해 왕이 겸손한 태도로 간곡한 성의를 다하는 삼고지례(三顧之禮)는 고사에도 나온다. 은나라 탕왕이 이윤(伊尹)을 맞이할 때나, 촉한의 왕 유비가 제갈량을 얻을 때가 그 예들이다. 특히 삼고초려(三顧草廬)는 널리 인구에 회자되고 있다. 즉 유비는 제갈량의 초막집을 몸을 굽혀 세 번 찾아 그의 마음을 얻고 군사(軍師)로 삼았다.

이와 같은 용인(用人)의 덕(德)은 바로 하늘과 짝하는 것[配天]이다. 이것은 예부터 내려오는 지극한 원리이다. 하늘의 이치는 변화에 따라 나아가고 물러나는 것이다. 이에 무슨 다툼이 있는가. 오직 겸허할 뿐이다. 하늘이 갖는 이러한 부쟁(不爭)의 덕(德)과 겸허(謙虛)의 덕(德) 때문에 일체의 만물은 서로 다툼이 없이 하늘 아래로 귀속된다. 또한 용인

(用人)의 덕(德)은 강과 바다가 계곡의 왕이 되는 것에서도 알 수 있다. 강과 바다는 낮은 곳에 거처함으로 해서 온갖 계곡의 물줄기들이 강과 바다로 귀의하게 된다.

배천(配天)은 '하늘에 짝한다'라는 말로서 고전에 아주 많이 등장하는 말이다. 처음에는 임금이 그의 조상을 하늘과 함께 제사 지내는 일이었다. 그러다가 천자의 자리에 오르는 것을 의미하였다. 그 의미가 더욱 확장되어 덕(德)이 하늘에 비견할 만하다는 뜻으로 쓰이게 되었다. 어느 경우나 절대의 위치에 있는 '하늘'을 염두에 두고 하늘과 같아지려는 의지의 표상이다. 누가 하늘과 짝을 이루며, 하늘과 필적할 만한가. 그는 덕(德)이 광대(廣大)한 자이다. 이것은 무위자연의 덕(德)을 길러서 자연과 합일(合一)하는 것을 말한다. 자연과의 합일은 구체적으로 무엇인가. 자연을 본받아 스스로를 낮추는 위지하(爲之下)의 겸손이다. 이렇게 겸손하면 인재를 등용하고 부리는 힘[用人之力]이 하늘과 짝하는 것[配天]이 된다. 지도자가 위지하(爲之下)로 큰 포용력을 가지면 사람들은 무거움과 부담감을 느끼지 않게 되어 마음이 가벼워진다. 이렇게 되면 누구나 자연스럽게 그를 따르며 진심에서 협력한다.

노자와 함께 51

무릇 사람의 행위는 아름답고 품위가 있어야 한다. 그러려면 자세부터가 의연하고 신중해야 한다. 눈앞의 이해관계에 따라 부산을 떨며 가볍게 처신한다면 근본을 잃게 된다[제26장. 輕則失本, 躁則失君]. 끝내 모든 것을 잃고 추한 모습이 되는 경우가 얼마나 많은가. 또한 움직임에는 적절한 때가 있다[제8장. 動善時]. 이것을 모르고 불쑥 나서서 멈출 줄도 모르고, 물러날 줄도 모른다면 여간 어리석은 사람이 아니다.

따라서 언제 멈출 것이며, 또 언제 물러날 것인가를 아는 것은 매우 중요하다. 어떤 일을 할 때 혼자서 멈추지 않고 끝까지 가는 경우가 많다. 이것은 사람의 능력에는 한계가 있는 줄 모르는 무지와 자기 업적을 내세워보겠다는 공명심이 빚어낸 것이다. 이렇게 되면 일이 제대로 완성되지 않을 뿐만 아니라 당사자도 큰 어려움을 겪게 된다. 멈추는 것을 알면 위태롭지 않고, 안전하게 장구할 수 있다[제32장. 知止所以不殆, 제44장.知止不殆, 可以長久].

자기를 잘 다스려서 무겁고 고요해야 한다. 가벼우면 근본을 잃고, 조급하면 주인을 잃기 때문이다. 무거우면 존귀해지고 가벼움을 제어할 수 있다. 고요하면 조급함을 제어할 수 있다. 따라서 무거움은 가벼움의 뿌리가 되고, 고요함은 조급함의 주인이 된다. 만물은 잠시도 머무르지 않고 무거움[重]과 가벼움[輕], 고요함[靜]과 조급함[躁]이 교대된다. 나무를 보면 그 뿌리는 무겁기 때문에 오래 보존되지만, 그 잎과 꽃은 가볍기 때문에 쉽게 떨어진다. 회오리바람은 아침나절 내내 불지 못하고, 소나기는 하루 종일 내리지 못한다. 강성해지는가 하면 어느새 쇠퇴하여 소멸된다.

사람은 자신의 근원을 잃지 않아야 한다. 이것은 고요한 중심, 즉 부동심(不動心)으로 무장하는 것이다. 마음이 외부의 요인에 의해 동요하지 않을 때 평화로운 내면을 유지할 수 있다. 따라서 고요한 상태에서 머무는 능력을 키우는 것이 중요하다. 또한 멈추는 것을 알아야 한다. 그칠 줄 알면 어지럽게 얽히지 않아 위태롭지 않다. 그러면 마침내 장구할 수 있다. 마땅히 멈추고 그쳐야 할 때를 알고, 마땅히 머물러야 할 곳에 머무는 것이 중요하다. 이것은 욕망의 절제, 즉 만족을 아는 능력에서 비롯된다.

노자는 인품을 근본에서 다잡아 주는 것으로 지족(知足)과 지지(知止)를 강조하였다[제44장. 知足不辱, 知止不殆]. '만족할 줄 알고, 그칠 줄 알아라'라는 말이다. 이것은 욕망의 절제를 통해서 이루어지는 아름다운 마음의 발로다. 이렇게 되기에는 고도의 수양이 선행돼야 한다. 사람은 누구나 좋아하거나 사랑하게 되면 가지고 싶고, 가지면 더욱 가지며, 놓지 않으려고 한다. 이것이 인지상정(人之常情)이다. 공자도 『논어』에서 지나침을 경계하여 '과유불급(過猶不及)'을 강조하였다. 지나침[過]은 미치지 못함[不及]과 같다는 말이다. 적당한 한도와 범위를 초과하는 것도 좋지 않고 또한 미달하는 것도 좋지 않으니, 중용(中庸)의 덕(德)을 갖추어야 한다는 것이다. 심하게 아끼기만 하면 반드시 크게 써야 될 일이 생기게 되고, 또한 지나치게 많이 간직하면 반드시 크게 잃게 된다[제44장. 甚愛必大費, 多藏必厚亡]. 이것은 지나친 집착과 애착이 빚어내는 일이다. 적당하게 만족하고 그칠 줄 아는 지족지지(知足知止)이면, 마음이 지치지 않고 여유로워진다. 이렇게 해서 만들어지는 삶의 빈 공간에는 한결 인간다운 향기로 가득 채워진다.

노자와 함께 52

대부분의 사람들은 자기가 이루어 놓은 일에 큰 자부심을 갖는다. 그렇다 보니 그 업적에 연연하여 계속 머문다. 심지어는 두고두고 칭송을 받고자 돌에 이름을 새기기도 한다. 이렇게 되면 애써 이른 공적을 스스로가 허물며, 자신의 품위를 떨어뜨린다. 그래서 일을 이루었을 때는 거기에 의지하려 들지 말고[제2장, 제10장, 제51장, 제77장. 爲而不恃], 군림하지 말아야 한다[제10장, 제51장. 長而不宰]. 공(功)을 이루면 이름을 남기지 말고[제34장. 功成不名有], 몸은 물러나야 한다[제2장, 제9장, 제77장. 功成而不居, 功遂身退]. 이것이 하늘의 도(道)이다[제9장. 天之道].

도(道)는 만물을 생겨나게 하고 기른다. 그러면서 만물을 자신의 소유물로 여기지 않는다. 만물은 스스로가 주인이기 때문이다. 또한 도(道)는 만물을 낳고 기른 공덕에 기대어 그 대가를 바라지 않는다. 만물을 도우면서도 관여하거나 지배하지도 않는다. 사람은 남에게 약간의 은혜를 베풀어도 떠들썩하게 자랑하며, 거기에 관여하거나 심적 부담을 주려고 한다. 특히 위정자들이 그렇다. 도(道)가 베푸는 무한한 덕, 즉 현덕(玄德)을 본받는다면 천하는 서로가 존귀해질 것이다. 서로를 하나로 껴안는 삶이 될 것이기 때문이다.

사람은 누구나 행복을 추구한다. 그런데 행복은 인생의 목표가 될 수 없다. 행복은 삶의 과정에서 얻어지는 것이다. 그렇다면 어떤 삶의 과정에서 큰 행복감을 가질 수 있겠는가. 그것은 아마도 남에게 베푸는 과정일 것이다. 베풂에는 하늘이 하는 것이 있고, 사람이 하는 것이 있다. 하늘은 남는 것을 덜어서 부족한 것에 보태준다. 그러나 사람은 부족한 것을 덜어서 남는 것에 봉양한다[제77장. 天之道, 損有餘而補不足, 人之道則不然, 損不足以奉有餘]. 하늘과 사람은 반대로 한다. 하늘은 편애하지 않고 두루 사랑하여 공평무사하게 행한다. 그러나 사람은 탐욕 때문에 가진 자가 더욱 많은 것을 소유하고자 한다. 사람 중에서 도(道)를 가진 자만이 하늘처럼 할 수 있다[제77장. 唯有道者].

성인은 욕심이 없기 때문에 쌓아두지 않고 남에게 한없이 베푼다. 남을 위해 주었는데도 자기에게로 돌아오는 것이 더욱 많아진다[제81장. 聖人不積, 旣以爲人, 己愈有, 己以與人, 己愈多]. 노자는 검약한 생활을 해서 생기는 여유로 베풀 수 있다고 하였다[제67장. 儉故能廣]. 섣부르게 베풀려고 나서기에 앞서 철저하게 검약해야 할 것이다. 사람이 검약하면 외물보다 내면에 충실하게 된다. 이렇게 되면 덕(德)이 쌓인다. 쌓인 덕으로 베풀면 올바른 덕행(德行)이 된다. 모름지기 사람은 하늘과 성인과 노자의 베풂을 본받아야 한다.

나누는 삶은 아름답다. 나눔은 자신과 타자(他者)와의 관계 속에서 자신을 재발견하는 행위이다. 이런 행위는 자신의 삶을 보다 온전한 삶으로 이끌어 준다. 자신의 삶의 모든 부분이 타자(他者)와 얼마나 긴밀하게 연결되어 있는가를 알아가는 계기가 되기 때문이다. 나눔을 통하여 타자(他者)와 공유(共有)하는 힘은 공존(共存)의 버팀목이고 바탕이다. 그런데 세상은 불공평과 불평등으로 요철이 심하다. 이것은 공(共)보다는 사(私)가 너무 득세하여 생기는 현상이다. 그 대표적인 것이 부익부(富益富) 빈익빈(貧益貧)이다. 가진 자는 더욱 가지게 되고, 갖지 못한 자는 더욱 가지지 못하게 된다. 세상이 적고 많고를 떠나서 고르지 못하면[不均], 모두가 화합할 수 없어서 나라가 편안해질 수 없다. 공자도 『논어』에서 불균(不均)의 해소가 위정(爲政)의 요체라고 하였다[不患寡而患不均 : 『계씨편』]. 개인적으로 불균(不均)의 해소는 나눔에서 시작된다. 삶이 그 자신을 넘어 스스로 흘러가게 하면, 나눔은 자연스럽게 이루어진다. 이것이 치우치지 않는 조화로운 삶이다.

노자와 함께 53

한 나라나 개인의 문화 수준은 일상적 언어생활의 품격에 의해서 좌우된다. 흔히 언어를 '심성의 발로', '사상의 옷', '마음의 그림'이라고 한다. 그만큼 언어가 갖는 영향력이 크며, 또한 사람 됨됨이의 척도가 된다는 것이다. 언어의 생명력은 정확성과 신뢰성, 책임성에 있다. 이 생명력에 문제가 생기면 그 폐해는 이만저만이 아니다. 무책임한 말은 일평생 쌓아 올린 덕(德)을 허물며, 또한 사회를 혼란에 빠뜨린다. 그래서 예부터 말조심에 대한 잠언이 많았다.

대부분의 사람들은 거침없이 분명히 하는 말을 부러워한다. 그러나 때와 장소를 가려서 책임성 있게 정확히 말하기는 참으로 어렵다. 더욱이 듣기 좋은 말만 들으려 하고, 약이 되는 쓴 말이 외면당하는 분위기에서는 진실된 말은 설 땅을 잃는다. 말이 말로서 성립하려면 말에 종지(宗旨)가 있어야 한다[제70장. 言有宗]. 종지는 표면적인 문자적 뜻보다 내면의 중요한 본뜻을 말한다. 종지가 없다면 거창하고 화려하게 들리는 말은 빈말이며 죽은 말에 불과하다. 또한 종지를 파악하지 못하면 들어도 무슨 말인지 모르게 된다. 가장 수준 높은 말은 말하지 않고도 종지가 전달되어 상대방이 들은 것처럼 응하는 경우이다. 하늘의 말이 그렇다[제73장. 天之道, 不言而善應]. 또한 가르침에 있어서 몇 마디 말로 변죽만 울렸는데도 전체가 잘 전달되었다면, 이것은 말 없는 가르침에 속한다[제2장, 제43장. 不言之教]. 일상에서도 장황한 말보다 무언이나 침묵이 더 큰 울림을 주고 설득력을 갖는 경우가 있다.

말이란 단순히 소리를 내는 것이 아니고, 그 속에 뜻[宗旨]이 담겨 있어야 한다. 말의 뜻이 애매하다면 말을 했다고 할 수 없다. 그러나 말이라는 표현에는 한계가 있기 마련이다. 무엇인가에 한정되고 또 가려지기도 하기 때문에 전체의 부분을 나타내는 데에 불과하다. 어떻게 하면 표현의 깊숙한 곳에 내재한 근본을 이해할 수 있을까. 그래서 말 없는 가르침, 즉 불언지교(不言之教)가 있다. 가르침에는 말을 하는 유언(有言)의 가르침과 말을 하지 않는 불언(不言)의 가르침이 있다. 유언은 유위(有爲)이고 불언은 무위(無爲)이다. 불언, 즉 무위로 가르치는 것에는 하늘과 자연이 있다. 사람의 경우는 성인(聖人)이 이에 가깝다. 성인은 말로써 가르치지 않고, 마음의 덕(德)으로 저절로 감화시키는 가르침을 행한다. 하늘과 같은 마음을 가지면 하늘의 가르침을 받는다. 요컨대 불언지교는 도(道)의 가르침이다. 도(道)를 체득하고 품으면 도(道)의 가르침을 받을 수 있다.

교육(教育)은 사람을 가르치어 지덕(知德)을 성취하게 하는, 전체적인 인간 형성의 사회적 과정이다. 교육의 효과를 얻는 교육의 방법에는 여러 가지 수단이 사용될 수 있다. 가장 보편적인 수단은 말이고, 그다음은 글이다. 또한 솔선수범하는 행동도 가르침의 수단이 될 수 있다. 그런데 가르침에 말이 사용되지 않을 수도 있다. 이를 일러 불언(不言)의, 무언(無言)의 가르침이라고 한다[제2장, 제43장. 不言之教]. 불언지교(不言之教)를 행하는 대표적인 사람은 앞서 언급했듯이 성인(聖人)이다. 성인은 하늘의 도[天之道]를 체득하여 무위(無爲)로 행하는 자로서 가르침에서 구차한 말을 필요로 하지 않는다. 『장자』의 「덕충부」에도 '불언지교'라는 말이 있다. 불구자인 왕태는 특별히 말로 가르치지 않는데도, 수많은 사람들이 운집하여 많은 것을 얻어 돌아간다. 그는 덕(德)으로 가르침을 행한 것이다. 지극한 덕(德)이 충만되면 저절로 드러나고 남을 감화시킨다. 공자는 『논어』에서 '나는 무언(無言)하고자 한다' '하늘이 무엇을 말하던가'[予欲無言, 天何言哉 : 『양화편』]라고 말씀하셨다. 그리고 가르치는 것을 탐탁하게 여기지 아니하고, 가르치지 않는 것이 도리어 그 사람을 위해 좋은 교훈이 되는 수가 있다. 이것을 일러 불설지교회(不屑之教誨)라고 하며, 『논어-양화편』과 『맹자-고자장구하』에서 읽을 수 있다.

노자와 함께 54

모름지기 사람은 말을 아끼고 귀하게 해야 한다[제17장. 猶兮其貴言]. 또한 자연이 그렇게 한다[제23장. 希言自然]. 항상 진리와 진실은 말 너머에 있다. 그런데 말로써 어떻게 모두 담아낼 수 있겠는가. 말이 많아지면 진리와 진실에서 멀어진다는 것을 알아야 한다. 많은 말 속에는 쓸 만한 것이 적을 뿐만 아니라, 실수도 있게 된다. 그래서 말이 화(禍)의 뿌리가 되어 큰 재앙을 불러오기도 한다. 또한 말이 많게 되면 말이 가벼워지며, 말이 행동보다 앞서게 된다. 이렇게 되면 언행일치(言行一致)를 기대할 수 없다. 대체로 제대로 모르는 사람이 길게 말한다. 아는 자는 말하지 않는다[제56장. 知者不言, 言者不知]. 말을 많이 하다가 말문이 막히고 궁지에 빠지면 얼마나 난처한가[제5장. 多言數窮]. 말을 적게 하는 습관을 길러야 한다.

최상의 지도자는 무위(無爲)를 행하며, 머뭇거리고 신중하다. 그는 자신의 말을 귀하게 여기고 아낀다. 무위(無爲)를 행하게 되면 굳이 의도적으로 많은 말을 할 필요가 없기 때문이다. 이렇게 지도자가 말을 적게 신중하게 하고, 백성들로 하여금 스스로 교화(敎化)되도록 맡겨두면,

모두가 결국은 저절로 서로 믿게 된다. 서로 신뢰한다면 무슨 말이 더 필요하겠는가. 신의가 부족하면 요란스럽게도 불신에 찬 말들이 많게 된다.

자연(自然)은 말이 없다. 즉 말을 아껴서 거의 하지 않는다[제23장. 希言自然]. 소나기는 하늘이 하는 말이다. 소나기는 하루 종일 내리지 못한다. 회오리바람은 땅이 하는 말이다. 바람은 아침 내내 불 수가 없다. 이처럼 자연의 말은 근본에서 침묵의 말이고, 무(無)의 말이다. 따라서 자연은 저절로 그러하기 때문에 구태여 사람의 감각으로 들을 수 있는 말을 많이 할 필요가 없다. 여기서 무언(無言)과 묵언(默言), 불언(不言)이 자연이고 본질임을 알게 된다. 공자의 말이다. "하늘이 무엇을 말하던가. 사시(四時)가 운행되고, 백물(百物)이 생겨나지만, 하늘이 무엇을 말하던가[天何言哉. 四時行焉, 百物生焉, 天何言哉 : 『논어-양화편』]." 또한 장자의 말이다. "천지는 위대한 아름다움[만물을 키워주는 큰 공(功)]이 있으면서도 말하지 않고, 사철은 분명한 법칙을 지니면서도 논하지 않으며, 만물은 각기 생성의 이치를 지니면서도 설명하지 않는다[天地有大美而不言, 四時有明法而不議, 萬物有成理而不說 : 『장자-지북유』].

"지자불언(知者不言), 즉 아는 자는 말하지 않는다. 도(道)를 아는 자는 그냥 따른다. 그 참됨에 말이 미치지 못하므로 말하기를 꺼린다. 진리는 모두 언표(言表)될 수 없다. 한편, 언자부지(言者不知), 즉 말하는 자는 알지 못한다. 함부로 많은 말을 하는 까닭은 자신이 도(道)에 대해서 알고 있는 것이 편협되어 있기 때문이다. 도(道)는 말로 표현할 수 없는 그 무엇이다. 여기서 말은 많이 하면 할수록 도(道)에서 점차 멀어짐을 알게 된다.

다언삭궁(多言數窮), 즉 말이 많으면 자주 막힌다. 도(道)의 본체인 공허(空虛), 즉 무(無)에 대해 깨닫지 못하면서 이러쿵저러쿵 말을 많이 하면, 도(道)와의 거리가 점차 멀어지기 마련이다. 내부의 것을 방치한 채 외부에서 앎을 구하고자 말이 많은 것은 자주 궁핍해질 수밖에 없다. 도(道)의 깊숙한 차원을 붙들려고 해야 한다. 왕필본을 비롯한 많은 판본에는 '다언삭궁(多言數窮)'으로 되어 있으나, 백서본 등에는 '다문삭궁(多聞數窮)'으로 되어 있다.

노자와 함께 55

보통의 경우 말을 청산유수처럼 유창하게 하면 달변(達辯)이라고 한다. 말을 잘한다며 지지의 박수를 보낸다. 듣기에 너무 편하고 아름답기까지 하니 그럴 수도 있다. 그러나 겉만 화려하고 아름다워 보이는 말은 진정성과 거리가 먼 경우가 대부분이다. 그 대표적인 말이 거짓말이다. 진실로 잘하는 말에는 흠잡을 데가 없다[제27장. 善言無瑕謫]. 일상을 뛰어넘는 선(善)의 경지에서 하는 자연스러운 말이 여기에 해당된다.

무릇 말에는 믿음이 담겨야 한다. 그래야만 진실되고 살아 있는 말이 된다. 신뢰를 잃은 말은 허공을 가르는 빈말이며, 사회의 혼란을 조장하는 요인이 된다. 그래서 믿음직한 말은 아름답지 못하고, 아름다운 말은 믿음직하지 않다고 한다[제81장. 信言不美, 美言不信]. 또한 아주 잘하는 웅변은 눌변으로 보인다고 한다[제45장. 大辯若訥]. 눌변은 겉으로 보기에는 어딘가 모자라는 듯하지만, 내용이 충실하고 질박하여 오히려 설득력과 호소력을 갖는 웅변과 같다는 의미이다. 만약에 자기 생각만 옳다고 이야기하면 남과는 제대로 소통이 이루어질 수 없다.

변론을 일삼는 자의 말이 이러하다. 자신의 이익을 취하기 위하여 말을 교묘하게 꾸미니 결코 선한 사람의 말이 못 된다[제81장. 善者不辯, 辯者不善].

신언불미(信言不美), 즉 믿음직스러운 말은 아름답지 못하다. 미언불신(美言不信), 즉 아름다운 말은 믿음직스럽지 못하다. 왜 그런가. 도(道)라는 진리는 현란한 언사(言辭)를 통해서 표현되지 않는다. 진리는 말의 영역 밖에 있는 것이므로, 진리의 말은 아름다울 수가 없다. 무미건조하게 들리는 것이 진리의 말이다. 그래서 번지르르하게 꾸며서 아름다우면, 그런 말은 진리의 말로 믿을 만한 것이 되지 못한다. 일상에서 화려하게 꾸민 말은 대개 자신의 이익을 취할 때 유용하게 쓰인다. 시장 바닥의 장사꾼과 정치판의 정상배의 말이 그렇다. 남을 속임으로써 자신의 이익을 취하는 말에 무슨 신의가 있겠는가.

선자불변(善者不辯), 즉 선한 사람은 변론하지 않는다. 변자불선(辯者不善), 즉 변론하는 사람은 선하지 않다. 왜 그런가. 도(道)라는 진리는 변론의 대상이 아니다. 선한 사람은 이것과 저것을 가려내고, 하나의 생각만 옳다고 주창하는 입장에 서지 않는다. 그는 직관과 통찰을 통하여 도(道)와 하나 됨을 밝히는 진실만을 말한다. 변론을 일삼는 사람은 이른바 학문을 쌓아서 많이 아는 것 같지만, 잡념과 편견에 사로잡혀 도(道)에서 멀어진다. 어찌 선하다고 할 수가 있겠는가.

대변약눌(大辯若訥), 즉 훌륭한 웅변은 눌변과 같다. 세상을 보는 눈에는 두 차원이 있다. 하나는 도(道), 즉 무위(無爲)의 차원이다. 또 하나는 상식, 즉 유위(有爲)의 차원이다. 대(大)는 도(道)를 상징하기 때문에 대변(大辯)은 무위(無爲)의 것이 된다. 따라서 대변(大辯)은 도(道)의 흐름, 즉 순리에 따라 자연스럽게 하는 말이다. 이런 말은 진정성을 가지며, 또한 완전하고 훌륭하다. 이에 비해 일상적인 상식 차원에서 하는 말은 유위(有爲)의 것이 된다. 따라서 이런 말은 사심(私心)이 작용하여 꾸미고 굽혀진 말이다. 도(道)를 터득한 사람이 하는, 즉 도(道)의 경지에서 하는 대변(大辯)은 상식에만 머무는 사람들이 들을 때는 자기들의 기준에서 벗어나 보인다. 즉 어딘가 모자란 듯하고, 빈 듯하고, 굽은 듯하고, 서툰 듯하며, 또한 모순되고 불완전해 보인다. 무위(無爲)와 유위(有爲)는 상반된 것이지만, 도(道)의 관점에서는 동시성(同時性)을 띠고, 연생(緣生)하며 공존(共存)한다. 따라서 대변(大辯)은 눌변(訥辯)의 근거가 된다. 대변약눌(大辯若訥)과 같은 맥락에서 이해될 수 있는 것에는 대성약결(大成若缺), 대영약충(大盈若沖), 대직약굴(大直若屈), 대교약졸(大巧若拙) 등이 있다.

노자와 함께 56

말은 때와 장소를 가려서 신중하게 해야 한다. 말을 가볍게 하면 신뢰는 떨어지기 마련이다[제63장. 夫輕諾, 必寡信]. 특히 남과 약속을 할 때 너무 가볍게 말해서는 안 된다. 가볍게 한 약속은 잘 잊혀지고, 또 지켜지지 않는 경우가 많다. 이것은 신용을 허무는 지름길이다. 또한 말을 겸손하게 해야 한다[제66장. 必以言下之]. 진실되고 겸손한 말은 많은 사람들의 마음을 움직여서 매우 어려운 일도 이루어 낼 수 있다. 그러나 급하게 함부로 하는 말은 언쟁(言爭)을 유발하고, 결국은 남과 원한을 쌓게 되기도 한다. 말을 적게 적절히 하지 못할 것 같으면 침묵의 중심을 지키는 것만 못하다[제5장. 不如守中]. 모름지기 사람은 어떠한 경우에도 말을 올바르고 진실되게 하려고 노력해야 한다. 물론 일시적으로 오해를 받을 수는 있다. 백 명이 모두 일시에 이해하기 어려운 정언(正言)이 있기 때문이다[제78장. 正言若反].

무릇 가벼운 승낙에는 믿음이 적다. 그 말이 신중하지 않으며, 행동이 뒤따르지 않게 된다. 자신의 말에 대한 책임감이 없기 때문이다. 따라서 가볍게 승낙하면 반드시 믿음이 적어진다. 자신을 낮추어 부르면 결과적으로 자기를 높이는 것이 된다. 특히 지도자가 되려는 자는 반드시 말로써 그들 아래로 내려가야 한다. 왕이 스스로 자신을 겸손하게 일컫는 겸칭(謙稱)을 사용한다면, 백성들의 칭송을 받게 된다. 이를테면 사람들이 싫어 하는 바의 고(孤, 홀로된 자), 과(寡, 덕이 부족한 자), 불곡(不穀, 선하지 못한 자)으로 자칭하는 경우다.

정언약반(正言若反), 즉 올바른 말은 마치 반대되는 것 같다. 올바른 말인데도 사람들이 알지 못하고 반대되는 것으로 여긴다. 올바른 말은 도(道)에 부합되고 일치하여 세속과는 반대가 된다. 세속에서는 더러운 것, 상서롭지 못한 것을 받아들이는 것은 욕됨이고 재앙이라고 여기기 때문이다. 노자는 부정과 역설의 반언(反言)을 자주 사용하여 도(道)의 진리를 설파한다. 이를테면 물처럼 자기를 낮추고, 약하고 부드럽게 하며, 자기를 희생하는 것이 결국 자기를 높이고, 튼튼하고 강하게 하며, 타자(他者)를 수용하는 것이라고 한다. 보통 사람으로서는 쉽게 이해할 수가 없다.

말은 남의 아래에 두고[下之], 몸은 남의 뒤에 두면[後之], 민심을 얻어 세상의 지도자가 되고도 남는다. 이것보다 겸손하고 겸허하게 처신하는 일이 없기 때문이다. 이러한 겸허의 덕(德)은 도덕적 인간적 면에서 올바른 것이 될 뿐만 아니라, 존재론적으로 만인과 만물에게 존재의 근거를 부여하는 것이 된다. 궁극적으로 상하(上下)와 귀천(貴賤)을 뛰어넘어 조화롭게 공존(共存)하게 만들기 때문이다. 거듭되는 말이다. 노자는 약한 것이 강한 것을 이기고[弱之勝強], 부드러운 것이 굳센 것을 이긴다[柔之勝剛]고 말했다. 또한 하지(下之)하고 후지(後之)해야 한다고 말했다. 이와 같은 자신의 말들은 참된 말[正言]인데도, 세상 사람들이 실천해내지 못함을 안타까워했다. 그들은 노자 자신의 말들이 마치 반대되는 것[反言]으로 여긴다는 것이다.

노자와 함께 57

사람의 마음에는 본래부터 자유롭게 노닐고자 하는 천유(天遊)가 있다. 이것을 억압하는 속박을 풀어서 마음이 자연 그대로의 상태에 놓이게 해야 한다. 이럴 때 자족(自足), 자득(自得)의 삶이 가능하다. 멀쩡한 사람을 수갑과 족쇄로 묶는다면 얼마나 갑갑하겠는가. 그런데 대부분의 사람들은 스스로가 자신을 이렇게 구속하고 있다. 그러면서도 이런 구속이 바로 하늘의 형벌[天刑]인 줄 모른다.

장자는 사람을 얽어매는 수갑이나 족쇄와 같은 것으로 지(知)와 약(約), 덕(德), 공(工)의 네 가지를 들었다. 지(知)는 지식, 약(約)은 사회적 규약, 덕(德)은 타인과의 교제, 공(工)은 기교이다. 흔히 이 네 가지가 잘 구비되어야만 사람 구실을 제대로 할 수 있다고 말한다. 그러나 사람에게는 하늘의 양육[天育]이 있다. 자신을 하늘에 맡기고 편하게 순리대로 살아가면, 하늘이 알아서 먹여 주고 길러 준다[天食]. 또한 천수(天壽)를 누리게도 해 준다. 이러한데 어찌 인위적인 그 무엇들이 더 필요하겠는가. 자유를 누리는 진정한 자유인(自由人)은 바로 천명(天命)을 알고 이를 실천하는 사람이다.

마음을 자유롭게 풀어 놓아야 한다. 본성(本性)으로 돌아가게 해야 한다. 그렇게 하려면 먼저 삶이 단순해져야 한다. 실제로 살아가면서 삶에 얼마나 많은 군더더기를 덧붙이는가. 남보다 뛰어나길, 더 즐겁기를 바란다면서 자신의 자연스러운 모습을 스스로가 지워나간다. 그것이 결국에는 자신을 속박하며, 자유로부터 멀어지게 하는 줄도 모른다. 그래서 마음을 바로잡아서 자연스럽게 흘러가도록 해야 한다. 외부의 일에 얽매인 자는 마음이 뒤흔들려서 바로잡을 수 없다. 외부로 향하는 마음 때문에 일어난 일이다. 또한 마음속의 생각에 얽매인 자도 마음이 헝클어져서 바로 잡을 수 없다. 마음이 흔들리면 자신과 대립하고 남과도 다투게 된다. 결국 자연스러운 본성을 해치고 만다. 마음이 파편화를 넘어 온전하고 순일해지면 얼마나 좋겠는가.

자유로울 때 모든 것을 새롭게 볼 수 있다. 아무런 두려움 없이 지금 있는 그대로를 직시하기 때문이다. 이를테면 사회적 관계로부터 자유로워지면 괴롭게만 여겨졌던 가난도 한순간에 아름다운 것이 된다. 내적으로 가난한 상태, 즉 어떤 욕망도 일어나지 않는 자유의 상태에서는 한결 가벼워진 마음으로 삶의 진실에 다가설 수가 있다. 진실로 자유로운 자는 누구인가. 과거로부터 자유롭고, 지식으로부터 자유로우며, 욕망으로부터 자유로운 자가 아닌가.

자유는 인간이 진실로 자신의 주인이 되는, 즉 자신의 신체와 정신에 대해 주권자가 되게 한다. 그렇게 해서 삶을 부단한 창조와 영원을 향한 도약 그리고 생(生)의 충동으로 채워지게 한다. 따라서 자유는 인간만이 추구하고 누려야 할 삶의 본질적 명제이다. 자유의 차원은 존재론적 형이상학직 측면으로부터 정치적 개인적 측변에 이르기까지 다양하게 나타나는 현상이다. 따라서 자유는 본질적으로 많은 논의의 여지를 내포하고 있는 개념이고, 수많은 자유론(自由論)이 있어 온 것도 사실이다. 노자는 자연을 따를 때, 즉 자연과 합일(合一)될 때 가장 이상적인 자유를 누릴 수 있다고 보았다. 그러면서 위정자가 무위(無爲)의 정치를 펼쳐야 한다고 했다. 무위의 정치 아래서 백성은 스스로 변하고[自化], 스스로 바르게 되고[自正], 스스로 부유해지고[自富], 스스로 순박해질 수 있다[自樸]는 것이다[제57장. 無爲而民自化, 好靜而民自正, 無事而民自富, 無欲而民自樸]. 도(道)와 하나가 되는 삶은 자연스러운 삶이다. 가식의 시대에 진실되게 살아가는 법은 자연적인 너무나 자연적인, 그리고 더 자연스럽게 더 자유롭게 '나로 존재하는 용기'를 갖는 것이다.

노자와 함께 58

어떻게 하면 도(道)를 따를 수 있을까. 또한 덕(德)을 실천할 수 있을까. 도(道)를 따르고 도(道)를 가진 자를 도자(道者 : 道人)라고 한다. 도(道)로부터 덕(德)을 얻어 가진 자를 덕자(德者 : 德人)라고 한다. 도자(道者)는 도(道)와 하나가 되고, 자연과 합일한 자이다. 그리고 덕자(德者)는 덕(德)과 하나가 되고, 만물의 얼굴이 된 자이다[제23장. 道者同於道, 德者同於德]. 따라서 도자(道者)와 덕자(德者)를 가까이하거나 떠올리는 것은 자신의 마음의 거울을 닦아[제10장. 滌除玄覽] 도(道)에 순응하고 만물과 함께하는 일이 된다.

도자(道者)는 만물을 차별하거나 분별하지 않고 하나로 보는 현동(玄同)의 경지에 있다[제56장. 是謂玄同). 또한 자연에 따르기 때문에 그 참됨에 말이 미치지 못하므로 말하기를 꺼린다[제56장. 知者不言]. 그는 미묘(微妙)하고 현통(玄通)하여 보통 사람으로는 그 깊이를 헤아릴 수 없다. 억지로 그 모습을 형용해 볼 따름이다[제15장. 微妙玄通, 深不可識, 强爲之容]. 그 특징적인 모습은 이렇다. 겨울에 내를 건너는 것 같은 머뭇거림, 사방을 두려워하는 것 같은 망설임, 손님 같은 근엄함, 얼음이 녹으려는 것 같은 융화됨, 통나무 같은 돈후함, 텅 빈 계곡 같은 광활함, 시비를 떠난 흙탕물 같은 혼화됨 등이다. 이와 같은 모습은 일상적인 규범과 인위적인 속박에서 완전히 자유로워졌을 때만 가능한 것이다. 도자(道者)는 드러냄을 중시하지 않고, 가득 채워지길 원하지 않는다. 그렇기 때문에 안에 있는 도(道)를 감싸고 있을 뿐, 그 자신을 위해서 새롭게 그 무엇인가를 인위적으로 이루려고 하지 않는다. 그렇게 되면 도(道)에서 멀어지기 때문이다. 누가 능히 탁한 것을 그대로 받아들여 고요히 가라앉혀 서서히 맑게 할 수 있겠는가. 누가 능히 편안히 오래 머물러 있어서 서서히 새로운 맑음을 생동하게 할 수 있겠는가. 도자(道者)가 그렇게 할 수 있다. 그는 세상 속에서 세상과 하나가 되어 세상을 변화시킨다.

도(道)의 길을 걸으려면 도자(道者)를 본받아야 한다. 그러기 위해서는 척제현람(滌除玄覽)은 필수적이다. 현람(玄覽)은 마음의 거울이고 마음의 본체이다. 이것은 도(道) 하나를 껴안고[抱一], 기(氣)를 오로지하여[專氣], 스스로 현묘함을 체득한 경지를 말한다. 자신의 혼(魂)과 백(魄)을 실어서 하나로 껴안되, 능히 도(道)에서 떨어지지 않게 할 수 있겠는가. 모든 기운(氣運)에 맡기고, 부드러움[柔]의 조화를 극진히 하여 영아(嬰兒)처럼 무욕하고 순진무구할 수 있겠는가. 그러기 위해서는 현람(玄覽)을 씻고 제거하여 티를 없게 하여야 한다. 척제현람(滌除玄覽)하면, 즉 마음에서 사특한 꾸밈을 제거하면 지극한 관조에 이르게 되면서 외물(外物)로부터 현혹됨이 없어 정신을 밝게 지켜내고 병들지 않게 된다. 이렇게 되면 자신을 고집함이 없는 허심(虛心)에서 무한한 효능을 발휘할 수 있다.

자연(自然)은 말이 없지만 천지(天地)간에서 도(道)의 흐름에 따라 덕(德)을 보여준다. 그러므로 일을 함에 있어서 도(道)를 따르는 자[道者]는 도(道)와 같아지고, 덕(德)을 따르는 자[德者]는 덕(德)과 같아진다. 도(道)는 도(道)와 같아진 자를 얻음을 기뻐하고, 덕(德) 역시 덕(德)과 같아진 자를 얻음을 기뻐한다. 사람이 유위적인 것에 의존함이 없고 무위적으로 일을 하게 되면, 즉 도(道)와 덕(德)을 잃지 않게 되면 서로 간에 믿음이 있어서 즐거움이 생긴다. 도(道) 자체는 본시 차별이 없다. 그러나 현실에서 이를 어떻게 수용하는가에 따라 사람의 마음에는 천차만별이 생긴다. 도(道)와 덕(德)은 얻을 수도 있고 잃을 수도 있다. 얻는 자는 얻은 자와 어울리고, 잃는 자는 잃은 자와 어울린다.

노자와 함께 59

도자(道者), 즉 도인(道人)은 세속적인 사람의 눈에는 무척 고독해 보이며, 어리석고 완고해 보이지만, 항상 도(道)에 의존하여 도(道)와 함께 살며, 자기를 길러주는 사모(食母)를 귀하게 여긴다[제20장. 貴食母]. 그리고 무위(無爲)의 유익함을 알고, 말 없는 가르침을 행한다[제43장. 無爲之有益, 不言之教]. 일상에서는 찌꺼기 밥과 혹 같은 행위에 집착함이 없다[제24장. 餘食贅行, 有道者不處]. 매우 겸손한 나머지 스스로를 드러내거나 옳다고 주장하지 않으며, 자랑하거나 뽐내지도 않는다. 또한 상서롭지 못한 기물(器物)에도 집착하지 않고[제31장. 不祥之器, 有道者不處]. 흉사를 당하면 염담(恬淡)을 최상으로 생각하여 비애(悲哀)로 처리한다[제31장. 恬淡爲上, 以悲哀泣之].

도(道)는 본시 일자(一者)이다. 여기에서 다자(多者), 즉 만물이 생겨났다. 만물은 다시 그들의 경계를 없애고 통합되어 일자(一者)인 도(道)로 되돌아가려고 한다. 그래서 도(道)를 깨달은 도자(道者)의 입장에서는 경계의 없음에서 사리를 분별하는 것이 없어지고 모든 것을 통합적으로 수용하게 된다. 만물을 까다롭게 분석하고 세밀하게 살피는 세속의 사람들이 볼 때는 도자(道者)가 매우 어리석고 답답하다고 생각되지 않을 수 없다. 도자(道者)가 걸어가는 도(道)의 세계는 넓고 넓어서 평생을 두고도 모두 깨달을 수 없다. 세속의 눈으로는 가늠조차 할 수 없다. 마치 우물 안의 개구리가 바깥을 모르는 것과 같다. 개구리는 우물 안의 세계가 전부라고 뽐내며 행동한다. 그러나 바다에 사는 거북이는 망망대해의 세계에 살아가면서도 자신의 한계와 무지를 깨닫는다. 우물 안의 개구리의 삶과 바닷속의 거북이의 삶, 그 본질적인 차이가 과연 얼마나 될까.

도자(道者)의 길은 세속의 학문을 끊는 절학(絶學)의 길이다. 절학무우[제20장. 絶學無憂], 즉 욕망을 채우기 위한 세속적인 유위의 학문을 끊으면 근심이 사라진다. 근심은 불만족에서 생긴다. 무욕(無欲)으로 만족한 상태가 되면 인위적인 그 무엇들이 또 필요해서 배우겠는가. 그런데 학문을 행하는 자는 나날이 늘어나고, 도(道)를 행하는 자는 나날이 줄어들고 있다[제48장. 爲學者日益, 爲道者日損]. 일반적인 학문의 길은 날로 새로운 것을 배우고 익히는 것이다. 만물에 대해 분석하여 끊임없이 새로운 이론을 수립하여 쌓아가는 학업이다. 이러한 세속적인 학문은 인간의 본성을 해치는 작용을 한다. 그러나 도(道)를 추구하는 길은 유위적으로 아는 것을 날로 없애가는 것이다. 없애고 또 없애서 무위(無爲)의 경지에 이르게 한다. 이렇게 되면 억지로 도모하지 않아도 못 이루는 일이 없게 된다[제48장. 無爲而無不爲]. 도(道)는 덕(德)을 통하여 필요한 것을 끊임없이 채워준다. 그러니 부족함에 대한 걱정을 버려야 한다. 도(道)를 귀하게 여기고 자신을 맡기면 내면의 평화를 깊게 느낄 수 있다. 이것이 도자(道者)처럼 스스로를 자유롭게 하는 길이다.

절학(絶學)의 실천은 삶을 단순하게 만든다. 삶이 단순해지면 마음은 걱정과 두려움에서 벗어나고 자유로워진다. 그렇게 되면 무엇이 부족한가를 아는 것이 아니라, 지금 자기가 가진 것에서 의미를 찾아 나간다. 따라서 절학(絶學)은 아무나 쉽게 할 수 있는 일이 아니다. 고독할 수 있는 사람만이 할 수 있다. 일반적인 이해관계를 넘어서야 하기 때문이다. 고독은 외로움과는 다르다. 외로움은 주변으로부터 좁혀들어 격리된 상태다. 고독은 무한을 향해 뻗어나가며 주위와 하나가 된 상태다. 고독 속에서만 영원한 진리, 즉 도(道)의 길을 찾을 수 있다. 자연(自然)은 가장 위대하고 분명한 고독의 원천이 된다. 따라서 자연을 통해서 얻는 고독의 경험은 자신을 보다 완벽한 평화 속에 존재하게 한다. 홀로 도(道)와 하나가 되는 것만큼 마음을 평화롭게 하는 것이 없기 때문이다.

노자와 함께 60

도자(道者)는 어머니 같은 자애로운 마음으로 남을 사랑하고, 검약한 생활을 하여 남에게 널리 베풀고, 남에게 앞서지 않음으로써 겸손과 양보를 실천한다. 도(道)에 굳게 서고 도(道)를 확실하게 품기 때문에 도(道)에서 이탈하는 일이 없다[제54장. 善建者不拔, 善抱者不脫]. 그래서 도자(道者)의 가정에는 덕(德)이 여유롭고, 마을이나 나라에는 덕(德)이 자라서 풍성하게 된다. 모두가 도(道)의 활성화로 활기차고 생명력이 넘쳐나는 모습들이다. 하늘은 남는 것을 들어서 부족한 것에 보충한다. 그러나 사람은 반대로 부족한 것을 들어서 남는 것에 바친다. 오직 도자(道者)만이 하늘처럼 할 수 있다[제77장. 天之道, 人之道].

몸으로써 몸을 보고, 가정으로써 가정을 보고, 마을로써 마을을 보고, 나라로써 나라를 보고, 천하로써 천하를 봐야 한다[제54장. 以身觀身, 以家觀家, 以鄕觀鄕, 以國觀國, 以天下觀天下]. 여기서 본다는 것은 다스림이다. 다스림에는 각각의 격이 있다. 때문에 도(道)를 세우고 지키는, 즉 도(道)를 수행할 때는 그 격에 맞게 해야 한다. 도(道)를 몸에 닦으면 그 덕(德)이 곧 참된다. 도(道)를 가정에 닦으면 그 덕(德)이 곧 여유롭다. 도(道)를 마을에 닦으면 그 덕(德)이 곧 오래간다. 도(道)를 나라에 닦으면 그 덕(德)이 곧 풍요로워진다. 도(道)를 천하에 닦으면 그 덕(德)이 곧 널리 퍼진다. 도(道)는 일자(一者)로서 포괄성을 가지며, 덕(德)은 다자적(多者的) 개별성을 갖는다. 도(道)를 굳건히 잘 세우고 잘 지켜서 도(道)에 벗어나지 않으면, 즉 도(道)의 근본을 잘 세우고 이것을 껴안을 수만 있다면, 도(道)는 자손 대대로 끊어지지 않고 영원히 번창한다. 그리하여 도(道)의 격에 맞게 그 덕(德)이 몸에서, 가정에서, 마을에서, 나라에서 그리고 천하에서 참되고 여유롭고 장구하며 풍요롭고 드넓게 된다.

지금 나는 무슨 눈으로 무엇을 바라보는가. 몸을, 가정을, 마을을, 나라를, 천하를 보고 있는가. 몸을 보는 눈으로는 몸을 다스려야지 가정이나 마을, 나라와 천하를 다스릴 수 없다. 나라는 나라의 눈으로, 천하는 천하의 눈으로 다스려야 한다면, 나라를 경영하거나 천하를 도모하는 일은 아무나 할 수 있는 것이 아니다.

요컨대 세상의 모든 일에는 근본이 있다. 근본이 굳건하게 바로 서고 변함없이 지켜져야 한다. 그래야만 일이 제대로 이루어질 수 있다. 그 근본이란 무엇인가. 그것은 도(道)를 닦고 실천함이다. 도(道)를 닦는 일은 도(道)에 자신을 세우고, 도(道)를 품는 것이다. 도(道)에 선 자신을 아무도 흔들 수 없게 하고, 또한 자신 이 도(道)에서 이탈되지 않게 도(道)를 꼭 껴안아야 한다. 도(道)를 실천하는 일은 도(道)의 무진장한 힘을 덕(德)으로 활성화시키는 것이다. 덕(德)은 생동적인 힘으로 만물을 기르고, 어지러운 세상을 번영의 길로 이끈다. 근본이 견고하게 바로 서고 흔들리지 않으면, 말단은 어떠한 어려움이 닥치더라도 역동적으로 뻗어나가게 된다. 저기 벼랑 끝에 아슬아슬하게 선 낙락장송을 보면 자연히 숙연해진다. 태양을 중심으로 하루도 쉬지 않는 지구와 달의 운행에 생각이 닿으면 무엇이 과연 중요한 것인지 새삼 깨닫는다.

노자와 함께 61

도자(道者)가 정치를 하게 되면 백성들을 얄팍한 지모(智謀)나 지략(智略)에 물들게 하지 않는다[제65장. 善爲道者, 非以明民, 將以愚之, 民之難治, 以其智多]. 지모로 나라를 다스리면 큰 혼란을 불러오기 때문에 백성이 순박한 본성을 잃지 않고 큰 순리에 따르도록 한다.

세속에서 총명[明]이라는 것은 도(道)의 입장에서는 거짓 총명이다. 많이 보고 교묘하게 속여서 순박함을 가리는 것이다. 또한 지혜[智]라는 것도 거짓 지혜다. 이것은 시비를 분명히 하는 분별지(分別智)이며, 꾀를 많이 아는 교지(狡智)이다. 그러나 어리석음[愚]은 꾀[智]가 없이 진실을 지키고 자연에 순응함이며 시비를 분간하지 않음이다. 지(智)는 늘 시비지심(是非之心)의 단서가 된다. 거짓과 술수가 횡행하고 논쟁이 끊어지지 않는 것도 지(智) 때문이다. 과연 무엇에 기준하여 시비를 분명히 나눌 수 있겠는가. 만고불변의 객관적인 판단의 기준이라는 것이 존재하는가. 어제 옳았던 것이 오늘 그릇된 것으로 드러날 수도 있다. 시간이 흐르면 판단이 달라지는 것이 세속의 일이다.

따라서 지(智)로써 나라를 다스리면 인위(人爲)가 열리며, 시비를 까다롭게 따져서 백성들의 삶이 각박해진다. 지(智)는 백성들의 순박한 본성을 가리고, 나라에 재앙을 초래하는 해악이 된다. 반면에 지(智)를 버리고 우(愚)를 지향하여 나라를 다스리면 무위(無爲)가 열리며, 자연을 따르는 순리가 펼쳐진다. 무사(無事)로 안 이루어지는 일이 없고, 백성의 삶이 순박해지니 나라의 복됨이다. 이것이 도(道)와 하나가 되는 정치이다.

개인적인 삶은 어떠해야 하는가. 스스로가 아는 것, 즉 지(智)가 많다고 생각하면 도(道)의 방식을 따르지 않게 되어 본성으로 돌아갈 수가 없다. 인생을 흐르는 물처럼 순리에 맡겨야 한다. 그렇게 되려면 우직하고 단순해야 한다. 평범한 삶에 만족할 때 도(道)의 작용을 크게 받는다. 어느 순간에 찾아드는 불행과 행운을 어찌 미리 알고 피하며 또 잡을 수 있겠는가. 지(智)로써 어떻게 해보겠다는 것은 부질없는 일이다. 자연은 억지로 강요하거나 어느 때나 드러내지 않는다. 자연인(自然人)의 모습을 잃지 않으면, 자신이 깨닫지도 못한 일들이 놀랍게도 미소를 짓고 찾아들기도 한다. 그러니 조금도 망설이지 말고 겸허하게 나아가는 우직한 삶을 추구할 일이다.

대지약우(大智若愚), 즉 큰 지혜는 어리석음과 같다. 이 말은 소동파가 벼슬에서 물러나는 구양수를 축하하는 글에 등장하면서[大智如愚] 널리 알려지게 되었다. 재주와 덕행을 갖춘 훌륭한 사람일수록 자신의 능력을 뽐내지 않고 겸손하다는 뜻이다. 세상 사람들은 슬기[智]를 좋아한다. 지[智]에는 두 가지의 뜻이 담겨 있다. 하나는 지혜이고, 또 하나는 꾀와 모략이다. 지혜는 사물의 이치를 빨리 깨닫고 밝히며, 시비와 선악을 가려내는 능력이다. 꾀와 모략은 겉모습은 아는 것은 많아 똑똑해 보여도, 속 마음은 약고 이해타산에 밝아 사욕(私欲)을 잘 챙긴다. 이럴 때 교지(狡智)라고 한다. 노자는 지(智)보다는 우(愚)를 선호했다. 우(愚)는 겉모습은 어리숙해 보여도, 속 마음은 현덕(玄德)을 가져서 순박하며 참된 이치를 깨달아 도(道)와 함께 한다. 비유컨대 지자(智者)를 재빠른 여우와 같다고 하면, 우자(愚者)는 둔한 나무늘보 같다고 볼 수 있다. 따라서 지자(智者)가 유위(有爲)의 정치에 밝다면, 우자(愚者)는 무위(無爲)의 정치에 적합하다. 요컨대 대지(大智)는 도(道)의 경지에 든 지혜로서, 현덕(玄德)을 지닌 어리석음[愚]과 같다.

노자와 함께 62

도(道)를 닦아 덕(德)을 터득한 덕자(德者), 즉 덕인(德人)은 갓난아이에 비유된다[제55장. 含德之厚, 比於赤子]. 갓난아이는 세상일에 물들지 않았고, 자의식(自意識)이 없다. 자연과 합일되어 조화의 지극함을 보여준다. 때문에 연약해 보여도 독충과 맹금, 맹수마저 함부로 그에게 달려들 수 없다. 그의 모든 행위는 매우 자연스럽다. 덕자(德者)는 물의 덕성(德性)을 실천하는 사람이다[제8장. 上善若水]. 마음을 쓸 때는 깊은 연못처럼 고요하고, 말을 할 때는 두터운 신뢰로 하고, 무엇을 하기 위하여 움직일 때는 적절한 시기를 택해서 한다. 또한 겉으로 드러난 화려한 허식보다는 내실을 중시한다. 그래서 두터움과 열매를 가까이하고, 엷음과 꽃을 멀리한다[제38장. 處其厚, 不居其薄, 處其實, 不居其華]. 형식적인 관습과 통념의 굴레를 벗어 버린 그의 삶은 유유자적하는 삶의 전형이다.

사람이 나이가 들어 늙는 것은 도(道)에 다시 적응해 가는 과정이고 조화로운 자연의 섭리이다. 그러나 빨리 늙고 끝내 일찍 죽게 되는 경우도 있다. 이것은 자신의 것만을 고집함으로써 자신의 정력을 일찍 고

갈시켰기 때문이다. 마음이 그 무엇에 집착하여 기운(氣運)을 그쪽으로 강하게 몰아가서 극도에 날하면, 곧 메마르고 늙게 되어 일찍 죽고 만다. 이런 일은 도(道)에 어긋나는[不道, 無道] 것으로서, 삶에 조화를 깨뜨리며 군더더기를 보태는 익생(益生)에 불과하다. 억지로 행하는 익생은 오히려 재앙을 불러온다. 그래서 삶은 마음이 유연하여 끊임없이 변화를 포용하는 높은 수준의 항상됨[常]을 유지해야 한다. 상(常)은 일정불변의 형태를 고수하지 않아, 밝지도 않고 어둡지도 않으며, 따뜻하지도 않고 차갑지도 않은 상태로 변화하는 것들을 두루 포용한다. 이 포용을 통하여 조화로움[和]을 이룬다. 이와 같은 것은 기운(氣運)이 어떤 대상에 집착하지 않고 저절로 발현될 때 가능한 일이다.

익생이 없는, 즉 자연의 본성을 잘 따르는 대표적인 삶이 갓난아이[赤子, 嬰兒]의 경우이다. 그는 성인처럼 탐욕이나 인위가 없기 때문에 무위자연인 도(道)에 가장 가깝다. 어린아이는 종일토록 울어도 목이 쉬지 않는다. 자연적으로 우는 것으로, 정기가 지극히 충만되고 조화로운 기운이 하나같기 때문이다. 기운을 하나같이 함은 자연 본성에 그대로 따르는 무위(無爲)에 속한다.

일자(一者)인 도(道)가 다자(多者)인 만물을 생성시킨다. 일자와 다자간에서 연결고리 역할을 하는 것이 덕(德)이다. 즉 덕(德)은 개별적인 다자의 만물이 일자인 도(道)를 얻은 것으로서, 만물이 도(道)와 자연스러운 조화를 이루게 한다. 이 덕(德)으로 인하여 도(道)는 자연스럽게 만물에 내재화된다. 그런데 만물에 인위가 작용하면 본래의 덕[上德]이 참된 가치를 상실한 덕[下德]으로 변질된다. 도자(道者)와 덕자(德者)는 거짓과 위선, 장식으로 얼룩진 하덕(下德)을 멀리하고 근본이 되는 무위의 상덕(上德)으로 복귀한다. 즉 천박하게 겉만 꾸미는 외화(外華)를 버리고, 인간의 내면의 무한한 깊이를 추구하는 내실(內實)을 취한다.

자웅(雌雄)과 흑백(黑白), 영욕(榮辱) 등 만물 만사를 나누지 않고, 하나로 간직하고, 하나로 행할 수 있겠는가. 이것은 음양(陰陽)의 조화로써 가능한 일이다. 음양의 조화를 위해서는 상덕(常德)을 떠나지 않고 지켜야 한다. 상덕은 끊임없는 도(道)의 작용이 뒷받침하는 영원불변하고 한결같은 덕(德)이다. 따라서 상덕은 무위(無爲)의 법이 갖는 무불위(無不爲)의 힘이라고도 볼 수 있다. 상덕이 변하지 않고, 상덕이 충족되면 어린아이와 같아지고, 통나무[樸], 즉 무극(無極)으로 복귀한다. 이것이 음양의 조화가 이루어 내는 천하의 법식이다. 심신의 수양이란 소박함에 이르는 것이다. 소박함은 꾸밈이 없고 사욕(私欲)이 줄어 음양의 조화를 되찾는 것이다. 이러한 것이 상덕으로 도(道)에 다가서는 것이 된다. 상덕은 음양의 조화에서 생기는 기(氣)이기 때문이다.

노자와 함께 63

도(道)를 터득한 성인(聖人)은 무위(無爲)의 일을 하고, 말 없는 가르침[不言之敎]을 행한다. 만물이 움직이더라도 가려서 물리치지 않고, 모든 것이 생성되나 소유하지 않고, 행하되 그것에 의지함이 없다. 공(功)을 이루되 그것에 머물지 않으니, 이로써 그 공이 사라지지 않는다.

[제2장. 是以聖人處無爲之事, 行不言之教. 萬物作焉而不辭, 生而不有, 爲而不恃, 功成而不居. 夫唯不居, 是以不去].

모든 일을 억지로 무리하게 하지 않는다. 일의 이치를 깨닫고 순리대로 처리한다. 내가 한 일, 내가 이룬 공(功)이 어찌 내 개인의 것인가. 일이 이루어지면 이에 연연하지 않고 곧장 물러난다. 그러면 그 공이 두고두고 빛나게 된다.

성인의 다스림은 백성의 마음을 비우고 배를 채우며, 뜻을 약하게 하고 뼈를 강하게 한다. 백성으로 하여 무지 무욕케 하며, 지모와 지략을 가진 자가 감히 설치지 못하게 한다. 무위(無爲)로써 하니 다스려지지 않음이 없다.[제3장. 是以聖人之治, 虛其心, 實其腹, 弱其志, 强其骨. 常使民無知無欲, 使夫智者不敢爲也. 爲無爲則無不治].

정치에서 무엇이 제일 중요한가. 민생(民生)이다. 서민들이 팍팍하여 먹고 살기가 어렵다면 올바른 정치라고 볼 수 없다. 또한 사람들이 검소하고 질박함을 떠나, 간교하고 허망한 마음에 들떠 있는 사회적 분위기가 돼서도 곤란하다. 모름지기 정치는 억지로 밀어붙이지 말고 큰 순리에 따라야 한다.

(하늘과 땅이 편애하지 않듯이) 성인도 백성을 편애하지 않아서, 제사 때 쓰고 버리는 짚으로 만든 개[추구]처럼 취급한다.

[제5장. 聖人不仁, 以百姓爲芻狗].

인간적 감정에 좌우되어 사람을 가르는 편애함이 없고, 오직 한결같은 도(道)의 원리와 순리에 따른다. 도(道)와 하나가 되면 어떤 사람과도 화목할 수 있고, 어떤 상황에서도 조화를 이끌어 낼 수 있다.

성인은 자신을 뒤에 두지만 오히려 앞서게 되고, 자신을 도외시했는데도 오히려 잘 보존된다. 그는 사사로움을 추구하지 않았는데 자기의 사사로움을 이룰 수 있다.

[제7장. 是以聖人後其身而身先, 外其身而身存. 非以其無私邪. 故能成其私].

사람은 겸손해야 한다. 자신을 뒤로 하고, 남을 위해 무엇인가 하려고 해야 한다. 이것이 진정한 자기완성의 길이다. 나를 비우는 것이 보다 큰 나를 만든다.

성인은 배[腹]를 위하되, 눈[目]을 위하지 않는다.[제12장. 是以聖人爲腹不爲目]

감각적인 즐거움과 외면적인 가치를 멀리하고, 내면적 근원적 가치를 중요시한다. 그러면 궁극적으로 현상세계 너머에 있는 실상 세계에 한 걸음 더 접근할 수 있다. 감각적 향락에 탐닉하지 말아야 한다. 피상적 가치에 몰입돼서도 안 된다.

성인은 도(道)를 품어서 천하의 규범이 된다. 스스로 보이지 않아도 밝게 드러나고, 스스로 주장하지 않으니 환하게 빛나고, 스스로 자랑하지 않으니 오래가게 된다. 무릇 다투지 않으니 천하에 그와 다툴자가 없다.

[제22장. 是以聖人抱一, 爲天下式. 不自見故明, 不自是故彰, 不自矜故長. 夫唯不爭, 故天下莫能與之爭].

세상을 어느 한쪽으로 치우쳐서 보지 말아야 한다. 또한 스스로 자기를 내세우지 말고 겸손하다면, 그 진가는 오히려 몇 배로 좋게 드러나게 된다. 무릇 나서기를 좋아하면 어느새 견제를 받으며, 다투게도 된다. 다툼만큼 세상을 어지럽히는 것이 없다.

성인은 종일 걸어가도 옷과 음식을 실은 짐수레 곁을 떠나지 않는다. 비록 화려한 경관이 있더라도 편안하게 거처하고 초연할 뿐이다.

[제26장. 是以聖人終日行, 不離輜重, 雖有榮觀, 燕處超然].

항상 제자리를 지키는 기본자세에 흐트러짐이 없어야 한다. 아무리 좋은 구경거리나 신나는 일이 있어도 흥분하여 들뜨지 않고 초연한다. 경거망동하거나 부화뇌동하여 중요한 일을 그르치는 경우가 얼마나 많은가. 사람은 어떠한 경우라도 근본을 잃지 말아야 한다.

노자와 함께 64

성인(聖人)은 항상 사람을 잘 구하기 때문에 버려지는 사람이 없고, 항상 물건을 잘 구하기 때문에 버려지는 물건이 없다. 이를 습명(襲明)이라 한다.

[제27장. 是以聖人常善救人, 故無棄人, 常善救物, 故無棄物. 是謂襲明].

모든 사람과 사물을 차별하지 않고, 한결같은 마음으로 대한다. 그러니 어느 사람, 어느 물건도 버리는 일이 없다. 사람과 물건은 모두 밝음[明]을 지니고 있다. 성인이 원래의 밝음으로써 그것을 보여주니, 물려받은 밝음[습명]이라 한다. 모든 차별과 대립을 뛰어넘는 경지이다.

성인이 그것을 사용하면 관장(官長)이 된다. 그러므로 대제(大制)는 나누지 않는 것이다.

[제28장. 聖人用之, 則爲官長, 故大制不割].

원목인 통나무[樸]를 쪼개면 그릇이 된다[樸散爲器]. 도(道)가 분화되어 세상의 구체적인 만물이 생성되는 원리와 같다. 그릇은 다시 원목으로 돌아가는 또 다른 단계가 있다. 성인은 도(道)로써 그릇을 만드나 도(道)를 잃지 않는다. 성인과 같은 지도자는 세상일을 대립시키거나 사사로이 쪼개는 일을 하지 않는다. 큰 다스림은 나누지 않는다[大制不割].

성인은 지나침과 사치함과 교만함을 버린다.

[제29장. 是以聖人去甚去奢去泰].

세상을 함부로 휘어잡고 뜯어고치며, 무엇을 어찌 해보겠다는 것은 불가능한 일이다. 억지로 해서는 제대로 되는 일이 없다. 일은 순리대로 사심 없이 해야 자연스럽게 이루어진다. 그래서 지나침[甚]과 사치함[奢]과 교만함[泰]에 빠지지 않도록 해야 한다.

성인은 끝에 가서 큼을 이루고자 아니 하니, 결국 그 큼을 이룰 수가 있다.

[제34장. 是以聖人終不爲大, 故能成大].

덕과 명예를 안에 감추고, 집착하는 마음이 없게 되면 스스로를 크다고 여기지 않는다. 어느 때고 스스로를 높이고, 작은 공(功)에도 그 이름을 드러내는 일은 과시욕에 사로잡힌 몸부림이다. 남이 알아주지 않을까 염려하지 말고, 사심 없이 일을 해나가면 결국 진정으로 큰 것을 이룰 수 있다.

성인은 가지 않고도 알며, 보지 않고도 이름을 짓고, 행하지 않고도 이룬다.

[제47장. 是以聖人不行而知, 不見而名, 不爲而成].

백 번 듣는 것보다 한 번 보는 것이 낫다고 한다. 그러나 보지 않고도 알 수 있다면 어떨까. 세상의 이치, 자연의 원리는 깨달음의 대상이다.

자신의 내면세계, 즉 마음을 알면 우주의 이치를 알 수 있다는 말이다. 이곳 세상과 저곳 세상의 이치가 다르지 않다. 여기저기 부산하게 쏘다니는 것으로는 진리의 뿌리를 잡을 수 없다. 우주가 곧 내 마음이고, 내 마음이 곧 우주다. 그래서 사물도 그 지극함을 얻게 되면 사려로써 본성을 밝히고, 그에 따르기만 해도 살필 수가 있다.

성인은 고정된 마음이 없다. 백성의 마음으로 자기의 마음을 삼는다. 선한 자를 나는 선하게 대하고, 선하지 못한 자를 나는 또한 선하게 대한다. 덕(德)은 선한 것이다. 신의가 있는 자를 신뢰하고, 신의가 없는 자를 나는 또한 신뢰한다. 덕(德)은 미더운 것이다. 성인이 천하에 임할 때는 모든 것을 포용하고, 천하를 위하여 그 마음을 분별심 없게 섞는다. 백성이 모두 그들의 이목(耳目)을 기울이나 성인은 모두 그들을 어린아이로 대한다.

[제49장. 聖人無常心, 以百姓心爲心. 善者吾善之, 不善者吾亦善之. 德善矣. 信者吾信之, 不信者吾亦信之. 德信矣. 聖人在天下, 歙歙焉, 爲天下渾其心. 百姓皆注其耳目, 聖人皆孩之].

선(善)과 불선(不善), 신(信)과 불신(不信)의 구분은 본래부터 있는 것이 아니고, 인간이 정해놓은 기준에 따른 것이다. 도(道)의 관점에서 볼 때, 선함과 진실함이 그 무엇에 의해 가려져서 불선이고 불신일 뿐이다. 성인은 도(道)를 따르기 때문에 고집하고 편애하는 마음이 없으며, 항상 모든 사람을 차별 없이 구원한다. 또한 백성들이 어린아이처럼 순박한 마음과 순진한 천성을 잃지 않게 하며, 그들이 각자의 순수한 본성대로 스스로 살아가도록 한다.

노자와 함께 65

성인(聖人)이 이르기를 내가 무위하면 백성이 스스로 교화되고, 내가 고요함을 좋아하면 백성이 스스로 바르게 되고, 내가 무사(無事)하면 백성이 스스로 부유해지고, 내가 무욕하면 백성이 스스로 통나무처럼 순박해질 것이다.

[제57장. 故聖人云, 我無爲而民自化, 我好靜而民自正, 我無事而民自富, 我無欲而民自樸].

무위를 행하면 다스려지지 않음이 없다[爲無爲, 則無不治]. 성인이 위정자가 되면 무위의 정치가 펼쳐진다. 즉 무위(無爲)와 호정(好靜), 무사(無事), 무욕(無欲)을 행하면, 백성들은 자화(自化)와 자정(自正), 자부(自富), 자박(自樸)의 경지에 놓이게 된다. 저절로 변화되고[自化], 저절로 바르게 되고[自正], 저절로 생활이 윤택해지고[自富], 저절로 순박해지면[自樸], 이것은 본성에 의해 이루어지는 자연적인 현상이다. 무릇 근본을 높이면 말단은 자라게 된다. 윗사람이 억지로 하려 하지 않고, 무위 무욕 무사 등 자연스러움에 따른다면, 아랫사람도 저절로 잘되어 간다. 외적인 힘에 의하기보다는 내적인 본연의 힘에 의한 문제 해결이 최선의 방법이다.

성인은 반듯하지만 가르지 않고, 예리하지만 상처를 입히지 않고, 곧지만 방자하지 않고, 빛나지만 번쩍거리지 않는다.

[제58장. 是以聖人方而不割, 廉而不劌, 直而不肆, 光而不耀].

세상에 언제나 옳은 것은 없다. 때문에 어느 한 가지 상태만 절대시해서는 안 된다. 선과 악, 행과 불행, 화와 복 등이 수없이 교차될 수 있다. 그 끝을 아는 사람은 없다. 자기는 늘 방정하고 예리하며, 곧고 빛나게 살려고 하겠지만, 그렇지 못하는 사람도 있다. 그렇다고 해서 이런 사람을 완전히 배제하는 것은 바람직하지 않다.

성인은 역시 사람을 해치지 않는다.

[제60장. 聖人亦不傷人].

성인은 하늘의 신령함을 사람들에게 전달하는 사제와 같다. 또한 도(道)를 가지고 천하를 다스리는 위정자이다. 따라서 성인의 역할이 무위자연을 실현하는 데 있기 때문에 어떠한 경우에도 백성을 해치지 않는다. 그러나 일반적으로 사람을 쉽게 해칠 수 있는 것이 정치이다. 그래서 나라를 다스림은 작은 생선을 굽듯이 해야 한다[治大國若烹小鮮]. 백성은 어느 정도 내버려 두어야 한다. 그런데도 백성을 위한다면서 쓸데없이 들쑤시면 백성은 피로하며 결코 평화롭지 못하다. 아랫사람과 자녀를 지나치게 간섭하지 말고 내버려 둘 용기를 가져야 한다. 그래야만 그들 스스로가 본성에 따라 자생력과 창의력을 키워나갈 수가 있다.

성인은 마지막에 가서 큰일을 하지 않는다. 그래서 큰일을 이룰 수가 있다. 무릇 가벼운 승낙에는 반드시 믿음이 적다. 많이 쉬운 일은 많은 어려움이 뒤따른다. 이 때문에 성인은 그것을 오히려 어렵게 여긴다. 그래서 마지막에 가서 어려움이 없다.

[제63장. 是以聖人終不爲大, 故能成大. 夫輕諾必寡信. 多易必多難. 是以聖人猶難之, 故終無難].

일은 어떻게 보는가에 따라 일에 임하는 자세가 달라진다. 일에는 작고 쉬운 것이 있고, 크고 어려운 것이 있다. 일이 물 흐르듯이 진행되면, 이것을 두고 무위(無爲)를 실천하고 무사(無事)를 실행한다고 볼 수 있다. 작은 계곡물이 모여 강이 되고 강이 모여서 바다가 된다. 이처럼 일도 작은 것에서부터 시작하여 큰 것으로 나아간다. 성인은 이러한 일의 전개 과정을 염두에 두고, 일 속에 잠재한 여러 어려움을 미리 감지하고 신중하게 대처한다. 작고 쉬운 일일지라도 오히려 어렵게 여겨서 소홀히 하지 않는다. 그렇게 하여 나중에 부닥치는 크고 어려운 일에서도 곤란함을 겪지 않는다. 요컨대 일을 잘하는 사람은 그것이 작고 쉬울 때 기회를 놓치지 않고 시작한다. 그러니 일은 마치 물이 흐르듯 자연스럽게 진행된다. 남이 볼 때는 별로 일을 하지 않는 것처럼 보인다. 그런데도 나중에 보면 큰일을 이루어 낸다. 작은 것이 얼마나 크게 될 것인지, 또한 쉬운 일이 얼마나 어렵게 될 것인지 헤아려야 한다.

노자와 함께 66

성인(聖人)은 억지로 하지 않음으로 실패하지 않고, 억지로 잡으려고 하지 않음으로 잃지 않는다. 성인은 무욕하려고 하며, 얻기 어려운 재화를 귀하게 여기지 않고, 세속적인 것을 배우려 하지 않고, 많은 사람들이 잘못한 것을 되돌린다. 그리하여 만물의 자연스러움을 도우나, 감히 하지 않는다.

[제64장. 是以聖人無爲故無敗, 無執故無失. 是以聖人欲不欲, 不貴難得之貨, 學不學, 復衆人之所過, 以輔萬物之自然, 以不敢爲].

천지 만물은 함부로 다룰 수 없는 신령스런 덕성을 가진 존재들이다. 이처럼 신령한 존재를 억지로 인위적으로 어떻게 해 본다는 것은 실패하고 잃게 된다. 자연을 손상시키기 때문이다. 백성들도 신령한 존재들이다. 위정자들이 백성을 어찌 제멋대로 행하고, 자신의 손아귀에 넣을 수 있겠는가. 도(道)가 체현된 것이 덕(德)이다. 사람의 마음속에 도(道)가 있다면, 덕(德)은 저절로 자연스럽게 드러난다. 이 덕(德)으로 인하여 배우지 않아도 행동에 허물이 남지 않는다. 세속적인 배움에는 자연으로부터 멀어져 허물이 생긴다. 성인은 사람들이 덕(德)을 회복하여 자연으로 되돌아가는 데 도움을 준다. 사람은 회복된 덕(德)의 힘으로 얼마든지 욕심을 내지 않고 무욕(無欲)에 들 수 있다.

성인은 백성 위에 서고자 하면 반드시 말로써 그 자신을 낮추고, 백성 앞에 서고자 하면 반드시 그 몸을 뒤에 둔다. 이로써 성인이 위에 있어도 백성은 그 무거움을 느끼지 못하고, 앞에 있어도 백성이 그를 해롭다고 여기지 않는다. 그래서 천하가 그를 즐거이 추대하며 싫어하지 않는다. 그가 다투려 하지 않기 때문에 천하가 그와 더불어 다툴 수가 없다.

[제66장. 是以聖人欲上民, 必以言下之, 欲先民, 必以身後之. 是以聖人處上而民不重, 處前而民不害. 是以天下樂推而不厭. 以其不爭, 故天下莫能與之爭],

위정자가 백성 위에 처할 수 있는 것은 스스로가 먼저 아래에 처하기 때문에 가능한 일이다. 즉 스스로 덕이 부족하며, 착하지 못하고, 홀로 쓸쓸한 자로서 매사에 겸칭(謙稱)하면 백성들의 칭송을 받고 흔쾌히 추대된다. 이렇게 되면 백성들이 어찌 그의 존재로부터 무겁다고 여기며 싫증을 내겠는가. 백성들이 무겁다고 여기지 않음은 그에게 얽매여 있지 않음이다. 또한 싫증을 내지 않음은 그의 무위 정치로부터 자연스러움을 느끼고 편안함이다. 정치적 혼란은 위정자가 백성들 위에서 군림하고 짓누를 때, 백성들이 이에 대항하려는 자연적인 현상이다. 그가 말로써 아래에 있고 뒤에 서고자 한다면 다투려 하지 않음이다. 이렇게 되면 어떤 혼란과 투쟁도 생기지 않는다. 요컨대 훌륭한 지도자는 백성들이 기꺼이 추대하며, 싫증을 느끼지 않는 자이다. 그런 지도자는 늘 겸손하여 언행부터 자신을 낮춘다. 또한 군림하지 않음으로 백성들이 그의 무거움을 못 느끼고 편안하다. 백성들을 분열시켜 싸움질이나 일삼는 자는 백성에게 얼마나 큰 짐이 되며 또한 죄를 짓는 것이 되겠는가.

노자와 함께 67

성인(聖人)은 칡으로 만든 굵은 베옷을 입고, 가슴에는 옥(玉)을 품는다.

[제70장. 是以聖人被褐懷玉].

피갈회옥(被褐懷玉). 거친 베옷을 입는 것은 밖을 엷게 하는, 즉 외물(外物)에 힘쓰지 않고 소박한 삶을 구가하는 것이다. 옥을 품는 것은 안을 두텁게 하는, 즉 도(道)를 따르고 덕(德)을 간직하는 것이다. 구도자(求道者)는 가난하기 때문에 육신은 남루한 옷을 입었지만, 정신은 도(道)를 지녔기 때문에 값을 매길 수 없는 보배를 간직한다. 도(道)를 얻는 깨달음은 각고의 수행으로 얻어지기 보다는 소박한 삶 속에서 자연적으로 얻어지는 것이다. 도(道)의 본질이 그러하기 때문이다. 요컨대 소박함 속에 만물의 근본과 벼리의 보옥이 내재하고 있다.

성인은 병(病)을 앓지 않는다. 그가 병을 병으로 여기기 때문이다. 이 때문에 병을 앓지 않는다.

[제71장. 聖人不病, 以其病病, 是以不病].

자기가 알지 못하는 것을 아는 것이 최상이다. 알지 못하면서도 안다고 하는 것이 병(病)이다. 병을 병으로 알 때만 병이 되지 않는다. 여기서 병(病)은 병폐[병통]를 말한다. 앎에 있어서 중요한 것은 마음이다. 마음이 얼마나 편협한가, 어떤 굴레에 얽매여 있는가에 따라 병폐가 생긴다. 보통의 사람보다도 통달한 앎을 간직하고 있는 성인도 자신의 앎에 대해서 지극히 겸손하다. 그 앎이 얼마든지 편협될 수 있기 때문에 병폐가 생긴다. 그러나 그가 이런 병폐를 알고 병폐로 여기기 때문에 병폐가 없는 것과 같아진다. 무지(無知)의 자각에 대한 말은 『논어-위정편』에도 나온다. "아는 것을 안다고 하고, 알지 못하는 것은 모른다고 하라. 이것이 곧 아는 것이다." 앎에 있어서 가장 큰 병은 이분법적 사고에서 비롯된 것이다. 섣부른 앎에 갇힌 이 병에서 자유로워질 때 세상의 갈등은 크게 완화되고 또 극복될 수 있을 것이다.

성인은 스스로를 알되 스스로를 드러내지 않고, 스스로를 아끼되 스스로를 귀하게 여기지 않는다.

[제72장. 是以聖人自知不自見, 自愛不自貴].

성인이 정치를 할 때는 자신에게 권력과 권위가 있다는 것을 알지만, 이것을 드러내서 휘두르려 하지 않고, 그 무엇을 강요하는 데 쓰지 않는다. 따라서 자신을 알되 자신을 드러내지 않는다. 또한 자신을 아끼되 자신의 삶만을 귀하게 여겨 두텁게 하지 않는다. 자신만을 두텁게 하는 것은 필연적으로 백성을 해치는 것이 된다. 따라서 자신을 아끼되 자신을 귀하게 여기지 않는다.

성인도 그것을 오히려 어려운 것으로 여긴다.

[제73장. 是以聖人猶難之].

사람은 어떻게 행동하는가에 따라 자신을 죽이는 벌을 받는가 하면, 또한 자신을 살리는 상을 받는다. 남과 부딪치며 용감무쌍한 자는 죽음으로 향하고, 도(道)와 조화를 이루며 억지로 행동하지 않는 자는 삶으로 향한다. 남과 다투는 시비(是非)의 문제만 봐도 그렇다. 시비는 본래 존재하지 않은 것인데, 사람들이 제멋대로 시비의 척도를 만들어 놓고 따지고 싸운다. 모든 것은 시간에 따라 변하는데, 모든 개별성을 포괄하는 불변의 척도란 있을 수 없다. 오직 도(道)만이 만물의 근원이고 시비의 기강이 된다. 따라서 모든 것은 사람이 아닌 하늘이 최종적으로 결정하게 된다. 이를 두고 사필귀정(事必歸正)이라는 말도 쓰인다. 그런데 하늘이 어떤 기준으로 죄를 물어서 누구를 죽이고 또 누구를 살리려 하는지에 대해서, 누가 알겠는가. 성인마저 하늘의 정의를 오히려 어려운 것으로 여긴다.

성인은 행하되 의지하지 않고, 공(功)을 이루되 머물지 않는다. 그는 현명함을 드러내려고 하지 않는다.

[제77장. 是以聖人爲而不恃, 成功而不居, 其不欲見賢].

성인은 은혜를 베풀지만 보답을 바라지 않는다. 즉 공덕이 이루어지고 일이 성취되어도 그것에 의지하지 않는다. 비록 현명함을 가지고 있어도 그것을 밖으로 드러내서 자랑하지도 않는다. 오직 하늘을 경외하여 은혜를 편애함이 없이 천하에 베풀 뿐이다. 이것은 그가 하늘의 도[天之道]를 가졌기 때문에 가능하다. 하늘의 도는 활을 매는 것과 같아 전체적인 균형을 이룬다. 높은 쪽은 아래로 누르고, 낮은 쪽은 위로 올린다. 여유가 있는 것은 덜어 주고, 부족한 것은 보태준다. 요컨대 하늘의 도[天之道]가 공평과 조화, 균형과 공존의 원리라면, 사람의 도[人之道]는 불공평과 부조화, 불균형과 경쟁의 원리이다. 지금 내가 지향하는 바는 하늘의 도인가, 아니면 사람의 도인가. 자연이 어떻게 작용하고 운행되는지를 알게 되면, 자연스럽게 하늘의 도에 접근할 수 있을 것이다.

노자와 함께 68

성인(聖人)이 이르기를, 나라의 온갖 더러운 것을 받아들이는 사람이 사직(社稷)을 맡을 사람이고, 나라의 상서롭지 못한 것을 받아들이는 사람이 천하의 왕이 될 수 있다고 하였다.

[제78장. 是以聖人云, 受國之垢, 是謂社稷主, 受國之不祥, 是謂天下王].

백성을 다스리는 자가 백성들 밑에 있어서 나라의 오욕(汚辱)을 받아들이는 것은 천하의 도[天之道]를 따르는 것이다. 이것은 마치 강과 바다가 하류에 거처하여 천하 계곡의 온갖 더러운 물을 받아 수용하는 것과 같다. 그리하여 강과 바다가 계곡의 제왕이 되듯이, 오욕을 받아들인 자는 사직, 즉 국가의 주인이 될 수 있다. 나라의 오욕을 받아들이는 것은 백성들의 허물을 자신의 책임으로 돌리는 가장 겸허한 자세에서 비롯된다. 또한 나라의 재난을 자신의 부족한 탓으로 돌리고 스스로가 적극적으로 모두 감내하여 받아들이는 것도 마찬가지다. 요컨대 나라를 다스릴 자격은 더러운 것과 궂은 것을 죄다 수용하는 너그러움과 겸허함에 있다. 이러한 것들은 자연 속에서 찾고 배울 수 있다. 특히 물에 대해 경외의 마음을 품고 물과 같아지려고 노력해야 한다. 물은 그 무엇보다도 도(道)에 가깝고, 도(道)를 깨닫는 정신적인 힘을 제공한다. 물이 흐르고 흘러 근원으로 되돌아감을 볼 때, 인간의 삶도 모든 대립과 갈등을 넘어서 결국은 근원으로 되돌아갈 수밖에 없음을 깨닫게 된다.

성인은 좌계(左契)를 잡지만 사람을 책하지 않는다.

[제79장. 是以聖人執左契而不責於人].

원망은 화해하여 풀어야 한다. 작은 원망은 화해로 풀릴 수 있지만, 크고 깊은 원망은 그렇지 못하고 반드시 앙금이 남아 원상태로 회복하기란 불가능하다. 이것은 마치 불 자체가 차가워질 수 없고, 물 자체가 뜨거워질 수 없는 것과 다르지 않다. 백성들에게 큰 원망을 샀다면 어떤 유화책으로 위무하고 앙금을 씻으려고 해도 어렵다. 그래서 원망이 생기지 않도록 미연에 대비하는 것이 최선책이다. 좌계(左契)는 채무에 대한 증서로 부절(符節)의 왼쪽이다. 채권자는 좌계를, 채무자는 우계(右契)를 갖는다. 정치에 나선 성인은 좌계를 쥔 채권자가 되고, 백성은 우계를 쥔 채무자의 입장이 된다. 성인은 은택을 베풀고 백성은 그것을 받기 때문이다. 성인은 베풀기만 할 뿐 그 대가나 보답을 백성들에게 요구하지 않는다. 베풀되 그 대가를 바라지 않으니 어떠한 원망도 생기지 않는다.

성인은 쌓아두지 않는다. 이미 남을 위해서 했는데도 자기는 더욱 있게 되고, 남에게 주었는데도 더욱 많아지게 된다. 성인의 도(道)는 행하되 다투지 않는다.

[제81장. 聖人不積, 旣以爲人, 已愈有, 旣以與人, 已愈多. 聖人之道, 爲而不爭].

사람들은 쌓아두기를 좋아한다. 재물과 권력, 명예, 지식을 쌓기 위해 온갖 노력을 다한다. 그렇게 하니 내면의 것들, 즉 덕(德)과 진실함에서 더욱 멀어진다. 성인은 이와 정반대다. 그는 도(道)와 몸이 일치하였으니 외물(外物)에 집착하여 쌓아둠이 없다. 쌓아둠이 없기에 만물과 하나가 되어 자연히 부유해진다. 남에게 덕(德)을 베풀어 주며 함께 하면 할수록 자신에게 많은 사람들이 모여들고 덕(德)은 더욱 많아진다. 성인의 도(道)에서 행함은 무위(無爲)의 행함이다. 이것은 모든 존재들에게 이익과 평화, 조화로움을 가져온다. 때문에 어떠한 경쟁이나 시비의 원인이 되지 못한다. 의견의 차이나 다툼은 원한을 남길 수도 있다. 어떻게 하면 원한을 남기지 않을 수 있을까. 덕(德)을 쌓으면 된다. 이때의 덕(德)은 상대방으로 향하는 어진 마음이며, 사랑과 진정한 용서를 실행하는 힘이다. 덕(德)이 있는 사람은 상대방에게 언제나 줄 방법을 찾는다. 그러나 덕(德)이 없는 사람은 언제나 받을 방법을 찾는다. 풍요로운 삶은 많이 받아서 취하는 데 있지 않다. 되도록 많이 양보하고 베풀게 되면 마음이 풍요로워진다. 그만큼 덕(德)이 쌓여지기 때문이다. 덕(德)은 곧 득(得)이다.

'논어와 노자의 숲' 걷기를 마치면서

나로 존재하는 용기

‘논어와 노자의 숲’ 걷기를 마치면서

나로 존재하는 용기

오래전에 인도의 ‘바라나시’를 찾아가 봤다. 그러고서는 서가에 꽂혀 있던 키르케고르의 『죽음에 이르는 병』을 다시 펼쳤다. 어떠한 경우에도 절망하지 않는 사람들, 그리고 삶과 죽음에 대하여 바라나시가 주는 충격이 너무 강렬했기 때문이다. 최근에 들어서는 고든 마리노의 『키르케고르, 나로 존재하는 용기』를 읽지 않을 수 없었다. 우리나라의 자살률이 OECD에서 1위로 다시 올라섰다는 보도에 '우리는 왜 이럴까' 하고 너무나 착잡한 심정이 되었기 때문이었다. 먼저 저자 고든 마리노를 보자. 그는 불우한 환경에서 어린 시절을 보냈다. 그 결과로 경찰서를 자주 드나드는 불량 학생이 되었고, 우울증과 자살 충동에 심하게 시달렸다. 그런 그가 우연히 커피숍에서 키르케고르의 서적을 접하면서 삶이 크게 변했다. 지금은 미국에서 철학 교수로 이름을 날리고 있다. 그렇다면 무엇이 그를 그렇게 바꿔 놓았는가. 그것은 키르케고르가 던지는 실존에 관한 강렬한 메시지 때문이었다. 키르케고르는 덴마크 출신으로 실존주의 철학의 대부 격이다. 저서로는 『죽음에 이르는 병』, 『이것이냐 저것이냐』, 『불안의 개념』, 『기독교 입문』 등 다양하다. 그는 요컨대 '이론보다는 삶 자체가 중요하다'라고 설파했다. 내가 '무엇을 알아야 하는 것'보다는 '무엇을 해야 할 것인가'가 더욱 중요하다는 말이다.

키르케고르를 대철학자의 반열에 올려놓은 것은 역시 불편하기 짝이 없었던 그의 삶 때문이었다. 그의 삶은 한마디로 말해서 비극적이었다. 출생부터가 순탄하지 않았고, 성장환경 또한 바람직하지 못했다. 그리고 결혼생활을 비롯한 삶의 여정이 예사롭지 않았다. 그는 앞서 언급한 명저들을 남기고 떠돌이 생활을 하다가 42세의 일기로 길에서 세상을 떠났다.

그렇다면 지금에 와서 왜 또다시 키르케고르인가. 그는 요즘처럼 팍팍하고 급변하는 현실에서 우리의 삶을 실존적 차원에서 다시 성찰해 보는 계기를 주고 있기 때문이다. 그는 이 세상에는 절망하지 않는 사람은 없다며 우리를 다독거린다. 심지어 자살도 아무 소용없는 일이며, 인간은 오직 절망을 뚫고 나아가야 할 운명에 있음을 직시하고, 올바른 선택으로 주체적인 삶을 실천해야 한다는 것이다.

만일 삶이 너무 힘들어서 기운을 잃게 된다면 인도의 바라나시를 한 번 방문해볼 일이다. 바라나시는 갠지스강 중류 연안에 위치하며, 힌두교를 비롯한 종교의 성지이다. 이곳에서 살아가는 그들의 풍습과 문화

즉 생활상을 보면 누구나 자신을 재발견하는 좋은 기회가 될 것이다.

바라나시는 한눈에 봐도 삶의 잡다한 일들이 모두 모여 있다. 길거리에는 소가 그냥 어슬렁거리고, 가난한 자는 앉아서 구걸하고, 그런가 하면 부유한 자는 고급 차에 말쑥한 차림새다. 강가의 풍경은 더욱 가관이다. 중심에서는 '뿌자'라는 종교의식이 장엄하게 거행되는가 하면, 측면에서는 육신을 장작으로 태우는 화장이 진행되고, 또한 죄악을 씻겠다고 목욕을 하는가 하면 빨래도 한다.

다시 말해서 바라나시에는 '되는 것'과 '안 되는 것', '있는 것'과 '없는 것'이 공존하고 있다. 그들은 과연 삶을 초월한 삶을 사는가. 우리가 보기에는 가혹할 정도로 고통스러워 보여도 언행이 느긋하고 얼굴에는 밝은 미소를 잃지 않는다. 그들에게 삶에서 행복을 느끼는가 하고 묻는다면 틀림없이 행복의 기준이 무엇이냐고 되물을 것이다. 만약 바라나시에서 부처님의 가르침을 떠올릴 수 있다면 방문의 의미는 더욱 분명해진다. '세상에는 깨끗한 것도 없고 더러운 것도 없다. 잘난 것도 없고 못난 것도 없다. 생도 없고 멸도 없다.' 요컨대 어떠한 상황에서도 자신을 위로하며 삶을 축복한다면 삶은 번뇌라는 장애물을 넘어 지속될 것이라는 생각이 든다. 이것 때문에 바라나시는 또다시 찾고 싶은 곳이 된다. 미국의 온라인 사전 ≪딕서너리닷컴≫에서는 또 한 해의 단어로 '실존적인(existential)'을 선정하였다. 선정의 이유로 개인은 물론이고 인류 전체가 직면한 여러 문제들의 심각성 때문이다. 요즘 들어 크게 위협받고 있는 우리의 삶의 방식, 어떻게 하면 존속시킬 수 있겠는가. 요컨대 실존적 위협에는 실존적 해법으로 접근해야 한다는 것이다.

하루, 한 달이 지나고 또 한 해가 바뀐다. 우리는 더 행복한가, 더 나은 인간인가. 우리는 여기에 답해야 한다. 가식이 난무하는 거짓된 세상에서 진실하게 살아가기는 결코 쉽지 않다. 아무튼 진정한 자아가 되는 길밖에 없다는 생각이다. 자신의 내면을 들여다보고 자신에게 정직하면 자신이 자주적인 존재임을 깨닫게 된다. 이렇게 된다면 진실한 삶은 얼마든지 가능하다. 키르케고르의 말이다. '위대함은 이러저러한 존재가 되는 데 있지 않고, 자기 자신이 되는 데 있다. 인간은 누구나 만약 그가 원한다면 그렇게 될 수 있다.'

엄밀하게 보면 우리의 삶은 늘 고통의 그늘 아래에 놓여 있다. 불안과 고뇌, 두려움은 어느 때고 찾아들기 마련이다. 심해지면 우울과 절망에도 빠진다. 모두가 우리의 삶이 실존적이기 때문이다. 여기서 사르트르의, '실존이 본질에 앞선다'라는 말은 시사하는 바가 매우 크다. 따라서 우리는 자주적 삶을 위해 삶 그 자체를 가감 없이 받아들여서 깨달음에 도달케 해야 한다. 이것은 혼자만의 힘으로 가능한가, 매우 어려운 일이다. 그래서 신앙이 있어야 한다. 이제 우리는 자신을 가치 있는 존재라고 굳게 믿어야 한다. 이렇게 된다면 어떠한 고뇌와 고통, 번뇌, 비애라도 능히 극복해 나갈 수 있다. 진정 나로 존재하려면 용기가 있어야 한다. 반성적, 변혁적 자세로 실존적으로 실천하고자 하는 용기, 얼마나 절실한가, 타성적인 삶에서 자주적인 삶으로 변할 때 자신의 행복의 문은 열릴 것이다.

발문

논어와 노자의 숲을 걷다

인류사회에 문자가 생긴 이후로 무수한 저술이 나타났다. 그 가운데서 대부분은 사라졌지만, 오늘날까지 살아남은 것이 고전(古典)이다. 몇몇 사람이 인위적으로 노력하여 어떤 책을 고전으로 만들어 영구히 살아남게 하려고 해도 될 수가 없다. 저절로 많은 사람들을 공감하게 하고 필요하다고 느끼게 할 때 살아남아 고전의 반열에 오르는 것이다. 고전은 그만큼 생명력이 강하고 길다.

그러나 살아남은 고전도 저절로 살아남는 것이 아니고, 끊임없이 시대에 맞게 새롭게 재해석하여 문화 대중에게 맞추어 나갈 때 새로운 생명력이 다시 증강될 수 있다. 도교(道敎)나 불교에 밀려 거의 사라질 뻔했던 유교가 남송(南宋)의 주자(朱子)가 새롭게 해석함으로써 새로운 생명력을 얻어 사람들의 관심을 끌어 확산될 수 있었던 것이다. 고전에 대한 새로운 해석은, 중요한 가치를 지닌다. 그래서 중국에는, "주자가 없었으면, 공자(孔子)가 없었을 것이다."라는 말이 전해지고 있는 것이다. 각 시대 사람들의 사고방식, 관심, 취향, 수준, 생활방식 등에 가장 알맞은 새로운 해석이 나와야 어떤 고전이 지속적으로 읽힐 수 있다. 새로운 해석은 그 시대 사람들의 관심에 가장 들어맞아야 하고, 새로운 방향으로 이끌어 주는 힘이 있어야 한다.

오늘날 중국에서는 고전에 대한 새로운 해석을 많은 학자들이 다양하게 내놓고 있다. 예를 들면 『논어(論語)』에 대한 새로운 해석이 불초가 본 것만 해도 수백 종은 넘을 것이고, 구입한 것만도 1백여 종에 이른다.

조선(朝鮮)시대 우리나라 학자들은, 너무 유교에만 심취하여 항상 우위에 두고 특별대우를 하였다. 유교 이외의 제자백가(諸子百家)들은 이단(異端)이라 하여 일절 공부하지 않았다. 유교마저도 주자(朱子) 주석에만 의거하고 다른 주석은 역시 이단시하였다. 학문의 편향이 너무나 심하여 독창적인 해석을 용납하지 않았다.

사실 제자백가의 내용 가운데는 유교 못지않게 좋은 내용이 많이 들어 있다. 예를 들면 『순자(荀子)』 속에는 『맹자(孟子)』 못지않게 좋은 내용이 많이 들어 있는데도, 성악설(性惡說)을 주장했다는 한 가지 이유만으로 이단시하여 아예 읽은 사람이 없었다. 노장(老莊)을 금기시한 것도 조선시대 학문을 스스로 폐쇄적으로 몰아갔다.

중국은 그렇지 않다. 유학자이면서도 도교에 정통하고, 불교에도 정통하다. 승려이면서도 유교와 도교에 정통한 경우도 많이 있다. 학문하는 방법에 있어 독창적이고, 다양하다.

우리나라에서는 유교 한 분야만 숭상하였고, 지금도 유학을 전공하는 학자는 대부분 도교와 불교를 모른다. 도교를 전공하는 학자는 유교와 불교를 모르고, 불교를 전공하는 학자들은, 유교와 도교를 모르는 것이 현실이다. 그러니 학자에게 균형 잡힌 종합적인 안목이 생길 수 없다. 그러고서도 남을 가르치거나 저술을 한다는 것은 크게 부족한 것이다.

자은 선생(自隱先生) 이수오(李壽晤) 전 창원대학교(昌原大學校) 총장은, 생명공학을 연구하는 과학자이고, 교육자이고, 학교 경영자이다. 그러면서도 일곱 권의 시집을 낸 시인이고, 여러 권의 산문집을 낸 수필가다. 우리나라 학계에서 보기 드물게 과학과 문학의 벽을 허문 통섭적(統攝的)인 사고의 소유자다. 이미 『논어』, 『맹자』, 『노자』, 『장자(莊子)』에 관하여 새롭게 해석한 저서를 여러 권 세상에 내놓은 바 있다.

자은 선생이 가장 강렬하게 추구하는 바는 도(道)이다. 도에는 사람의 도, 자연의 도, 사람과 자연의 관계에서의 도다. 유교에서 말하는 천인합일(天人合一)이다. 이런 사상의 소유자고 실천자이다. 과학자이기에 세상을 더욱더 세심하게 관찰하고, 정밀하게 궁리할 수 있다. 과학자 시인 산문가 사상가는 따로따로 분할된 것이 아니고, 서로 통한다. 사람이 능력이 있어 모든 것을 폭넓게 포괄할 수 있으면, 최상이다. 이런 경지에 접근하는 학자가 자은 선생이다.

자은 선생이 그동안 축적한 학식과 사상으로, 유교를 대표하는 『논어』와 도교를 대표하는 『노자(老子)』에 대한 새로운 관점에서 새롭게 풀이한 것이 이 책이다. 이 책에서 인간과 자연의 근원적인 문제를 추구하여 새로운 답을 얻어 21세기에 방황하는 많은 사람들에게 새롭게 나갈 이정표를 제시하고 있다. 규범적이고 현실적인 『논어』와 무위사상(無爲思想)과 정신적 자유를 추구하는 『노자』는 서로 배치되는 것 같지만, 사실은 서로 보완적인 관계에 있다. 밥과 반찬만 필요한 것이 아니고, 커피도 간식도 다 필요한 것과 같은 이치다. 유교와 도교의 사상을 아울러 고찰하여 해석한 독창적인 저서다.

사실 우리나라 학계에서 『논어』와 『노자』를 함께 다룰 수 있는 학자는 많지 않다. 자은 선생의 폭넓은 독서와 독창적인 사고에다, 어릴 적부터 스스로 익힌 한문 실력으로 두 고전을 동시에 새롭게 해석하여 세상에 내놓았다. 유교나 노장을 전공하는 학자들이 보지 못하는 심층을 밝혀 독창적인 저서가 되리라 확신한다. 독자 여러분들은 자은 선생의 새로운 해설에 따라 동양의 대표적인 고전인 『논어』와 『노자』를 새롭게 이해하시기를 바란다.

2024년 1월 7일, 허권수(許捲洙) 근발(謹跋).

남기고 싶은 말

시와함께(Along with Poetry) 도서출판 넓은마루

이수오

논어와 노자의 숲을 걷다

발 행 2024년 2월 8일

지은이 이수오

펴낸이 양소망

펴낸곳 도서출판 넓은마루

표지 그림 감해원

표지 디자인 김인옥
주 소 (03132) 서울특별시 종로구 삼일대로 30길21, 410호(낙원동, 종로오피스텔)

전 화 02-747-9897

이메일 withpoem9@dauml.net
출판등록 제2019호-000100호

인쇄 · 제본 (주)지엔피링크
저작권자 ⓒ 2024, 이수오
ISBN 979-11-90962-37-7(04810) 979-11-968089-8-3 (세트)

값 25,000 원
이 책 내용의 전부 또는 일부를 재사용하려면 저작권자와 도서출판 넓은마루 양측과 협의하여야 합니다.
저자와의 협의에 의하여 인지를 생략합니다.
잘못된 책은 교환하여 드립니다.